W9-AZY-135
AMÉRICA DEL SUR
MAR CARIBE
OCÉANO ATLÁNTICO
OCÉANO PACÍFICO
BELICE
HONDURAS
NICARAGUA
Lago de Managua
EL SALVADOR
GUATEMALA
COSTA RICA
PANAMÁ
Barranquilla
Cartagena
Maracaibo
Caracas
Lago de Maracaibo
Río Magdalena
San Cristóbal
Río Orinoco
VENEZUELA
Georgetown
Paramaribo
GUAYANA
SURINAM
Cayena
Medellín
Bogotá
Boa Vista
Cali
COLOMBIA
GUAYANA FRANCESA
ECUADOR
ISLAS GALÁPAGOS
Quito
ECUADOR
Guayaquil
Cuenca
Iquitos
Río Amazonas
AMAZONAS
LOS ANDES
PERÚ
BRASIL
Machu Picchu
Lima
Ayacucho
Cuzco
BOLIVIA
Brasilia
Lago Titicaca
La Paz
Santa Cruz
Sucre
Potosí
Río Paraná
Río de Janeiro
São Paulo
CHILE
PARAGUAY
Asunción
Iguazú
Río Uruguay
Córdoba
URUGUAY
Viña del Mar
Valparaíso
Montevideo
Santiago
Buenos Aires
ARGENTINA
Río de la Plata
Concepción
Bahía Blanca
Viedma
ISLAS MALVINAS (Br.)
Estrecho de Magallanes
TIERRA DEL FUEGO
0 250 500 750 1,000 MILLAS
0 500 1,000 1,500 KILÓMETROS
NIGERIA
ÁFRICA
Malabo
CAMERÚN
GUINEA ECUATORIAL
GABÓN
ÁFRICA
0 MILLAS 500
0 KILÓMETROS 750

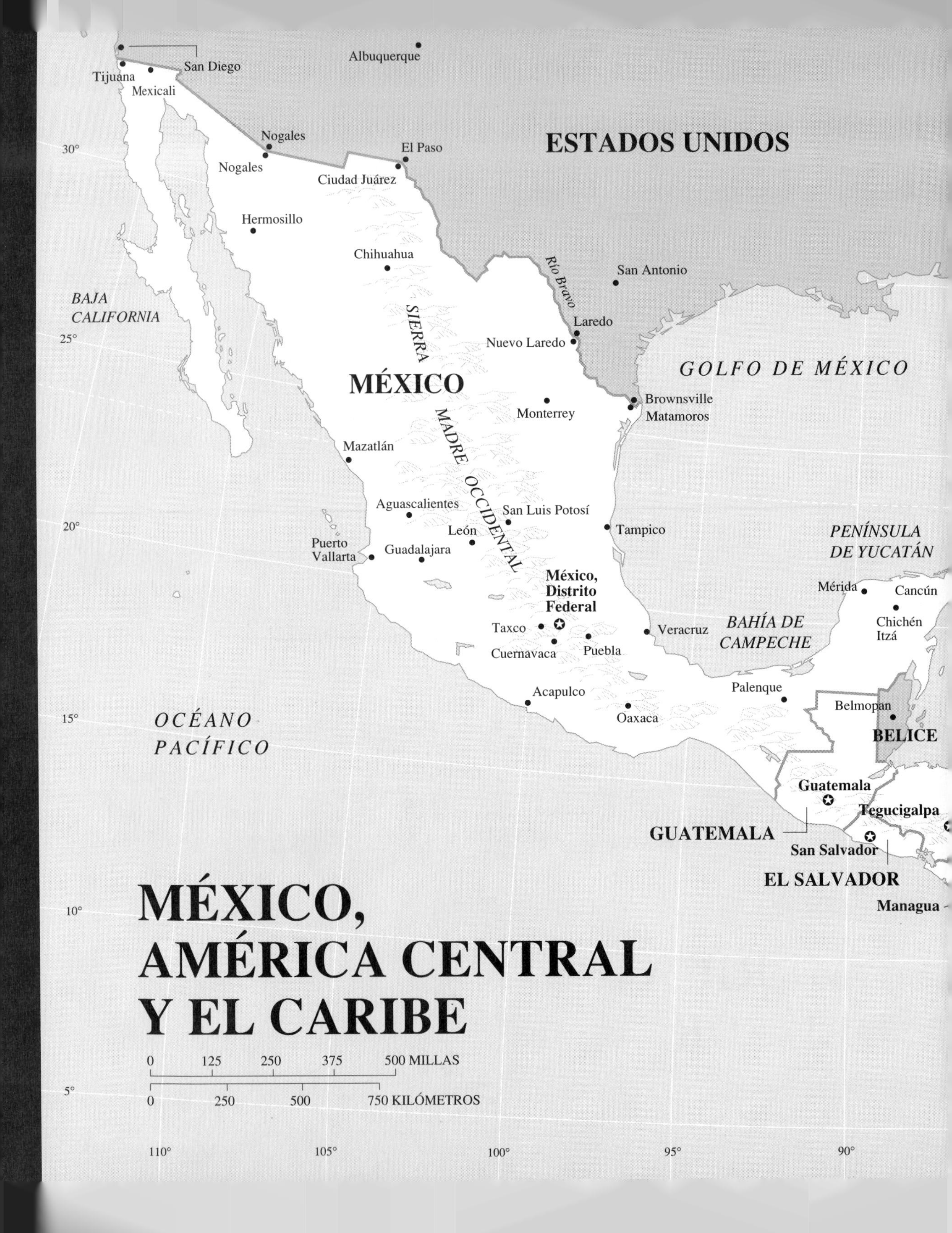
MÉXICO, AMÉRICA CENTRAL Y EL CARIBE
ESTADOS UNIDOS
MÉXICO
SIERRA MADRE OCCIDENTAL
GOLFO DE MÉXICO
BAJA CALIFORNIA
OCÉANO PACÍFICO
PENÍNSULA DE YUCATÁN
BAHÍA DE CAMPECHE
Río Bravo
Albuquerque
San Diego
Tijuana
Mexicali
Nogales
Nogales
El Paso
Ciudad Juárez
Hermosillo
Chihuahua
San Antonio
Laredo
Nuevo Laredo
Monterrey
Brownsville
Matamoros
Mazatlán
Aguascalientes
San Luis Potosí
Tampico
León
Puerto Vallarta
Guadalajara
México, Distrito Federal
Taxco
Cuernavaca
Puebla
Veracruz
Mérida
Cancún
Chichén Itzá
Acapulco
Oaxaca
Palenque
Belmopan
BELICE
Guatemala
GUATEMALA
Tegucigalpa
San Salvador
EL SALVADOR
Managua
0 125 250 375 500 MILLAS
0 250 500 750 KILÓMETROS
30°
25°
20°
15°
10°
5°
110°
105°
100°
95°
90°

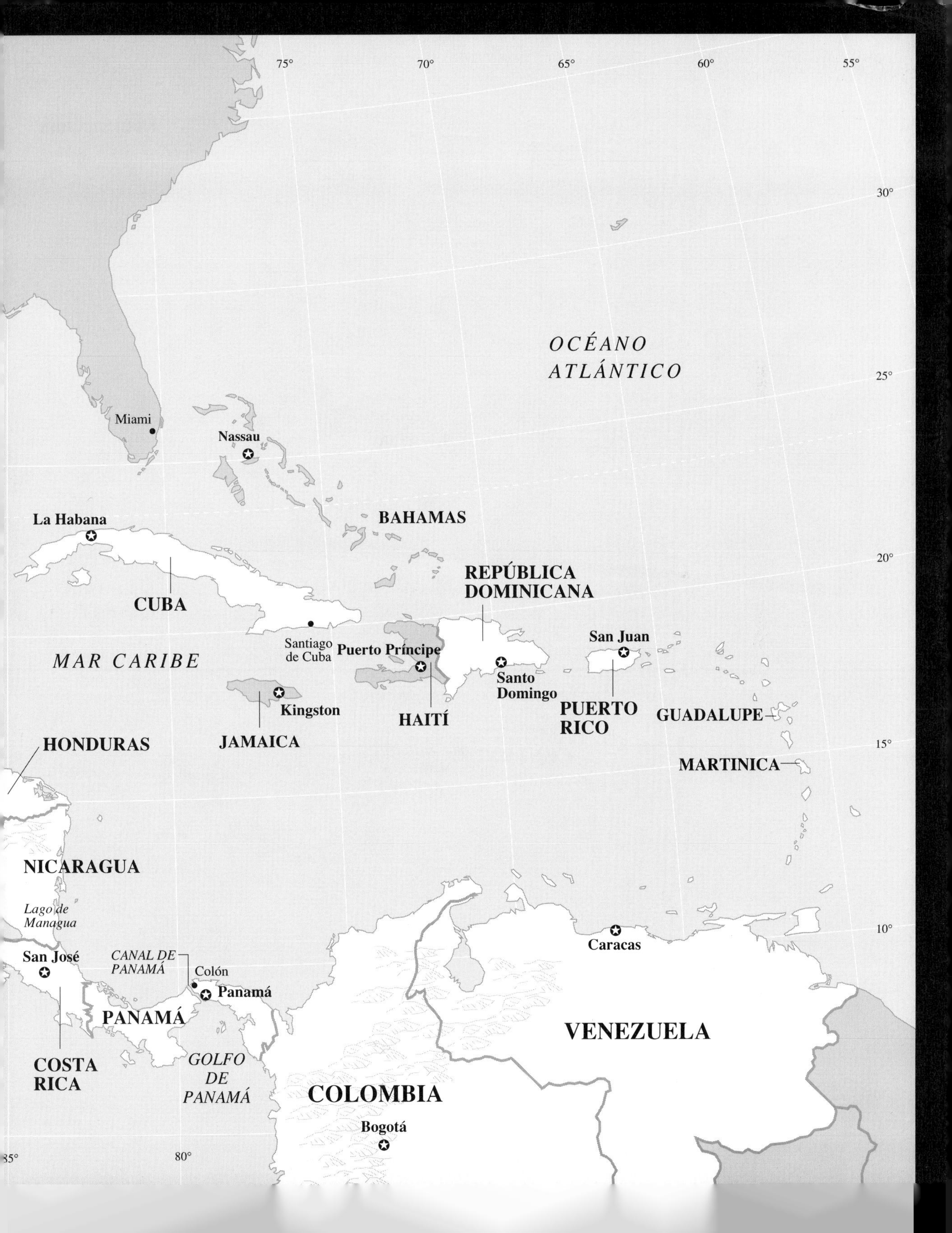
75°
70°
65°
60°
55°
30°
25°
20°
15°
10°
85°
80°
OCÉANO
ATLÁNTICO
Miami
Nassau
BAHAMAS
La Habana
CUBA
REPÚBLICA
DOMINICANA
Santiago
de Cuba
Puerto Príncipe
San Juan
MAR CARIBE
Santo
Domingo
Kingston
HAITÍ
PUERTO
RICO
GUADALUPE
JAMAICA
HONDURAS
MARTINICA
NICARAGUA
Lago de
Managua
San José
CANAL DE
PANAMÁ
Colón
Panamá
Caracas
PANAMÁ
VENEZUELA
COSTA
RICA
GOLFO
DE
PANAMÁ
COLOMBIA
Bogotá

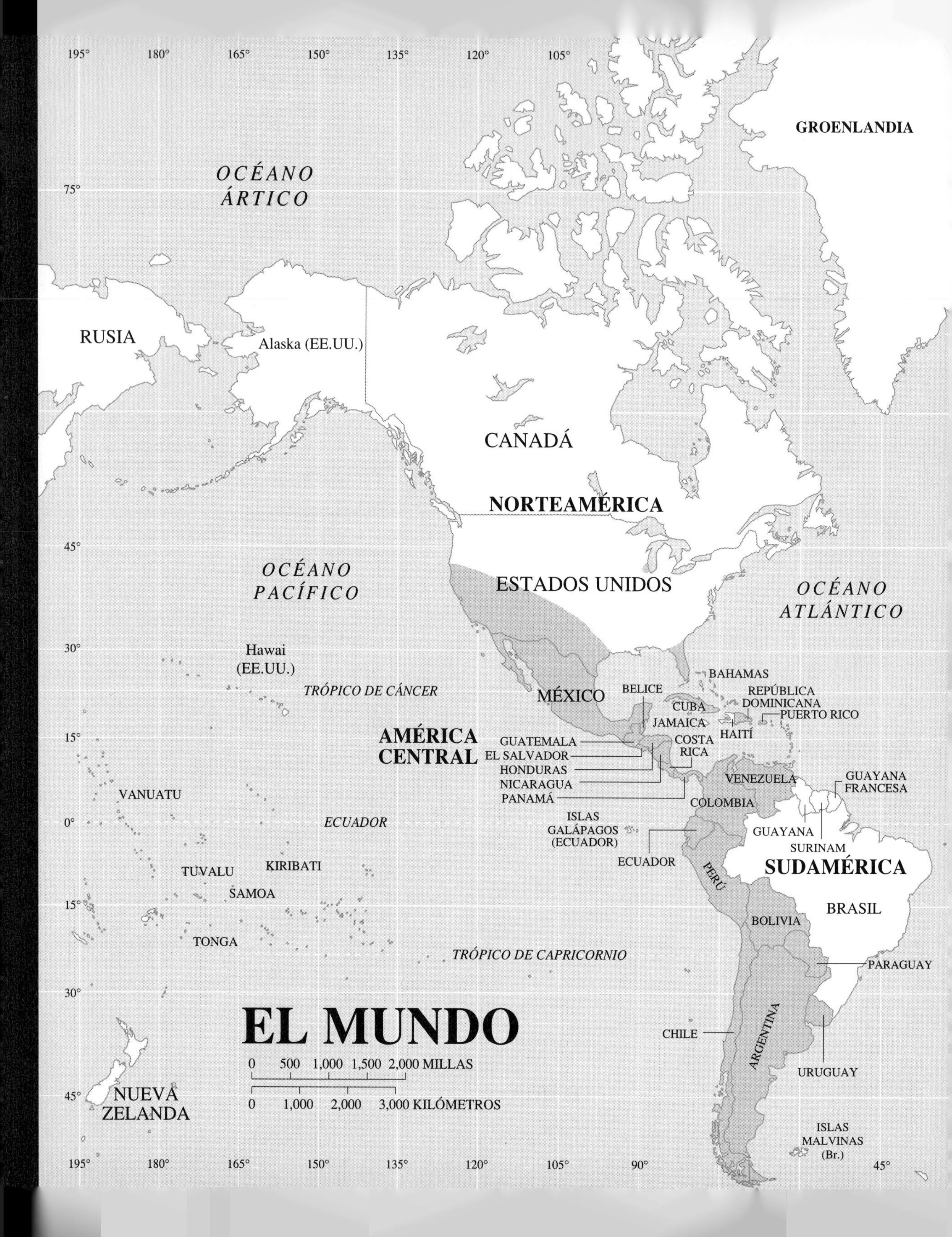

EL MUNDO
OCÉANO ÁRTICO
GROENLANDIA
RUSIA
Alaska (EE.UU.)
CANADÁ
NORTEAMÉRICA
ESTADOS UNIDOS
OCÉANO PACÍFICO
OCÉANO ATLÁNTICO
Hawai (EE.UU.)
TRÓPICO DE CÁNCER
MÉXICO
BELICE
BAHAMAS
REPÚBLICA DOMINICANA
CUBA
JAMAICA
PUERTO RICO
HAITÍ
AMÉRICA CENTRAL
GUATEMALA
EL SALVADOR
HONDURAS
NICARAGUA
PANAMÁ
COSTA RICA
VENEZUELA
GUAYANA FRANCESA
COLOMBIA
GUAYANA
SURINAM
ISLAS GALÁPAGOS (ECUADOR)
ECUADOR
PERÚ
SUDAMÉRICA
BRASIL
BOLIVIA
PARAGUAY
CHILE
ARGENTINA
URUGUAY
ISLAS MALVINAS (Br.)
VANUATU
TUVALU
KIRIBATI
SAMOA
TONGA
NUEVA ZELANDA
TRÓPICO DE CAPRICORNIO
0 500 1,000 1,500 2,000 MILLAS
0 1,000 2,000 3,000 KILÓMETROS
195° 180° 165° 150° 135° 120° 105° 90° 45°
75° 45° 30° 15° 0° 15° 30° 45°

15°
0°
30°
45°
60°
75°
105°
120°
135°
SUECIA
FINLANDIA
NORUEGA
MAR DE NORUEGA
ISLANDIA
1 LA REPÚBLICA CHECA
2 ESLOVAQUIA
3 AUSTRIA
4 HUNGRÍA
5 ESLOVENIA
6 CROACIA
7 BOSNIA Y HERZEGOVINA
8 YUGOSLAVIA
9 ALBANIA
10 MACEDONIA
RUSIA
ESTONIA
LETONIA
LITUANIA
REINO UNIDO
DINAMARCA
HOLANDA
REPÚBLICA DE IRLANDA
POLONIA
BIELORRUSIA
ASIA
BÉLGICA
ALEMANIA
UCRANIA
ARMENIA
KAZAJSTÁN
TURKMENISTÁN
FRANCIA
SUIZA
MOLDAVIA
MONGOLIA
EUROPA
RUMANIA
UZBEKISTÁN
COREA DEL NORTE
BULGARIA
ITALIA
GEORGIA
KIRGUIZISTÁN
ESPAÑA
PORTUGAL
TURQUÍA
TADJIKISTÁN
REPÚBLICA POPULAR CHINA
GRECIA
AZERBAIYÁN
AFGANISTÁN
REP. ÁRABE SAHARAUI DEMOCRÁTICA
TÚNEZ
CHIPRE
SIRIA
IRÁN
LÍBANO
ISRAEL
IRAK
NEPAL
JAPÓN
MARRUECOS
KUWAIT
LAOS
ARGELIA
JORDANIA
BHUTÁN
QATAR
PAKISTÁN
COREA DEL SUR
ISLAS CANARIAS (ESPAÑA)
LIBIA
EGIPTO
BAHREIN
VIETNAM
EMIRATOS ÁRABES UNIDOS
INDIA
TAIWÁN
ARABIA SAUDITA
ÁFRICA
MAURITANIA
MALÍ
NÍGER
OMÁN
BANGLADESH
CHAD
YEMEN
ERITREA
TAILANDIA
SENEGAL
GAMBIA
BURKINA FASO
SUDÁN
CAMBOYA
GUINEA
NIGERIA
MYANMAR
FILIPINAS
JIBUTI
ETIOPÍA
REP. CENTRO-AFRICANA
GUINEA-BISSAU
UGANDA
SOMALIA
CAMERÚN
PAPÚA-NUEVA GUINEA
MALASIA
SRI LANKA
R.D. DEL CONGO
KENIA
ECUADOR
SIERRA LEONA
GABÓN
REP. DEL CONGO
SINGAPUR
LIBERIA
RUANDA
COSTA DE MARFIL
BURUNDI
TANZANIA
ZAMBIA
INDONESIA
OCÉANO ÍNDICO
GHANA
TOGO
ANGOLA
BENÍN
MALAWI
GUINEA ECUATORIAL
NAMIBIA
BOTSWANA
MADAGASCAR
AUSTRALIA
ZIMBABUE
LESOTO
MOZAMBIQUE
SUDÁFRICA
SUAZILANDIA
30°
15°
0
45°
90°

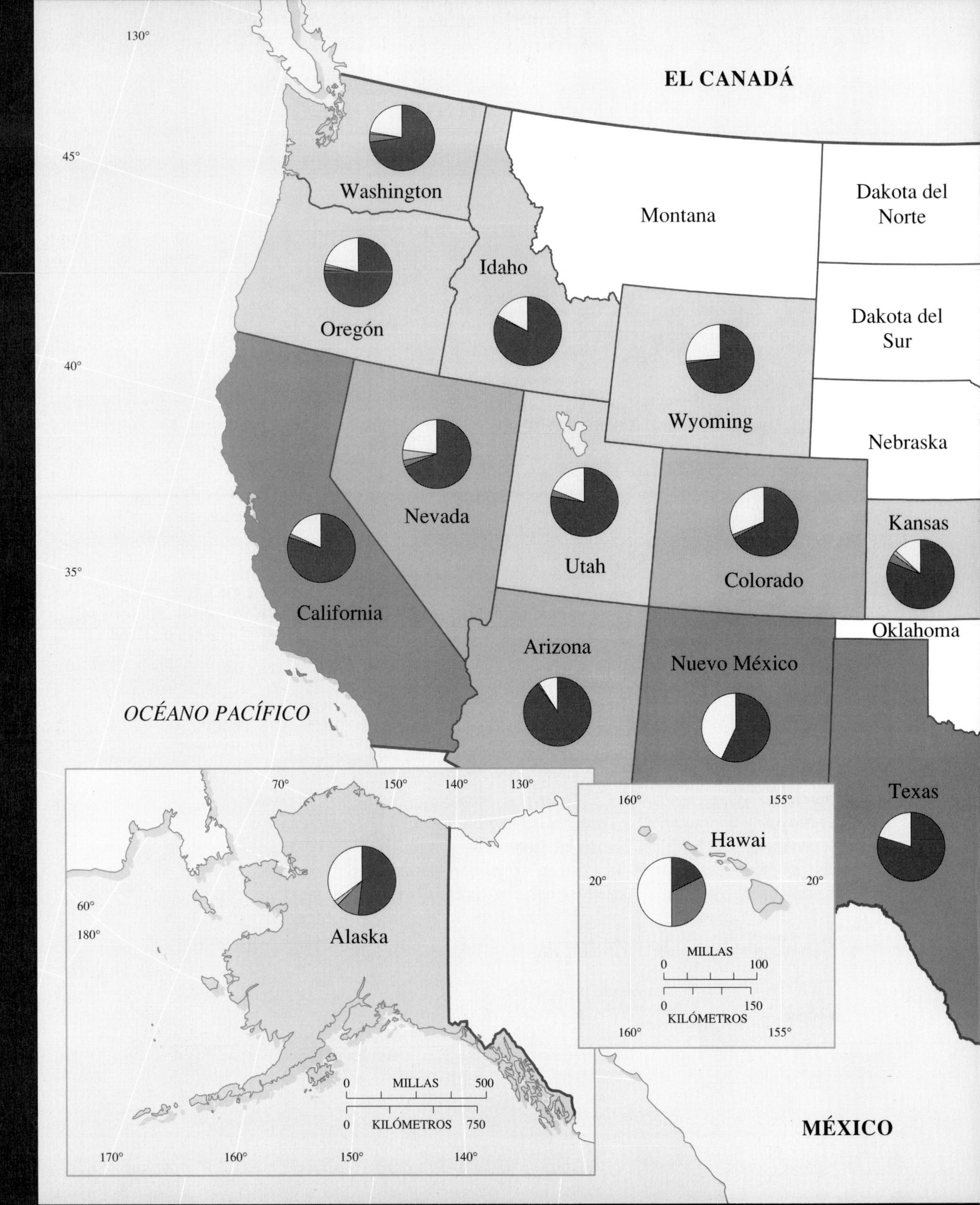

130°
45°
40°
35°
EL CANADÁ
Washington
Montana
Dakota del Norte
Oregón
Idaho
Dakota del Sur
Wyoming
Nebraska
Nevada
Utah
Colorado
Kansas
California
Oklahoma
Arizona
Nuevo México
OCÉANO PACÍFICO
Texas
70°
150°
140°
130°
Alaska
60°
180°
0 MILLAS 500
0 KILÓMETROS 750
170°
160°
150°
140°
160°
155°
Hawai
20°
20°
MILLAS
0 100
0 150
KILÓMETROS
160°
155°
MÉXICO

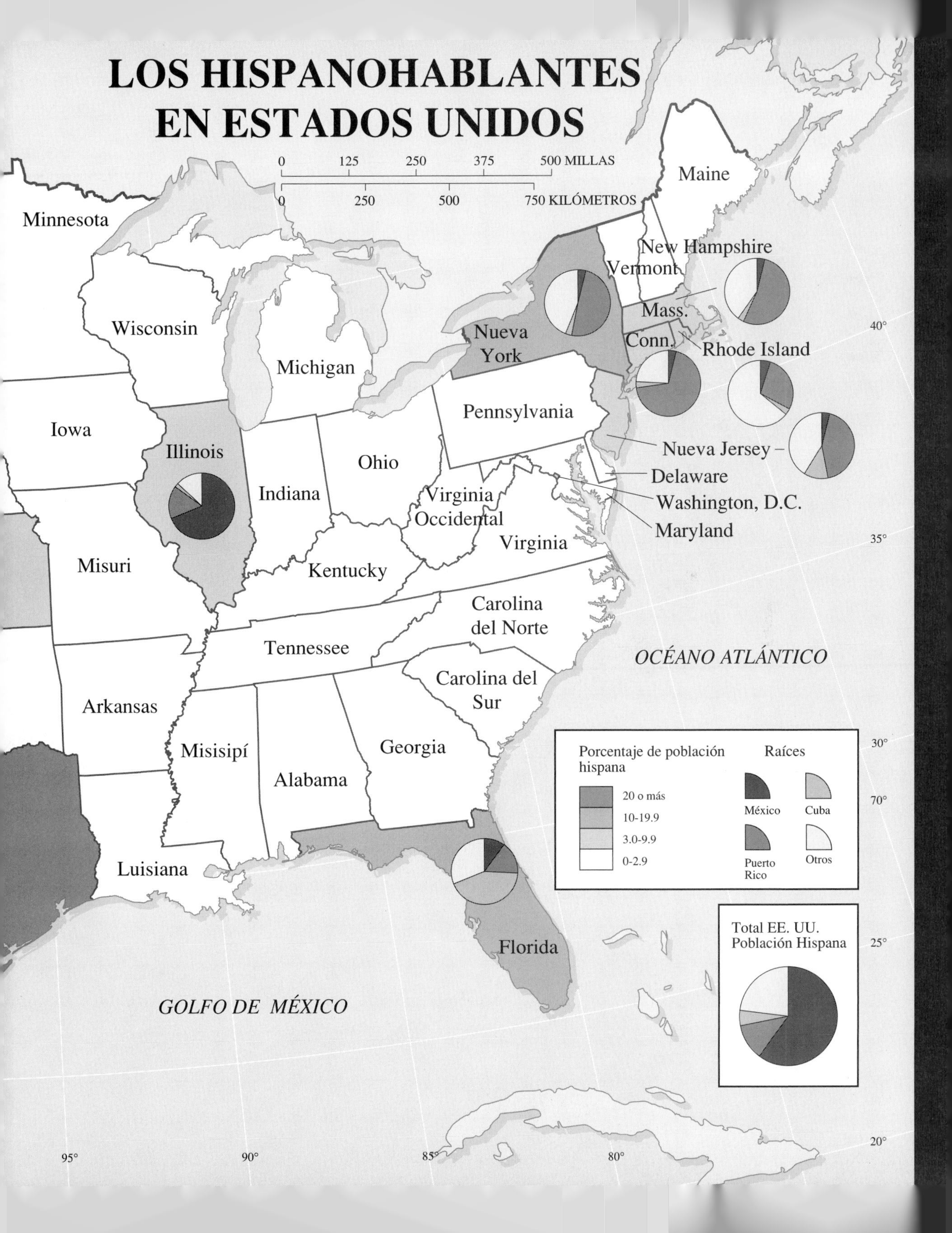
LOS HISPANOHABLANTES
EN ESTADOS UNIDOS
0 125 250 375 500 MILLAS
0 250 500 750 KILÓMETROS
Minnesota
Wisconsin
Michigan
Iowa
Illinois
Indiana
Ohio
Pennsylvania
Nueva York
Maine
New Hampshire
Vermont
Mass.
Conn.
Rhode Island
Nueva Jersey
Delaware
Washington, D.C.
Maryland
Virginia Occidental
Virginia
Kentucky
Misuri
Carolina del Norte
Tennessee
Carolina del Sur
Arkansas
Misisipí
Alabama
Georgia
Luisiana
Florida
OCÉANO ATLÁNTICO
GOLFO DE MÉXICO
Porcentaje de población hispana
20 o más
10-19.9
3.0-9.9
0-2.9
Raíces
México
Cuba
Puerto Rico
Otros
Total EE. UU. Población Hispana
40°
35°
30°
70°
25°
20°
95°
90°
85°
80°

ESPAÑA

ESPAÑA
0 50 100 150 200 MILLAS
0 100 200 300 KILÓMETROS
OCÉANO ATLÁNTICO
MAR CANTÁBRICO
FRANCIA
ANDORRA
PORTUGAL
Lisboa
PRINCIPADO DE ASTURIAS
GALICIA
Santiago
CANTABRIA
Santander
PAÍS VASCO
Bilbao
Pamplona
CORDILLERA CANTÁBRICA
CASTILLA Y LEÓN
NAVARRA
PIRINEOS
Río Ebro
LA RIOJA
Zaragoza
Lérida
CATALUÑA
Gerona
Barcelona
Valladolid
Segovia
Salamanca
SIERRA DE GUADARRAMA
ARAGÓN
Costa Brava
Madrid
MADRID
Río Tajo
Toledo
CASTILLA-LA MANCHA
Ciudad Real
EXTREMADURA
COMUNIDAD VALENCIANA
Valencia
MENORCA
Palma
MALLORCA
IBIZA
ISLAS BALEARES
MURCIA
Murcia
Alicante
Cartagena
Río Guadalquivir
Córdoba
Sevilla
ANDALUCÍA
Granada
SIERRA NEVADA
Málaga
Cádiz
MAR MEDITERRÁNEO
Estrecho de Gibraltar
Costa del Sol
GIBRALTAR (Br.)
CEUTA (Sp.)
MELILLA (Sp.)
Tanger
MARRUECOS
ISLAS CANARIAS
0 MILLAS 100
0 KILÓMETROS 150
LA PALMA
TENERIFE
GRAN CANARIA
Las Palmas
HIERRO
GOMERA
LANZAROTE
FUERTEVENTURA
ÁFRICA
10°
8°
6°
4°
2°
44°
42°
40°
38°
36°
18°
16°
14°
12°
28°

En contacto
Lecturas intermedias

Sexta edición

En contacto
Lecturas intermedias

Sexta edición

Mary McVey Gill

Brenda Wegmann
University of Alberta Extension

Teresa Méndez-Faith
Saint Anselm College

Holt, Rinehart and Winston
Harcourt Brace College Publishers

Fort Worth Philadelphia San Diego New York Orlando Austin San Antonio
Toronto Montreal London Sydney Tokyo

Publisher Christopher Carson
Acquisitions Editor Jeff Gilbreath
Market Strategist Kenneth S. Kasee
Project Editor Jon Davies
Art Director Candice Johnson Clifford
Production Manager Diane Gray

Cover images: top—Comstock; bottom left—Tony Stone © Doug Armand; bottom right—Comstock.

ISBN: 0-03-022514-0
Library of Congress Catalog Card Number: 98-85086

Address for Orders
Holt, Rinehart and Winston, 6277 Sea Harbor Drive, Orlando, FL 32887-6777
1-800-782-4479

Address for Editorial Correspondence
Holt, Rinehart and Winston, 301 Commerce Street, Suite 3700, Fort Worth, TX 76102

Web Site Address
http://www.hbcollege.com

Holt, Rinehart and Winston will provide complimentary supplements or supplement packages to those adopters qualified under our adoption policy. Please contact your sales representative to learn how you qualify. If as an adopter or potential user you receive supplements you do not need, please return them to your sales representative or send them to: Attn: Returns Department, Troy Warehouse, 465 South Lincoln Drive, Troy, MO 63379.

Printed in the United States of America

0 1 2 3 4 5 6 7 039 9 8 7 6 5 4

Holt, Rinehart and Winston
Harcourt Brace College Publishers

Preface

En contacto: Lecturas intermedias is an intermediate Spanish reader that emphasizes reading skills, vocabulary acquisition, and perception of cultural contrasts. It contains magazine articles on current issues and literary selections from many parts of the Spanish-speaking world by outstanding contemporary and classical writers. Some selections have been shortened, but none have been paraphrased or simplified.

This book is designed to accompany ***En contacto: Gramática en acción***, and each chapter is coordinated with the corresponding chapter of the grammar according to theme, structure, and core vocabulary. However, ***En contacto: Lecturas intermedias*** can be used successfully by itself in courses that stress a combination of reading, culture, literature, and conversation.

Why a Reading Approach Benefits Intermediate Students

It's important from time to time to explain to intermediate Spanish students why learning to read is desirable, since many of them think first and foremost of the need to develop conversational fluency.

An ability to read Spanish, once acquired, is a skill that lasts a lifetime and can be reactivated even many years after formal instruction has ended. It does not diminish quickly without practice, as does conversational fluency. Since Spanish is a phonetic language with a relatively logical spelling system, reading is also a good way to maintain a "grip" on the language so that a speaking-listening ability can be renewed at a later date. Therefore, it makes sense for intermediate students to develop their reading ability since they have already invested a good deal of time and energy in learning basic Spanish. Other benefits of an intermediate reading course are an insight into a culture other than one's own and the experience of reading good and even great works in the original without translation. In addition, some students notice an improvement in their English language skills as a result of the vocabulary and reading strategies they learn in Intermediate Spanish.

Organization

Each chapter begins with the **Vocabulario preliminar,** a list of key words and expressions related to the chapter theme with definitions presented pictorially or in Spanish. This is followed by exercises for acquisition; the words and expressions are then used throughout the chapter.

An introductory essay written by the authors, the **Enfoque del tema,** then gives an overview of the theme, stressing cultural contrasts and similarities.

This essay uses the core vocabulary in context and is followed by questions and activities.

Two authentic readings come next, **Selección 1** and **Selección 2.** Each is preceded by prereading exercises (in the section called **Antes de leer**), which presents vocabulary preparation and reading strategies aimed at improving general and specific comprehension. Comprehension exercises and cooperative activities follow each reading selection. The following symbols, or icons, are used throughout the text to signal pair and small group activities.

Changes in the Sixth Edition

The following features are new to this sixth edition:

- Two new chapter themes: ecology (Chapter 9, **Un planeta para todos**) and communications and technology (Chapter 11, **¡Adiós, distancias!**)
- Increased focus on prereading strategies and exercises in **Antes de leer** to better ensure student comprehension of authentic materials and to develop general reading ability
- Numerous new readings that include selections by Sandra Cisneros, Federico García Lorca, Ángeles Mastretta, Ana María Matute, and Antonio Skármeta
- Brief **Lengua y cultura** sections that present culture and vocabulary through a presentation of lexical contrasts and idioms
- Many new pair and group activities to promote more extensive speaking and listening in the classroom
- Activities titled **El español en su vida** with suggestions for exploring Spanish in the community or on the Internet
- A new design with new photos and illustrations

See also the new ***En contacto*** Web site for instructors and students: http://www.hrwcollege.com.

Developing Reading Skills

The main goal of this reader is to teach students to read actively in Spanish (consciously; critically; and, at times, perhaps passionately) and to avoid the word-by-word translation trap. To do this requires the development of strategies, beginning with the basic skill of *setting the stage* by grasping the general context of a selection through its visual and organizational aspects and preparing the mind for that selection. The techniques used to build this skill are presented again and again in various guises and are combined with numerous other reading and vocabulary skills appropriate for different types of reading. In the first half of the book a number of readings are divided into short "chunks" followed by comprehension checks to facilitate learning the basic skills through close reading and immediate verification. Applying these strategies will increase students' comprehension in any language, including their native tongue, and heighten their general linguistic and critical acuity.

The following chart outlines the skill development program.

Chapter	Selections	Skills
Chapter 1	• *San Fermín y los toros* • *Candombe, un ritmo ancestral*	• Scanning for cognates • Making inferences • Identifying the main idea • Analyzing ideas • Guessing meaning from context • Predicting content • Identifying characters
Chapter 2	• *Las vecinas* • *La última despedida*	• Scanning for details • Making inferences • Identifying the theme • Scanning for details • Finding synonyms
Chapter 3	• *La casa en Mango Street* • *Ay, papi, no seas coca-colero*	• Matching words with contexts • Scanning for details • Predicting the main idea • Inferring word endings
Chapter 4	• *La noche de los feos* • *Penélope en sus bodas de plata*	• Predicting content • Making inferences • Inferring definitions of cognates
Chapter 5	• *Hablan los estudiantes* • *Ardiente paciencia*	• Analyzing ideas • Predicting content • Making inferences about characters
Chapter 6	• *Destinos para todos los gustos* • *Vuelva usted mañana*	• Choosing the exact word • Skimming for key ideas • Finding synonyms • Changing adjectives to nouns
Chapter 7	• *De vivos y muertos* • *De la misma marca*	• Predicting content • Guessing the meaning of an idiom • Matching characters and actions

Chapter 8	• *Adiós: "Goodbye, goodbye, goodbye"* • *Dos poemas afroamericanos*	• Making and analyzing inferences • Inferring noun endings • Scanning for details • Matching words with definitions
Chapter 9	• *In memoriam* • *El Niño: Ese fenómeno que tanto nos afecta* • *Noble campaña*	• Interpreting the emotion in a poem • Inferring meaning from word forms • Previewing organization • Making inferences from a map • Finding synonyms • Making inferences • Summarizing the plot • Identifying the main idea
Chapter 10	• *Los buenos indicios* • *El delantal blanco*	• Understanding idioms from context • Analyzing point of view • Finding synonyms from context • Previewing stage directions in a play • Brainstorming a key theme • Inferring action from stage directions
Chapter 11	• *La vida después de Internet* • *Mujeres de ojos grandes*	• Finding members of word families • Predicting key ideas • Completing ideas • Finding the exact word • Comparing internal and external actions • Summarizing actions and emotions
Chapter 12	• *La poesía* (Machado y Storni) • *Pecado de omisión* • *Cien años de soledad*	• Identifying themes • Guessing meaning from context • Inferring contrasts between characters • Analyzing dialogue • Identifying characters • Scanning for details

Course Design

The material in this reader may be divided up in different ways, according to the type of course being offered. If the book is used as a complementary text, along with the grammar book over two semesters or three quarters, each chapter may be covered in two class sessions. The **Vocabulario preliminar** and the **Enfoque del tema** are assigned for the first class, and one of the reading selections for the second class. If the book is used as the primary text for a course stressing reading, conversation, and vocabulary acquisition, the material can be covered in three days by teaching another reading selection on the third day, working with the video, or doing more of the activities in class.

Another way of using the text is to skip some chapters and cover fewer chapters in a more complete way, using both selections. The choice of which chapters to skip may be made according to the chapter themes that most interest a particular class or according to the verb tenses and grammar points that most need practice.

If you use this text by itself, you may also want to use the ***En contacto***: ***Cuaderno de ejercicios y laboratorio*** for grammar, vocabulary, and composition practice.

Acknowledgments

We would like to express our sincere appreciation to Jeff Gilbreath of Holt, Rinehart and Winston, our sponsoring editor, for his support and direction and to Sandra Guadano for her superb suggestions and advice during every step of development and for her exceptional editorial acumen and critical eye. We are also grateful to Naldo Lombardi of Mt. Royal College for his careful reading of the manuscript and many valuable corrections and suggestions. Thanks also go to Jon Davies for his very competent handling of the manuscript through production and to Candice Clifford, Kathy Ferguson, Diane Gray, Lora Gray, and all the other people at Holt, Rinehart & Winston who have so effectively contributed their time and skill toward the design and production of this book. Sincere appreciation to Ingrid de la Barra of the University of Alberta Extension for her helpful recommendations regarding materials and pedagogy, to Iván H. Jiménez Williams of the University of Alberta for his deft critical reading of the manuscript, to Llanca Letelier for inspiration and help in finding materials, to Laura McKenna for her fine assistance with obtaining permissions, and to Jessica Wegmann for her excellent work on the end vocabulary. Finally, heartfelt thanks go to the instructors at Saint Anselm College for their insightful suggestions and comments on the use of the program and to the following reviewers whose comments (both positive and critical) helped greatly in the shaping of this edition of ***En contacto:***

Harriet Goldberg, Villanova University
Olympia González, Loyola University
Carolyn J. Halstead, West Virginia State College
Nancy Lee Hurd, Idaho State University
Guadalupe López-Cox, Austin Community College
Eva Mendieta, Indiana University Northwest
Daniel E. Nelson, University of Mobile

M.M.G.
B.W.
T.M.F.

Correlation to the Videomundo Video

The ***Videomundo*** video for intermediate Spanish courses can be used with ***Lecturas intermedias*** if your course goals include video. ***Videomundo*** contains authentic material that includes interviews and footage of cultural events and sites in Latin America, Spain, and the United States. The video consists of twenty-seven segments of one to five minutes each, which can be used in any sequence. ***A Viewer's Manual,*** which offers a variety of activities for each segment, and a ***Video Transcript and Viewer's Manual Answer Key*** accompany the video. A correlation with ***En contacto*** follows:

En contacto	***Videomundo***
Chapter 1	21: El Día de Reyes; 22: Las fiestas de San Fermín; 25: Los peloteros caribeños; 26: El golf: Una entrevista con Chi Chi Rodríguez; 27: El fútbol
Chapter 2	23: El papel de la mujer; 24: Las madres de la Plaza de Mayo
Chapter 3	9: Puerto Rico; 11: Los hispanos en Washington: Henry Cisneros; 13: Univisión; 15: Radiolandia; 16: Alfredo Estrada y la revista *Hispanic*
Chapter 4	23: El papel de la mujer; 24: Las madres de la Plaza de Mayo
Chapter 5	14: Carlos Santana y El Centro Cultural de la Misión
Chapter 6	8: Los paradores de España; 9: Puerto Rico; 10: México colonial
Chapter 7	2: Los gitanos de Cuenca; 4: El legendario Eddie Palmieri; 5: La conga de Mongo Santamaría; 6: Comprando comida fresca en Valencia, España; 7: La comida caribeña y el Café Atlántico
Chapter 8	3: Carlos Santana habla de su cultura; 12: Algunas equivocaciones culturales; 20: La botánica Yoruba y una entrevista con Bobby Céspedes, espiritista
Chapter 11	13: Univisión; 15: Radiolandia
Chapter 12	1: Visiones del pueblo: Una exposición del arte folklórico de la América Latina

For Chapters 9 and 10, there are no specific video segments dealing with ecology and business; you might want to have students spend more time on Web-related activities for these chapters.

Grammar List

The following list refers to the grammar sequence in ***En contacto: Gramática en acción,*** the text with which this reader is coordinated. For students interested in additional vocabulary, grammar, and writing practice, the ***En contacto: Cuaderno de ejercicios y laboratorio*** provides practice of all topics, according to the grammar sequence shown here.

Chapter 1: Subject pronouns; the present indicative tense; the personal *a;* nouns and articles; definite and indefinite articles; the reflexive (1)

Chapter 2: The preterit tense: regular verbs; use of the preterit; the preterite tense: irregular verbs; the imperfect tense; the preterit versus the imperfect; *hacer* + time expressions

Chapter 3: Agreement of adjectives; adjectives used as nouns; position of adjectives; *ser* versus *estar; ser* and *estar* with adjectives; demonstratives; possessives

Chapter 4: The future tense; the conditional; comparisons of equality; comparisons of inequality; irregular comparative forms; the superlative

Chapter 5: The present subjunctive mood: introduction and formation; the subjunctive with impersonal expressions; the subjunctive with verbs indicating doubt, emotion, will, preference, necessity, approval, disapproval, or advice; the subjunctive versus the indicative

Chapter 6: Direct object pronouns; indirect object pronouns; prepositional object pronouns; two object pronouns; position of object pronouns; commands; commands with object pronouns

Chapter 7: *Gustar, faltar,* and similar verbs; affirmatives and negatives; the subjunctive in descriptions of the unknown or indefinite; the subjunctive with certain adverbial conjunctions

Chapter 8: The reflexive (2); the reflexive with commands; the reciprocal reflexive; the impersonal *se; se* for passive

Chapter 9: The imperfect subjunctive; *if* clauses (1); adverbs; the infinitive; the verb *acabar*

Chapter 10: Past participles as adjectives; the perfect indicative tenses; the present perfect and past perfect subjunctive; the verb *haber;* expressing obligation; the passive voice

Chapter 11: Sequence of tenses with the subjunctive: summary; *if* clauses (2); conjunctions; *por* versus *para*

Chapter 12: The present participle and the progressive forms; relative pronouns; the neuter *lo, lo que (lo cual);* diminutives

Materias

CAPÍTULO
OCHO

CAPÍTULO
NUEVE

CAPÍTULO
DIEZ

¡Adiós, distancias! 189

La imaginación creadora 205

En contacto
Lecturas intermedias

Sexta edición

Una pareja baila el tango en San Telmo, Buenos Aires.

Diversiones y fiestas

CAPÍTULO UNO

Vocabulario preliminar

Estudie estas palabras y expresiones para practicarlas en los ejercicios y usarlas en todo el capítulo.

Acciones

bailar (en fiestas)

charlar (con los amigos) conversar

correr

dar un paseo (una vuelta)

divertirse (ie) pasarlo bien, pasar un buen rato

festejar celebrar

gozar (de), disfrutar (de) tener placer con

jugar a los naipes (a las cartas), al tenis

leer libros, periódicos (diarios), revistas

nadar (en la piscina, en el lago) moverse sobre el agua

tocar (música, instrumentos musicales)

los tambores

la flauta

la guitarra

ver (mirar) televisión

Preferencias

Trabaje con un(a) compañero(a), haciendo y contestando las preguntas. Después de hacer cada pregunta, consiga más información, usando **¿dónde?, ¿cuándo?, ¿con quiénes?** o **¿por qué?**, según el modelo. Luego, describa a la clase las actividades de su compañero(a).

MODELO A: **¿Charlas mucho con los amigos?**
B: **Sí, charlo todos los días con mis amigos.**
A: **¿Dónde?**
B: **En la universidad, en mi casa y en los cafés.**

1. ¿Lees libros, revistas o diarios?
2. ¿Te gusta nadar o correr?
3. ¿Tocas un instrumento musical?
4. ¿Bailas?
5. ¿Juegas a los naipes? ¿al tenis? ¿a otro deporte?
6. ¿Ves televisión?
7. ¿Escuchas música?
8. ¿Das una vuelta de vez en cuando?

Mi compañero(a) se llama... y él (ella)...

Mire y responda

Mire el dibujo. ¿Qué disfruta el hombre por la mañana cuando hay sol? ¿Qué disfruta usted los fines de semana?

Cosas

la alegría sentimiento positivo de placer y diversión
el cumpleaños aniversario del nacimiento
el festejo celebración
la película filme, historia visual que vemos en el cine
el personaje figura representada en una novela o película

Descripciones

aburrido(a) cansado, sin estímulo, sin interés
alegre feliz, contento(a)
emocionante apasionante, estimulante
parecido(a) similar
peligroso(a) lleno(a) de riesgo y las posibilidades de daño

Sinónimos

Dé palabras más o menos similares en su significado a las siguientes palabras. (En algunos casos, hay más de una posibilidad.)

1. apasionante
2. celebrar
3. conversar
4. disfrutar de
5. el placer
6. las cartas
7. el aniversario del nacimiento
8. una vuelta

Antónimos

Dé palabras opuestas o contrarias en su significado a las siguientes palabras. (En algunos casos, hay más de una posibilidad.)

1. diferente
2. interesante
3. pasarlo mal, pasar un mal rato
4. caminar despacio
5. seguro(a)
6. triste

Opiniones

Hable de sus preferencias con un(a) compañero(a), usando las siguientes preguntas.

1. Para ti, ¿qué diversiones son peligrosas? ¿Cuáles son aburridas? ¿Cuál es la más emocionante? ¿Por qué?
2. ¿Qué tipo de película te gusta más? ¿Cuáles **no** te gustan?

Películas...	de terror (como *Drácula*)	de misterio
	de ciencia ficción	de violencia
	del Oeste (con vaqueros)	de crimen
	románticas	de problemas legales
	de conflictos psicológicos	extranjeras (de otros países)
	de acción	cómicas
	sobre animales	

3. ¿Qué programas de televisión ves a menudo? ¿Le gustan las telenovelas *(soaps)*, o no? ¿Por qué?

Composición dirigida: Un programa que (no) me gusta

Escriba un párrafo sobre un programa de televisión, según este esquema:

1. La primera frase: Un programa de televisión que me gusta (o que no me gusta) es... (nombre del programa).
2. La segunda frase: Los personajes principales son... (nombres de los tres o cuatro personajes más importantes).
3. Luego, escriba una frase sobre cada personaje, explicando el papel que hace; por ejemplo: **La doctora Smith es la directora de un hospital muy grande.**
4. Escriba una o dos frases sobre las acciones típicas que ocurren; por ejemplo: **Casi siempre hay situaciones de emergencia en el hospital. A veces hay crímenes y problemas románticos.**
5. Finalmente, diga en una frase por qué le gusta o no el programa; por ejemplo: **Me gusta este programa porque siempre presenta conflictos emocionantes, y al final todo termina bien.**

Enfoque del tema

¿Cómo se divierten los hispanos?

«¿Pero dónde está la gente?» suele preguntar° el hispano, al visitar por primera vez las ciudades norteamericanas. Está acostumbrado a las calles de España y América Latina, donde la gente pasea y charla. En muchos barrios, especialmente en las ciudades pequeñas y en los pueblos, hay sillas en la acera,° muchachos que tocan la guitarra, viejos que juegan a los naipes y cafés al aire libre donde charlan los amigos. Sin duda esta atmósfera de bulla° y movimiento llega a su máxima expresión durante las numerosas fiestas del calendario hispano.

suele... pregunta con frecuencia
sidewalk
actividad

Fiestas y festivales

Los hispanos son gente fiestera.° La mayoría de ellos son católicos. Por eso, en muchas comunidades se celebran cada año varios días de fiesta para conmemorar fechas religiosas, como, por ejemplo, el Carnaval y la suntuosa celebración de Semana Santa.°

que aman las fiestas
Holy Week

Semana Santa en Murcia, España

Un partido del Mundial: Alemania contra Argentina

También hay fiestas de origen histórico. El 12 de octubre, los hispanos celebran «El Día de la Raza» (fecha en que los norteamericanos conmemoran el día de Cristóbal Colón°) con bailes y banquetes. Para algunos, la llegada de Colón simboliza el comienzo de la cultura latinoamericana porque representa el primer contacto entre europeos e indígenas. Para otros, Colón representa el comienzo de la opresión de los indígenas, y en años recientes hay protestas en esa fecha. En muchos países, la gente festeja el día de la independencia con bailes regionales, como la cueca en Chile o la cumbia en Colombia, y con platos especiales.

Cristóbal... *Christopher Columbus*

Los deportes

En el mundo hispano se practica una gran variedad de deportes. Muchos de ellos son también populares en Estados Unidos y Canadá: el béisbol, el básquetbol, el vólibol, el tenis, la natación° y el esquí, pero, naturalmente, hay diferencias. En España y en ciertos países latinoamericanos, es popular el jai alai, un juego de pelota rápido y peligroso, jugado exclusivamente por los hombres. Mucha gente va a mirar los partidos y hace apuestas.° Por otra parte, el hockey y el fútbol americano o canadiense apenas existen allí.

Una gran pasión de los latinoamericanos es el fútbol (al que nosotros llamamos *soccer*). El momento deportivo de más importancia es el Mundial,° el campeonato° internacional de fútbol que se celebra una vez cada cuatro años.

En España, México y Colombia hay también mucha afición° a los toros. Todos los periódicos y revistas tienen una sección dedicada a las corridas.° Sin

swimming

bets

World Cup

championship

inclinación

bullfights

embargo, para los hispanos la corrida de toros no es un deporte, sino un espectáculo o una fiesta: «la fiesta brava» que simboliza la confrontación del hombre con la muerte.

Actividades con los amigos

35 En los cafés siempre hay espontáneas discusiones sobre la política, las artes y los deportes. También ocurren dos actividades más formales, aunque con menos frecuencia que en el pasado: las peñas y las tertulias. Las peñas son reuniones informales de amigos que se juntan para cantar, tocar y escuchar música. Las tertulias son también reuniones, generalmente en un café; en este caso, el
40 propósito° es charlar sobre los temas del día. Los jóvenes de las grandes ciudades salen a menudo a bailar o a escuchar música. Muchas veces los clubes se especializan en ritmos específicos, como la salsa, el merengue, las sevillanas (del flamenco español) o el tango argentino. Durante los fines de semana, es común salir de casa a las once o a medianoche y no regresar hasta las cinco o
45 seis de la mañana.

objetivo

Explicación de términos

Explique usted el significado de los siguientes términos:

1. el Día de la Raza
2. la cueca y la cumbia
3. el jai alai
4. el Mundial
5. la peña
6. el merengue

Preguntas

1. En general, ¿qué diferencias hay entre las calles de Estados Unidos y las calles de España o de Latinoamérica?
2. ¿Por qué hay tantos días feriados en los países de habla española?
3. ¿Cuándo es el Día de la Raza? ¿Qué piensa usted de esta celebración?
4. ¿Qué deportes son populares en Norteamérica? ¿en el mundo hispano? ¿Qué deportes no le gustan mucho a usted? ¿Por qué?
5. La corrida de toros, según los hispanos, ¿es un deporte o no? Explique.
6. ¿Adónde van los jóvenes latinos a bailar? ¿A qué hora salen de casa? ¿A qué hora regresan? ¿Son parecidas estas costumbres a las de usted y sus amigos?

Debatamos

Trabajando con otros compañeros, digan **sí** o **no** a las siguientes ideas, según la opinión de todo el grupo. Luego, expliquen a la clase por qué opinan así.

1. Todo el mundo debe ver una corrida de toros por lo menos una vez en la vida.
2. Jugar a la lotería no es una idea muy inteligente.
3. Las discusiones sobre la política siempre son aburridas.

El español en su vida

1. Busque información en Internet o en la biblioteca sobre uno de estos temas: el jai alai, la corrida de toros o el Mundial de fútbol. Tome apuntes sobre algunos aspectos interesantes para después presentar un informe a la clase.
2. Haga una lista de recursos *(resources)* en español disponibles en el lugar donde usted vive: diarios y revistas locales, canales de televisión o de radio, tiendas, restaurantes y clubes de baile. Lea y comente la lista en clase.

Selección 1

Antes de leer

El siguiente artículo de una revista española describe la fiesta de San Fermín que tiene lugar en Pamplona, un pueblo del norte de España situado en las faldas *(foothills)* de los Pirineos. La parte más conocida de la celebración es el encierro *(roundup)* cuando se transportan los toros a la plaza para la corrida y muchos individuos corren delante para mostrar su valor, así cumpliendo con una antigua tradición. La fiesta de San Fermín, que dura una semana entera, tiene fama de ser una de las fiestas más emocionantes del mundo y figura en la novela *The Sun Also Rises* de Ernest Hemingway, en la película *City Slickers* y en otras obras.

Búsqueda de cognados *(Search for Cognates)*

Los cognados son palabras similares en forma y significado de una lengua a otra. Hay muchos cognados en inglés y español. Busque cognados en el artículo para las siguientes palabras. (Estas palabras van de acuerdo al orden del texto.)

Modelo *fractions* = **fracciones**

1. *protagonists* _________
2. *band (musical)* _________
3. *exhausted* _________
4. *enthusiasm* _________
5. *to regulate* _________
6. *spontaneity* _________
7. *to control* _________
8. *spectacle* _________

Inferencias

Mire el título y la foto de la página 10. Luego, conteste esta pregunta:

Algunas personas están en contra de la fiesta de San Fermín. ¿Puede usted adivinar *(guess)* por qué?

Lea el artículo para sentir un poco la emoción de este festival famoso.

San Fermín y los toros

Carlos Carnicero

Seis de julio a las doce en punto del mediodía. Pamplona arde en fiestas. Por primera vez una mujer enciende el cohete° que 5 empieza la celebración. En fracciones de segundo hay una gran explosión, y miles de personas gritan: «Viva San Fermín». La fiesta «estalla»°, como escribía 10 Ernest Hemingway.

La fiesta de San Fermín en Pamplona, España

Durante los días que duran los *sanfermines,*° nadie es forastero° en Pamplona. Todos son protagonistas de una de las últi- 15 mas grandes fiestas que quedan en el mundo. Desde la explosión del cohete hasta la canción que tocan las bandas al final, «Pobre de mí... así se acaba° la fiesta de 20 San Fermín», el pueblo está en la calle y goza con todas las ganas, alegremente, hasta quedar exhausto.

El ritual más conocido de 25 la fiesta es, por supuesto, el encierro,° un ritual emocionante pero también sumamente peligroso. Desde el año 1924 más de doce personas han pagado con la 30 vida° el entusiasmo por correr delante de los toros en San Fermín. Y un número incontable de heridos.° Sin embargo, los accidentados son relativamente pocos si se 35 piensa en los miles de muchachos que corren cada año.

Es que «correr el encierro es una forma de autoafirmarse°», opina el sociólogo Gavira. «Al- 40 gunos quieren regular la fiesta pero eso es un desatino°; es importante no quitarle la espontaneidad.»

En Pamplona la fiesta em- 45 pieza y nadie puede controlarla. En calles y plazas se reúne la gente para pasarlo bien, gozando con emoción y miedo del espectáculo del encierro. En Pam- 50 plona siempre hay sitio° para más gente. Y año tras año la fiesta continúa.

de la revista española *Cambio 16*

---

línea 4 **cohete** *rocket* / 9 **estalla** *explodes* / 12 **sanfermines** celebraciones / 13 **forastero** persona que viene de otra parte / 19 **se...** termina / 26 **encierro** *roundup* / 30 **han...** han muerto a causa de / 33 **heridos** *injured people* / 38 **autoafirmarse** *expressing oneself* / 41 **desatino** error absurdo / 50 **sitio** espacio

Identificación de la idea principal

Lea las siguientes oraciones y diga cuál expresa la idea principal del artículo. (Si es necesario, lea el artículo otra vez, muy rápidamente.)

1. Las personas que quieren regular la fiesta no tienen razón, porque correr el encierro es una forma de autoafirmarse.
2. Por primera vez una mujer enciende el cohete que empieza la celebración.
3. Es necesario controlar más la fiesta porque en el encierro hay muchos accidentes y un número incontable de heridos.
4. La celebración, con su emoción y peligro, es una vieja tradición de Pamplona que va a continuar por mucho tiempo.
5. La fiesta de San Fermín empieza el 6 de julio, a las doce en punto del mediodía.

Análisis de ideas*

Ahora, mire las otras oraciones del ejercicio **Identificación de la idea principal,** y diga cuál(es)...

1. expresa una idea que **no** está en el artículo: _________
2. menciona únicamente detalles menores: _________
3. expresa una idea secundaria: _________ y _________ (dos de las oraciones)

Preguntas

1. ¿Cómo empieza la fiesta de San Fermín?
2. ¿Cómo termina?
3. ¿Qué hace la gente durante la fiesta?
4. ¿Qué pasa durante el ritual del encierro?
5. ¿Qué opina el sociólogo Gavira de la idea de regular la fiesta? ¿Está usted de acuerdo o no? ¿Por qué?

Opiniones

Trabaje con un(a) compañero(a), haciendo y contestando las siguientes preguntas.

1. ¿Qué otras celebraciones conoces que duren varios días? ¿Dónde tienen lugar? ¿Cómo son?
2. ¿A ti te gustaría correr con los toros en la fiesta de San Fermín, o no? Explica. ¿Hay diferencias entre las respuestas de los hombres y las respuestas de las mujeres?
3. ¿Qué otras formas hay de «autoafirmarse»?

---

* Practicing the skills of identifying and categorizing ideas improves your reading comprehension in any language.

Composición: Otro punto de vista

Trabajando solo(a) o con otro(s), escoja una de las siguientes identidades. Describa en cinco o más frases lo que usted ve y siente durante la fiesta de San Fermín.

1. Uno de los toros
2. Un extraterreste de otro planeta

Selección 2

Antes de leer

El Carnaval es una celebración importante en España, Latinoamérica y en muchas otras partes del mundo. Tiene lugar en febrero o marzo, un poco antes de la temporada religiosa que los católicos llaman Cuaresma *(Lent).*

¿Cómo es este festival que a veces se prolonga por días y noches? Se llama *Fasching* en Alemania, Carnaval en Río, *Mardi Gras* en Nuevo Orleans, y se celebra de diversas formas. El artículo que está a continuación nos describe cómo la comunidad afroamericana de Montevideo, Uruguay, festeja Carnaval con su celebración llamada **Candombe.***

Adivinar el sentido del contexto *(Guessing Meaning from Context)*

Trabaje solo(s) o con un(a) compañero(a) para aprender algunas palabras usadas en el artículo. Mire cada palabra, su contexto y los indicios *(clues),* y luego escoja la definición más apropiada.

1. **serpentear** (línea 3): un verbo relacionado con la palabra **serpiente.** *(snake)*
   a. atacar cruelmente
   b. moverse dando vueltas
   c. tocar música
2. **sincretismo** (línea 10): una explicación de esta palabra aparece en la frase.
   a. combinación de dos teorías o tradiciones distintas
   b. creencia en los santos cristianos
   c. práctica artística de decorar las calles con colores vívidos
3. **esclavos** (línea 14): una palabra relacionada con **esclavitud** en la línea 15.
   a. indios de la selva
   b. personas consideradas como propiedad
   c. bailarines de danzas religiosas

---

* La palabra **Candombe** se deriva del nombre de una danza africana. **Candombe** también se refiere al tambor que se usa para acompañar la danza.

4. **caserón** (pl. **caserones**) (línea 24): una palabra relacionada con la palabra **casa;** la terminación **-ón** significa **grande.**
   a. vestidos extravagantes
   b. fiestas coloridas
   c. casas enormes
5. **tronos** (línea 24): Hay que notar quiénes usaban estos tronos.
   a. armas para la guerra
   b. pinturas de personajes importantes
   c. asientos de honor para reyes

Predicción

Mire el título y la foto de esta página. Luego, escriba una respuesta a la siguiente pregunta para hacer una predicción sobre el contenido de la selección.

¿Qué pasa durante el Candombe en Montevideo?

Lea el artículo para saber más sobre esta fiesta. Conteste las preguntas que interrumpen el texto para verificar su comprensión después de cada sección.

Candombe, un ritmo ancestral

Oscar Bonilla

Una celebración de Carnaval

Con exuberantes cadencias° y magníficos desfiles,° la comunidad afroamericana de Montevideo celebra su arraigada° herencia cultural.

ritmos / *parades*
deep-rooted

Cuando a mediados de febrero las lamparillas multicolores que serpentean las calles del Barrio Sur de Montevideo iluminan la noche y, entre olores° de carne asada y vino, comienzan a templarse los tambores,° todo está listo para revivir Candombe, una de las expresiones más auténticas del carnaval de nuestro continente.

aromas
a... *to tune up the drums* 5

> **Comprensión**
>
> 1. ¿Cuándo tiene lugar la fiesta afroamericana de Candombe?
> 2. ¿Dónde?
> 3. Candombe es una experiencia muy sensorial. ¿Qué ve la gente por las calles? ¿Qué olores hay? ¿Qué sonidos?

Esta celebración se remonta° a los ritos religiosos y tradiciones de los bantúes de Angola, Mozambique y el Congo, los países de origen de la mayor parte de los negros uruguayos, y constituye uno de los más claros ejemplos de sincretismo en la sociedad uruguaya actual° al combinar elementos africanos y europeos.

se... *dates back*
10
de hoy

Los primeros africanos llegaron al Uruguay en 1756. En aquel tiempo Montevideo era el único puerto de entrada de esclavos en la zona sur del continente. Para 1803 la esclavitud constituía una tercera parte de la naciente población de Montevideo, siendo los hombres destinados al trabajo en los establecimientos rurales e industriales de sus amos° y las mujeres al servicio doméstico.

15
dueños

> **Comprensión**
>
> Dé la información indicada sobre los orígenes de la fiesta.
>
> 1. Países de origen de la celebración
> 2. Grupo cuyas *(whose)* tradiciones representa
> 3. Año en el cual llegaron al Uruguay los primeros africanos
> 4. Trabajo que hacían los hombres y trabajo que hacían las mujeres

La necesidad de mantener un vínculo° entre ellos y de reencontrarse como individuos, y el afán° de mantener vivas las expresiones culturales y celebraciones religiosas de la lejana tierra africana, llevó a los esclavos a buscar un lugar de reunión en sus momentos de desdición° adaptándolo a su nuevo entorno° y condiciones de vida. En el Montevideo colonial del siglo pasado, los negros se reunían en caserones ruinosos° donde en una habitación instalaban los tronos de los reyes que eran los que, por reconocimiento° o respeto ganado dentro de la

un... una relación
deseo fuerte 20
feelings of alienation / ambiente
en malas condiciones
honor 25

comunidad, habían accedido a° estos títulos. La fiesta continuaba cuando salían bailando por las calles y desfilaban° así hasta la iglesia Matriz, donde se detenían para saludar a la imagen° de San Baltasar, y continuaban luego hasta la casa del gobernador y de las familias patricias.°

accedido... recibido
salían en filas
estatua
de la aristocracia

Comprensión

1. ¿Por qué buscaban los esclavos un lugar de reunión?
2. ¿Dónde empezaban a reunirse? ¿Qué instalaban allí?
3. ¿Adónde iban después? ¿Qué hacían?

Hoy en día, el Barrio Sur de Montevideo se viste con sus mejores galas.° 30 Viejos, jóvenes y niños, la edad y el sexo no importan, salen a la calle a celebrar las más sentidas° tradiciones de su raza.

Al caer la tarde, y al calor de los últimos rayos de sol, se dan cita las comparsas° de los distintos barrios de Montevideo y de algunas ciudades del interior del país. La comparsa se caracteriza por la presentación de personajes definidos: el portaes- 35 tandarte,° que abre el desfile; el escobero,° que, con la escoba° «limpia el aire», la mamá vieja, que a pesar de° sus años no quiere estar ajena a° la gran fiesta, y el gramillero,° el antiguo curandero° con su valija cargada de «gramillas» medicinales.

vestidos
profundas
asociaciones de danzantes
persona que lleva la bandera / *sweeper* / *broom* / **a...** *in spite of* / **ajena...** separada de / *herbal medicine carrier* / *native healer*

Comprensión

1. ¿Quiénes celebran Candombe hoy en día?
2. ¿Qué personaje abre el desfile?
3. ¿Qué hace el escobero? ¿Cómo interpreta usted esta acción?
4. ¿Cómo se llama el personaje de la mujer entrada en años?
5. ¿Qué lleva el gramillero (curandero) en su valija?

Quizás el personaje menos tradicional sea la vedette,° introducido en los años cuarenta, con la influencia del Moulin Rouge (un club de París). La vedette 40 avanza provocativa, con su deslumbrante° belleza, acompañada de un grupo de bailarinas jóvenes, recogiendo los aplausos y admiración del público. Ataviadas° con plumas multicolores, cubriendo sus exuberantes formas con estrechas mallas,° las vedettes transmiten la fuerte carga° erótica que caracteriza el Candombe.

Todo transcurre° al son° del incesante tronar de la «cuerda de tamboriles°». 45 Al compás° de su sonido, el negro cielo de la noche recibe el clamor de una raza orgullosa de sus orígenes.

estrella *(star attraction)*
muy impresionante
Vestidas
leotards / energía
pasa / *to the beat* / *small drums* / ritmo

de la revista internacional *Américas*

Comprensión

1. ¿Cuál es la figura más erótica y menos tradicional de la comparsa?
2. ¿Quiénes la acompañan?
3. ¿Cómo están vestidas?
4. ¿De qué están orgullosas las personas que celebran Candombe?

Identificación de personas y personajes

Dé la letra de la descripción correcta para cada grupo, persona o personaje.

1. _____ el escobero
2. _____ la vedette
3. _____ el gramillero
4. _____ el portaestandarte
5. _____ la mamá vieja
6. _____ los bantúes de África
7. _____ los esclavos del siglo XVIII
8. _____ los «reyes»

a. se reunían en viejos caserones
b. tiene muchos años pero disfruta de la fiesta
c. limpia el aire
d. tenían el respeto de la comunidad
e. lleva la bandera en el desfile
f. es un curandero que lleva medicamentos
g. es provocativa y lleva plumas multicolores
h. empezaron las tradiciones de Candombe

Una entrevista en la calle

El anuncio que sigue muestra diversas personas que celebran Carnaval. En grupo, miren el anuncio y escriban el número correcto delante de la descripción de cada persona:

_____ la chica en traje de baño
_____ la bailarina con plumas (la vedette)
_____ la mujer sofisticada
_____ la niña que toca las maracas
_____ el turista con pantalones cortos
_____ el hombre de negocios
_____ la señora madura

Luego, escojan una de las personas representadas. Usen las siguientes preguntas para «entrevistar» a esta persona y, utilizando la imaginación, escriban las respuestas que podría dar. Después, lean las respuestas en voz alta; la clase adivinará cuál de las personas es.

1. ¿Cómo se llama usted?
2. ¿Por qué participa del Carnaval?
3. ¿Qué hace allí para divertirse?

4. ¿Cuántos años tiene usted, más o menos?
5. ¿Qué hace durante el resto del año para pasarlo bien?
6. ¿Qué parte de la celebración le gusta más? ¿el desfile? ¿la música? ¿la gente?

Una abuela costarricense con sus nietos

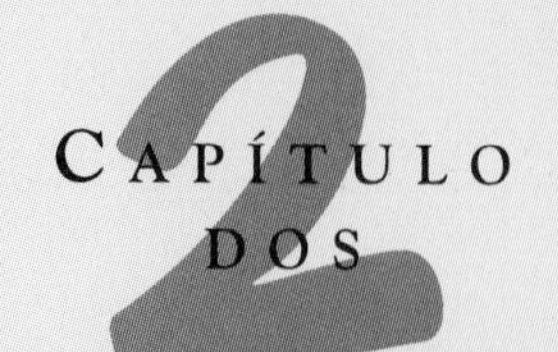

CAPÍTULO DOS

Vejez y juventud

Vocabulario preliminar

Estudie estas palabras y expresiones para practicarlas en los ejercicios y usarlas en todo el capítulo.

Diego y sus parientes *(relatives)*: Un árbol genealógico

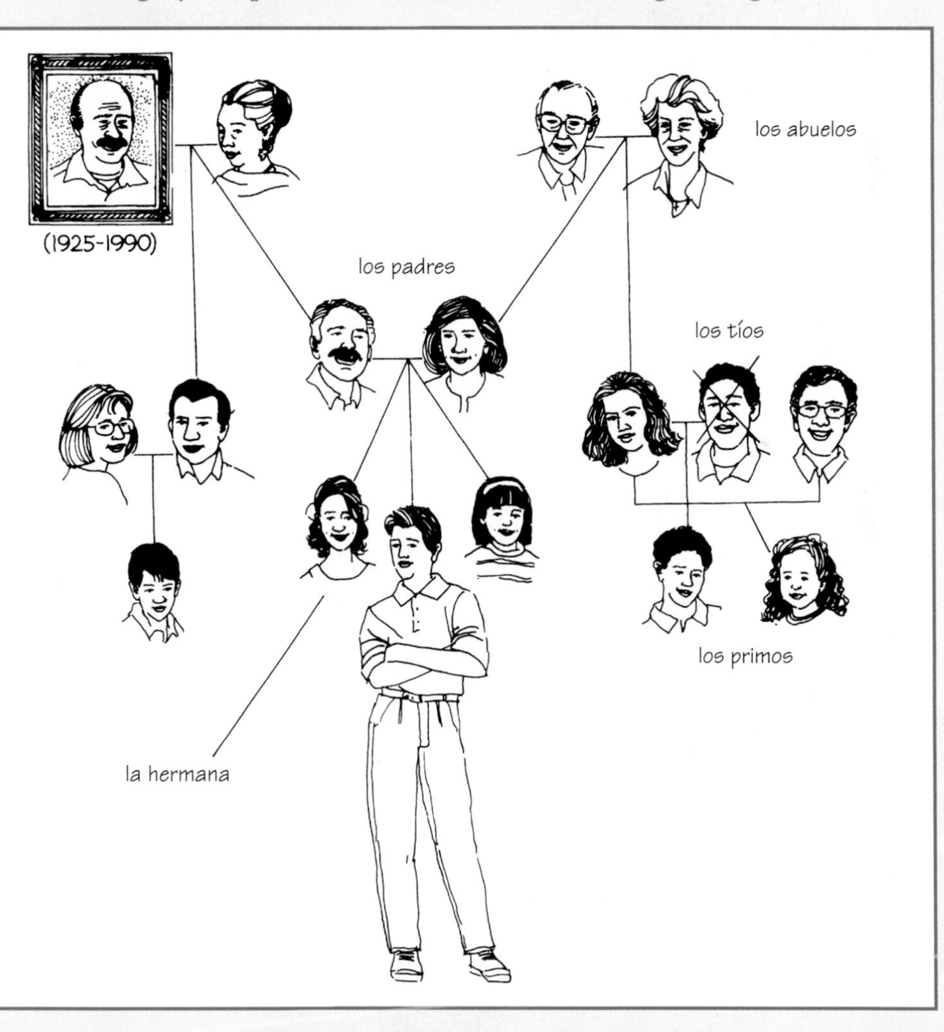

Otros parientes

los antepasados	tus parientes de generaciones anteriores
los bisabuelos	padres de tus abuelos

los esposos personas casadas
los hermanastros(as) *stepbrothers and stepsisters*
los nietos hijos de tus hijos
los sobrinos hijos de tus hermanos

Descripciones

casado(a) unido(a) en matrimonio
difunto(a) muerto(a)
divorciado(a)
soltero(a) hombre o mujer que no se ha casado
viudo(a) hombre o mujer que ha perdido su esposo(a) por la muerte

Acciones

casarse unirse en matrimonio
crecer hacerse más grande
divorciarse
fallecer (zc) morir
llevarse bien tener buenas relaciones
nacer (zc) venir al mundo
pelear batallar, combatir

La familia de Diego

Trabajando solo(a) o con otra persona, diga si cada frase es verdadera o falsa, según la ilustración de la página 19. Corrija las frases incorrectas.

1. _____ Diego tiene un hermano y una hermana.
2. _____ Tiene dos primos.
3. _____ Los padres de Diego tienen tres sobrinos.
4. _____ El abuelo paterno de Diego ha fallecido.
5. _____ Sus abuelos paternos tienen dos nietas.
6. _____ No hay divorcios en la familia de Diego.
7. _____ La única viuda es su tía paterna.
8. _____ Una de las tías se casó dos veces.
9. _____ Diego tiene una hermanastra.

Emociones

el cariño afecto
estar orgulloso(a) estar satisfecho y convencido del mérito (de algo): Está muy orgulloso de su tío famoso.

el odio	sentimiento de repulsión
tener vergüenza	sentir humillación y falta de dignidad: Tiene vergüenza de su ropa vieja y sucia.

Etapas (Períodos) de la vida

la niñez	**los niños**
la juventud	**los jóvenes (muchachos, chicos)**
la madurez	**los adultos (personas mayores)**
la vejez	**los viejos (ancianos, personas mayores, personas de la tercera edad)**

Antónimos

Dé palabras opuestas (contrarias en su significado) a las siguientes palabras. En algunos casos, hay más de una posibilidad.

MODELO madurez **juventud**

1. vejez
2. estar orgulloso
3. nacer
4. unos jóvenes
5. cariño
6. vivo
7. divorciado
8. niños
9. llevarse bien
10. casarse

¿Quién soy yo?

Diga quién es cada persona con relación a usted.

MODELO Soy la madre de tu abuelo.
Eres mi bisabuela.

1. Soy el hermano de tu padre y el padre de tus primos.
2. Soy la hija de tus padres.
3. Soy el hijo de la nueva esposa de tu padre.
4. Soy el esposo de la madre de tu padre.
5. Soy la nieta de tus abuelos.

Lengua y cultura

El uso de los eufemismos

La terminación **-astro** corresponde a *step-* en inglés. **Hermanastro(a)** es *stepbrother, stepsister.* **Madrastra** *(stepmother)* y **padrastro** *(stepfather)* e **hijastro(a)** *(stepson, stepdaughter),* sin embargo, tienen connotaciones un poco negativas en español y se usan poco. Para presentar a tu madrastra, por ejemplo, es más común decir, **Ella es la esposa de mi padre.** *(This is my father's wife.)*

Se usan muchos eufemismos (palabras más suaves) en español para expresar ciertas ideas de manera delicada. Busque en las listas eufemismos para estos conceptos:

1. morir _______ 2. muerto(a) _______ 3. los viejos _______

Enfoque del tema

La familia: Tradición y cambios

En los siglos pasados, la familia representaba un papel fundamental en la vida de los individuos. La familia típica era una familia «extensa»° que consistía en varios parientes que convivían° bajo el mismo techo°: el matrimonio, sus hijos, los abuelos o bisabuelos y a veces, tíos o primos, especialmente si eran solteros 5 o viudos. Por eso, las casas antiguas eran enormes. Además, la familia solía° mantener estrechas° relaciones con otros parientes o compadres y comadres° que habitaban el mismo barrio. Los niños crecían en un ambiente de calor humano, y podían confiar en muchos adultos. Para los ancianos, la familia representaba una garantía de protección y cariño cuando ya no gozaban de 10 buena salud. Muchas personas nacieron, crecieron, se casaron y murieron en la misma casa.

La familia extensa casi ha desaparecido de Estados Unidos donde ahora predomina la familia «nuclear» (compuesta de madre, padre e hijos). Pero en el mundo hispano todavía persiste la tradición de la familia extensa. Si le preguntas 15 a un norteamericano sobre «su familia», generalmente te va a hablar sólo de sus hijos, esposa, padre y madre, pues muchas veces no mantiene contacto con el resto de sus parientes. En cambio, si le haces la misma pregunta a un hispano, te va a hablar también de su primo o de la sobrina de su tío abuelo.°

Actualmente hay muchos cambios sociales en España y Latinoamérica que 20 afectan la vida familiar. El divorcio, si no es tan frecuente como en Estados

extended

vivían juntos / *roof*

tenía la costumbre de

close / **compadres...** *intimate friends who serve as godparents for each other's children*

tío... *great uncle*

La primera comunión de una niña madrileña

Unidos y Canadá, es bastante común, y el número de familias monoparentales° va creciendo. No obstante, como regla° general, la familia hispana de hoy es más unida° que la familia norteamericana. Los niños aprenden a bailar y a tomar bebidas alcohólicas con moderación en fiestas familiares donde están presentes personas de todas las edades, y muchas veces los parientes o compadres ayudan 25 a los jóvenes cuando necesitan consejos, empleo o dinero. Por otra parte, no hay muchos «hogares para ancianos»° en España y Latinoamérica (aunque en las ciudades grandes este fenómeno está apareciendo ahora) porque todavía los abuelos suelen vivir en casa con alguno de sus hijos.

de un solo padre

rule

más... *closer*

hogares... *retirement homes (literally, old people's homes)*

Un contraste que algunos españoles señalan° entre su sociedad y la de Es- 30 tados Unidos y Canadá es que, en la España de hoy, poca gente cuestiona el derecho° de la juventud a divertirse. En general, se cree que los jóvenes necesitan tener tiempo libre sin presiones° y, si se aburren, no importa porque «el aburrimiento genera la creatividad», como dice un refrán° popular. Los jóvenes pasan viernes, sábado y domingo en la discoteca y no está mal visto.° 35 Como es difícil encontrar un buen trabajo y nadie quiere bajar su condición de vida,° muchos hijos no se marchan de casa después de terminar sus estudios. Tanto es así° que hay gente de treinta años que vive con sus padres y recibe una mesada.°

indican

cuestiona... *call into question the right* / *pressures*

proverbio

mal... considerado como cosa mala

bajar... *to lower their standard of living* / **Tanto...** *It's so much like this* / *allowance*

En fin, la familia extensa le da al hispano un sentimiento especial de seguri- 40 dad y apoyo.° Pero también hay desventajas°: sus miembros experimentan° interferencias y falta de independencia que para muchos norteamericanos serían intolerable.

support / puntos negativos / *experience*

Comparación y contraste

Diga a qué cultura se refiere cada descripción, escogiendo *(choosing)* la frase más apropiada:

a. la sociedad hispana b. la sociedad de Estados Unidos y Canadá c. ambas

1. La familia típica es la familia nuclear.
2. Existe todavía la tradición de la familia extensa.
3. Hay mucho divorcio.
4. Los parientes y compadres ayudan a los jóvenes a encontrar empleos.
5. La gente cree que los jóvenes tienen derecho a divertirse.
6. Los hogares para ancianos son comunes.

Preguntas

1. ¿Por qué eran muy grandes las casas antiguas?
2. ¿Qué ventajas tiene la familia extensa para los niños? ¿para los adultos? ¿para los ancianos?
3. ¿Qué desventajas puede tener la familia extensa?

¿Costumbres buenas o costumbres malas?

¿Qué opina usted de las siguientes costumbres, típicas de muchos españoles? Trabajando con un(a) compañero(a), completen el siguiente recuadro. Luego, compartan sus opiniones con la clase.

Costumbre	¿Buena o mala?	¿Por qué?
1. Los jóvenes pasan viernes, sábado y domingo en la discoteca y esto no está mal visto.		
2. Hay gente de treinta años que vive con sus padres y recibe una mesada.		
3. Los niños aprenden a bailar y a tomar bebidas alcohólicas con moderación en fiestas familiares.		
4. Los viejos viven con sus hijos en vez de ir a un hogar para ancianos.		

Entrevista

Trabaje con un(a) compañero(a). Háganse uno al otro las preguntas que siguen. Después escriba un breve resumen de las respuestas para leerlo a la clase.

1. ¿Cuántos hermanos tienes? ¿Eres tú el (la) mayor o el (la) menor, o estás en el medio? ¿O eres hijo(a) único(a)? ¿Qué ventajas o desventajas tiene tu posición en la familia?
2. ¿Tienes tíos? ¿sobrinos? ¿primos? ¿Con qué parientes te llevas bien? ¿Con cuál o cuáles peleas? ¿Viven cerca o lejos de ti?
3. En tu opinión, ¿por qué hay mucho divorcio en nuestra sociedad?
4. Para ti, ¿cómo es la familia ideal?

El español en su vida

Trabajando solo(a) o con otra persona, haga uno de los siguientes proyectos.

1. Busque en la biblioteca o en Internet información sobre la vida familiar del rey de España o del presidente de México, o del presidente de otro país latinoamericano. Tome notas y haga un informe *(report)* para entregar o para compartir con la clase.
2. Investigue el tema del divorcio en España o en Latinoamérica. ¿Las leyes de divorcio son antiguas o recientes? Compare con las leyes en Estados Unidos y Canadá. Prepare una breve charla sobre el tema para leérsela a la clase.

Selección 1

Antes de leer

Ana Alomá Velilla, la autora de *Las vecinas,* es una escritora y profesora cubana que lleva muchos años viviendo en Boston, Massachusetts. El cuento relata un incidente verdadero que ocurrió en Cuba hace más de sesenta años. Está narrado desde el punto de vista de una niña de seis o siete años. Es una niña inteligente que quiere conocer de su mundo. Un día descubre algo en su barrio que no comprende: una casa extraña y misteriosa. ¿Qué hacer? La respuesta es obvia: preguntarles a los adultos. ¿Pero si los adultos no quieren contestar...?

La búsqueda rápida de detalles *(Scanning for Details)*

Esta actividad le ayudará a practicar una técnica útil para buscar información específica. Para hallar detalles en poco tiempo, es necesario recorrer los dibujos rápidamente con los ojos sin pensar en otras cosas. Mire los dibujos A y B por un minuto y medio. Busque las siete diferencias que hay entre los dibujos, y escríbalas debajo de ellos. (Como ejemplo, una de las diferencias está en la lista.)

A.	B.
1. **Un niño llora.**	1. **Una niña llora.**
2. ______	2. ______
3. ______	3. ______
4. ______	4. ______
5. ______	5. ______
6. ______	6. ______
7. ______	7. ______

¿Halló usted todas las diferencias que hay entre los dibujos? Ahora, trabaje con un(a) compañero(a); miren el título de *Las vecinas* y la ilustración de la página 29. Usen la técnica de la búsqueda rápida para encontrar en las líneas 1–33 la información necesaria para completar el siguiente cuadro. Después, compartan sus resultados con la clase.

Las preguntas de la niña sobre la casa	¿A quiénes pregunta?	Las respuestas
1. ¿Por qué cierran las ventanas? ¿Por qué tienen una ventanita chiquita abierta en la puerta de la ventana grande?		
2.	la tía Felicia	
3.		No sé... no lo creo. Tal vez en algunas ocasiones.

Hacer inferencias

1. ¿Cómo interpretó la niña la respuesta de la tía Felicia?
2. ¿Qué inferencia puede usted. hacer de las respuestas de los adultos?
3. ¿Qué es la misteriosa casa de la esquina? ¿Cómo lo sabe usted?

Ahora, lea el cuento con cuidado para saber más.

Las vecinas

Ana Alomá Velilla

Hacía varios días que Abuelo venía quejándose y diciendo que no se sentía bien. Eso me preocupaba porque yo lo quería mucho. Abuelo me llevaba al malecón° y me compraba globos° de colores y cucuruchos de maní tostado.° Otra cosa que me gustaba de él era que sabía las respuestas a todas mis preguntas. Bueno, a casi todas porque nunca me contestaba claro las que le hacía sobre la casa grande de la esquina.° (5)

—¿Por qué cierran las ventanas? ¿Por qué tiene una ventanita chiquita abierta en la puerta de la ventana grande?

—Mm... tal vez no les guste el fresco.° Yo pensé que Abuelo se había sonreído. Pero ésa era una respuesta tonta porque con el calor que hacía en el verano todo el mundo abría las ventanas de par en par° a la brisa. (10)

Cuando tía Felicia y yo pasamos una vez por frente a la casa, le pregunté si conocía a la familia que vivía ahí.

—¿Yo? ¡Dios me libre! Ahí viven mujeres de la vida... de mal vivir.

—¿De mal vivir? Pero tía, la casa no parece peor que las otras. (15)

—Deja eso, deja eso y apúrate...° Papá necesita la medicina.

un parque al lado del mar / *balloons* / **cucuruchos...** *paper cones of toasted peanuts*
corner
aire frío
de... completamente
ven rápidamente

alcancé... pude		El misterio de la situación empezó a fascinarme. Una vez alcancé a° ver en
cara		la ventanita un rostro° pintado y mi imaginación se llenó de princesas prisio-
		neras y aventuras mágicas. Me dediqué a vigilar la famosa casa.
embroidering	20	Un día, tía Asunción estaba bordando,° sentada en el balcón de la casa, y
		yo, en el suelo, jugaba a los naipes.
valientes (regionalismo)		—Tía, ¿los hombres son más guapos° que las mujeres?
		—No sé... no lo creo. Tal vez en algunas ocasiones. ¿Por qué me lo pre-
		guntas? —añadió distraídamente.
	25	—Porque sólo entran hombres en la casa de la esquina.
wide		—¡Susana! —exclamó tía, abriendo tamaños° ojos.
		Pensando que no me creía, exclamé —Pero, si es verdad, tía. Yo los veo
flat roof		desde la azotea.°
		Tía se levantó rápidamente y muy agitada la oí conversando con Mamá,
	30	Abuela y las otras tías... Yo oía cosas como: «es una vergüenza... una niña pe-
barrio		queña... un vecindario° decente...» No sé exactamente qué pasaba. La
apasionante		situación se ponía más y más candente,° y sólo se enfrió cuando Abuelo llamó
se... *turned toward*		quejándose y la atención de todas se volcó en° él.

Comprensión

1. ¿Por qué estaba preocupada la niña?
2. ¿Por qué quería tanto a su abuelo?
3. ¿En qué pensaba la niña cuando vio un rostro pintado en la ventanita?
4. ¿Qué hizo la tía Asunción después de su conversación con la niña? ¿Por qué?

		Porque a pesar de todos los esfuerzos del médico y de la familia, Abuelo
cayó / tristeza intensa	35	murió esa tarde. La familia se sumió° en el duelo° y en los preparativos para el
wake / coffin / candles		velorio.° Por la noche ya Abuelo descansaba en su caja° rodeado de velas° y de
burial		flores en la sala de la casa. El velorio iba a durar toda la noche y el entierro° es-
		taba fijado para las diez de la mañana siguiente. Yo estaba sentada quieta y llo-
		rando bajito, un tanto asustada por todo el aparato que rodeaba a la muerte. Al-
se... fue	40	guien llamó a la puerta: la primera visita de la noche. Tía Felicia se dirigió° a la
		puerta y la abrió. Desde el primer cuarto tía Asunción vio a los primeros visi-
		tantes.
		—¡Dios mío! ¡Las mujeres malas de la esquina!
		La curiosidad me hizo olvidar momentáneamente la pena y corrí a la
de... *in dark color / make-up*	45	puerta. Cinco mujeres, todas vestidas de oscuro° y sin maquillaje° alguno, se
		presentaban a tía:
		—Somos las vecinas de la esquina. Venimos a acompañarles en su sen-
		timiento y a ayudarles en todo lo posible.
muy sorprendida		Tía, pasmada,° o recobró a tiempo su buena educación, o se turbó dema-
medio... *half-stunned*	50	siado para impedirles el paso porque, medio atontada,° las mandó a pasar.

Comprensión

1. ¿Quién murió esa tarde?
2. ¿Dónde estaba Abuelo mientras preparaban el velorio?
3. ¿Qué dijo la tía Asunción cuando abrió la puerta?
4. ¿Qué dijeron las vecinas?

—¡Qué desilusión! Las misteriosas mujeres de la esquina ni eran misteriosas ni se diferenciaban en nada al resto de la gente. Vestidas de oscuro y sin pintarse, hasta se parecían° a las tías. Toda la noche se la pasaron atendiendo a las visitas y ayudando en la casa. Le dieron tilo° a tía Felicia que no dejaba de llorar y le prepararon manzanilla° a Abuela que tenía un salto° en el estómago. A mí me arrullaron° en los brazos hasta que el sueño venció al llanto.° Por la madrugada sirvieron galletas° con jamón y queso y un espumoso chocolate caliente a los amigos que velaron° durante la noche. 55

Las vecinas se quedaron con Abuela y las tías hasta que los hombres regresaron del entierro. Después dijeron que tenían que retirarse. Abuela y las tías las abrazaron y besaron llorando y dándoles las gracias. Pero a pesar de mis súplicas por que volvieran° y de los famosos dulces de leche° de la abuela que ésta les mandaba regularmente, las vecinas no volvieron a visitarnos. Se encerraron de nuevo en su casa de la esquina, la que tiene una ventanita chiquita abierta en una puerta de la ventana grande. 60 65

se... eran similares
linden tea
chamomile tea / indigestion
lulled to sleep / *grief*
crackers
stayed up
súplicas... *pleas for them to return* / **dulces...** *caramel candies*

Comprensión

1. ¿Por qué la niña sufrió una desilusión? ¿A quiénes se parecían las vecinas? ¿Qué inferencia podemos hacer de esto?
2. ¿Qué hicieron las vecinas durante el velorio?
3. ¿Cómo se despidieron Abuela y las tías de las vecinas cuando tuvieron que irse?
4. ¿Qué opina usted de esta visita? ¿Por qué no volvieron las vecinas nunca a la casa?

Identificación del tema

El **tema** de un cuento es el punto general o la conclusión sobre el mundo o la vida humana que el autor (o la autora) quiere transmitirle al lector. Es similar a la **idea principal** de un artículo. Según su opinión, ¿cuál de las siguientes frases expresa mejor el tema de «Las vecinas»? ¿Por qué?

1. Muchas veces los niños comprenden el mundo mejor que los adultos.
2. Básicamente, todos somos iguales, a pesar de diferencias de clase o profesión.
3. La gente tiene miedo o desconfianza de ciertas personas cuando no las conoce bien.

Opiniones

Trabaje con dos o tres compañeros para contestar estas preguntas. Nombren un «jefe de grupo» y comparen después las opiniones de su grupo con las de otros grupos.

1. ¿Por qué creen ustedes que muchas veces los niños se entienden mejor con sus abuelos que con sus padres?
2. En su opinión, ¿debemos «proteger» a los niños de ciertos aspectos de la vida? ¿O debemos siempre decirles toda la verdad? ¿A qué edad creen que un niño debe escoger libros y películas con toda libertad? Expliquen.
3. ¿Qué piensan de las «mujeres de la vida»? ¿Es buena o mala la idea de legalizar la prostitución? ¿Por qué?

Selección 2

Antes de leer

La autora del siguiente cuento, Ana María Salazar, nació en Nuevo México de una familia mexicana. En «La última despedida» cuenta un momento importante de su niñez.

La búsqueda rápida de detalles *(Scanning for Details)*

Lea rápidamente «La última despedida». Además de la narradora (la persona que cuenta la historia), hay tres personajes importantes. Use la técnica de la búsqueda rápida para hallarlos y escríbalos en los espacios que están a continuación. ¿Hasta qué línea tiene usted que leer para hacer esta tarea? línea ________

Los personajes importantes son

1. **la narradora**
2. ____________
3. ____________
4. ____________

Ahora que usted conoce a los personajes importantes, lea el cuento.

La última despedida°

taking leave, saying goodbye

Ana María Salazar

La muerte de mi tata° fue inesperada, ya que siempre fue un hombre recio.° La sufrida vida de vaquero° por lo menos eso le había dejado como pensión en su vejez: un cuerpo maltratado, pero sano.° Era hombre de pueblo, acostumbrado a la lucha. De pequeño sobrevivió la Revolución de 1910, de joven luchó contra los indios Yaquis y de viejo conquistó el desierto de Sonora, logrando° que las áridas tierras produjeran trigo° y mantuvieran ganado.° Aun con sus 76 años de edad, mi tata ensillaba° su caballo o iba a buscar ganado en el monte. Si se le hacía tarde, no dudaba en tirar su cobija° en la vil piedra para pasar la noche.

nombre cariñoso para un **abuelo** / fuerte / *cowboy*
lleno de vigor
5 obteniendo
wheat / *cattle*
ponía silla a
blanket (Mex.)

Comprensión

1. ¿Cómo era el abuelo (el «tata») de la autora?
2. ¿Qué edad tenía?
3. ¿Cuál era su profesión?

Es por eso que cuando llegaron las noticias de que mi tata se encontraba en el hospital, la familia no se consternó° mucho. Él sufría de un simple dolor en el pecho, causado probablemente por la falta de descanso. Tan seguros estaban mis tíos de su pronóstico, que no querían decirle a mi nana° que su esposo estaba internado.° No querían alarmarla.

Para mi pobre nana, la vida como esposa de vaquero y madre de siete hijos, no fue tan benévola. Al pasar los años, la preocupación y el reumatismo la fueron lentamente destruyendo. Solamente quedaba la sombra de aquella mujer que respaldó° a mi abuelo en sus victorias. Una sombra deformada por las reumas y sentenciada a pasar todo el día en una silla de ruedas.°

10
preocupó
nombre cariñoso por **abuela**
en el hospital
15
ayudó
silla... *wheelchair*

Comprensión

1. ¿Por qué no querían decirle a la abuela («nana») que su esposo estaba internado?
2. ¿Cómo era la abuela?
3. ¿Qué profesión tenía ella?

20 Mi madre pensó que era una injusticia no decirle a mi nana que su esposo estaba internado. Mi madre es una de aquellas personas con un sexto sentido° que le permite ver el futuro, pero sin la habilidad para cambiarlo. Sus instintos le advertián° de la segura muerte de mi tata. Sabía que mi nana tenía el derecho de ver a su esposo por última vez, pero nadie la escuchaba. La acusaban de 25 «escandalosa», diciendo que sólo mortificaría° a mi nana. Al fin y al cabo,° en dos días se esperaba que mi tata saliera del hospital.

Pero mi madre, que es fuerte de carácter, no desistía, y de tanto insistir, mis tíos empezaron a dudar. Mi nana nunca los perdonaría si algo le pasase° a mi tata. Bajo esta amenaza° y las constantes insistencias de mi madre, mis tíos 30 decidieron mentirle a mi nana. Le dijeron que su esposo estaba internado con un simple resfriado.° Al recibir las noticias, mi nana suplicó que la llevaran inmediatamente al hospital. Mis familiares, preocupados por su delicada salud, la llevaron de mala gana.°

sexto... poder especial
anunciaban
preocuparía / **Al...** *After all*
si... *if something were to happen* / *threat*
head cold
de... sin querer

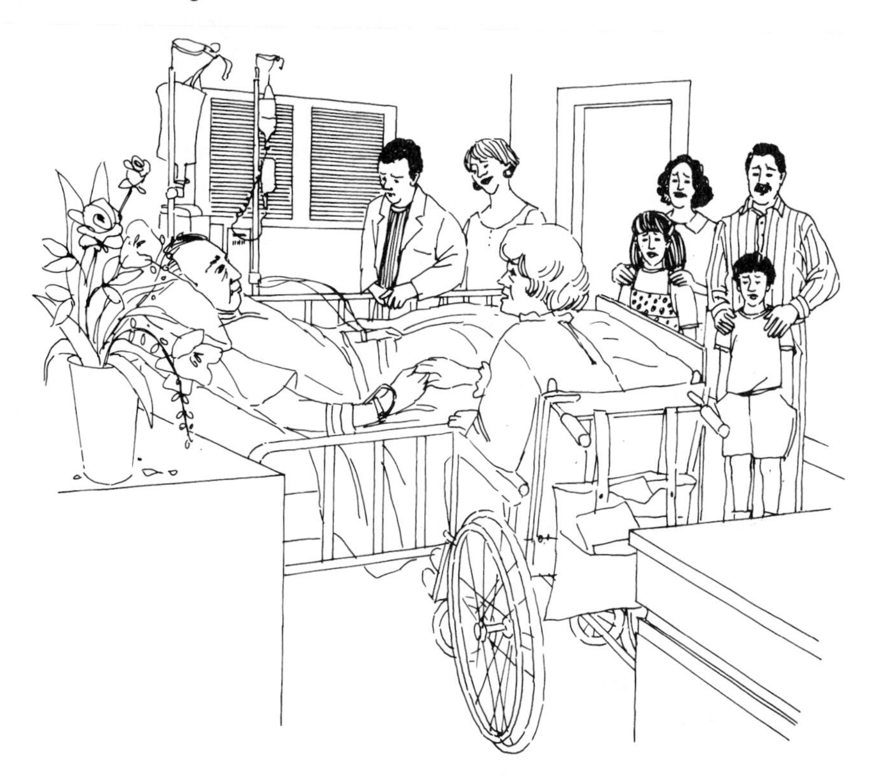

La visita al hospital fue uno de esos pequeños milagros que hace la vida tan maravillosa. Parecía un evento sin importancia, mi nana en su silla de ruedas y mi tata acostado.° Entre las sábanas° de la cama estaban escondidas las marchitas° manos de ambos, sus dedos entrelazados.° Pasaban largos minutos sin que ninguno de los dos dijese algo.° 35

en la cama / *sheets*
secas / *interlocked*
sin... *with neither of them saying anything*

Comprensión

1. ¿Por qué quería la madre decirle la verdad a la abuela?
2. ¿Qué piensa usted del «sexto sentido» de la madre?
3. ¿Qué hicieron los tíos finalmente?

Después de 53 años de casados, a lo mejor no tenían nada nuevo que decirse. O tal vez, después de tanto tiempo juntos, la voz dejaba de ser la forma más efectiva de comunicación. Por media hora ambos° disfrutaron de su compañía y se veían verdaderamente felices. 40

Cuando llegó el momento de marchar, mi nana sonrojando° pidió a mis padres que la levantaran y la acercaran más° a mi tata. Quería darle un beso de despedida. Mis padres extrañados° accedieron, ya que mis abuelos nunca habían demostrado afecto tan abiertamente ante sus hijos. Mis abuelos eran gente del desierto, donde la sequedad del suelo° se reflejaba en la aridez de los sentimientos. Pero este pequeño beso, puesto en el arrugado° cachete° de mi tata, iba cargado de muchos años de amor y devoción. A los dos les brillaban los ojos como si de nuevo fueran novios. Mi tata se ruborizó° y mi nana sonreía. 45 50

los dos
poniéndose roja
la... *would bring her closer*
sorprendidos
tierra
wrinkled / *cheek (Mex.)*
puso rojo

Comprensión

1. ¿Cómo se comunicaron los dos abuelos?
2. ¿Qué pasó entre ellos?
3. ¿Por qué estaban sorprendidos los parientes?

Son pocos los que tienen la fortuna de tener la última despedida. La segunda vez que volvió mi nana a ese cuarto, mi tata ya estaba envuelto en las sábanas del hospital...

Vocabulario: Sinónimos en contexto

Use la técnica de la búsqueda rápida para encontrar en la historia sinónimos de las palabras o frases en negrilla.

MODELO La muerte de mi tata fue inesperada, ya que siempre fue un hombre **fuerte.** *recio*

1. **Cuando era niño,** sobrevivió a la Revolución de 1910. *D p*
2. Tan seguros estaban... que no querían decirle a mi nana que su esposo estaba **en el hospital.** *i*

3. La acusaban de «escandalosa», diciendo que sólo **preocuparía** a mi nana. *m*________
4. Parecía un evento sin importancia, mi nana en su silla de ruedas y mi tata **en la cama.** *a*________
5. Por media hora ambos **gozaron** de su compañía y se veían verdaderamente felices. *d*________
6. Mis padres **sorprendidos** accedieron, ya que mis abuelos nunca se habían demostrado afecto... *e*________
7. Mi tata se **sonrojó** y mi nana sonreía. *r*________

Temas para un debate

Trabajando en grupos pequeños, decidan si están de acuerdo o no con las siguientes opiniones y por qué. Una persona hará una lista de los argumentos. Después formen un círculo para participar en un debate con toda la clase.

Tema 1. Siempre hay que decirle a un enfermo «toda la verdad» acerca de su enfermedad, y no hay excepciones a esta regla.
Tema 2. A veces es deseable usar drogas como la marihuana, la heroína o la cocaína para tratar a las personas que están sufriendo mucho.
Tema 3. Es un acto de compasión ayudar a una persona que tiene una enfermedad incurable y quiere morirse.

Composición dirigida: Historia de una vida

Mire los dibujos y escriba la historia que representan. Invente un nombre para el personaje principal. Use el tiempo pasado (el pretérito y el imperfecto) y palabras y frases del vocabulario de este capítulo.

Unos nuevos ciudadanos de Estados Unidos en San Antonio, Texas

La presencia latina

CAPÍTULO TRES

Vocabulario preliminar

Estudie las palabras y expresiones en negrilla para usarlas en este capítulo.

Los inmigrantes y grupos minoritarios: Acciones

adaptarse modificarse a las circunstancias; **la adaptación** modificación

conseguir (i) obtener

fracasar no conseguir un buen resultado, frustrarse; **el fracaso** falta de éxito, mal resultado

ganar adquirir una ganancia o salario: ganar dinero, ganar bien en su trabajo; triunfar en un juego o deporte

perder (ie) verse privado de una cosa que se poseía: perder sus propiedades o identidad

rechazar no aceptar, rehusar

regresar volver; **el regreso** vuelta

tener éxito triunfar, conseguir un buen resultado; **el éxito** triunfo, resultado positivo

vencer superar, conquistar: vencer los obstáculos

Los inmigrantes y grupos minoritarios: La identidad y las raíces (orígenes)

el choque cultural trauma o conflicto interior causado por el contacto con otra cultura

el (la) ciudadano(a) natural (o persona naturalizada) de una nación con los derechos y obligaciones correspondientes

el (la) hispano(a) de ascendencia u origen español o latinoamericano

la ley regla dictada por el gobierno

la mayoría más del 50 por ciento

la minoría menos del 50 por ciento

el poder autoridad, dominio: Ese grupo tiene mucho poder en el gobierno.

el puesto empleo, trabajo: Quiere conseguir un buen puesto.

ser bilingüe ser capaz de hablar dos lenguas

Otras palabras

actual presente, contemporáneo(a)

actualmente hoy en día

Antónimos

Dé antónimos (palabras o expresiones contrarias) de las siguientes palabras y expresiones. En algunos casos hay más de una posibilidad.

1. aceptar
2. salir
3. tener éxito
4. ganar
5. la salida
6. la minoría

7. antiguo
8. el fracaso
9. el desempleo
10. monolingüe

Sinónimos

Dé sinónimos, o palabras parecidas, de las siguientes palabras.

1. autoridad
2. conquistar
3. empleo
4. hoy en día
5. modificarse
6. obtener
7. regla
8. repudiar
9. triunfar
10. volver

Enfoque del tema

Los hispanohablantes° en América del Norte

hispanohablantes: personas que hablan español

Los hispanohablantes forman la segunda minoría en orden de importancia en Estados Unidos, después de los afroamericanos. Han llegado de todas partes de España y Latinoamérica, pero los tres grupos principales son los mexicanos, los puertorriqueños y los cubanos.

Canadá también tiene un grupo importante de hispanohablantes. En realidad, la inmigración latina comenzó hace poco, en los años 70, cuando muchos argentinos, chilenos y uruguayos huyeron° de las dictaduras militares de sus países. En general, estos inmigrantes optaron por Canadá porque la política° estadounidense de aquel momento apoyaba° las dictaduras. Luego, las guerras° centroamericanas de El Salvador y Nicaragua provocaron una segunda ola° de inmigrantes en los años 1981 y 1990. La mayoría de los hispanohablantes se ubicó° en los grandes centros urbanos de Toronto y Montreal.

huyeron: escaparon
política: *policy*
apoyaba: favorecía / guerras: combates armados
ola: *wave*
se ubicó: estableció

La presencia latina en Canadá es un fenómeno reciente, pero no es así en Estados Unidos. Aunque muchos inmigrantes han llegado a Estados Unidos por razones políticas, escapando de gobiernos represivos, y otros por cuestiones económicas, un gran número de hispanos, desde antes de la llegada de los anglosajones,° han residido en territorios que actualmente forman parte de Estados Unidos.

anglosajones: personas de origen inglés

Comprensión

Dé la información que falta.

1. Los tres grupos principales de hispanohablantes en Estados Unidos son los mexicanos, los _________ y los _________.
2. En los años 70, muchos argentinos, chilenos y uruguayos entraron a Canadá, huyendo de las _________ militares en sus países.

3. La segunda ola de inmigrantes latinos a Canadá en 1981 y 1990 fue provocada por guerras en ________.
4. Un gran número de hispanos en Estados Unidos residen allí desde antes de ________.

Los hispanos de origen mexicano: El grupo más grande

Los españoles fundaron° las primeras ciudades —San Agustín en la Florida y Santa Fe en Nuevo México— muchas décadas antes de la llegada del Mayflower. Exploraron y poblaron° enormes regiones del sur y del oeste, dejando como herencia una impresionante arquitectura colonial, una comida sabrosa,° y melodiosos nombres geográficos como San Francisco, Las Vegas, El Paso... Durante siglos ese territorio fue parte de España y México.

Pero a mediados° del siglo XIX, todo cambió. Estados Unidos le declaró la guerra a México y le quitó las tierras que ahora componen Nuevo México, Arizona, California, Nevada, Utah y Colorado. Como resultado, muchos mexicanos perdieron sus propiedades. Para vivir, tuvieron que aceptar los trabajos más duros° y desagradables. En las escuelas les estaba prohibido hablar español. Empezaron a sentirse discriminados en las mismas tierras colonizadas por sus antepasados.

establecieron (line 19) · 20 · *settled* · deliciosa · **a...** *in the middle* 25 · difíciles · 30

Santa Fe, Nuevo México: El santuario de la Misión Chimayo

En la década de los años 60 del siglo XX, algunos mexicano-americanos iniciaron un movimiento de afirmación cultural. Buscaron sus raíces no sólo en la tradición española, sino también en la indígena. Comenzaron a llamarse **chicanos** y a luchar por reformas y mejores oportunidades. Además, hubo un florecimiento° de las artes chicanas —pinturas, murales, canciones, obras de teatro y poesía— que continúa hasta hoy.

35 *flowering*

Comprensión

1. La primera ciudad fundada en el territorio que es actualmente Estados Unidos fue... **a.** Jamestown **b.** Nueva York **c.** San Agustín
2. Los estados de Nuevo México, Arizona, California, Nevada, Utah y Colorado pasaron de México a Estados Unidos debido a... **a.** una guerra **b.** un tratado comercial **c.** una venta por 20 millones de dólares
3. En los años 60 muchos mexicano-americanos empezaron a llamarse chicanos y a afirmar con orgullo su origen... **a.** español **b.** tejano **c.** indígena

Los puertorriqueños: Entre dos culturas

En 1898, después de perder la guerra con Estados Unidos, España le cedió el territorio de Puerto Rico. En 1952, la isla pasó de ser un territorio de Estados Unidos a ser un **estado libre asociado,**° su condición actual. Por lo tanto, los puertorriqueños son ciudadanos de Estados Unidos y pueden salir y entrar sin visa. Sin embargo, esta misma facilidad de ir y venir a veces es un obstáculo con respecto a la asimilación.

40 **estado...** *Commonwealth*

Muchos puertorriqueños llegan a Nueva York, o a otras ciudades, con la idea de ganar unos «chavos»° y regresar a la isla. Sin embargo, a pesar de° dificultades como el clima frío del norte, el idioma y la discriminación, muchos de ellos nunca regresan a la isla porque hay poco trabajo allí.

45 dinero *(slang)* / **a...** *in spite of*

En años recientes, ha habido un gran aumento° en el número de **estadistas** (personas que quieren que Puerto Rico se convierta en un estado de Estados Unidos). Otros puertorriqueños quieren mantener la condición actual por la cual son ciudadanos estadounidenses y sin embargo no tienen que pagar impuestos° federales aunque, por otra parte, tampoco pueden votar en las elecciones federales. Hay también un grupo pequeño que desea que su isla sea una nación totalmente libre e independiente.

crecimiento

50

taxes

Comprensión

1. En 1898, Estados Unidos recibió el territorio de Puerto Rico después de ganar una guerra contra... **a.** España **b.** México **c.** Inglaterra

2. Actualmente, Puerto Rico es **estado libre asociado** y los puertorriqueños son ciudadanos de... **a.** México **b.** República Dominicana **c.** Estados Unidos
3. Muchos puertorriqueños desean volver a la isla pero se quedan en Nueva York porque... **a.** el clima es mejor en Nueva York **b.** no hay mucho empleo en Puerto Rico **c.** se sienten discriminados en la isla

Los cubanos y la adaptación

55 Con la subida al poder de Fidel Castro en 1959 y el establecimiento de un gobierno comunista, miles de cubanos llegaron como refugiados a Estados Unidos. Muchos se quedaron en Miami, y su comunidad ha prosperado.

La mayoría de los cubanos de esta primera ola importante se han adaptado rápidamente. Esto se debe a varios factores: (1) Como eran refugiados del co-
60 munismo, el gobierno norteamericano los ayudó con programas especiales. (2) Llegaron en un momento de prosperidad económica. (3) Muchos de ellos eran profesionales que tenían un buen nivel de instrucción escolar. (4) No podían regresar a su isla, y, por eso, muchos de ellos comprendieron que estaban en Estados Unidos para siempre.

Los «neorriqueños» (puertorriqueños de Nueva York) se celebran su cultura.

Tributo a Carlos Santana, un mural en San Francisco, California

En años más recientes han salido de Cuba otras olas de refugiados no sólo a Miami, sino también a otras ciudades estadounidenses. Algunos de estos inmigrantes han encontrado mayores dificultades en su adaptación que los de la primera ola grande, pero en general la comunidad cubana goza de un nivel° bastante alto de éxito y prosperidad. Hoy, Miami es un centro comercial muy dinámico, gracias, en parte, a la inmigración cubana, y algunos la llaman «la capital de Sudamérica» porque muchos latinoamericanos van allí a pasar sus vacaciones y a hacer negocios o compras.

65 70

°*level*

Comprensión

1. En 1959 Fidel Castro... **a.** empezó una revolución **b.** estableció un gobierno comunista **c.** hizo un viaje a Estados Unidos
2. La primera ola de refugiados cubanos se adaptó rápidamente porque... **a.** disfrutó de programas especiales **b.** la economía estaba muy fuerte **c.** muchos de ellos eran personas instruidas **d.** sabían que no podían volver **e.** Todas estas razones son correctas.
3. Actualmente, la ciudad de Miami... **a.** es un centro comercial dinámico **b.** es una ciudad donde sólo hablan inglés **c.** sirve como destino turístico para la gente de Cuba **d.** Todas estas descripciones son correctas.

La situación actual

Hoy la presencia latina en América del Norte está creciendo. Culturalmente, su influencia está por todas partes. La comida étnica más preferida ahora es la 75 mexicana. En muchas ciudades hay clubes de salsa y de tango, canales de televisión y periódicos en español, y actualmente se destacan° nombres latinos en la cultura popular: escritores como Rudolfo Anaya *(Bless Me, Ultima),* Sandra Cisneros *(Woman Hollering Creek, The House on Mango Street;* véase la página 43) u Oscar Hijuelos *(Mambo Kings Play Songs of Love)*; deportistas 80 como los beisbolistas Fernando Valenzuela y José Canseco y el jugador de golf Chi Chi Rodríguez; actores como "Cheech" Marin y Antonio Banderas; y músicos como Gloria Estefan, Oscar López o el grupo Los Lobos.

°**se...** se notan como importantes

Los demógrafos predicen que en unos 50 años el 25 por ciento de la población de Estados Unidos va a ser de origen hispano, es decir, una persona 85 de cada cuatro. Sin duda, la presencia latina es una fuerza importante que va a tener un gran impacto en la sociedad del futuro.

Comprensión

1. ¿Qué evidencias hay de la influencia latina en la cultura popular de Estados Unidos y Canadá?
2. ¿Cómo se llaman y qué hacen algunos de los hispanos famosos?

Entrevista

Trabaje con un(a) compañero(a) para hacerse las siguientes preguntas uno al otro. Después, comparta los resultados con la clase.

1. ¿Qué opinas tú de los inmigrantes que llegan todos los años a nuestro país? ¿Tienen una influencia positiva o negativa en nuestra sociedad? ¿Por qué?
2. ¿Por qué llegan inmigrantes? ¿Qué buscan?
3. Y tus antepasados, ¿de dónde llegaron? ¿cuándo? ¿por qué?
4. ¿Qué tipo de personas deben recibir preferencia como inmigrantes? ¿las personas de habla inglesa? ¿las personas con dinero? ¿los profesionales? ¿los negociantes? ¿los agricultores? ¿los médicos? Explica.

Temas para la discusión

Discuta uno de estos temas con otros compañeros. Tomen apuntes sobre las opiniones del grupo y compárenlas después con los otros grupos.

1. ¿Qué piensan ustedes de los inmigrantes ilegales? ¿Es importante impedir su entrada? ¿Depende de la situación económica del momento? Muchos piensan que todos los ilegales son de México, pero no es así. (En años recientes, por ejemplo, el número de irlandeses *[Irish]* que entraron ilegalmente a Estados Unidos fue más alto que el número de mexicanos.) Sin embargo, los europeos ilegales generalmente encuentran trabajo y,

con el tiempo, legalizan su situación. ¿Por qué creen ustedes que, en general, es más difícil para los mexicanos y centroamericanos?

2. Hace muchos años que Estados Unidos mantiene un embargo económico contra la Cuba comunista de Castro y prohibe el comercio *(trade)* con compañías cubanas. En contraste, Canadá tiene una política *(policy)* diferente. Muchos canadienses visitan Cuba como turistas, y hay compañías de Canadá que hacen negocios en la isla. ¿Por qué creen ustedes que Canadá permite el comercio y el turismo con Cuba? ¿Por qué creen que Estados Unidos mantiene un embargo contra Cuba? ¿Qué piensan ustedes de estas políticas?

El español en su vida

Escoja un grupo de inmigrantes latinos que viven en Estados Unidos o en Canadá y busque información sobre ellos en la biblioteca o en Internet: ¿Cuántos hay? ¿Dónde viven? ¿Qué festivales celebran?... Después, escriba un informe para entregar o leer a la clase.

Selección 1

Antes de leer

El cuento siguiente es de Sandra Cisneros, y trata de un incidente de su niñez en Chicago. El barrio donde creció, La Villita, es un barrio latino de clase media y baja, con letreros en español, inglés y *spanglish,* restaurantes que sirven tamales y otros tipos de comida mexicana y un ambiente callejero de música y movimiento. Sandra Cisneros escribe poesía y cuentos, y ha recibido diversos premios literarios. Generalmente, escribe en inglés pero la mayor parte de sus obras se traducen después al español. El cuento que sigue fue traducido por la renombrada escritora mexicana, Elena Poniatowska.

Sandra Cisneros, poeta y cuentista mexicana de Estados Unidos

Cuando usted piensa en la palabra «casa», ¿qué ve en su imaginación? ¿Piensa en la casa en la que vivía de niño(a)? ¿en una casa ideal? ¿en las casas de la gente rica y famosa que se muestran en la televisión?

El siguiente cuento presenta la idea de la casa y lo que simboliza para la narradora *(narrator)* del cuento, una niña de origen mexicano que se llama Esperanza.

Vocabulario: Palabras en contexto

Estudie primero la lista de palabras tomadas del cuento y sus definiciones. Luego, complete cada frase con la palabra apropiada de la lista.

el casero persona que cuida de la casa y hace reparaciones
el departamento otra manera de decir «apartamento»
las escaleras una serie de escalones que unen dos pisos

el pasto	hierba del jardín *(lawn, grass)*
el piso	cada una de las plantas de una casa *(floor)*
el sótano	parte subterránea de un edificio
los tubos	piezas cilíndricas de metal que llevan agua en un edificio

1. Durante muchos años mi familia y yo vivimos en el tercer _________ de un edificio alto en la calle Green.
2. Teníamos un _________ pequeño con sólo tres habitaciones y un baño.
3. Cuando hacía buen tiempo mi hermano y yo jugábamos sobre el _________ del jardín.
4. Una vez los _________ de agua se rompieron y nadie podía usar el baño ni la cocina.
5. Mi mamá le habló al _________ del problema, pero él dijo que estaba muy ocupado con otras reparaciones.
6. Por tres días tuvimos que subir las _________ muchas veces para conseguir agua de los vecinos que vivían arriba.
7. También tuvimos que usar el cuarto de baño que estaba abajo en el _________.

La búsqueda rápida de detalles

Busque los siguientes detalles en el texto y complete las oraciones.

1. En el primer párrafo, la narradora habla de «un montón de mudanzas» *(a whole bunch of moves)*. ¿Cuántos lugares específicos recuerda ella antes de su llegada a Mango Street? _________
2. En el segundo párrafo, se mencionan las ventajas de tener una casa propia *(of one's own)*. Una de estas ventajas es que no es necesario pagar _________ a nadie.
3. En el tercer párrafo, la narradora recuerda un incidente en el departamento de la calle de Loomis. Se rompieron los tubos, y su familia tuvo que usar el _________ del vecino.
4. En el cuarto párrafo, se describe la casa que la familia de la narradora soñaba con tener algún día. ¿De qué color sería? _________

Lea el cuento con cuidado para ver la importancia que puede tener una casa para una familia de inmigrantes.

La casa en Mango Street

Sandra Cisneros

Loomis, Keeler, Paulina nombres de calles

No siempre hemos vivido en Mango Street. Antes vivimos en el tercer piso de Loomis,° y antes de allí vivimos en Keeler. Antes de Keeler fue en Paulina y de más antes ni me acuerdo, pero de lo que sí me acuerdo es de un montón de mudanzas.° Y de que en cada una éramos uno más. Ya para cuando llegamos a Mango Street éramos seis: Mamá, Papá, Carlos, Kiki, mi hermana Nenny y yo.

montón... muchos cambios de casa

La casa de Mango Street es nuestra y no tenemos que pagarle renta a nadie, ni compartir el patio con los de abajo, ni cuidarnos de hacer mucho ruido, y no hay propietario que golpee el techo con una escoba.° Pero aún así no es la casa que hubiéramos querido.°

y... *and there's no property owner who hits the ceiling with a broom* / **que...** *we would have liked*

Tuvimos que salir volados del departamento de Loomis. Los tubos del agua se rompían y el casero no los reparaba porque la casa era muy vieja. Salimos corriendo. Teníamos que usar el baño del vecino y acarrear° agua en botes lecheros° de un galón. Por eso Mamá y Papá buscaron una casa, y por eso nos cambiamos a la de Mango Street, muy lejos, del otro lado de la ciudad.

llevar

botes... *milk cartons*

Siempre decían que algún día nos mudaríamos° a una casa, una casa de verdad, que fuera° nuestra para siempre, de la que no tuviéramos que salir cada año, y nuestra casa tendría agua corriente y tubos que sirvieran. Y escaleras interiores propias,° como las casas de la tele. Y tendríamos un sótano, y por lo menos tres baños para no tener que avisarle a todo [el] mundo cada vez que nos bañáramos. Nuestra casa sería blanca, rodeada de árboles, un jardín enorme y el pasto creciendo sin cerca. Esa es la casa de la que hablaba Papá cuando tenía un billete de lotería y esa es la casa que Mamá soñaba° en los cuentos que nos contaba antes de dormir.

nos... *we would move*

que... *that would be*

of its own

que... *that Mom dreamed of*

El barrio La Villita en Chicago

Comprensión

1. ¿Cuántas personas había en la familia cuando llegaron a Mango Street?
2. ¿Qué ventajas tiene la familia con una casa propia?
3. ¿Por qué se cambiaron de Loomis a Mango Street?
4. ¿Cómo es la casa donde quieren vivir algún día?

Predicción: ¿Cree usted que Esperanza va a estar contenta o descontenta con la casa de Mango Steet? ¿Por qué? Lea el resto del cuento para ver qué pasa.

25 Pero la casa de Mango Street no es de ningún modo como ellos la contaron. Es pequeña y roja, con escalones° apretados° al frente y unas ventanitas tan chicas que parecen guardar su respiración.° Los ladrillos se hacen pedazos en algunas partes y la puerta del frente se ha hinchado° tanto que uno tiene que empujar° fuerte para entrar. No hay jardín al frente sino cuatro olmos° chiquititos 30 que la ciudad plantó en la banqueta. Afuera, atrás hay un garaje chiquito para el carro que no tenemos todavía, y un patiecito° que luce todavía más chiquito entre los edificios de los lados. Nuestra casa tiene escaleras pero son ordinarias, de pasillo, y tiene solamente un baño. Todos compartimos recámaras,° Mamá y Papá, Carlos y Kiki, yo y Nenny.

35 Una vez, cuando vivíamos en Loomis, pasó una monja° de mi escuela y me vio jugando enfrente. La lavandería° del piso bajo había sido cerrada con tablas° arriba por un robo dos días antes,° y el dueño había pintado en la madera° SÍ, ESTÁ ABIERTO, para no perder clientela.

¿Dónde vives? preguntó.

40 Allí, dije señalando arriba, al tercer piso.

¿Vives *allí?*

Allí. Tuve que mirar a donde ella señalaba.° El tercer piso, la pintura descarapelada,° los barrotes° que Papá clavó en las ventanas para que no nos cayéramos. ¿Vives *allí?* El modito° en que lo dijo me hizo sentirme una nada. 45 *Allí.* Yo vivo *allí.* Moví la cabeza asintiendo.°

Desde ese momento supe que debía tener una casa. Una que pudiera señalar.° Pero no esta casa. La casa de Mango Street no. Por mientras,° dice Mamá. Es temporario, dice Papá. Pero yo sé cómo son esas cosas.

steps / pushed together
guardar... *to be holding their breath* / **se...** *has swelled up*
push / elm trees
patio pequeño
dormitorios *(Mex.)*
nun
laundry
boards / **por...** *because of a robbery that had happened two days earlier / wood*
was pointing
peeling off / bars
manera especial
diciendo sí
Una... *One I could point to / Just for now*

Comprensión

1. ¿Por qué no le gusta a Esperanza la casa de Mango Street? ¿Cómo es?
2. ¿Qué diferencias hay entre esta casa y la casa de sus sueños?
3. ¿Qué pasó una vez cuando Esperanza vivía en Loomis Street y le habló una monja de su escuela?

Opiniones

Trabaje usted con un(a) compañero(a), haciendo y contestando estas preguntas.

1. ¿Tuviste que mudarte mucho cuando eras niño(a)? ¿O viviste siempre en la misma casa? ¿Cómo afecta a los niños cuando una familia se muda (cambia de casa)? ¿Es malo o bueno mudarse mucho? ¿Por qué?
2. ¿Qué piensas de la pregunta que hizo la monja? ¿Cómo se sintió Esperanza después? ¿Por qué? ¿Qué aprendió ella de esa experiencia?
3. ¿Crees que es saludable tener deseos intensos como el deseo de Esperanza de poseer algún día una casa linda y grande? ¿Es mejor soñar con metas *(goals)* tal vez «imposibles» o bajar las expectativas un poco?

Una carta

Escriba una carta de una página como si usted fuera una de las siguientes personas.

1. El psicólogo de la escuela: está preocupado con la «obsesión» que parece tener Esperanza con la idea de comprar una casa grande y les escribe a sus padres.
2. La agente de bienes raíces *(real estate):* quiere vender la casa de Mango Street a los señores García, y se la describe en una carta con detalles muy positivos.
3. Un(a) vecino(a): le describe a un(a) pariente la llegada de la familia de Esperanza a la casa de Mango Street.

Selección 2

Antes de leer

Estados Unidos tiene la fama de que sus ciudadanos son muy trabajadores. Tiene una larga tradición como el país de la oportunidad, y muchos inmigrantes llegan con la idea de encontrar un puesto lucrativo y de gran prestigio. Muchas veces la realidad es diferente. En su opinión, ¿qué obstáculos encuentran los inmigrantes cuando buscan un puesto?

El siguiente cuento fue escrito por un cubano que llegó a Miami en 1959 con la primera ola de refugiados. ¿Qué factores ayudaron a este grupo en la adaptación? (Si usted no los recuerda, vea la página 40.)

Observación y predicción

Mire el título, la ilustración y el primer párrafo. En su opinión, ¿de qué trata el cuento? Describe el tema principal en una frase.

Y ahora, lea el cuento para saber si usted tiene razón.

Ay, papi, no seas coca-colero°

Coca-Cola man

Luis Fernández Caubí

En aquellos primeros días de exilio, un buen amigo de la infancia, Abelardo Fernández Angelino, me abrió las puertas de la producción en este mercado afluente y capitalista de Estados Unidos. Me llevó a una oficina donde no tardaron° dos minutos en darme mi Social Security y de allí fuimos a una embotelladora° de Coca-Cola situada en el Noroeste, donde me esperaba un trabajo de auxiliar° en un camión. «*Come on, Al* —dijo el capataz°— *This is an office man, he will never make it in the field.*» Pero Abelardito, ahora convertido en Al, insistió: «*Don't worry, I'll help him out.*» Y me dieron el puesto.

no... *they did not delay*
bottling plant 5
assistant-loader / *foreman*

Y con el puesto me dieron un uniforme color tierra° con un anuncio de la Coca-Cola a la altura del corazón y me montaron en un camión lleno de unos cilindros metálicos duros y fríos. Para centenares° de personas significarían una pausa refrescante; a mí se me convirtieron en callos° en las manos, dolores en la espalda,° martirio en los pies y trece benditos° dólares en el bolsillo° vacío. Era 1961. Todo el mundo hablaba de los ingenios° y las riquezas que tuvieron en Cuba. Yo, por mi parte, tenía el puesto de auxiliar del camión conseguido por Abelardito, a regalo y honor dispensado por la vida.

color... *earth-colored*
10
cientos
calluses
back / *blessed* / *pocket*
literally, sugar mills
15

Sucede que yo no había tenido otro ingenio° en Cuba que el muy poco que quiso Dios ponerme en la cabeza. Pero, sí tenía una práctica profesional de abogado que me permitía y me obligaba a andar siempre vestido de cuello y corbata° y con trajes finos.

ingenio *here means wit*
cuello... *collar and tie* 20

En fin, volviendo al tema, que cuando llegué a mi casa, entrada la tarde, con mi traje color tierra, mis manos adoloridas, el lumbago a millón,° la satisfacción de haberle demostrado al capataz que «*I could do it*» y los trece dólares bailándome en el bolsillo, me recibió mi hija de cuatro años. En cuanto me vio, empezó a llorar como una desesperada al tiempo que me decía, «Ay, papi, 25 papi, yo no quiero que tú seas° coca-colero».

Me estremeció.° Pensé que la había impresionado el contraste entre el traje fino y el uniforme color tierra y comencé a consolarla. Yo tenía que trabajar, estaba feliz con mi camión, los cilindros no eran tan pesados... trataba de convencerla mientras, desde el fondo del alma, le deseaba las siete plagas° a 30 Kruschev, a Castro y a todos los jefes políticos que en el mundo han sido. Mis esfuerzos no tuvieron éxito. Mi tesorito° seguía llorando al tiempo que repetía: «Papi, papi, yo no quiero que tú seas coca-colero.»

Pero, en la vida todo pasa, hasta el llanto.° Y cuando se recuperó de las lágrimas, con los ojitos brillosos y las mejillas mojadas,° me dijo: 35

«Ay, papi, yo no quiero que tú seas coca-colero; yo quiero que tú seas pepsi-colero.»

Y, no obstante° el lumbago, los callos y la fatiga, por primera vez desde mi llegada a Miami pude disfrutar de una refrescante carcajada.°

a... *going strong*
que... *that you be*
Me... *It shook me.*
las... *the seven biblical plagues*
little treasure (i.e., sweetheart)
llorar
mejillas... *wet cheeks*
no... *in spite of*
hearty laugh

de *Diario de las Américas*, un periódico
en español publicado en Miami

Preguntas

1. En el cuento de Fernández Caubí, ¿por qué creía el capataz que el autor no podía hacer el trabajo?
2. ¿Cuál era su profesión cuando vivía en Cuba? ¿Por qué cree usted que él no podía hacer el mismo trabajo en Estados Unidos?
3. ¿Cómo estaba el autor cuando llegó a su casa por la noche?
4. ¿Cuál fue la reacción de su hija?
5. ¿Cómo interpretó el autor esta reacción? ¿Qué le dijo a su hija para consolarla?
6. ¿Cómo supo el autor que su hija estaba adaptándose a la nueva sociedad?

Vocabulario: -ero

En la historia, la niña inventó la palabra **coca-colero** porque en español es común usar la terminación **-ero** para designar a los individuos que trabajan con ciertos productos o en ciertos oficios. Escriba la palabra apropiada después de cada número y tradúzcala al inglés.

Modelo El _________ remienda zapatos. **zapatero** *shoemaker*

1. El _________ trae la leche.
2. El _________ trabaja en la carpintería.
3. El _________ trabaja en la ingeniería.
4. El _________ conduce un camión.

5. El _________ nos trae cartas.
6. El _________ hace un viaje.
7. El _________ trabaja en la cocina.

Opiniones

1. ¿Qué pasa ahora an Cuba? ¿Qué pasa en Miami? ¿Le gustaría a usted visitar alguno de estos dos lugares? ¿Para hacer qué?
2. ¿Cree usted que la mayoría de la gente está satisfecha con su profesión o trabajo, o no? ¿Por qué?
3. Y usted, ¿qué busca en un trabajo?

Usted es refugiado(a)

Trabajando con dos o tres compañeros, imaginen la siguiente situación y contesten las preguntas. Estén preparados para leer sus respuestas a la clase.

Es un día típico y ustedes están en casa cuando escuchan un anuncio en la radio que les explica que esta mañana hubo un golpe de estado *(coup d'etat).* Ahora un grupo fascista está en el poder y controla las fuerzas armadas de su país. Este grupo quiere exterminar a todas las personas de ascendencia X. Ustedes son de este origen y comprenden que tienen que salir del país inmediatamente o morir. El anuncio explica que hay algunos vuelos especiales que van a salir del aeropuerto en tres horas.

1. Ustedes no tienen coche y todos los taxis están ocupados. ¿Dónde está el aeropuerto en su ciudad? ¿Cómo van a llegar allí?
2. Cada persona puede llevar una sola maleta *(suitcase).* Además de ropa, ¿qué otras cosas van a llevar?
3. No pueden ir al banco porque hay policías que lo vigilan. ¿Cómo van a obtener el dinero para comprar el pasaje?
4. Luego, ustedes llegan a un nuevo país que es de una cultura muy diferente a la suya. ¿Qué ven? ¿Qué cosas son diferentes? ¿Cómo se sienten ustedes, cómodos o incómodos? ¿Por qué?
5. ¿Qué tienen que hacer primero en este nuevo país? ¿En qué piensan? ¿Creen ustedes que van a tener éxito aquí o no? ¿Por qué?

Don Gregorio

Romance al estilo argentino

Hombres y mujeres

Capítulo cuatro

Vocabulario preliminar

Estudie las palabras y expresiones en negrilla para usarlas en este capítulo.

Palabras útiles

el(la) amante persona que tiene relaciones amorosas con otra persona
la belleza armonía física que inspira admiración, cualidad de ser bello(a)
la caricia toque o gesto que demuestra cariño
elegir seleccionar, escoger
la exigencia obligación, necesidad de hacer algo
la fealdad aspecto visual desagradable o repugnante, cualidad de ser feo
la igualdad cualidad de ser igual; circunstancias en que hay justicia para todos
el matrimonio unión legal o religiosa de casamiento; los dos esposos: El matrimonio García
la pareja dos personas, especialmente un hombre y una mujer; una de estas personas, partner
el rostro la cara

Expresiones comunes

el acoso sexual agresión sexual a otra persona
echar flores hacer elogios *(compliments)*, elogiar
el papel, jugar un papel un rol, hacer un rol
tomar una copa, un trago salir a tomar una bebida alcohólica o a charlar

Antónimos

Dé antónimos del Vocabulario preliminar para las siguientes palabras o expresiones.

1. insultar (a la gente)
2. desigualdad
3. fealdad
4. divorcio
5. rechazar *(to reject)*
6. el favoritismo

Sinónimos

Dé sinónimos del Vocabulario preliminar para las siguientes palabras o expresiones.

1. la pareja casada
2. mi querido(a)
3. la cara
4. la hermosura
5. el gesto cariñoso
6. escoger

Lengua y cultura

Amor, cariño y admiración

amar	*to love (often in a spiritual way)*
querer (ie)	*to love; to feel affection for; to want*
chistes (historias) verdes	*jokes (stories) referring to sex*
¡Qué padre! *(slang)*	*How awesome (super)!*

En español hay dos maneras de decir «*I love you*»: **te quiero** y **te amo.** El verbo **querer** es la forma más común y se usa para expresar el amor y cariño que sentimos por nuestros hijos, esposos, amigos, parientes y hasta por nuestros perros o gatos. No se usa, por ejemplo, en una oración dirigida a Dios ni en el himno nacional de la patria. En estos casos, se usa **amar,** un verbo más espiritual que también se puede usar con sentido romántico para expresar un amor profundo.

El concepto puritano que relaciona lo sucio con el sexo no es común en español, y las historias que en inglés se llaman «*dirty jokes*» en español se llaman **chistes verdes** *(green jokes)*. «*A dirty old man*» es **un viejo verde** *(a green old man)*.

La jerga *(slang)* española tiene muchas expresiones pintorescas. Algunas de estas expresiones se derivan del antiguo machismo que ya no es tan acentuado como antes. Por ejemplo, en México para decir que algo es «*great*» o «*awesome*», se puede decir **es padre** *(it's father)*, **es muy padre** *(it's very father)* o **¡es padrísimo!** *(it's the fatherest!)*.

Enfoque del tema

Amor, miedo y esperanza

Igualdad y progresos

¿Cómo son las relaciones° entre mujeres y hombres en el momento actual? Seguramente, hay más igualdad y libertad que en el pasado. Hoy en día nadie disputa el derecho° de la mujer a trabajar o su derecho a estudiar cualquier carrera.° Hay mujeres que se destacan° en la política, en los negocios, en la ingeniería —campos que antes se reservaban sólo para los hombres. Ahora muchas veces 5 los dos esposos participan en el trabajo de la casa.

relationships

right / profesión

se... son importantes

Por otra parte, el papel del hombre como padre está más reconocido y apreciado hoy. Hace unos años la mayor parte de los programas de televisión que trataban el tema de la familia presentaban al padre como un idiota que dependía siempre de su esposa para servir como intermediaria entre él y sus hijos. En los 10 casos de divorcio también hay un cambio porque ahora a veces es el padre —y no automáticamente la madre— quien recibe el derecho de custodia° a los hijos. Además, actualmente hay más aceptación de prácticas no tradicionales, como la convivencia° de una pareja antes de casarse y el estilo de vida de gente con una orientación distinta (los *gays,* por ejemplo). En muchos lugares existen leyes que protegen los derechos de estos grupos.

derecho... *custody*

vivir juntos

15

El miedo como un factor en las relaciones

Sin embargo, a pesar de todos estos progresos, es obvio que el miedo juega un papel importante en las relaciones entre mujeres y hombres hoy en día. ¿Cuáles son los temas que se discuten en la actualidad en Internet, en revistas, en programas de televisión o en las tertulias mientras se toma un trago o un café? Muchas veces se trata de la inseguridad, la duda, el miedo. Pero, ¿miedo a qué o a quiénes?

20

En Estados Unidos y Canadá se habla mucho de «lo políticamente correcto», un código de comportamiento° que no está escrito pero que se supone que debe regir° las acciones en el ámbito social. Algunos hombres creen que este código se refiere a ellos más que a las mujeres. Si ven a una colega muy

código... *code of behavior*

controlar 25

Frida Kahlo, *Autorretrato con changuito*

2. Se conocen en... **a.** un café **b.** una fiesta **c.** la entrada de un hotel **d.** la cola de un cine
3. La otra gente allí estaba... **a.** con sus hijos **b.** completamente sola **c.** con alguien **d.** sin amigos
4. Él la miró y le gustó que ella fuera... **a.** minuciosa **b.** tímida **c.** dura **d.** curiosa
5. El chico odiaba... **a.** su rostro **b.** a Dios **c.** el rostro de otros feos **d.** todo lo anterior

La esperé a la salida. Caminé unos metros junto a ella, y luego le hablé. Cuando se detuvo° y me miró, tuve la impresión de que vacilaba. La invité a que charláramos un rato en una confitería.° De pronto aceptó.

La confitería estaba llena, pero en ese momento se desocupó una mesa. A medida que pasábamos entre la gente, quedaban a nuestras espaldas las señas,° los gestos de asombro.° Mis antenas están particularmente adiestradas° para captar la curiosidad enfermiza, ese inconsciente sadismo de los que tienen un rostro corriente, simétrico. Pero esta vez ni siquiera° era necesaria mi intuición, ya que mis oídos alcanzaban° para registrar murmullos,° tosecitas,° falsas carrasperas.° Un rostro horrible y aislado tiene su interés; pero dos fealdades juntas constituyen un espectáculo mayor; algo que se debe mirar en compañía, junto a uno (o una) de esos bien parecidos° con quienes merece compartirse el mundo.

Nos sentamos, pedimos dos helados, y ella tuvo coraje° (eso también me gustó) para sacar del bolso su espejito y arreglarse el pelo. Su lindo pelo.

«¿Qué está pensando?» pregunté.

Ella guardó el espejo y sonrió. El pozo° de la mejilla cambió de forma.

«Un lugar común, —dijo— Tal para cual.°»

detuvo: dejó de caminar
confitería: café
señas / asombro: indicios / *shock*
adiestradas: *tuned*
ni... *not even*
alcanzaban / murmullos: eran suficientes / *whispers*
tosecitas / carrasperas: *little coughs* / *throat clearings*
bien... personas atractivas
coraje: valentía
pozo: parte abierta
Tal... *Like goes to like*

35 / 40 / 45

Comprensión: La invitación y la salida juntos

1. Después de ver la película, el chico invitó a la chica a...
   a. un bar **b.** su casa **c.** ver otra película **d.** una confitería
2. ¿Cómo reaccionaron los otros clientes a la pareja «fea»?
   a. Hicieron comentarios en voz baja. **b.** Se quedaron en silencio. **c.** Se levantaron y salieron. **d.** Eran indiferentes.
3. Al chico le gustó el coraje que mostró la chica cuando ella...
   a. se arregló el pelo **b.** pagó la cuenta **c.** habló con confianza **d.** insultó al camarero

Hablamos largamente. A la hora y media hubo que pedir dos cafés para justificar la prolongada permanencia. De pronto me di cuenta de que tanto ella como yo estábamos hablando con una franqueza° tan hiriente° que amenazaba

franqueza / hiriente: sinceridad / brutal

50

traspasar la sinceridad y convertirse en un casi equivalente de la hipocresía. Decidí tirarme a fondo.°

tirarme... *to throw caution to the winds*

«Usted se siente excluída del mundo ¿verdad?»

55 «Sí», dijo, todavía mirándome.

«Usted admira a los hermosos, a los normales. Usted quisiera tener un rostro tan equilibrado como esa muchachita que está a su derecha, a pesar de que usted es inteligente, y ella, a juzgar por su risa,° irremisiblemente estúpida.»

a... *judging by her laughter*

«Sí.»

60 Por primera vez no pudo sostener mi mirada.°

sostener... continuar a mirarme

«Yo también quisiera eso. Pero hay una posibilidad ¿sabe? de que usted y yo lleguemos a algo.»

«¿Algo como qué?»

«Como querernos, caramba. O simplemente congeniar.° Llámele como

65 quiera, pero hay una posibilidad.»

llevarnos bien

Ella frunció el ceño.° No quería concebir esperanzas.

frunció... *knitted her brows*

«Prométame no tomarme por un chiflado.»

«Prometo.»

«La posibilidad es meternos en la noche. En la noche íntegra. En lo oscuro

70 total.° ¿Me entiende?»

lo... *complete darkness*

«No.»

«¡Tiene que entenderme! Lo oscuro total. Donde usted no me vea, donde yo no la vea. Su cuerpo es lindo, ¿no lo sabía?»

Se sonrojó, y la hendedura de la mejilla se volvió súbitamente escarlata.°

muy roja

75 «Vivo solo, en un apartamento, y queda cerca.» Levantó la cabeza y ahora sí me miró preguntándome, averiguando sobre mí, tratando desesperadamente de llegar a un diagnóstico.

«Vamos,» dijo.

Comprensión: La conversación

1. El chico y la chica hablaron de... **a.** temas de poca importancia **b.** las noticias del día **c.** sus familias **d.** sus emociones
2. El chico invita a la chica a su apartamento para... **a.** hacer el amor **b.** escuchar música **c.** llegar a un diagnóstico **d.** conocer a sus padres
3. Su idea de «meternos en la noche» quiere decir... **a.** salir a ver las estrellas **b.** ir al parque **c.** abrir las ventanas **d.** entrar en la oscuridad total

No sólo apagué° la luz sino que corrí° la doble cortina. A mi lado ella respiraba. Y no era una respiración afanosa.° No quiso que la ayudara a desvestirse. (80)

did I turn off / cerré
difícil

Yo no veía nada, nada. Pero pude darme cuenta de que ahora estaba inmóvil, a la espera. Estiré cautelosamente° una mano, hasta hallar su pecho. Mi tacto° me trasmitió una versión estimulante, poderosa. Así vi su vientre, su sexo. Sus manos también me vieron. (85)

con cuidado
sense of touch

En ese instante comprendí que debía arrancarme° (y arrancarla) de aquella mentira que yo mismo había fabricado. O intentado fabricar. Fue como un relámpago.° No éramos eso. No éramos eso.

tear myself away
lightning bolt

Tuve que recurrir a todas mis reservas de coraje, pero lo hice. Mi mano ascendió lentamente hasta su rostro, encontró el surco° de horror, y empezó una lenta, convincente y convencida caricia. En realidad mis dedos (al principio un poco temblorosos, luego progresivamente serenos) pasaron muchas veces sobre sus lágrimas. (90)

groove

Entonces, cuando yo menos lo esperaba, su mano también llegó a mi cara, y pasó y repasó el costurón° y el pellejo liso,° esa isla sin barba, de mi marca siniestra. (95)

sewn-up scar / **pellejo...** *shiny skin*

Lloramos hasta el alba. Desgraciados, felices. Luego me levanté y descorrí° la cortina doble.

abrí

Comprensión: El amor y sus consecuencias

1. Empezaron a hacer el amor, pero en ese instante el chico comprendió que... **a.** las relaciones sexuales no eran suficientes **b.** no le gustaba la chica **c.** tenía que ir pronto a una reunión **d.** nunca podría amar a nadie
2. El chico empezó a... **a.** recitarle poesías a la chica **b.** contarle la historia de su vida **c.** cantarle canciones de amor **d.** hacerle una caricia en la cara
3. Lloraron hasta el alba porque estaban... **a.** tristes **b.** felices **c.** enojados **d.** envidiosos

Comentarios en grupo

Trabajando con dos o tres compañeros, preparen uno de los siguientes temas para presentarlo a la clase.

1. **Dos actos de coraje**
   Se menciona la palabra **coraje** dos veces (líneas 44 y 89) con referencia a las acciones de dos personajes diferentes. Describan las situaciones y expliquen por qué muestran valor.
2. **Emociones negativas y positivas**
   El chico tiene varios sentimientos negativos: animadversión, odio, resentimiento. ¿Qué o quién(es) origina estos sentimientos? Por otra parte, ¿qué siente durante la película cuando mira al héroe y a la heroína? ¿Cómo explican ustedes los sentimientos del chico?
3. **Descripción de la escena en la confitería**
   ¿Qué pasa cuando la pareja entra en la confitería? Expliquen las referencias a *(a)* las «antenas» del chico, *(b)* las señas y gestos de asombro, *(c)* la curiosidad «enfermiza», *(d)* el inconsciente sadismo y *(e)* murmullos, tosecitas y falsas carrasperas. ¿Creen ustedes que las reacciones de esa gente son normales o crueles? ¿Por qué?
4. **Análisis de la relación amorosa**
   ¿Qué pasa realmente entre el chico y la chica? ¿Es amistad? ¿Es simplemente deseo sexual? ¿Es amor? ¿Cuál es la base de su relación, y cómo cambia cuando están juntos en el apartamento del chico? ¿Por qué lloran? ¿Creen ustedes que una buena relación puede empezar así? Expliquen.

Composición: Dos meses más tarde

Escriba una página del diario *(diary)* de él o de ella, escrita dos meses después de su encuentro.

Selección 2

Antes de leer

La autora del cuento que sigue, Rima de Vallbona, es una costarricense que ahora reside en Houston, Tejas, donde enseña en la Universidad de San Tomás. Ha ganado numerosos premios literarios por sus cuentos, novelas y ensayos, en los que muchas veces se destaca la acertada descripción psicológica de los personajes.

¿Qué significan las bodas de plata? Actualmente, con la alta tasa de divorcio, muchos consideran el aniversario de los veinticinco años de matrimonio como un éxito especial. El siguiente cuento relata una celebración de bodas de plata que empieza como una fiesta normal y termina con sorpresa y escándalo. El cuento está narrado desde el punto de vista de Abelardo, un joven de veinte y tantos años, hijo de la pareja que celebra su aniversario.

Inferencias

En este cuento el estado psicológico de los personajes es importante, pero no está descrito directamente. Es necesario inferirlo por las palabras y acciones. Lea las líneas 1–23. Luego, indique con **sí** o **no** si las siguientes inferencias son correctas o no. Corrija las inferencias falsas.

1. _____ El día de la fiesta, el narrador (Abelardo) percibe que hay un ambiente de tranquilidad en la casa.
2. _____ Abelardo mismo está muy nervioso y por eso está hablándose a sí mismo.
3. _____ Su mamá teje obsesivamente y luego regala sus tejidos a los pobres.
4. _____ Ella está inquieta y pasa su tiempo conversando con su hijo sobre temas interesantes.

Estudio de cognados

Tener un buen vocabulario en inglés es una gran ayuda para el estudio del español. Mire las siguientes palabras tomadas del cuento, y escriba el cognado inglés que corresponde a cada una. Luego, escoja el significado apropiado.

MODELO 7. **doblado** *doubled* g. inclinado

Palabra	Cognado	Definición
1. **agitarse**	_________	a. fraude, falsedad
2. **impasible**	_________	b. resentimiento, odio
3. **impostura**	_________	c. turbarse, ponerse nervioso(a)
4. **lascivo**	_________	d. muy triste
5. **melancólico**	_________	e. indiferente, imperturbable
6. **rencor**	_________	f. sexualidad exagerada

Ahora, lea el cuento para descubrir cuántas cosas sorprendentes pueden ocurrir durante una fiesta.

Penélope en sus bodas de plata

Rima de Vallbona

Los preparativos de la fiesta han creado un ambiente de zozobra° entre los habitantes de la casa. A lo mejor° sucede algo que haga historia° en esta dormida ciudad. Yo mismo estoy inquieto, con las horas del día agitándose

intranquilidad

A... Probablemente / **que...** *that will cause a sensation*

vanamente para acomodarse a mi ritmo cotidiano de trabajo, pero imposible.
5 Todo se ha salido de su habitual rutina.

calm down Una fiesta es una fiesta, viejo, aflojá°* los nervios.

silla grande ... Mamá, ¡tan buena la pobre! Para ella, el sillón° junto a la ventana y las
needles / knitting dos agujas° que no se cansan tejiendo,° tejiendo, tejiendo, siempre tejiendo. Espera algo. Yo sé que espera algo. Cada movimiento de su aguja, rápido,
lleva... *she has spent so much (time) / bedspreads* 10 nervioso, dice que espera algo. ¡Pero lleva tanto° esperando! ¿Y qué ha tejido durante ese largo tiempo? Debe tener un cuarto lleno de colchas,° suéteres,
caps / scarves / pieces of clothing / knitted things gorros,° bufandas.° ¿Dónde mete todas esas prendas° que teje? Hoy, con el trajín y preparativos de la fiesta —¡maldita fiesta!— pienso en esos tejidos° de mamá con inquietud. ¡Raro!, ¿dónde los guardará si nunca la he visto usarlos,
wool 15 ni darlos a nadie? ¿Habrá un cuarto secreto en la casa? ¿Dónde? Lana° blanca. Siempre lana blanca. Desde niño la vi tejiendo junto a la ventana y
humming tarareando° una canción melancólica; después me llenaba de besos que temblaban de angustia. «¿Por qué tejés tanto, mamá?» Seguía tarareando y una lágrima rodaba cada vez que le hacía la pregunta. «¿Dónde está el suéter
20 blanco que tejiste la semana pasada?» Ella se levantaba del sillón en silencio
sirvienta y se iba a ver si la criada° Jacinta tenía lista la comida o si había hecho las
spicy sausage tortillas. Pronunciaba únicamente palabras cotidianas: chorizo,° picadillo,
beans tamal, frijoles,° limpieza, tejer. «Tengo que tejer. Tengo que terminar estos
booties escarpines.°»

25 Cuando escucha una canción de amor, se agita de pronto (o me parece que se agita). Pero sigue después hablando de lo mismo, como si la vida fuera rutina y quehacer cotidiano. Papá acepta impasible su charla.

«Déjala en su mundo, Abelardo, que ella es feliz así, en su fácil mundo de mujer. Vienticinco años de casados y ni una queja, ni un reproche. Es feliz
cosas de poco valor / *bouquets* 30 tejiendo. Es feliz entre los cachivaches° de la cocina, arreglando ramos° de flores, cambiando de lugar los muebles. Si nuestro mundo de hombres fuera
fuera... *were like their world / a bed* / pelos grises como el de ellas,° todo sería lecho° de rosas. Mirá, mirá mis canas° de estar doblado frente al escritorio.

pelo Mamá no tiene canas. Ni una cana. El cabello° limpio, reluciente, castaño
castaño... *auburn* 35 rojizo.° Mientras no habla de todo eso cotidiano («trae la ensalada de papas,
cuadro Jacinta»), se diría una figura imperial salida de un lienzo° de museo. Pero al ir pronunciando las cosas de cada día con su voz simple («el pozol salió
cubrirse sabroso»), dan ganas de taparse° los oídos para seguir viéndola imperial y bella. ¡Ay, mamá, mamá! ¡Cuántas vergüenzas he pasado cuando vienen mis
pusieron malos 40 amigos y ella que «los tomates se pudrieron°» delante de ellos!

La fiesta hoy, ¿para qué? ¿Por qué me inquieta así? Una fiesta más, como todas.

---

* Notice that in this story the **vos** forms of verbs are used when the characters are talking informally. In this part the main character is talking to himself. These forms are used in many parts of Latin America instead of the **tú** forms with family or friends. They are close to the forms you know and should not be difficult to understand.

¿Podrán caberle° más tejidos al cuarto de los tejidos de mamá? ¿Pensará continuar ahí en la ventana, lana blanca, blanca, blanca? Lana blanca, cocina es su mundo, pequeño, ínfimo, del que nunca saldrá. Pobrecilla. Como abuelita 45 y como todas las mujeres, sin alas° para volar a infinitos horizontes, sin sueños para vencer... ¡Bah! ¡Qué tonterías° se me ocurren!

Hora de la fiesta. Entran los invitados y poco a poco la impostura, la mentira, el chisme° se van solidificando entre los espacios libres que dejan sus cuerpos. Risas,° palabras, abrazos, besos, han perdido su esencia y rea- 50 lidad. Paso todo ese rato° con temor de que mamá comience a llenarse la boca de° plátano, picadillo, pozol, tamal. ¡Tan bella como está toda de negro que hace resaltar lo rojizo de su cabellera! Imperial como nunca. Pero que no hable.°

Podrán... *Can there possibly fit*
wings
ideas ridículas
gossip
laughter
tiempo
con... *with the fear that mom will begin to talk about*
Pero... *But don't let her talk*

Comprensión

Escriba **V** (Verdad) o **F** (Falso) y corrija las oraciones falsas.

1. _____ El marido de Penélope pensaba que ella era feliz en su mundo de mujer porque la casa, la cocina y el tejido le llenaban la vida.
2. _____ Abelardo tenía vergüenza cuando sus amigos lo visitaban porque su mamá no decía ni una palabra.
3. _____ Penélope no tenía canas y era una mujer muy atractiva para su edad.
4. _____ Los invitados que llegaron a la fiesta eran amigos muy sinceros que querían mucho a la familia.

Inferencia: Marque **sí** o **no** y explique.

_____ Penélope, su marido y Abelardo forman una familia unida.

¿Qué? ¿Qué dicen? ¿Qué ella va a hacer un anuncio° en público? Todos la 55 miran. Papá está atónito.° Esto es una pesadilla.° Ella nunca habla así, en público. Entre esta gente —buitre°— comeentrañas,° ¿cómo se le ocurre quedar en ridículo?

«¡Mamá, por Dios! ¿Por qué se tomó ese traguito,° si usted no puede tomar? Venga conmigo.» 60

«No, yo quiero decir a todos mis amigos algo importante. Déjame, Abelardo, y decile a tu papá que no he tomado ni medio trago.»

«Mamá, viejita, por lo que más quiera, cállese.°»

Se subió a un taburete° y majestuosa, autoritaria, los hizo callar a todos. Tenía el más maravilloso gesto imperial. 65

«Amigos muy queridos, los que nos han acompañado durante estos veinticinco años de matrimonio, hoy quiero sincerarme con ustedes por primera vez. ¿Cómo celebrar hoy nuestros veinticinco años de matrimonio, nuestras bodas de plata, sin que comparta con ustedes *mi* felicidad? (¿Dijo *mi* felicidad, así, subrayando el *mi*? ¿Y la de papá? Está borracha.° No está acostumbrada al 70

announcement
muy sorprendido / sueño malo / *vulturelike* / *vicious (slang)*
bebida alcohólica
guarde silencio
plataforma pequeña
muy afectada por el alcohol

champán.)* ¿Saben ustedes lo que han sido estos veinticinco años de mi vida al lado de un hombre egoísta, cruel, necio° y lascivo? (¡Loca, está loca, borracha, el champán, qué cosas dice!) ¿Saben ustedes las noches de insomnio y los días de agotador° trabajo que he vivido yo al lado suyo? (Sueño. Pesadilla. Esto no lo está diciendo ella, no sabe ni supo nunca expresar nada. Está borracha. Que la saquen de ahí.) No, yo no voy a contar todas y cada una de las lágrimas de estos veinticinco años. ¿Qué murmuran° tanto ustedes ahí abajo? Sólo les voy a contar por qué estoy contenta y feliz hoy. ¿Por qué celebro estos veinticinco años? Ya mi hijo Abelardo está crecido y no me necesita. Y mi marido... tampoco. Hoy lo que celebro es mi libertad. ¿Han visto un reo° después de cumplir su condena° y recuperar la libertad? Ese reo soy yo. (No puedo más, se me desploma° la casa encima°...) Hoy quiero anunciarles que me declaro libre del yugo° del matrimonio, libre para disponer de mi tiempo como me dé la gana.° Voy a darme el gusto de viajar por todo el mundo. No más esos viajecillos a las Playas de Coco, ni a Limón, ni a Puntarenas,° donde él me llevaba luego de pasear con sus queridas° por Acapulco, Capri y Biarritz. (¡Loca, loca, loca...!) Lo mejor de hoy es poder romper para siempre un silencio de veinticinco años. Bebamos, amigos, por la libertad que hoy es mi dicha° y la de mi ex marido también... (¡Papá, pobre papá, qué vergüenza!) Porque, ¿verdad, querido, que es un alivio° que lo haya dicho yo y no vos? Así yo fui la del escándalo y vos quedás como siempre, muy bien ante todos. Como de costumbre. Brindemos° contentos, sin rencores ni odios, contentos como los buenos amigos que hemos sido siempre.»

La sensación de atmósfera irreal que me había perseguido desde la mañana cobró° tal fuerza que yo me creía víctima de los muchos martinis que

necio: ignorante
agotador: cansador
murmuran: dicen en tono bajo
reo: prisionero
condena: tiempo en la prisión
desploma: cae / encima: *on top of me*
yugo: *yoke* / **como...** *as I wish*
Playas... *nearby summer resorts* / queridas: amantes
dicha: fortuna
alivio: *relief*
Brindemos: *Let's toast*
cobró: adquirió

(line numbers 75, 80, 85, 90, 95)

Comprensión

1. ¿Por qué no quería Abelardo que hablara su madre? ¿Qué sintió él cuando supo que ella iba a hacer un anuncio?
2. ¿Por qué creía Abelardo que su mamá estaba borracha?
3. ¿Qué adjetivos usó Penélope para describir a su marido?
4. Según ella, ¿por qué estaba contenta y feliz? ¿Qué estaba celebrando? ¿Qué planes tenía ella?

Inferencia: Marque **sí** o **no** y explique.

_____ Como muchos hijos de matrimonios en conflicto, Abelardo sólo se identifica con el punto de vista de uno de sus padres y, en este caso, es el punto de vista de su papá.

---

* Éstos son los pensamientos de Abelardo durante el anuncio de su mamá. Están escritos entre paréntesis.

me había tomado. Volvía a tener la impresión extraña de que había distancias entre las cosas y yo.

Mamá estaba sobre el taburete, seguía hablando. Fue entonces cuando me di cuenta de que su bello traje negro tenía un escote° muy provocativo. Ríe, ríe, ríe con lujuria° con ese hombre canoso y atractivo; se miran hundiendo la mirada uno en otro.° Los martinis... estoy borracho. Ella, papá, veinticinco años, el aniversario, ese hombre: el Dr. Garcés, el que la atendió en su larga enfermedad. La salvó entonces de la muerte... Se hablan con los ojos... ¿Y papá? Los martinis tienen la culpa° de todo, ni sé quién soy. 100

Ella no puede —no debe— romper el rito monótono del picadillo, el tamal, la yuca... que siga tejiendo junto a la ventana. 105

«Aún me queda un resto de vida para gozarla, un resto de vida sólo para mí. ¿Por qué no ahora que todavía es tiempo? Ya pasaron los tiempos de la esclavitud.»

Todo fue más irreal cuando ella comenzó a sacar° las prendas que llevaba tejidas, lana blanca, blanca, blanca, y las fue repartiendo° entre los invitados. Sucedió lo imprevisto°: todos se dejaron llevar de° su embriaguez y se fueron vistiendo las prendas que les tocaron° hasta quedar locamente disfrazados° de lana blanca, blanca, blanca. Crecieron de tamaño entre tanta lana, y todos al brillo de las luces, se fundieron° en una masa blanca de múltiples brazos y piernas que chillaba° en loca algarabía° de libertad y lujuria. 110 115

low neckline
sensualidad
hundiendo... *looking deeply into each other's eyes*
responsabilidad
to take out
distribuyendo
lo... algo inesperado / **se...** *got carried away by* / **les...** recibían transformados / *disguised*
se... *fused together*
was screeching / confusión de sonidos

Comprensión

1. ¿Tiene razón Abelardo cuando dice que «los martinis tienen la culpa de todo»?
2. ¿Qué quiere Abelardo que haga su mamá? ¿Por qué?
3. ¿Qué les dio Penélope a sus invitados al final de la fiesta? ¿Qué hicieron los invitados?

Inferencia: Marque **sí** o **no** y explique.

_____ Hacía muchos años que Penélope planeaba esta escena.

¿Qué visión muestra la tira cómica del matrimonio? ¿Cree usted que esta visión es cierta? ¿Son felices o infelices la mayoría de los matrimonios? ¿Por qué?

Opiniones

Trabaje con un(a) compañero(a) y contesten las preguntas.

1. ¿Qué piensas del discurso de Penélope? ¿Fue admirable o cruel? ¿Por qué?
2. ¿Cuál fue el problema principal del matrimonio de Penélope y su marido?
3. ¿Es cierto que un divorcio no afecta mucho a los hijos cuando son adultos? ¿Por qué sí o no?
4. ¿Qué referencia clásica (e irónica) hay en el uso del nombre **Penélope?**
5. ¿Cómo explica el misterio de la lana blanca? ¿Por qué tejió tanto Penélope? ¿Por qué guardó todas las prendas? ¿Hay algún simbolismo en esto?

Composición

Escriba una breve carta en la que una de las siguientes personas describe la fiesta.

1. Penélope
2. el esposo de Penélope
3. el doctor Garcés
4. uno(a) de los invitados

Nuevas oportunidades para estudiantes maduros

CAPÍTULO CINCO

Vivir y aprender

Vocabulario preliminar

Lea los siguientes párrafos y trate de comprender las palabras y expresiones en negrilla.

La vida universitaria

Después de **la secundaria** (del liceo[*]) muchos alumnos desean continuar sus estudios en la universidad. A veces es necesario que primero **hagan (sufran) un examen** especial. Si **sacan buenas notas** en este examen, pueden entrar a la universidad. Cuando entran, tienen que pagar la **matrícula.** Después, escogen una **facultad** (por ejemplo, **Arquitectura, Computación,**[†] **Farmacia, Letras,** etc.) y **siguen cursos** específicos. Las **materias** varían de acuerdo con la **especialización** deseada. Por ejemplo, los estudiantes que quieren ser abogados entran a la Facultad de **Derecho** y estudian leyes. Los que quieren ser **maestros de primaria** o **profesores de liceo** estudian metodología y **enseñanza.**

La vida estudiantil tiene sus **ventajas** y **desventajas.** Mucha gente recuerda sus años universitarios como la época más interesante y feliz de su vida. Algunos padres les dicen a sus hijos, en el momento de salir el primer día para la universidad, «¡**Ojalá que** goces de esta maravillosa experiencia tanto como yo, a tu edad!» Por otra parte, hay desventajas. Hay que asistir a las clases todas las semanas excepto durante las **huelgas** (interrupciones de clase organizadas por motivos políticos). Además, es necesario estudiar mucho, especialmente con los profesores **exigentes,** y por eso se necesita un ambiente tranquilo, sin **ruido.** Hay también tensiones que se originan en la necesidad de **aprobar** (no **fracasar** en) los cursos. Sin embargo, finalmente, cuando los estudiantes aprueban todos los cursos de su programa, llega el día deseado: **se gradúan** y reciben su **título** universitario. Entonces, algunos deciden continuar para obtener un título de postgrado (el más alto es el **doctorado**), pero la mayoría sale de la universidad para empezar un nuevo capítulo de su vida.

---

[*] En ciertos países la palabra **liceo** es un sinónimo de **secundaria,** pero en México significa **primaria.**

[†] En algunas partes se usa también el término **Informática.**

Buscar las palabras claves

Dé la palabra o expresión de «La vida universitaria» que corresponde a cada sinónimo o definición.

MODELO la secundaria **el liceo**

Definiciones

1. estudio principal
2. puntos positivos
3. estricto, severo
4. el título más alto
5. Esperamos que...
6. hacer (un examen)
7. obtener (buenas notas)
8. persona que enseña a los niños
9. estudiar (cursos)
10. asignatura o tema de un curso
11. interrupciones del trabajo o del estudio
12. división académica de la universidad
13. precio pagado por asistir a la universidad
14. estudio de las leyes y de la justicia

Antónimos

Dé el antónimo (palabra contraria) de las siguientes palabras. En algunos casos hay más de una posibilidad.

1. aprobar
2. fácil
3. ventaja
4. silencio
5. matricularse

Lengua y cultura

Palabras engañosas

La palabra **competición** es un cognado engañoso porque no hay una correspondencia exacta con la palabra en inglés, *competition*. En español se usa la palabra **competiciones** (o contiendas) con referencia a los deportes cuando los atletas se reúnen para competir unos contra otros en «competiciones deportivas». Pero la idea general de «rivalidad entre varias personas que persiguen el mismo objetivo» se traduce como **competencia.**

Otro cognado engañoso es **facultad.** Se usa para designar una de las divisiones de la universidad, por ejemplo, la Facultad de Medicina, la Facultad de Derecho, la Facultad de Negocios. Para referirse al conjunto de profesores que enseñan en un lugar, se usa **el cuerpo docente** o **el profesorado** *(the faculty).*

Enfoque del tema

Dos estilos de vida estudiantil

Hay algunas diferencias notables entre la vida del estudiante hispano y la del estudiante de Estados Unidos o de Canadá. Las siguientes ideas son generalizaciones sobre estas diferencias, y no pretenden describir los sistemas educativos de todos los países latinos.

El dinero

«Ser tan pobre como un estudiante» es una vieja expresión que todavía tiene validez en el mundo hispano. A los latinos les sorprende que muchos estudiantes norteamericanos tengan autos y estéreos o grabadoras costosas. Aunque en sus países la matrícula no es muy cara en las universidades del estado, el costo de vida es relativamente más alto y los salarios son más bajos. Además, es raro que un estudiante trabaje durante el verano o que pueda conseguir préstamos° como es costumbre en Estados Unidos o Canadá.

loans

La vivienda

La vivienda es otro aspecto diferente. En Estados Unidos y Canadá es costumbre que los estudiantes asistan a universidades que están lejos de su casa y que vivan en residencias estudiantiles en el *campus* o recinto universitario —un lugar que no es común en muchos países hispanos. Allí los estudiantes acostumbran° a vivir con su familia o con otros parientes, y no es frecuente que vayan a otra ciudad a estudiar.

tienen la costumbre

La vida social y la política

Por lo tanto, es evidente que los estudiantes norteamericanos tienen más independencia que los hispanos, pues pueden ir y venir con más libertad y disponen de más dinero. Muchas veces, su vida social se centra en clubes sociales, en juegos y competiciones deportivas y en fiestas privadas organizadas con el fin de pasarlo bien y olvidarse de las tensiones estudiantiles.

Los estudiantes latinos, por el contrario, están más integrados a la vida social de su ciudad y de su país. Tradicionalmente desempeñan° un papel esencial en la política. Se reúnen en cafés a discutir los problemas del día, organizan campañas de ayuda en casos de desgracias° naturales (como inundaciones° o terremotos°) y hacen huelgas de protesta o manifestaciones para exigir que el gobierno responda a sus demandas. Hay un dicho° popular: «Los estudiantes son el único partido capaz de derrotar° a un gobierno que no gusta.» Este interés político se puede atribuir a varios factores. Es común que los jóvenes vivan con sus parientes y amigos de la niñez y generalmente piensan quedarse en el mismo lugar después de graduarse; por eso les interesa lo que pasa allí. Además, la mayoría de las universidades están situadas en plena° ciudad; no están aisladas de los problemas urbanos.

desempeñan: hacen / desgracias: emergencia / inundaciones: *floods* / terremotos: *earthquakes* / dicho: expresión / derrotar: vencer / en plena: el centro de la

El sistema escolar

En España y Latinoamérica el plan de estudios° de la secundaria es más intenso y rígido que el norteamericano. Todos los estudiantes que eligen la misma especialización siguen los mismos cursos; no pueden escoger materias opcionales. En muchos países, al término de sus estudios secundarios, tienen que aprobar un examen difícil de aptitud académica para recibir el título de bachiller.° El puntaje° final determina la carrera. Por ejemplo, la Facultad de Medicina exige uno de los más altos puntajes. Si un joven no tiene suficiente puntaje para la carrera que desea deberá repetir el examen o decidirse por una carrera diferente que acepte un puntaje más bajo.

Luego los estudiantes se matriculan directamente en la facultad específica que han escogido (de Comercio, Derecho, Medicina, Ingeniería, Letras, etc.). Ahí estudian cinco años o más hasta recibir su título profesional. Esto quiere decir que en España e Hispanoamérica los estudiantes se especializan más temprano.

Los métodos de enseñanza también son diferentes. En general, en las universidades hispanas las clases son más grandes, los profesores no pasan lista° y los estudiantes no tienen que entregar° tareas. Frecuentemente, la nota del curso depende exclusivamente de los exámenes finales que, a veces, son orales o, por lo menos, en parte.

plan... *curriculum* / **título...** *high school diploma* / puntaje: *score* / **pasan...** *take roll* / entregar: *hand in*

Cambios importantes

Hoy en día asisten a la universidad tantas mujeres como hombres e, inclusive, alumnos de la tercera edad. Hay una gran preferencia, entre los estudiantes hispanos de ambos° sexos, por las ciencias aplicadas como la medicina, la farmacia, la ingeniería, las ciencias de computación y también por el comercio y la administración de empresas. Esta preferencia refleja un cambio importante, pues hace veinticinco años el derecho era uno de los campos más populares entre los hombres, y la mayoría de las mujeres se especializaban en educación, letras, lenguas o psicología.

ambos: los dos

Comprensión de la lectura: En palabras directas

Explique qué grupo asocia usted con las siguientes cosas y qué importancia tienen.

1. los trabajos en el verano y los préstamos
2. las huelgas y manifestaciones
3. exámenes finales (con una parte oral) que determinan la nota del curso
4. la independencia económica
5. una preferencia por las ciencias aplicadas: la medicina, la farmacia, la ingeniería, la computación, el comercio y la administración de empresas

Comentario sobre el anuncio

Trabaje con un(a) compañero(a). Miren el anuncio y contesten las siguientes preguntas. Luego, comparen sus respuestas con las del resto de la clase.

1. ¿Cómo se llama la universidad mencionada en el anuncio? ¿Dónde está situada? ¿En qué campos ofrece cursos?
2. ¿Qué tiene de particular esta universidad? Observen a los estudiantes del anuncio. Escojan a tres de ellos y descríbanlos: su edad, peinado (estilo de pelo) y manera de vestirse. ¿En qué programa (de los nueve mencionados) querrán entrar?
3. ¿Les gustaría a ustedes asistir a esta universidad o no? ¿Por qué? En general, ¿qué piensan de los cursos transmitidos por video y sin profesor?

Opiniones

Entreviste a un(a) compañero(a) usando las siguientes preguntas.

1. ¿Qué deben hacer los jóvenes después de terminar sus estudios? ¿Por qué?
   - viajar y ver mundo
   - buscar un buen trabajo en su campo
   - continuar estudiando
   - pasar un tiempo descansando o trabajando en un puesto sin presiones
2. ¿Qué modo de vida tiene más ventajas? ¿Por qué?
   - vivir solo(a) • vivir con amigos • vivir con los padres
   - vivir con otros parientes • vivir con su esposo(a) o pareja
3. ¿Dónde es mejor vivir? ¿Por qué?
   - cerca de los parientes y amigos • en una ciudad grande
   - en un pueblo o ciudad pequeña • en el campo
   - en otro país o en una nueva región

Composición estructurada: Una mirada hacia el futuro

Use su imaginación para mirar cinco años en el futuro y describa la vida del compañero o de la compañera que usted entrevistó, o imagine su propia vida dentro de cinco años. Siga este esquema y use frases como **es probable que..., es posible que..., dudo que...** u otras frases semejantes.

1. Primer párrafo: **En cinco años mi compañero(a) vivirá en...** (o: **Yo viviré en...**). Dé el nombre de la ciudad o lugar y detalles sobre la casa o el apartamento.
2. Segundo párrafo: Describa cómo será su modo de vida (solo[a] o con otra gente) y algunas de las personas y las cosas que serán importantes en su vida.
3. Tercer párrafo: Hable del trabajo u ocupación que tendrá, de sus actividades diarias y de su estado de ánimo (si estará feliz o no, y por qué).

Selección 1

Antes de leer

En la siguiente entrevista, seis jóvenes latinoamericanos que asistieron a San Anselm College, Nueva Hampshire, hablan de su experiencia como estudiantes en Estados Unidos. Expresan sus opiniones sobre el sistema académico estadounidense en comparación con el de Latinoamérica, sobre sus compañeros de clase, sobre su propia adaptación y sobre sus planes para el futuro. Estas opiniones son el resultado de experiencias muy personales y no representan una comparación definitiva entre los dos sistemas. Son sencillamente seis puntos de vista distintos y auténticos.

Análisis previo

Mire las preguntas de la entrevista y dé la siguiente información.

1. ¿Qué preguntas se refieren a las emociones y a la vida personal de los alumnos?
2. ¿Qué preguntas les piden que hagan una evaluación o crítica?
3. Recuerde que, por cortesía, a veces los latinos tienden a callar sus críticas o a expresarlas de manera indirecta. ¿Qué adverbio incluido en una de las preguntas les indica a los estudiantes que hablen de manera más directa?

Lea las entrevistas para ver qué opinan estos seis estudiantes.

Hablan los estudiantes

Las preguntas de la entrevista

A. ¿Qué diferencias ves entre los dos sistemas académicos?

B. ¿Te gusta que aquí te den opciones, o prefieres que te den un programa completo como en el sistema latinoamericano?

C. ¿Qué echas de menos? *(What do you miss?)*

D. Francamente, ¿qué piensas de los estudiantes norteamericanos?

E. ¿Es probable que vuelvas a tu país?

Las respuestas

1. ISABEL M. PÉREZ
de Ecuador, especialización: español y estudios latinoamericanos

Isabel M. Pérez

B. —Me gusta que me den opciones porque así uno puede seguir cursos que realmente le interesan. Yo creo que el sistema académico debe ser un proceso libre y debe dar la oportunidad de explorar diversos campos y de seguir varias materias. Esto no es posible en el sistema rígido latinoamericano en que generalmente hay que decidir la carrera que uno quiere seguir cuando uno está en el sexto grado. Por lo menos, así es en Ecuador. Por eso los que estudiamos aquí somos muy afortunados ya que tenemos la libertad de escoger nuestra especialización mucho después, como en el segundo o tercer año universitario.

C. —Lo que más extraño son las playas de la costa de mi país y las Islas Galápagos. Además, extraño mucho a mi gente y no sólo a mis parientes. Es que todo es tan lindo y agradable allá: el clima, la geografía, la comida, la música y por supuesto la gente, tan generosa y amable y especial...
D. —Pienso que aquí hay mucha competencia. Los estudiantes norteamericanos compiten mucho entre sí. Son muy individualistas. En cambio, en el mundo hispano hay más compañerismo. Los estudiantes se ayudan unos a otros y es muy común verlos en grupo, estudiando o preparando alguna clase juntos.
E. —Es muy probable que en el futuro regrese al Ecuador. Quiero volver a mi país natal y tal vez enseñar allí algún día...

Ceferino Duana

2. Ceferino Duana de Argentina, especialización: historia y español

A. —Ambos sistemas tienen sus pros y sus contras, pero creo que el sistema latinoamericano es mucho más difícil. Aquí en Estados Unidos nos quejamos del trabajo que nos dan porque creemos que es mucho, pero en realidad no es nada, en comparación... En nuestros países, los estudiantes de secundaria siguen muchas más clases que los de aquí. Y los estudiantes universitarios casi no duermen porque se la pasan estudiando.
B. —Me gusta que me den opciones, pero siempre y cuando se mantengan ciertas normas. Por ejemplo, si uno escoge una especialidad dada, debería elegir materias para complementar o ampliar esa especialidad. Creo que es importante que sigamos un camino correcto y que los cursos optativos tengan un propósito. No es cuestión de tomar clases por tomarlas.
C. —En realidad, hace mucho que no vuelvo a mi país, pero creo que lo que más extraño son las fiestas, la vida nocturna, los bailes y parrandas de fin de semana, las amistades, la vida social en general...
E. —Para visitarlo, sí, por supuesto.

Nancy Ayapán

3. Nancy Ayapán de Guatemala, especialización: sociología

A. —Una diferencia significativa es que, en general, aquí en Estados Unidos hay más variedad y cantidad de cursos y carreras académicas para elegir. También hay mucha más interacción entre profesores y estudiantes, pero la calidad de la comunicación humana deja algo que desear. Yo extraño, por ejemplo, la calidez y el cariño de nuestros maestros y profesores. Reconozco que aquí los profesores son generalmente muy buenos y están siempre dispuestos a ayudar a sus estudiantes, pero simplemente no tienen ese no sé qué de calor humano que yo he notado en los de mi país, por ejemplo...

C. —En primer lugar, echo de menos el clima y extraño muchísimo a mis familiares. También echo de menos el modo de vida, la sencillez y el cariño de la gente de Guatemala que, aunque pobre, es un país unido, generoso y solidario con todos.

D. —Creo que algunos estudiantes norteamericanos se preocupan demasiado por lo material, por triunfar y por competir entre sí. Pero hay excepciones y yo me quedo con las excepciones: los amigos que he conocido aquí, cariñosos e interesados en aprender más sobre otras personas y otras culturas.

E. —Sí, es muy probable que vuelva. Tengo muchos primos que todavía no conozco porque hace mucho que no voy a mi país. Siento un gran cariño por mi tierra y por mi gente y sé que una parte importante de mi ser pertenece y pertenecerá siempre a Guatemala.

4. YOLANDA A. RUIZ
de Nicaragua, especialización: ciencias políticas y estudios latinoamericanos

Yolanda A. Ruiz

A. —Una de las diferencias que noto entre los dos sistemas académicos es que en Latinoamérica los profesores se preocupan más por sus estudiantes como grupo o colectividad, mientras que aquí la relación entre profesores y estudiantes está más individualizada. Además, y probablemente debido al hecho de que en el sistema hispano hay un plan fijo de lo que se va a estudiar en cada nivel, creo que los estudiantes latinoamericanos tienen una visión más amplia del mundo. Sus conocimientos no se limitan a lo nacional sino que se interesan también por lo internacional, por lo que pasa más allá de sus propias fronteras.

B. —Personalmente me parece que el sistema de opciones es algo muy positivo porque permite que uno explore áreas de interés que pueden o no estar relacionadas con la carrera o especialización escogida. Creo que es bueno tener una visión general de todo, pero pienso que debe existir un equilibrio o balance entre la flexibilidad del sistema de opciones y la inflexibilidad del sistema que prevalece en el mundo hispano.

C. —Echo de menos a mis amigos y a mi familia. Pero también echo de menos el vivir en un país donde el color de la piel y las diferencias étnicas no definen a los individuos.

E. —¡Claro que sí! Nicaragua necesita a su juventud para seguir luchando. Con los conocimientos que estoy adquiriendo creo que puedo aportar mi granito de arena para que la tierra de Darío salga adelante como la hija del sol que es y siempre ha sido.

Eduardo Montesdeoca

5. Eduardo Montesdeoca de Ecuador, especialización: sociología y español

A. —Pienso que aquí en Estados Unidos hay más oportunidades y posibilidades para seguir estudios académicos. En general, el sistema latinoamericano es más elitista que el norteamericano. Si uno tiene dinero, en cualquier parte puede estudiar, pero si uno es pobre, es mucho más difícil completar la universidad en Latinoamérica que en este país. Aquí la ayuda del gobierno hace posible que uno pueda continuar y terminar sus estudios y de esa manera también contribuir algún día a mejorar la sociedad y el mundo en que vivimos.

B. —Me gusta el sistema de opciones de aquí. Yo creo que para que un estudiante salga bien en sus estudios, es importante que esté interesado en los cursos que sigue.

C. —Más que nada, extraño a mi familia. Es difícil estar en un lugar nuevo, lejos de nuestros seres queridos. Pero también extraño mucho la música, la comida, el cariño de la gente, en fin, echo de menos muchos aspectos de la cultura de mi país...

E. —Sí, aunque al mismo tiempo también quiero quedarme a vivir en Estados Unidos. Tal vez pueda conseguir algún trabajo que me permita vivir en ambos países: unos meses aquí y otros en Ecuador.

Julissa Vásquez

6. Julissa Vásquez de República Dominicana, especialización: español

A. —Yo creo que el sistema latinoamericano es más rígido pero más completo que el norteamericano. En general los estudiantes de este país tienen conocimientos muy limitados de otros países y culturas. En Latinoamérica los programas son más intensos pero al mismo tiempo los estudiantes reciben una educación más humanística y cuando terminan sus estudios secundarios o universitarios, tienen una visión más amplia de la vida y del mundo.

C. —Echo de menos muchas cosas pero especialmente el sentido de familia que existe entre la gente latina.

D. —Pienso que el egocentrismo es un «ismo» que caracteriza a muchos estudiantes norteamericanos. Creen que no hay más lugar que los Estados Unidos y que este país es el centro del universo.

E. —Sí, pienso volver a mi país, pero sólo de visita, no para quedarme a vivir allí.

Comprensión

Diga si cada frase es verdadera o falsa, según las entrevistas. Luego, corrija las frases falsas.

1. _____ Todos los entrevistados latinoamericanos siguen cursos en la misma universidad norteamericana.

2. _____ Todos los estudiantes tienen especializaciones en las humanidades.
3. _____ Los seis estudiantes son de la misma región de Latinoamérica.
4. _____ Es probable que la mayoría de estos estudiantes no vuelva a vivir en su país natal.

Análisis y opiniones

Trabaje con un(a) compañero(a) para contestar estas preguntas.

1. ¿Qué diferencias ven los estudiantes latinos entre el sistema de su país y el estadounidense? ¿Qué les gusta del sistema estadounidense? ¿Por qué?
2. ¿Qué diferencias ven entre los alumnos estadounidenses y los de sus países? ¿Tienen todos las mismas opiniones o hay contradicciones?
3. ¿Qué echan de menos estos estudiantes?
4. Imagina que algún día te mudas a otro lugar. ¿Qué vas a echar de menos?
5. ¿Cuál preferirías tú: una educación amplia y libre o una educación que te garantice un buen empleo?

El español en su vida

Entreviste a algunos estudiantes latinoamericanos de su universidad usando las preguntas de la página 77. ¿Son similares o diferentes sus respuestas?

Selección 2

Antes de leer

La siguiente lectura es un capítulo de *Ardiente paciencia,* una novela del autor chileno Antonio Skármeta. Skármeta es un hombre cosmopolita que se graduó de la Universidad de Columbia en Nueva York, fue profesor en las Universidades de Chile y Washington y trabajó por casi diez años con mucho éxito como guionista *(scriptwriter)* de cine y televisión en Alemania. La película *Ardiente paciencia,* una versión cinematográfica de su novela, ganó varios premios en Europa y sirvió como base para la película italiana *Il postino* (El cartero). Las obras de Skármeta se han traducido a quince idiomas.

Como se ve en la siguiente lectura, no todo lo aprendemos en la escuela. El relato empieza con los comienzos de una amistad improbable entre dos hombres muy diferentes: Mario Jiménez, un joven cartero con poca educación formal, y Pablo Neruda, el gran poeta chileno, ganador del premio Nóbel de literatura en 1971.

La historia de esta amistad se basa en hechos reales que pasaron hace muchos años en Isla Negra, un pueblo chico que está en la costa de Chile, donde Neruda y su mujer vivían aislados y Mario les traía el correo todos los días.

Predicción

Piense un momento en la amistad entre estos dos hombres tan distintos y conteste estas preguntas para predecir lo que usted cree que va a pasar.

1. ¿Cuál va a ser el tema principal de conversación entre los dos hombres?
   a. la profunda tristeza de la vida
   b. el verdadero significado del amor puro
   c. la manera de inventar figuras poéticas
   d. el modo de vivir de los pobres
2. ¿Quién va a aprender algo nuevo del otro?
   a. Mario va a aprender algo de don Pablo.
   b. Don Pablo va a aprender algo de Mario.
   c. Los dos van a aprender algo, el uno del otro.
   d. Los dos van a aprender algo de Matilde, la mujer de don Pablo.

Ahora, lea la selección y haga los ejercicios en los recuadros para ver si usted ha adivinado correctamente. La historia empieza cuando Mario llega a la casa de Neruda, le entrega su correspondencia y se queda mirando al gran poeta mientras éste abre sus cartas.

Ardiente paciencia

Antonio Skármeta

Crecido... *Raised among fishermen* / *hook*
grupo de cartas
tear open
poeta

Crecido en el seno de pescadores,° nunca sospechó el joven Mario Jiménez que en el correo de aquel día habría un anzuelo° con que atraparía al poeta. No bien le había entregado el bulto,° el poeta había discernido con precisión meridiana una carta que procedió a rasgar° ante sus propios ojos. Esta conducta inédita, incompatible con la serenidad y discreción del vate,° alentó en el cartero el inicio de un interrogatorio, y por qué no decirlo, de una amistad.* (5)

—¿Por qué abre esa carta antes que las otras?

—Porque es de Suecia.

—¿Y qué tiene de especial Suecia, aparte de las suecas?

eyelids
he blinked
abreviatura de **mi hijo**

Aunque Pablo Neruda poseía un par de párpados° inconmovibles, parpadeó.° (10)

—El Premio Nobel de Literatura, mijo.°

—Se lo van a dar.

—Si me lo dan, no lo voy a rechazar.

dinero
parte importante / carta

—¿Y cuánta plata° es? (15)

El poeta, que ya había llegado al meollo° de la misiva,° dijo sin énfasis.

—Ciento cincuenta mil doscientos cincuenta dólares.

---

* Aquí se ve que la emoción que muestra Neruda al rasgar una de sus cartas despierta en Mario el deseo de ser su amigo.

Mario pensó la siguiente broma°: «y cincuenta centavos», mas su instinto reprimió su contumaz° impertinencia, y en cambio° preguntó de la manera más pulida°:

—¿Y?

—¿Hmm?

—¿Le dan el Premio Nobel?

—Puede ser, pero este año hay candidatos con más chance.

—¿Por qué?

—Porque han escrito grandes obras.

—¿Y las otras cartas?

—Las leeré después —suspiró el vate.

—¡Ah!

Mario, que presentía° el fin del diálogo, se dejó consumir por una ausencia semejante° a la de su predilecto y único cliente, pero tan radical, que obligó al poeta a preguntarle°:

—¿Qué te quedaste pensando?

—En lo que dirán las otras cartas. ¿Serán de amor?

El robusto vate tosió.°

—¡Hombre, yo estoy casado! ¡Que no te oiga Matilde!°

—Perdón, don Pablo.

Neruda arremetió con su bolsillo° y extrajo un billete del rubro° «más que regular». El cartero dijo «gracias», no tan acongojado° por la suma como por la inminente despedida. Esa misma tristeza pareció inmovilizarlo hasta un grado° alarmante. El poeta, que se disponía° a entrar, no pudo menos que° interesarse por una inercia tan pronunciada.

—¿Qué te pasa?

—¿Don Pablo?

—Te quedas ahí parado° como un poste.

Mario torció° el cuello y buscó los ojos del poeta desde abajo:

—¿Clavado° como una lanza?

—No, quieto como torre de ajedrez.°

—¿Más tranquilo que gato de porcelana?

Neruda soltó la manilla del portón° y se acarició la barbilla.°

—Mario Jiménez, aparte de *Odas elementales** tengo libros mucho mejores. Es indigno que me sometas° a todo tipo de comparaciones y metáforas.°

idea humorística
obstinada / **en...** *instead*
20 refinada
25
30 sospechaba
se... *became so affected by the (feeling of absence)* / **que...** *that (his appearance) forced the poet to ask him*
35 *coughed*
¡Que... *Don't let Matilde hear you!*
arremetió... *searched in his pocket* / *value* / triste
40 extremo
preparaba / **no...** *had to*
45 **Te...** *You're left there standing*
twisted
stuck
como... *like a chess piece*
50 **manilla...** *gate handle* / *chin*
hagas sufrir / *metaphors*

Comprensión

1. ¿Qué carta abre primero don Pablo? ¿Por qué?
2. ¿Cómo reaccionó cuando Mario le preguntó si había cartas de amor?
3. ¿Por qué se puso muy triste Mario? ¿Qué hizo entonces para prolongar la conversación?

---

* Mario acaba de citar dos frases de *Odas elementales*, uno de los primeros libros de Neruda, y el poeta se irrita un poco porque prefiere sus libros recientes.

—¿Don Pablo?

—¡Metáforas, hombre!

55 —¿Qué son esas cosas?

El poeta puso una mano sobre el hombro del muchacho.

—Para aclarártelo° más o menos imprecisamente, son modos de decir una cosa comparándola con otra.

—Déme un ejemplo.

60 Neruda miró su reloj y suspiró.°

—Bueno, cuando tú dices que el cielo está llorando. ¿Qué es lo que quieres decir?

—¡Qué fácil! ¡Que está lloviendo, pu'°!

—Bueno, eso es una metáfora.

65 —¿Y por qué si es una cosa tan fácil, se llama tan complicado?

—Porque los nombres no tienen nada que ver con la simplicidad o complejidad de las cosas. Según tu teoría una cosa chica que vuela no debiera tener un nombre tan largo como *mariposa*. Piensa que *elefante* tiene la misma cantidad de letras que *mariposa* y es mucho más grande y no vuela —concluyó 70 Neruda exhausto. Con un resto de ánimo° le indicó a Mario, solícito, el rumbo° hacia la caleta.° Pero el cartero, tuvo la prestancia de decir:

—¡Pitas° que me gustaría ser poeta!

aclarártelo: darte una explicación
suspiró: *sighed*
pu': manera popular de decir **pues**
ánimo: energía / rumbo: camino
caleta: *inlet*
Pitas: *Good heavens!*

Phillipe Noiret y Massimo Troisi en una escena de la película *Il postino* (El cartero)

—¡Hombre! En Chile todos son poetas. Es más original que sigas siendo cartero. Por lo menos caminas mucho y no engordas.° En Chile todos los poetas somos guatones.° 75

Neruda retomó la manilla de la puerta, y se disponía a entrar cuando Mario, mirando el vuelo de un pájaro invisible, dijo:

—Es que si fuera poeta° podría decir lo que quiero.

—¿Y qué es lo que quieres decir?

—Bueno, ése es justamente el problema. Que como no soy poeta, no 80 puedo decirlo.

El vate se apretó las cejas° sobre el tabique° de la nariz.

—¿Mario?

—¿Don Pablo?

—Voy a despedirme y a cerrar la puerta. 85

—Sí, don Pablo.

—Hasta mañana.

—Hasta mañana.

Neruda detuvo la mirada sobre el resto de las cartas, y luego entreabrió el portón.° El cartero estudiaba las nubes con los brazos cruzados sobre el pecho. 90 Fue hasta su lado y le picoteó° el hombro con un dedo. Sin deshacer° su postura, el muchacho se lo quedó mirando.

—Volví a abrir porque sospechaba que seguías aquí.

—Es que me quedé pensando.°

Neruda apretó los dedos en el codo del cartero y lo fue conduciendo con 95 firmeza hacia el farol° donde había estacionado la bicicleta.

—¿Y para pensar te quedas sentado? Si quieres ser poeta, empieza por pensar caminando. ¿O eres como John Wayne que no podía caminar y mascar chicles° al mismo tiempo? Ahora te vas a la caleta por la playa y mientras observas el movimiento del mar, puedes ir inventando metáforas. 100

no... *you don't get fat*
guatones: *potbellied*
si... *if I were a poet*
se... *pressed his eyebrows* / *bridge*
entreabrió... abrió a medias la puerta / tocó / cambiar
me... *I was thinking*
streetlight
mascar... *chew gum*

Comprensión

1. Cuando Mario no comprendió la palabra «metáforas», ¿qué explicación le dio el poeta? ¿Qué ejemplo le dio?
2. ¿Qué quería ser Mario?
3. Según Neruda, ¿qué ventaja tenía Mario como cartero?
4. ¿Por qué don Pablo acompañó a Mario hasta su bicicleta?

—¡Déme un ejemplo!

—Mira este poema: «Aquí en la Isla, el mar, y cuánto mar. Se sale de sí mismo° a cada rato. Dice que sí, que no, que no. Dice que sí, en azul, en espuma,° en galope. Dice que no, que no. No puede estarse quieto. Me llamo mar, repite pegando en° una piedra sin lograr convencerla. Entonces con siete lenguas 105 verdes, de siete tigres verdes, de siete perros verdes, de siete mares verdes, la recorre,° la besa, la humedece, y se golpea el pecho° repitiendo su nombre.»

Hizo una pausa satisfecha.

de... *out of itself*
foam
pegando... *hitting against*
la... *spills over it* / **se...** *beats its chest*

—¿Qué te parece?

—Raro.°

—«Raro.» ¡Qué crítico más severo que eres!

—No, don Pablo. Raro no es el poema. Raro es como *yo* me sentía cuando usted recitaba el poema.

—Querido Mario, a ver si te desenredas° un poco porque no puedo pasar toda la mañana disfrutando de tu charla.

—¿Cómo se lo explicaría? Cuando usted decía el poema, las palabras iban de acá pa'llá.°

—¡Como el mar, pues!

—Sí, pues, se movían igual que el mar.

—Eso es el ritmo.

—Y me sentí raro, porque con tanto movimiento me marié.°

—Te mareaste.

—¡Claro! Yo iba como un barco temblando° en sus palabras.

Los párpados del poeta se despegaron° lentamente.

—«Como un barco temblando en mis palabras.»

—¡Claro!

—¿Sabes lo que has hecho, Mario?

—¿Qué?

—Una metáfora.

—Pero no vale porque me salió de pura casualidad no más.°

—No hay imagen que no sea casual, hijo.

Mario se llevó la mano al corazón y quiso controlar un aleteo desaforado° que le había subido hasta la lengua y que pugnaba° por estallar° entre sus dientes. Detuvo la caminata, y con un dedo impertinente manipulado a centímetros de la nariz de su emérito cliente, dijo:

—Usted cree que todo el mundo, quiero decir *todo* el mundo, con el viento, los mares, los árboles, las montañas, el fuego, los animales, las casas, los desiertos, las lluvias...

—... ahora ya puedes decir «etcétera».

—... ¡las etcéteras! ¿Usted cree que el mundo entero es la metáfora de algo?

Neruda abrió la boca y su robusta barbilla pareció desprendérsele° del rostro.

—¿Es una huevada° lo que le pregunté, don Pablo?

—No, hombre, no.

—Es que se le puso una cara tan rara.°

—No, lo que sucede° es que me quedé pensando...

strange / explicas tus ideas / **de...** *from here to there* / **(mareé)** *I got dizzy (seasick)* / *trembling* / abrieron / **de...** accidentalmente / **aleteo...** gran palpitación / luchaba / hacer explosión / separarse / cosa estúpida *(vulgar)* / **se...** *you made such a strange face* / pasa

Comprensión

1. ¿Cómo se sentía Mario cuando don Pablo le leyó el poema sobre el mar?
2. ¿Qué metáfora inventó Mario?
3. ¿Qué preguntó Mario sobre «todo el mundo»? ¿Cómo reaccionó don Pablo?

Inferencias sobre los personajes

Trabajando con un(a) compañero(a), hagan inferencias sobre el carácter de los dos personajes. En una hoja, hagan un diagrama «Venn» como el del modelo. Llenen el diagrama con cualidades de la lista en el lugar apropiado para mostrar qué cualidades pertenecen al poeta, cuáles al cartero y cuáles a los dos hombres. Comparen su diagrama después con otras personas de la clase.

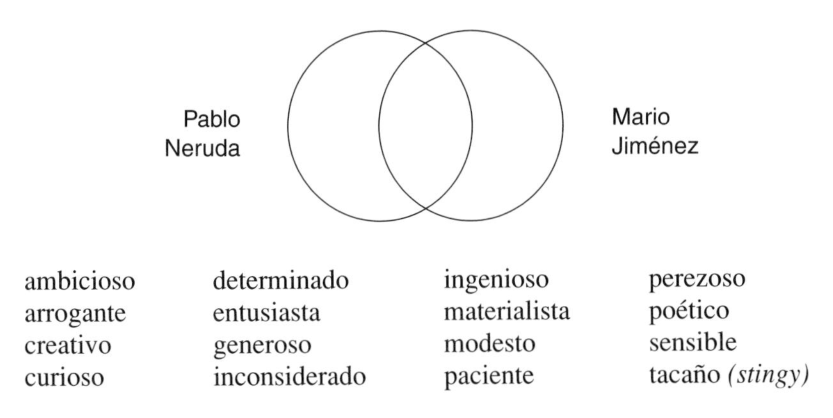

ambicioso	determinado	ingenioso	perezoso
arrogante	entusiasta	materialista	poético
creativo	generoso	modesto	sensible
curioso	inconsiderado	paciente	tacaño *(stingy)*

Opiniones

Trabajando en un grupo de tres o cuatro personas, contesten las siguientes preguntas. Después, comparen sus respuestas con las de otros grupos.

1. ¿Qué aprendió Mario de don Pablo durante su conversación? ¿Creen ustedes que el poeta también aprendió algo de Mario? Expliquen.
2. En el mundo hispano, los poetas son muy admirados. Muchas veces son considerados como héroes que inspiran al pueblo con sus ideas y sentimientos. En su opinión, ¿quiénes hacen este papel en la sociedad norteamericana: los líderes religiosos, los atletas, los cantantes, los políticos, los actores...? Hagan una lista de personas que se pueden considerar como héroes de nuestros tiempos y expliquen por qué son héroes.
3. ¿Cuáles son algunas lecciones importantes que ustedes han aprendido de otras personas? Cuéntenselas al grupo.
4. Inventen metáforas relacionadas con los estudios para terminar estas frases.
   a. Cuando oigo la palabra «examen», de repente soy...
   b. Saco la mejor nota de la clase y me siento como un(a)...
   c. Leo una idea brillante y mi cerebro...

Composición: Usted es poeta

Trabajando solo(a) o con otros, escriba un poema con metáforas en el estilo del poema que Neruda le leyó a Mario. (Use su imaginación. No tenga miedo de jugar con las palabras.) Siga este modelo.

1. Aquí en... (nombre del lugar donde usted vive)

2. el (la, los, las)... (su tema: un elemento natural como el viento o los árboles [véase la lista de Mario, línea 136] o algún sentimiento como la alegría o la tristeza.)
3. ... se sale de sí mismo(a) a cada rato. Dice que sí, que no, que no. Dice que sí en... (un color), en..., en... (cosas relacionadas con el tema). Dice que no, que no.
4. No puede... (el infinitivo de algún verbo de acción). Me llamo... (nombre del tema), repite pegando en... (un objeto). Entonces con siete..., de siete..., de siete..., se mueve para adelante, repitiendo su nombre.

Ahora, lea su poema en voz alta. ¿Cómo es: raro, bello, humorístico, loco...?

Una ruta por los
Andes de Ecuador

De viaje

Vocabulario preliminar

Estudie las palabras y expresiones que hay en el dibujo para usarlas en este capítulo. Observe la ilustración y conteste las preguntas que siguen.

En la recepción del hotel Buena Vista

Palabras útiles

bronceado(a) tostado(a) del sol, de color de bronce
broncearse, tostarse ponerse moreno(a) por la acción del sol
el, la gerente persona que dirige al personal que trabaja en un hotel
la gira excursión, *tour*
el, la guía persona que lleva un grupo turístico
la habitación sencilla (doble) cuarto de dormir para una persona (para dos personas)
el mar océano
la propina dinero extra que se da por un servicio
quedarse permanecer en un lugar

Preguntas

1. ¿Cuántos días piensan quedarse los señores Smith?
2. ¿Qué les da el recepcionista?
3. ¿Cuál es el número de su habitación? ¿En qué piso está?
4. ¿Cuántos pisos hay en el hotel?
5. ¿A quién llama usted en un hotel cuando necesita ayuda con la valija? ¿Qué le da después?

Sinónimos

Dé sinónimos para las siguientes palabras o expresiones.

1. la habitación
2. tostarse
3. las valijas
4. de lujo
5. el océano
6. bronceado(a)
7. la excursión
8. permanecer

Definiciones

Dé la palabra que corresponde a cada definición o descripción.

1. persona o cliente que se queda en un hotel
2. aparato que se usa para subir a (o bajar de) los diferentes pisos
3. líder de una excursión que explica los lugares de interés
4. lugar donde se recibe a los clientes en un hotel
5. objeto que se usa para abrir una puerta
6. persona que supervisa a los empleados de un hotel

Enfoque del tema

Cuatro consejos para el viajero norteamericano

Madrid, 7 de junio, a las seis de la tarde: los señores Smith llegan a un hotel, llenos de ilusiones.

—Buenas tardes, señor. Me llamo Smith. Tenemos dos cuartos reservados a mi nombre.

—Buenas tardes, señor Smith —le responde el recepcionista.— A ver... Lamento decirle que no tenemos reservaciones a su nombre y que el hotel está completo. 5

—¡Pero no es posible! Hace dos meses que hicimos las reservaciones por carta.

Un gaucho en Tierra del Fuego, Argentina

Un bote de vela en Ibiza, España

Una calle empinada de Mijas, España

Exótico: TIERRA DEL FUEGO

Cuando en el hemisferio norte aprietan los calores estivales,° el sur tirita.° Tierra del Fuego es el fin del mundo y para llegar hay que descender por el cono sur hasta su vértice más austral. La capital de la isla es Ushuaia y puede estar seguro, no encontrará ciudad situada más al sur en todo el globo. La población se encuentra a orillas del canal de Beagle y a sus espaldas° se hallan las últimas estribaciones° de la cordillera de los Andes. Y muy cerca, el valle de Tierra Mayor, un lugar ideal para practicar el esquí de fondo.°

Marchoso: IBIZA

La verdad es que en España prácticamente cualquier lugar se puede definir como marchoso,° seguramente debido a esa intensa afición de los españoles por el deporte de la barra fija° y la movida° nocturna. Pero hay uno que es el marchoso por excelencia.

Ibiza sigue siendo el santuario del culto al cuerpo, del desenfado° y del hedonismo, donde nacen todas las modas veraniegas° que luego imitan en todo el resto de España, donde se duerme por la mañana, se toma el sol después del mediodía y se sale a deslumbrar al personal por la noche. Noche que dura más que en ningún otro lugar, con unos horarios de restaurantes, bares y discotecas tan amplios como la sofisticación de quienes los frecuentan.

Tranquilo: MIJAS

Para turismo tranquilo, el último grito: las curas de talasoterapia. Quienes de verdad necesiten y quieran descansar, pueden encontrar en estos centros la solución para unos días de paz. Nada más relajante que pasar unas vacaciones en Mijas, por ejemplo en el hotel Byblos, de lujo, donde además de dos

---

línea 44 **estivales** de verano / 45 **tirita** *shivers* / 55 **a...** detrás / 56 **estribaciones** extensiones / 60 **de...** nórdico, *cross-country* / 63 **marchoso** divertido / 66 **la...** *horizontal bar* (manera irónica de decir **beber**) / 67 **movida** actividad / 72 **desenfado** diversión sin inhibiciones / 74 **veraniegas** del verano campos de golf de 18 hoyos, cinco pistas de tenis, gimnasio, y equitación° muy cerca, se ofrecen extensos programas de salud basados en la consabida° talasoterapia, tratamiento que utiliza las aguas y elementos marinos.

Yuppie: ISLA DE PASCUA

Un paraíso para ese ejecutivo joven y estresado, que busca un sitio tranquilo y diferente, con un toque de cultura. En tres palabras: Isla de Pascua. A 3.790 kilómetros de la costa chilena, justo al sur del trópico de Capricornio, se encuentra esta pequeña isla adornada por un volcán extinguido en cada extremo. Hasta Rapa Nui, como le llamaban los aborígenes, han llegado estudiosos de todo el mundo para contemplar más de 600 *moai*. Se trata de enigmáticas cabezas de piedra de hasta 9 metros de altura. Una de ellas, erigida° en la playa de Anekena, ha sido restaurada y una placa recuerda la visita de la expedición Kon Tiki, de Thor Heyerdahl, en 1955. Las piedras fueron talladas en la cantera° de Rano Raraku y transportadas sobre troncos.

de *Cambio 16*,
una revista española

Isla de Pascua, Chile

línea 98 **equitación** deporte de montar a caballo / 100 **consabida** bien conocida / 121 **erigida** construida / 126 **cantera** lugar de donde se extrae piedra

¿Dónde está...?

¿En cuál (o cuáles) de los lugares mencionados en el artículo encontraría usted las siguientes atracciones? ¿Qué atracciones le interesarían más a usted?

1. bares, discotecas y clubes nocturnos abiertos hasta muy tarde
2. volcanes extinguidos
3. un tratamiento de salud que utiliza las aguas del mar
4. las últimas modas en la ropa
5. playas
6. los *moai*
7. elegantes paseos, magníficos hoteles y los mejores «pinchos» de España
8. campos de golf y pistas de tenis
9. una buena oportunidad para ir de pesca submarina
10. el lugar ideal para practicar el esquí de fondo

Opiniones

Trabajando con un(a) compañero(a), conteste las siguientes preguntas.

1. Para ti, ¿cuánto costaría un viaje «barato»? ¿Adónde podrías ir para pasar unas vacaciones agradables sin gastar mucho dinero?

2. Para los turistas de Estados Unidos y Canadá que buscan turismo elegante, ¿cuál es «el último grito» ahora?
3. ¿Qué tipo de viaje te gusta: tranquilo, exótico o activo? Sin pensar en el dinero, ¿cuál de los destinos descritos en el artículo preferirías? ¿Por qué?

El viaje ideal

Trabajando con dos o tres compañeros, escojan uno de los destinos mencionados en el artículo. Imaginen que ustedes van a hacer un viaje de tres días a ese lugar. Llenen el horario, explicando qué harían cada día (1) por la mañana, (2) por la tarde y (3) por la noche. Luego, una persona de cada grupo leerá el horario en voz alta a la clase.

Viaje a __________; horario de actividades			
	por la mañana	**por la tarde**	**por la noche**
viernes			
sábado			
domingo			

Vocabulario suplementario

alquilar *(to rent)* **un auto, un bote, una moto**
caminar hacer una caminata *(to hike)*
dar un paseo
explorar
hacer buceo con tanques *(to go scuba diving)*
hacer buceo con tubo de respiración *(to go snorkling)*
hacer camping
ir de compras
llevar una merienda o picnic
subir *(to climb, to go up)*

Selección 2

Antes de leer

El siguiente artículo fue escrito por uno de los grandes escritores clásicos de España, Mariano José de Larra. Larra era un periodista muy popular del siglo XIX que escribió numerosos «artículos de costumbres». Tal como algunos periodistas norteamericanos de hoy —Dave Barry o Russell Baker, por ejemplo— Larra usaba la ironía y la exageración para satirizar la sociedad de su tiempo. Naturalmente, aunque es de mal gusto que critiquemos a otro pueblo, criticar al nuestro es un verdadero deporte. Los españoles apreciaban mucho esas descripciones humorísticas que mostraban sus defectos en una forma muy exagerada.

En el artículo, el monsieur Sans-délai *(Mr. Without-delay)*, un hombre de negocios francés, llega a España en un viaje de negocios y se encuentra con costumbres muy diferentes y una burocracia impenetrable.

Lectura rápida para ir al grano

Mire el título y la ilustración y lea rápidamente las líneas 1–31 de la Parte I para ir al grano (captar el punto esencial). Después, conteste estas preguntas:

1. ¿Cuáles eran los dos estereotipos (ideas rígidas) que tenían los extranjeros de los españoles? ¿Qué estereotipos tienen algunos extranjeros de los norteamericanos?
2. ¿Por qué empieza a reír el narrador en la línea 25?
3. En su opinión, ¿qué defectos de la sociedad va a mostrar y criticar Larra en el resto del artículo?

Vuelva al principio y lea toda la Parte I con más atención.

Vuelva usted mañana

Mariano José de Larra

Parte I

Hace unos días se presentó en mi casa un extranjero de éstos que tienen siempre de nuestro país una idea exagerada; o creen que los hombres aquí son todavía los espléndidos caballeros° de hace dos siglos, o que son aún tribus nómadas.

knights (gentlemen)

Este extranjero que se presentó en mi casa estaba provisto de compe- 5 tentes cartas de recomendación para mí. Asuntos° intrincados de familia, reclamaciones y proyectos vastos concebidos en París de invertir aquí una gran cantidad de dinero en alguna especulación industrial, eran los motivos que lo conducían a nuestra patria.

Cuestiones

Me aseguró° formalmente que pensaba permanecer aquí muy poco tiempo. 10 Me pareció el extranjero digno de alguna consideración y trabé° pronto amistad con él.

garantizó
empecé

—Mire —le dije—, monsieur Sans-délai —que así se llamaba—; usted viene decidido a pasar quince días, y a solventar° en ellos sus asuntos.

resolver

—Ciertamente —me contestó—. Quince días, y es mucho. Mañana por la 15 mañana buscamos un genealogista para mis asuntos de familia; por la tarde revuelve sus libros, busca mis ascendientes, y por la noche ya sé quién soy. En cuanto° a mis reclamaciones de propiedades, pasado mañana° las presentaré y al tercer día, se juzga el caso y soy dueño° de lo mío. En cuanto a mis

En... Con respecto / **pasado...** el día después de mañana / propietario

20 especulaciones, en que pienso invertir mi capital, al cuarto día ya presentaré mis proposiciones. Serán buenas o malas, y admitidas o rechazadas en el acto,° y son cinco días. En el sexto, séptimo y octavo, hago una gira por Madrid para ver los sitios importantes; descanso el noveno; el décimo tomo mi asiento en la diligencia,° y me vuelvo a mi casa; aún me sobran° de los quince, cinco días.

en... inmediatamente

stagecoach / quedan sin usar

25 Al llegar aquí monsieur Sans-délai, traté de reprimir una carcajada° que me andaba retozando° en el cuerpo.

risa violenta

moviendo

—Permítame, monsieur Sans-délai —le dije con una suave sonrisa—, permítame que lo invite a comer para el día en que lleve quince meses de estancia en Madrid.

30 —¿Cómo?

—Dentro de quince meses usted estará aquí todavía.

—¿Usted se burla° de mí?

Usted... *Are you making fun*

—No, por cierto.

—¿No me podré marchar cuando quiera? ¡Cierto que la idea es graciosa°!

cómica

35 —Recuerde que usted no está en su país, activo y trabajador. Le aseguro que en los quince días usted no podrá hablar a una sola de las personas cuya° cooperación necesita.

whose

—¡Hipérboles! Yo les comunicaré a todos mi actividad.

—Todos le comunicarán su inercia.

40 Supe que no estaba el señor de Sans-délai muy dispuesto a dejarse convencer sino por la experiencia, y callé.

Amaneció° el día siguiente, y salimos ambos a buscar un genealogista. Lo encontramos por fin, y el buen señor, aturdido° de ver nuestra precipitación, declaró francamente que necesitaba tomarse algún tiempo. Insistimos, y por

45 mucho favor nos dijo que nos diéramos una vuelta° por allí dentro de unos días. Sonreí y nos marchamos. Pasaron tres días; fuimos.

Salió el sol

desconcertado

dijo... *he said we should return*

—Vuelva usted mañana —nos respondió la criada— porque el señor no se ha levantado todavía.

—Vuelva usted mañana —nos dijo al siguiente día— porque el amo° acaba de salir. 50 — señor

—Vuelva usted mañana —nos respondió al otro— porque el amo está durmiendo la siesta.

—Vuelva usted mañana —nos respondió el lunes siguiente— porque hoy ha ido a los toros.° — corrida de toros

¿Qué día, a qué hora se ve a un español? Lo vimos por fin, y vuelva usted 55 mañana —nos dijo— porque se me ha olvidado. Vuelva usted mañana, porque no está en limpio.° — su forma final

A los quince días ya estuvo; pero mi amigo le había pedido una noticia del apellido *Diez*, y él había entendido *Díaz*, y la noticia no servía.

No paró aquí. Un sastre° tardó veinte días en hacerle un frac,° que le había 60 mandado llevarle en veinticuatro horas; el zapatero le obligó con su tardanza a comprar botas hechas°; y el sombrerero, a quien le había enviado su sombrero a variar el ala,° le tuvo dos días con la cabeza al aire y sin salir de casa. — *tailor* / chaqueta formal; *ready-made*; **a...** *to change the brim*

Sus conocidos y amigos no le asistían a una sola cita, ni avisaban cuando faltaban ni respondían a sus esquelas.° ¡Qué formalidad y qué exactitud! 65 — cartas breves

—¿Qué le parece esta tierra, monsieur Sans-délai? —le dije.

—Me parece que son hombres singulares...

—Pues así son todos. No comerán por no llevar° la comida a la boca. — **por...** *in order not to have to lift*

Comprensión de la lectura: Leer con precisión

Busque los siguientes puntos en la lectura. Luego, diga si cada frase es verdadera o falsa y corrija las frases falsas.

1. _____ El extranjero que se presentó en la casa del narrador venía por primera vez a España y tenía una idea muy exacta del país.
2. _____ El señor Sans-délai estaba en España para hacer investigaciones sobre sus antepasados, reclamar propiedades y quizás invertir su dinero.
3. _____ El señor Sans-délai estaba tan ocupado con sus asuntos que no pensaba hacer turismo.
4. _____ El sastre, el zapatero y el sombrerero eran competentes y puntuales.

Preguntas

1. ¿Para cuándo invita el narrador al señor Sans-délai? ¿Qué piensa el francés de esta invitación?
2. ¿Qué le decía la criada del genealogista cada vez que el señor Sans-délai trataba de verlo? ¿Qué cosas importantes hacía este hombre para no poder trabajar?
3. ¿Qué pasó después de quince días?
4. ¿Qué problemas ha tenido usted como viajero(a) en otros países?

Sinónimos

Reemplace las palabras en letras negritas con sinónimos del cuento.

1. Algunos creen que los hombres aquí son todavía los **magníficos** caballeros de hace dos siglos.
2. Asuntos **complicados** de familia eran uno de los motivos que lo conducían a España.
3. Pensaba **quedarse** aquí muy poco tiempo.
4. Por la tarde, según el señor francés, el genealogista buscaría a sus **antepasados.**
5. Sus proposiciones serían admitidas o **repudiadas** en el acto.

Predicción

En la Parte II el señor Sans-délai va a presentar una proposición. ¿Qué cree usted que va a pasar con esta proposición? ¿Qué hará el señor Sans-délai después?

Ahora, lea la Parte II para confirmar su predicción.

Parte II

Después de muchos días, monsieur Sans-délai presentó una excelente proposición de mejoras para cierto negocio.

A los cuatro días volvimos a saber el éxito de nuestra proposición.

—Vuelva usted mañana —nos dijo el portero—. El oficial de la mesa° no ha venido hoy.

—Grandes negocios habrán cargado sobre él° —dije yo.

Nos fuimos a dar un paseo, y nos encontramos ¡qué casualidad!° al oficial de la mesa en el Retiro,° ocupadísimo en dar una vuelta con su señora al hermoso sol de los inviernos claros de Madrid. Martes era el día siguiente, y nos dijo el portero:

—Vuelva usted mañana, porque el señor oficial de la mesa no da audiencia hoy.

Durante dos meses llenamos formularios y fuimos diariamente a la oficina hasta que un día el secretario nos anunció que en realidad nuestra proposición no correspondía a aquella sección. Era preciso rectificar este pequeño error. Así tuvimos que empezar desde el principio otra vez, escribir una nueva proposición y enviarla a otra oficina.

Por último, después de cerca de medio año de subir y bajar, y de *volver* siempre mañana, la proposición salió con una notita al margen que decía: «A pesar de° la justicia y utilidad del plan, negada.»

—¡Ah, ah, monsieur Sans-délai! —exclamé, riéndome a carcajadas—, éste es nuestro negocio.

oficial... *officer in charge*
habrán... estarán ocupándolo
qué... *what a coincidence*
gran parque de Madrid
A... *In spite of*

Pero monsieur de Sans-délai se enojó.° —¿Para esto he hecho yo un viaje tan largo? ¿Y vengo a darles dinero? ¿Y vengo con un plan para mejorar sus negocios? Preciso° es que la intriga más enredada° se haya inventado para oponerse a mi proyecto.

irritó

25 Necesario / complicada

—¿Intriga, monsieur Sans-délai? No hay hombre capaz de seguir dos horas una intriga. La pereza° es la verdadera intriga. Ésa es la gran causa oculta: es más fácil negar las cosas que enterarse° de ellas.

estado de ser perezoso

informarse

—Me marcho, señor —me dijo—; en este país no hay tiempo para hacer nada. Y monsieur Sans-délai volvió a su país. 30

¿Tendrá razón, perezoso lector° (si es que has llegado ya a esto que estoy escribiendo), tendrá razón el buen monsieur Sans-délai si habla mal de nosotros y de nuestra pereza? Dejemos esta cuestión para mañana, porque ya estarás cansado de leer hoy. Si mañana u otro día no tienes, como sueles, pereza de volver a la librería, pereza de sacar tu bolsillo° y pereza de abrir los ojos para hojear° los folletos° que tengo que darte, te contaré cómo a mí mismo me ha sucedido muchas veces perder de pereza más de una conquista amorosa; abandonar más de una pretensión° empezada y las esperanzas de más de un empleo. Te confesaré que no hay negocio que pueda hacer hoy que no deje para mañana. Te diré que me levanto a las once, y duermo siesta; que paso haciendo el quinto pie° de una mesa de un café, hablando o roncando,° como buen idiota, las siete y las ocho horas seguidas. Te añadiré que cuando cierran el café, me arrastro° lentamente a mi tertulia diaria (porque de pereza no tengo más de una); que muchas noches no ceno de pereza, y de pereza no me acuesto. En fin, lector de mi alma, concluyo por hoy confesándote que hace más de tres meses que tengo, como la primera entre mis apuntaciones, el título de este artículo que llamé: *Vuelva usted mañana;* que todas las noches y muchas tardes he querido durante este tiempo escribir algo en él, y todas las noches apagaba° mi luz diciéndome a mí mismo; *«¡Eh, mañana lo escribiré!»* Da gracias a que llegó por fin esta mañana, que no es del todo malo; pero, ¡ay de aquel mañana que no ha de° llegar jamás!

reader

35

purse

mirar / panfletos

proyecto

40

haciendo... *"being the fifth wheel"* / *snoring*

me... *I drag myself*

45

50 *I turned off*

ha... va a

Comprensión de la lectura: Leer con precisión

Busque los siguientes puntos en la lectura. Luego, diga si cada frase es verdadera o falsa y corrija las frases falsas.

1. _____ El oficial de la mesa estaba tan ocupado con asuntos importantes que era difícil verlo.
2. _____ El señor Sans-délai tuvo que escribir una nueva proposición porque la primera estaba mal escrita.
3. _____ El autor le explicó al señor Sans-délai que la causa de sus problemas en España era una intriga.
4. _____ Finalmente, el señor Sans-délai volvió a Francia sin invertir su dinero.

Preguntas

1. Después de seis meses, ¿fue aceptada o rechazada la proposición del señor Sans-délai? ¿Qué razones le dio la burocracia española para explicar su decisión? ¿Qué piensa usted de estas razones?
2. En la última parte del artículo, ¿cómo nos insulta Larra a nosotros los lectores? Según su opinión, ¿por qué hace esto?
3. ¿Qué ejemplos de su propia pereza describe el autor al final de su artículo? ¿Por qué cree usted que él lo termina así?
4. ¿Es usted perezoso(a) a veces? ¿Qué ejemplo puede dar de su propia pereza?

Vocabulario: Convertir adjetivos en sustantivos

Ciertos adjetivos que terminan en **-l** pueden convertirse en sustantivos, agregándoles la terminación **-idad.** Convierta los siguientes adjetivos en sustantivos, según el modelo.

Modelo hostil **hostilidad**

1. casual _________
2. fatal _________
3. útil _________
4. formal _________
5. fácil _________
6. normal _________

Opiniones

1. ¿Qué impresión nos da Larra de la burocracia española del siglo diecinueve? ¿Le parece a usted que su descripción corresponde sólo a ese país y a esa época? ¿O es típica de todas las burocracias del mundo? ¿Ha sentido usted alguna vez frustraciones con una burocracia? Explique.
2. ¿Cree que Larra exagera mucho? ¿Por qué?
3. En su opinión, ¿qué podríamos señalar hoy como el mayor defecto de la sociedad de Estados Unidos o de Canadá?

Composición y presentación en conjunto

Trabaje con un(a) compañero(a). Miren juntos el anuncio que está a continuación. ¿Qué diferencia hay entre los dos ejecutivos? ¿Por qué? Escriban una conversación entre uno de los dos ejecutivos y su esposa o un(a) compañero(a) de trabajo. El le describirá todos los incidentes maravillosos (u horribles) que le han pasado en su hotel. Después, presenten su conversación a la clase o a otra pareja.

El diseñador Oscar de la Renta con unas modelos

CAPÍTULO SIETE

Gustos y preferencias

Vocabulario preliminar

Estudie las palabras y expresiones en negrilla para usarlas en este capítulo.

Hábitos y preferencias

adelgazar perder peso, ponerse más delgado(a)
la cirugía estética o plástica práctica médica de hacer operaciones para embellecer (hacer más bella) la cara o el cuerpo del (de la) paciente
el (la) cirujano(a) persona que hace operaciones estéticas
el comportamiento conducta, manera de actuar
dañar causar malos efectos, perjudicar; **el daño** detrimento, perjuicio; **dañino(a)** que hace daño pernicioso, con malos efectos
encantar gustar mucho
engordar aumentar de peso, ponerse más gordo(a)
la felicidad estado de satisfacción o placer
el (la) fumador(a) persona que fuma
fumar aspirar y exhalar humo de tabaco; **dejar de fumar** abandonar el hábito de inhalar humo de tabaco
el gusto afición, inclinación, preferencia
los lentes anteojos, cristales usados para corregir la vista; **los lentes de contacto** discos pequeños usados directamente en el ojo para corregir la vista
el maquillaje conjunto de productos de belleza que se usan en la cara para embellecerse o cubrir imperfecciones
la marca nombre distintivo del fabricante asociado con un producto
la moda preferencia que predomina en cierta época y determina el uso de vestidos, muebles y otras cosas
molestar incomodar, irritar; **la molestia** irritación, exasperación
el vicio mala costumbre, mal hábito

Antónimos

Dé antónimos, o palabras contrarias, a las siguientes palabras.

1. aversión
2. beneficio
3. engordar
4. molestar
5. tristeza
6. virtud

Palabras relacionadas

Complete el párrafo con palabras relacionadas con las palabras en negrilla.

El actor famoso siempre se **comportaba** bien con todos, así que su ayudante Mario no podía decir nada malo en contra del (1) _________ de su jefe. Sin embargo, le **molestaba** mucho a Mario trabajar con él, y su (2) _________ era evidente. Los actores no **fumaban** en el teatro, con la excepción del jefe de Mario que era un (3) _________ empedernido *(inveterate)*. A Mario le

disgustaba ese vicio, pero no era solamente una cuestión de (4) _________. Mario creía que el humo le **dañaba** los pulmones y por eso quería buscar un empleo menos (5) _________ para su salud. Además, su trabajo principal era **maquillar** al gran actor, y en general éste no necesitaba mucho (6) _________. Su cuñado era **cirujano plástico** y siete operaciones de (7) _________ le habían dejado una cara casi perfecta.

Enfoque del tema

¿Por qué nos gusta lo que nos gusta?

Hay un refrán° cubano que dice «Para los gustos hay los colores, para el jardín las flores.» En otras palabras, la enorme variedad de preferencias individuales es característica de la condición humana. No obstante,° hay ciertos factores que podemos examinar para entender mejor nuestros gustos y costumbres.

proverbio
No... *Nevertheless*

La influencia de los genes

Separados desde su nacimiento, unos gemelos idénticos se encontraron nuevamente cuando ya tenían más de treinta años y descubrieron que eran muy parecidos, no sólo en apariencia sino también en gustos. A los dos les encantaban los mismos compositores de música y les molestaban los mismos hábitos en sus compañeros. ¡Hasta usaban la misma marca —una muy rara y difícil de obtener— de pasta dentífrica!

Es sorprendente que esos gemelos tengan gustos tan semejantes porque crecieron en ambientes muy distintos y durante más de treinta años no tuvieron ningún contacto. Esta historia verídica° formaba parte de una investigación científica que mostraba características semejantes en muchos casos de gemelos idénticos. La conclusión es obvia: es probable que la genética determine, en parte, nuestros gustos.

verdadera

La influencia cultural: Costumbres y cambios

Naturalmente, la crianza° y la cultura también tienen papeles importantes en el asunto. Los chilenos disfrutan comiendo erizos,° y muchos madrileños celebran la Nochebuena con conejo° o cabrito,° en vez de pavo. Al mismo tiempo, la costumbre norteamericana y canadiense de comer carne de vaca le repugna a mucha gente de la India, y las palomitas° con mantequilla (en vez de azúcar) o la manteca de cacahuete° les parecen horribles a los europeos. En España la gente acostumbra a tomar vino diariamente con las comidas. No hay ninguna ley que prohiba a los jóvenes menores de edad comprar o tomar bebidas alco-

educación que se recibe de los padres / *sea urchins*
rabbit / *young goat*
popcorn
manteca... *peanut butter*

5. ¿Qué referencia irónica hay a la tristeza de las viudas?
6. ¿Cuándo es que todos «se hacen los muertos»? ¿Por qué?
7. ¿Cómo se burla de las viejas tradiciones de Egipto?
8. Es obvio que se usa el Día de los Muertos como pretexto para contar chistes sobre muchos temas que generalmente se consideran serios. ¿Qué piensa usted de esta práctica?

Opiniones

Trabaje con un(a) compañero(a), entrevistándose uno(a) a otro(a) con las siguientes preguntas.

1. Imagina que vas a visitar a una persona que acaba de perder a su esposo(a), su hijo(a) o su amigo(a). ¿Crees que es mejor hablar sobre la persona difunta o evitar el tema y hablar de otras cosas? Explica.
2. Alguna gente cree que hay ciertos temas «sagrados» y que no está bien hacer chistes sobre estos temas. ¿Estás de acuerdo, o no? ¿Por qué? En tu opinión, ¿hay chistes que son de mal gusto? ¿Hay cómicos *(comedians)* que hacen chistes demasiado rudos o insultantes? Explica.
3. Para ti, ¿qué quiere decir el popular refrán mexicano «La vida no vale nada»?

Selección 2

Antes de leer

La siguiente historia es de *Komplot I,* una colección de cuentos que el autor, Luis Sepúlveda, llama una «antología irresponsable». Sepúlveda (n. 1949) es chileno de nacimiento y un viajero incansable que ahora reside en Alemania. Muchos de sus cuentos parecen chocantes porque presentan ideas que van en contra de la moda y de lo que se considera «socialmente aceptable» por la mayoría.

Piense un momento en los vicios más odiados o despreciados *(looked down upon)* en la sociedad actual. En su opinión, ¿qué es peor? ¿usar drogas? ¿tomar alcohol en exceso? ¿o fumar en un lugar público? Aunque hace unos años fumar se consideraba algo totalmente inocente, hoy en día hay personas a quienes les parece casi un crimen. En este cuento el narrador es discriminado en la oficina donde trabaja por ser fumador. Sus colegas son hombres que no fuman y tienen gustos muy diferentes de los suyos. Pero un buen día llega una nueva colega: una mujer atractiva que atrae la atención de todos los «lobos» de la oficina...

Vocabulario: Comprensión de modismos

Un modismo *(idiom)* es una frase común o una expresión que tiene un significado distinto de las palabras que la componen. Mire la lista de modismos usados en el cuento y adivine su significado. Escriba las letras en los espacios apropiados.

Modelo ___*i*___ *to give up hope (literally, to swallow hopes)*

1. _____ *sooner or later*	a. que gane el mejor
2. _____ *all of a sudden*	b. la hora del relax
3. _____ *it's hopeless*	c. tarde o temprano
4. _____ *may the best man win*	d. tirar la esponja *(sponge)*
5. _____ *it doesn't matter to us*	e. no tiene remedio
6. _____ *to throw in the towel (give up)*	f. no nos importa
7. _____ *it wasn't too surprising*	g. de pronto
8. _____ *coffee break*	h. no era para menos
	i. tragarse las esperanzas

Búsqueda rápida de detalles

Busque rápidamente en el primer párrafo las respuestas a las siguientes preguntas.

1. ¿Qué es el «gueto»? (Preste atención al **sonido** de la palabra y mire la ilustración de la página 121.)
2. ¿Cómo se llama la nueva colega muy atractiva?
3. ¿Cuáles eran los dos tipos de ejercicios que practicaban los hombres de la oficina?

Lea el cuento para aprender más sobre lo que puede pasar cuando hay gustos muy diferentes entre los colegas de una oficina.

De la misma marca

Luis Sepúlveda

Camino del gueto pensé que podía tragarme las esperanzas. Martina no se fijaría en° un tipo° confinado en los dos metros cuadrados del gueto, mientras los demás lobos le daban° duro a las posiciones del tai chi y a los ejercicios isométricos. En cuanto° el jefe de personal presentó a la nueva colega y Martina se desplazó° entre las filas de escritorios hasta su puesto, con un movimiento de caderas° que dijo: «bueno, que gane el mejor», el reloj marcó la hora del relax y de mi aislamiento.°

Los adscritos a la disciplina china° se reunieron en el pasillo central y comenzaron a mover brazos, cuellos y piernas en un desplante zoológico que llenó la estancia° de garzas,° jaguares, serpientes, dragones y otros bichos° que sólo los iniciados percibían.

se... prestaría atención a / hombre / **le...** practicaban
En... *As soon as*
movió
hips
separación
adscritos... practicantes del tai chi
habitación / *herons* / animales

Yo permanecí en mi puesto° pues quería saber a cuál bando de los sanos,° de los incorruptibles pertenecía° Martina.

La chica miró con simpatía a los pro chinos y con un gesto de asombro° a los isometras. No era para menos, López soplaba° con la boca cerrada y manteniendo los mofletes° tan hinchados° que amenazaban con reventar.° Mondaca pasó de apretar° los dientes con la boca abierta a la apretura° de labios, en tanto° Rentería luchaba con su cabeza empujándola para adelante° desde la nuca, para atrás desde la frente, para arriba desde el mentón, y luego hacia la derecha y hacia la izquierda.

15

20

lugar / de buena salud
belonged
sorpresa
exhalaba
los... *fat cheeks* / inflados / romperse / *tightening* / presión / **en...** *while* / **empujándola...** *pushing it forward*

Yo no soporté° más. Les quedaban varios minutos de armonización corporal. Luego sacarían los yogurts, los sandwichs de soja° hechos con pan integral,° los pepinos, las zanahorias y la bebida isotérmica de moda. Me paré,° palpé la condena° en el bolsillo del saco y marché al gueto con la dignidad del derrotado° pero con los principios en alto. 25

El gueto es obra del nuevo jefe de personal. Se presentó como una suerte de oráculo° de la empresa y lo primero que dijo fue:

—La empresa necesita saber quiénes fuman en este departamento.

De° los ocho empleados, cinco indicamos nuestra condición de fumadores.

30 Luego de la confesión empezó la guerra. Uno a uno fuimos llamados a entrevistarnos con un sicólogo laboral, el que nos pormenorizó° los detalles del cáncer pulmonar,° de laringe, de garganta, de lengua y otras delicadezas a las que siguió un pase de diapositivas° que mostraban pies mutilados, piernas cortadas y otras tragedias que esperaban tarde o temprano al fumador.

35 Fue una guerra corta. Tras° ver la película *Mis finanzas han mejorado desde que dejé de° fumar,* en la que un norteamericano de rostro infantil mostraba su nueva cortadora de pasto,° la nueva tostadora de pan y un abono° anual para el McDonalds, bienes° adquiridos con el dinero anteriormente empleado en tabaco, de los cinco fumadores cuatro tiraron la esponja.

40 Todavía no construían el gueto. De tal manera que, mientras los cuatro tránsfugas° mascaban pipas de girasol,° yo debía salir al pasillo° a fumar solo como un apestado.°

El sicólogo laboral me citó° por última vez decidido a enfrentar mi caso como una cuestión personal. Era un profesional absolutista y yo le estaba jodiendo° el placer de la victoria total. 45

—Vamos a ver. No entiendo por qué fuma usted.

—Porque me gusta. Si usted no ha fumado nunca es natural que no pueda entenderlo.

—Usted fuma por ansiedad. No lo niegue. ¿Qué sintió luego de ver el diaporama° sobre «el pie de fumador»? 50

—Ganas° de encender un cigarrillo.

—Mire a sus compañeros que dejaron el tabaco. Han descubierto nuevas formas de felicidad. Además del cigarrillo, ¿qué lo hace feliz?

—Un buen puro.°

55 —Usted no tiene remedio.

Como despedirme les salía demasiado caro,° se decidieron por la construcción del gueto. Además —estoy seguro de que así lo pensaron—, el tenerme aislado en una vitrina° serviría de escarmiento° frente a cualquier tentativa de reincidencia,° y tal vez la soledad terminaría por quebrar° mi voluntad.

60 El gueto mide° dos metros cuadrados, tiene una mesa, una silla, un cenicero° y una planta que yo mismo traje para alegrar el ambiente. Y no solamente fumo en el gueto. Los pro chinos y los isometras no soportan mi decadencia culinaria. Mis bocadillos° de chorizo° ofenden a sus croquetas de soja.

Saqué un rubio° del paquete, antes de llevarlo a mis labios lo olí°; excelente tabaco de virginiano mezclado con canario. 65

---

soporté: toleré
soja: *soybean*
pan... integral: *whole wheat bread*
paré: puse de pie / **palpé...** *I patted the cigarettes* / derrotado: vencido
una... un tipo de experto
De: *Out of*
pormenorizó: explicó
pulmonar: *of the lung*
pase... *slide show*
Tras: Después de
desde... *since I quit*
cortadora... *lawn mower*
abono: subscripción / bienes: objetos
tránsfugas: *turncoats* / **mascaban...** *were chewing sunflower seeds* / pasillo: corredor / apestado: contaminado / citó: dio una reunión
jodiendo: destruyendo *(vulgar)*
diaporama: presentación con elementos gráficos / Ganas: Deseos
puro: cigarro
Como... *Since firing me would cost too much*
vitrina: ventana de cristal / escarmiento: lección
reincidencia: *falling back (to smoking)* / quebrar: romper / mide: se extiende por
cenicero: *ashtray*
bocadillos: sándwiches *(variant)* / chorizo: *Spanish sausage* / rubio: cigarrillo de tabaco rubio / **lo...** / *smelled it*

Así estaba en el gueto. Los pro chinos y los isometras se intercambiaban recetas° macrobióticas ofreciéndole a Martina portentos de la alimentación sana.° La chica los rechazaba con ademanes° graciosos. De pronto ocurrió algo imprevisto.° Yo no podía escuchar lo que hablaban, los vidrios del gueto me incomunican, pero puedo ver y por eso me sobresalté° al tener sus miradas encima y sus proféticos índices señalándome.° 70

«Ahí está el leproso.° Ese es el reducto° del apestado», parecían decir con gestos iracundos.°

Entonces ocurrió el milagro. Martina se desplazó hasta el gueto con sus caderas invitadoras° y abrió la puerta desafiante.° 75

—¿Me aceptas en el club? —preguntó ladeando° la cabeza.

—Bienvenida a la perdición y al vicio.

Afuera, en el mundo normal de los individuos sanos, de los jugadores de squash, de los poseedores de un chandal° para cada ocasión, manos furiosas estrangulaban envases° vacíos de yogurt. 80

Nos miraban con odio, sobre todo después que salí y regresé al gueto con otra silla.

No nos importaba. Martina aceptó uno de mis cigarrillos y al ofrecerle el paquete me tomó la mano.

—Vaya° —dijo— fumamos de la misma marca. 85

recipes
portentos... maravillas de comida saludable / gestos / inesperado / sorprendí
índices... *forefingers pointing at me* / *leper* / fortificación
furiosos
seductivas / *in a challenging way* / moviendo para un lado
sports outfit
paquetes
Well, how about that?

Comprensión: Personajes y acciones

Conecte al (a los) personaje(s) con sus acciones, colocando la letra apropiada a cada personaje de la primera columna.

1. _____ el narrador
2. _____ Martina y el narrador
3. _____ los practicantes del Tai Chi
4. _____ los practicantes de ejercicios isométricos
5. _____ el sicólogo laboral
6. _____ el jefe de personal
7. _____ los colegas del narrador
8. _____ un personaje de la película

a. mueven brazos, cuellos y piernas imitando jaguares, dragones y otros animales
b. soplan con la boca cerrada, aprietan los dientes y empujan la cabeza para todos lados
c. construye un lugar apartado, un «gueto» para aislar a los fumadores
d. describe los detalles de varios tipos de cáncer con dispositivos de pies mutilados
e. muestra su nueva cortadora de pasto, su nueva tostadora y su abono anual para el McDonalds
f. come bocadillos de chorizo en el almuerzo
g. comen sándwiches de soja y yogurt en el almuerzo
h. se sientan en el gueto y fuman, contentos

Preguntas

1. ¿Qué diferencias de gustos y preferencias existen entre el narrador y sus colegas? Y usted, ¿qué preferencias tiene en estos aspectos de la vida?
2. ¿Qué técnicas usó el sicólogo para cambiar los hábitos de los fumadores? ¿Cree usted que el sicólogo era bueno?
3. ¿Qué le parece la motivación presentada en la película *Mis finanzas han mejorado desde que dejé de fumar?* Para usted, ¿cuál es el mejor método para dejar de fumar?
4. El narrador le explica al sicólogo que fuma porque le gusta. ¿Cree usted que los fumadores realmente fuman porque les gusta? Explique.
5. ¿Qué «milagro» ocurre al final? ¿Qué piensa usted de este fin?

Encuesta sobre los vicios

Trabaje con dos o tres compañeros en la siguiente encuesta *(poll)*. Cada persona por turnos explica (1) si está de acuerdo o no con cada punto de vista y (2) por qué. Todos toman apuntes de las respuestas. Luego, comparen los resultados con los del resto de la clase. ¿Hay sorpresas?

1. La idea de construir «guetos» para los fumadores en los lugares de trabajo es una buena idea.

2. La marihuana hace menos daño que el alcohol porque el usuario no se pone violento y al día siguiente no tiene una «cruda» *(a hangover, literally "rawness")* como dicen en México. Por eso, se debe legalizar la marihuana y venderla como se vende el alcohol.
3. Sería bueno anular las restricciones de edad con respecto al alcohol porque la «fruta prohibida» es más atractiva.
4. Hay que imponer la pena de muerte a los narcotraficantes que venden drogas a los niños porque este crimen mata a gente inocente.

Comentario sobre un anuncio

Con un(a) compañero(a), mire el anuncio que viene a continuación y explique qué recomendaciones le parecen útiles. ¿Es eficaz o no el anuncio? ¿Por qué?

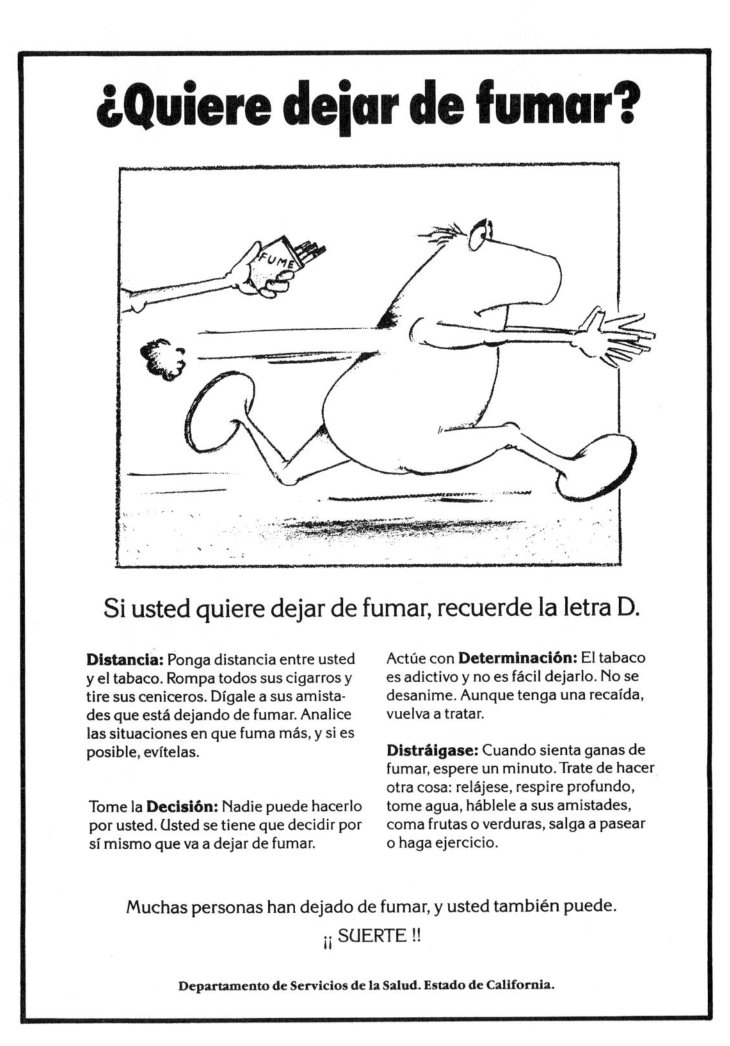

Los diablos bailan en Bolivia durante la Fiesta de la Virgen.

Capítulo ocho

Dimensiones culturales

Vocabulario preliminar

Estudie las palabras y expresiones para usarlas en este capítulo.

Un mercado de artesanía

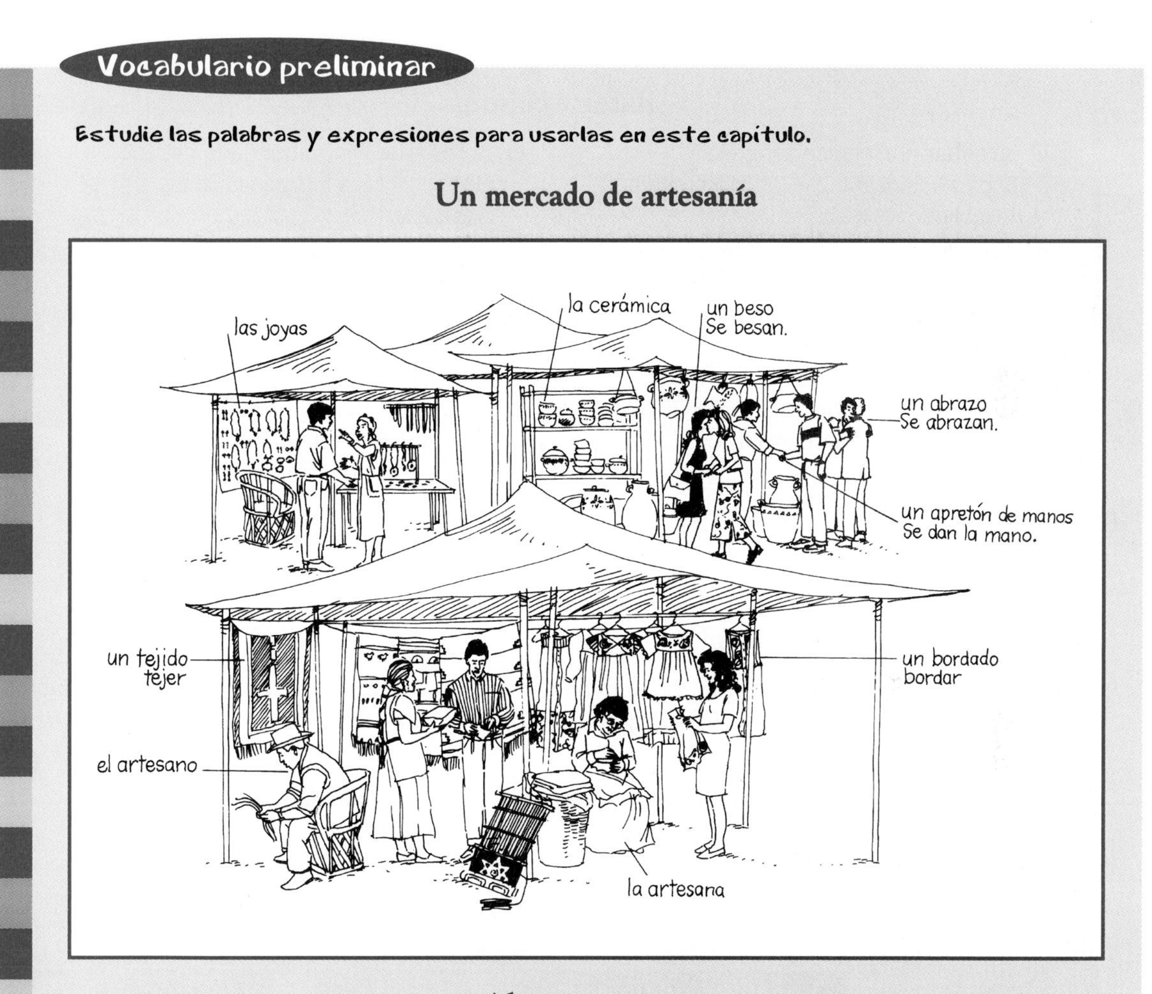

Algunas acciones

callar guardar silencio, no decir nada; **callado(a)** silencioso(a)

engañar hacer creer algo que es falso; **el engaño** fraude

Verbos que expresan estados o cambios de condición

darse cuenta de comprender

enfadarse, enojarse irritarse, ponerse en estado de cólera: María no es paciente; se enoja fácilmente.

equivocarse cometer un error: Perdone, nos equivocamos.

hacerse convertirse en: Se hizo mecánico (antes no era mecánico).

llegar a ser (implica un proceso): Con el tiempo llegó a ser popular.

ponerse (implica algo que pasa sin el esfuerzo de uno): Me puse feliz (deprimido, enfermo).

Razas y culturas

desarrollarse crecer, progresar: El país se desarrolló económicamente.
el desarrollo crecimiento
destacarse distinguirse, sobresalir: Esa niña se destaca por su habilidad musical.
el, la esclavo(a) persona que es propiedad de otra **la esclavitud** condición de esclavo(a)
el, la indígena originario(a) del lugar
el, la indio(a) nombre dado por los europeos a los indígenas de las Américas
el, la mestizo(a) persona nacido(a) de padres de grupos étnicos diferentes, particularmente de indígena y europeo(a)
la mezcla combinación de cosas diferentes
el prejuicio actitud negativa hacia personas de cierta clase o raza, o de ciertas ideas o creencias

Antónimos

Dé antónimos, o palabras o expresiones contrarias, a las siguientes palabras o expresiones. Use palabras del **Vocabulario preliminar** y **Lengua y cultura.**

1. saludar
2. mantenerse tranquilo(a)
3. un negocio limpio y honrado
4. opinión justa, basada en la realidad
5. tener razón
6. hablador(a)
7. la decadencia
8. la libertad

Lengua y cultura

Palabras que sugieren imágenes diferentes

A veces por razones culturales es difícil traducir ciertas palabras o expresiones de un idioma a otro. Una palabra puede evocar imágenes o ideas muy diferentes, según la cultura. Por ejemplo, en la siguiente frase el verbo **despedirse** parece bien claro.

Tengo que **despedirme de** mis tíos antes de que se vayan.
I have to say goodbye to my aunt and uncle before they leave.

En realidad, según la costumbre hispana, es muy probable que las personas se besen y abracen al despedirse. Las palabras que se dicen forman sólo una parte de la acción de despedirse. En las culturas anglosajonas, por otra parte, despedirse es *«to say goodbye»*, o sea, es verbal: unas pocas palabras de despedida sin contacto físico. Aquí se ve la dificultad que existe a veces en la traducción de un idioma a otro.

De manera semejante, la palabra **saludar** sugiere un beso, un abrazo o un apretón de manos en la cultura latina, aún entre amigos o parientes que se ven todos los días. Para ti, ¿qué significa la palabra **saludar**? ¿Depende de la situación y de las personas?

Palabras relacionadas

Complete las frases con una palabra relacionada con la palabra en negrilla.

1. La mujer **tejió** por cuatro horas y el resultado fue un lindo _________ de colores brillantes.
2. Los **esclavos** hicieron la mayor parte del trabajo de las plantaciones; por eso la _________ fue un factor importante en la economía de las regiones agrícolas.
3. Los candidatos _________ a los votantes con falsas promesas, pero después de varios **engaños** de ese tipo, la gente se volvió cínica.
4. Bajo el gobierno del buen rey, la nación **se desarrolló** económicamente y las artes también estuvieron en pleno _________.
5. El niño _________ con gran concentración y después le regaló su **bordado** a su abuela.
6. **Se besaron** largamente y ese _________ fue el comienzo de un gran amor.
7. Los soldados _________ de pueblo y esa **equivocación** les costó la vida.

Composición: En el mercado de artesanías

Escriba una descripción o una historia basándose en el dibujo de la página 125. Use el mayor número posible de las palabras y expresiones del **Vocabulario preliminar.**

Enfoque del tema

La cultura latinoamericana

En algunas culturas la gente suele ser° habladora y en otras, más callada. Estas diferencias pueden engañarnos. Un niño inglés que viajaba por España con su padre le preguntó un día, «Papá, ¿por qué todo el mundo está enojado?» Su

suele... usualmente es

padre se rió y respondió que la gente no estaba enojada. Era simplemente que
5 los españoles hablan mucho y con las manos y dejan que los demás vean sus sentimientos.

Al tratar de las diferencias culturales, es importante darse cuenta de la tendencia universal al **etnocentrismo,** es decir, la inclinación de una persona a creer que su propia cultura es el único modelo para interpretar las otras y es, en
10 cierto modo, superior a todas. En realidad, esa creencia es un prejuicio y, como todos los prejuicios, está basada en la falta de conocimiento.

Nadie sabe exactamente por qué existen las diferencias culturales, pero en parte se deben a la historia particular de cada cultura. A continuación se describe a algunos de los grupos étnicos que han influido en el desarrollo de la cul-
15 tura hispanoamericana.

La tradición afrohispana, la indígena y la europea se combinan en una celebración panameña.

De indígenas, españoles y mestizos

En el siglo XVI, el español llegó a las Américas con la espada,° la cruz y (sin saberlo) ¡el microbio! Éste último resultó ser el arma más decisiva de todas. Las crónicas nos cuentan que los soldados españoles se sorprendían con la facilidad de sus victorias y las tomaban como prueba° de que Dios apoyaba su conquista. Más tarde los ingleses usaron el alto número de muertes indígenas para justificar sus ataques contra el imperio español, diciendo que los españoles mataban por crueldad. Ahora, gracias a los avances de la epidemiología,° sabemos la verdad. Millones de indios murieron simplemente porque les faltaba inmunidad a enfermedades europeas, como el catarro° y el sarampión.° El estornudo° mataba más que la espada.

sword

evidencia

20

estudio científico de las epidemias

common cold / *measles* / *sneeze*

25

Según la historia, España se formó de la mezcla de muchas razas y culturas: iberos,° celtas, romanos, visigodos, judíos y árabes. Al llegar a las Américas, los conquistadores se encontraron con las culturas indígenas y de esa mezcla se originó un nuevo grupo importante: los mestizos. La unión entre John Rolfe y la indígena Pocahontas fue un caso excepcional en las colonias británicas, con su tradición de separación entre las razas. En las colonias españolas, el mestizaje fue la norma.

los primeros habitantes de España y Portugal

30

Cuando los españoles llegaron a las Américas, había más de 400 grupos indígenas en diversos niveles° de desarrollo. Tres de ellos eran civilizaciones avanzadas. En la región de los Andes estaba el vasto imperio de los incas, que tenía una impresionante organización social y espléndidas fortalezas. En el valle de México se encontraba la civilización guerrera de los aztecas, con su magnífica capital Tenochtitlán, que tenía enormes baños públicos, bibliotecas y escuelas, hospitales y faroles° de aceite que alumbraban° las calles.

grados

35

luces / iluminaban

La civilización que se destacó más por sus conocimientos abstractos fue la maya, que se había desarrollado en Centroamérica y en la península de Yucatán durante los siglos 300–900 d.C. y que en el siglo XVI ya estaba en decadencia. Los mayas descubrieron el concepto del cero antes que los europeos, usaban un calendario mucho más exacto y sabían más sobre astronomía.

40

Por otra parte, tanto en América como en Europa, había costumbres de enorme crueldad. El canibalismo y los sacrificios humanos de los aztecas horrorizaban a los españoles. Pero la esclavitud y la guerra les parecían normales. Sin embargo, para los indios, la guerra era casi una ceremonia. No luchaban durante la noche y abandonaban la batalla al caer su jefe° o al llegar la estación de plantar el maíz. En fin, las sociedades de ambos mundos eran una mezcla de civilización y barbarie.°

45

al... cuando su jefe caía

50

barbarism

Los indígenas han contribuido a la cultura moderna en muchos campos: los tejidos y bordados, la joyería, la música, los medicamentos y, más que nada, la comida. Los indios americanos descubrieron y desarrollaron un gran número de cultivos que hoy parecen indispensables: la papa, el maíz, la batata,° el tomate, el aguacate,° ciertas clases de chiles, frijoles y calabazas°; además de ciertos «vicios modernos»: el chocolate, el tabaco y el chicle.°

55

sweet potato

avocado / *squash*

chewing gum

La presencia africana

El negro ha estado presente en América desde la llegada de los primeros europeos. Había negros con Balboa cuando descubrió el Pacífico, con Cortés
60 cuando conquistó el imperio azteca, con de Soto en la Florida y con Pizarro en Perú. La mayoría de estos primeros negros eran esclavos.

Como la esclavitud del negro ya existía en Europa en menor escala,° los colonos de las Américas decidieron importar negros de África para trabajar en los campos y las minas. Así nació una de las instituciones más crueles de la his-
65 toria humana: la esclavitud de las plantaciones. El comercio de esclavos llegó a ser un gran negocio.

en... con poca magnitud

En general, el esclavo tuvo mejor trato en las colonias españolas que en las inglesas. Primero, los países católicos promulgaron leyes sobre el trato de los esclavos. Segundo, los sacerdotes° les enseñaron a leer para convertirlos al
70 catolicismo y se opusieron a la separación de las familias. Tercero, existía la posibilidad de liberarse. Los colonos españoles y portugueses tomaban mancebas° negras, pero tenían la costumbre de liberar a los hijos nacidos de esta unión y también, a veces, a las madres. Así se formó la clase de negros y mulatos libres que, durante la época colonial y de la independencia, llegaron a ocupar al-
75 gunas posiciones de importancia en la sociedad.

ministros de la iglesia

concubinas

Lo cierto es que en todas partes la esclavitud producía gran sufrimiento e injusticia. Por fin, en las dos primeras décadas del siglo XIX, la mayoría de las colonias españolas, al obtener su independencia, abolieron° la esclavitud. Pero la esclavitud continuó hasta fines del siglo en las colonias que no se habían in-
80 dependizado de España, como Cuba y Puerto Rico.

prohibieron

El negro ha contribuido a la cultura moderna en muchos campos: las artes, el diseño, las modas, los deportes, la literatura y, sobre todo, la música. En Latinoamérica, la música afroamericana ha producido el famoso ritmo latino, además de innumerables bailes y danzas. Internacionalmente, el *jazz,* los *blues,*
85 los *Negro spirituals* y la salsa han tenido gran influencia.

La diversidad de Latinoamérica

Los españoles, indígenas, mestizos y afrohispanos constituyen sólo una parte de la población latinoamericana. Hay latinoamericanos de origen alemán, inglés, chino, italiano, francés y árabe, de la India y de otros países que contribuyen a la diversidad y riqueza cultural que tiene actualmente América
90 Latina.

Preguntas

1. ¿Por qué se equivocó el niño inglés en España?
2. ¿En qué regiones o ciudades de Estados Unidos o de Canadá tiene la gente fama de ser muy callada? ¿muy habladora? ¿Qué otras diferencias hay entre las regiones de esos países?

3. ¿Qué es el etnocentrismo? ¿Existe esta actitud o creencia en la sociedad donde usted vive? Explique.
4. ¿Qué razas y culturas se han mezclado en España durante su larga historia?
5. ¿Qué nuevo grupo apareció muy pronto en las colonias españolas?
6. ¿Cómo ha contribuido la indígena americana a la cultura del mundo?
7. ¿Cómo ha contribuido el negro a la cultura del mundo?

Desmentir los mitos y creencias falsas

Mucha gente tiene ideas falsas sobre los indígenas, negros y españoles, por falta de conocimiento de la historia. Trabajando con un(a) compañero(a), explique por qué los siguientes mitos son **falsos.**

1. En el siglo XVI, la cultura europea estaba mucho más desarrollada que las culturas indígenas de las Américas.
2. Los españoles eran más crueles que los ingleses, los holandeses y otros grupos durante la colonización, y la prueba de esto es el alto número de indígenas que mataron.
3. Los indios americanos eran intelectualmente inferiores a los blancos y no tenían ninguna aptitud para las ciencias abstractas.
4. Durante la colonización los ingleses trataron mejor a los negros que los latinos, y los liberaron de la esclavitud mucho antes.
5. Los blancos tienen más derecho a llamarse americanos que los negros porque llegaron primero e hicieron el duro trabajo de la exploración.

De razas y culturas

Discuta usted dos de las siguientes cuestiones con dos o tres compañeros y esté preparado(a) para dar a la clase un resumen de sus opiniones.

1. ¿Por qué se puede decir que en el siglo XVI las sociedades de ambos mundos, Europa y América, eran una mezcla de «civilización y barbarie»? ¿Creen ustedes que nuestra sociedad también tiene esta mezcla? Expliquen.
2. ¿Dónde existe la esclavitud en el mundo actual? ¿Por qué? ¿Qué se necesita, realmente, para ser libre?

El español en su vida

Aunque se habla mucho de la diversidad cultural de Latinoamérica, no hay que olvidarse que España también es un país de gran diversidad. En la capital, Madrid, por ejemplo, se pueden ver canales de televisión en cuatro «lenguas» además del castellano —catalán, euskadi (del País Vasco), gallego y valenciano. Mire el mapa de España y escoja una de las regiones, o «patrias chicas».

Busque información sobre esta región en Internet o en la biblioteca y prepare un breve informe para la clase.

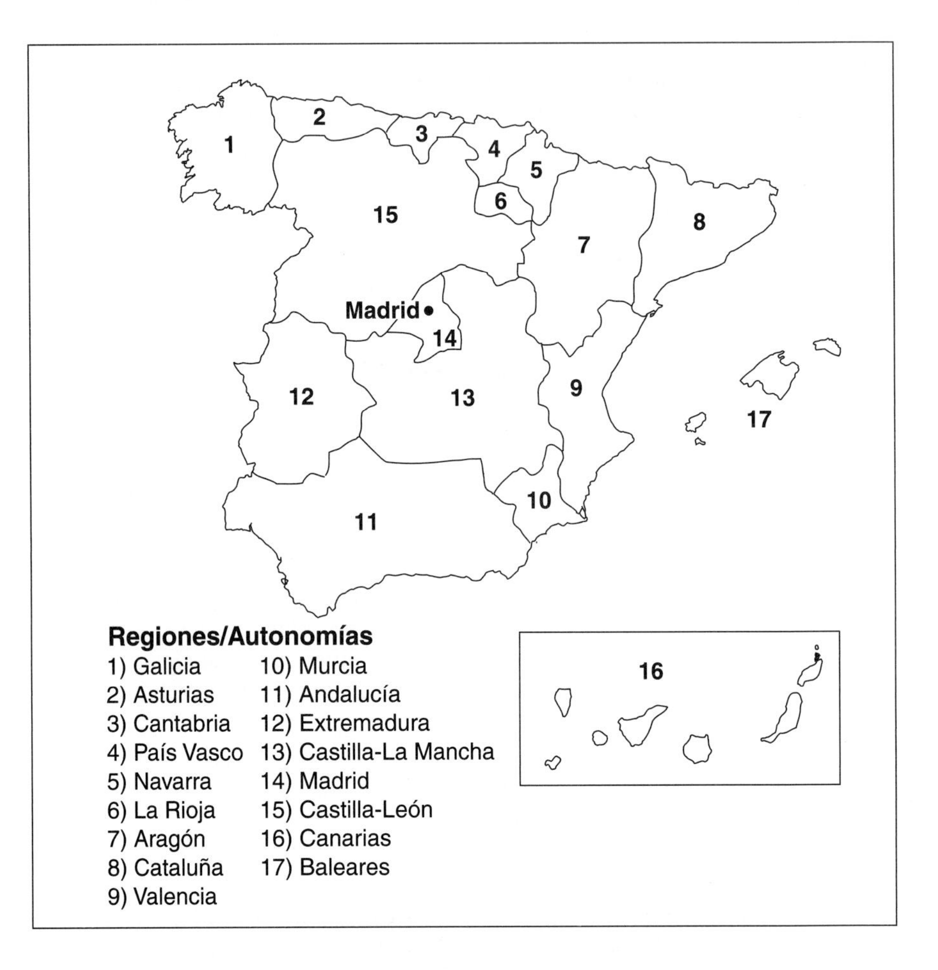

Selección 1

Antes de leer

Las diferencias de idioma tienden a separar una cultura de otra. Pero también hay diferencias en las costumbres que pueden causar malentendidos. En el siguiente ensayo, el escritor argentino Naldo Lombardi describe algunas de las diferencias culturales que ha observado al vivir en países hispanos y en Estados Unidos y Canadá.

Vocabulario: Verbos y sustantivos

Escriba el sustantivo apropiado, siguiendo cada modelo. Luego, invente una frase en español, usando la palabra de manera apropiada.

1. saludar — un saludo
   besar — ________ ______________________________
2. abusar — un abuso
   abrazar — ________ ______________________________
3. partir — una partida
   despedir — ________ ______________________________
4. contar — un cuento
   encontrar — ________ ______________________________

Inferencias y análisis

Mire rápidamente el título, la ilustración y las líneas 1–32 y conteste estas preguntas:

1. ¿Qué costumbres cree usted que el autor describe en su artículo?
2. ¿De qué culturas habla? ¿Con cuál comienza? ¿En qué línea cambia y empieza a hablar de la otra cultura?
3. ¿Qué querrá decir el título? (Quizás lo comprenda mejor después de leer el ensayo.)

Ahora, lea el artículo para saber más sobre las diferencias culturales entre las dos Américas.

—Adiós: "Goodbye, goodbye, goodbye"

Naldo Lombardi

Cuando recuerdo aquello de que «Al país que fueres, haz lo que vieres»,° pienso en las conductas que dan forma a los códigos de comportamiento de las diferentes sociedades. La distancia es uno de los parámetros que importan. Siempre existe una magnitud mensurable° entre *yo* y *el otro.*

En la América del Norte, por ejemplo, la separación entre dos personas (5) debe reservar un territorio intermedio que será algo así como de° un metro. Invadir esa frontera es convertirse en intruso.

Porque está prohibido tocar, como si cada uno conservara° las manos y la piel° para sí mismo, o para momentos especiales y ése fuera todo su destino. Lo demás se hace a fuerza de° palabras, de gestos y de sonrisas. Para el (10) norteamericano, el contacto corporal sin trabas° pertenece al sexo y sus

Al... *"In the country where you go, do what you see"*

que se puede medir

algo... aproximadamente

como... *as if each one kept*

skin

a... por medio de

obstáculos

vecindades.° En el sexo se concentra toda la sensualidad, incluso la que podría escapar aquí y allá en un abrazo, en una mano que se demora° sobre el hombro, en un beso fugaz° y sin razones. Pero no es así. La gente se cede mutuamente el paso° con reverencias en las que la cortesía y el horror al contacto cuentan por igual. En una sala de espera, el recién llegado tratará de sentarse discretamente aparte para que su vecino esté lo más alejado° posible. Si dos personas se abrazan, es porque no se han visto desde la Guerra de los Treinta Años.

Cuando apenas habían empezado las experiencias de «sensibilización grupal»,° fui a una conferencia en la que el psicólogo inglés Cooper enfatizó la necesidad de que las gentes se tocaran e invitó al público a que lo hiciera° allí mismo, sin demoras. Entonces no lo entendí del todo porque eso ocurría en Buenos Aires, una ciudad cuyos habitantes tienen poco reparo° en tocarse, saludarse con un beso, o pegarse.°

La despedida que tiene lugar luego de una reunión de amigos es un ejemplo claro al respecto. Un norteamericano va a decir mil veces adiós antes de irse: prolongará el momento con cumplidos,° lo condimentará con bromas°; se demorará. Nadie va a tocar a nadie, pero van a envolverse en una atmósfera cordial. En el resto de América, una despedida es más breve. Un hombre estrecha la mano de los hombres, las mujeres besan a las mujeres; entre hombres y mujeres suceden ambas cosas. El momento de la despedida es más preciso, el juego es «te toco y me voy».

Tal vez para una persona de cultura estrictamente norteamericana, resulte novedoso saber que las normas de urbanidad° usadas por los pueblos latinos al llegar o partir incluyen cosas como éstas:

—los parientes se besan todos entre sí,° incluso los hombres (hermanos, tío-sobrino, los primos no tanto);

—los amigos varones° no se besan pero se abrazan o se palmotean; las amigas se besan siempre;

—entre amigos de diferente sexo, especialmente los jóvenes pertenecientes a las clases media y alta, se besan. Hacerlo se considera «mundano», elegante;

—a un niño se lo besa repetidamente. Hay diferentes maneras de besar, y ninguna de ellas incluye el beso boca a boca. En la América del Sur, se besa una sola vez; generalmente es el hombre quien lo hace y la mujer se limita a ofrecer su mejilla.° En la Europa latina, especialmente en Francia, se besa dos veces, en ambas mejillas; los bretones° besan cuatro veces.

Pero no hay que equivocarse. La frialdad de los norteamericanos y la comunicabilidad de los latinos son simplemente emergentes° de patrones sociales. En Norteamérica, *el otro* es alguien que puede enrolarse en el anonimato. En la exageración, se lo deja demasiado solo, demasiado *otro.* El respeto por la intimidad ajena° hace que cada uno viva dentro de un grupo muy reducido; los que no pertenecen al grupo gozan o sufren un aislamiento° que puede resultar excesivo. En el resto de América, el vecino es siempre objeto curioso, a veces interesante. Con diversas intensidades, se trata de penetrar en su vida.

Glosas al margen: cosas relacionadas (vecindades) / tarda (se demora) / breve (fugaz) / **se...** *step out of each other's way* (se cede mutuamente el paso) / lejos (alejado) / **sensibilización...** terapia en grupos (sensibilización grupal) / **a...** *to do it* (a que lo hiciera) / dificultad (reparo) / *hitting each other* (pegarse) / muestras de cortesía (cumplidos) / chistes (bromas) / **normas...** reglas de cortesía (normas de urbanidad) / **entre...** unos a otros (entre sí) / hombres (varones) / *cheek* (mejilla) / habitantes de Bretaña (bretones) / manifestaciones (emergentes) / de otros (ajena) / separación extrema (aislamiento)

El típico saludo latino: un beso o un abrazo

«Ni tan peludo, ni tan pelado»° aconseja el dicho que apunta al término medio.° Pero este término medio no va a ser posible mientras existan los temores al contacto, o sus abusos, en cada una de las culturas; mientras un norteamericano vea con pánico que el ascensor se va llenando de gente y que alguien ¡ay! lo puede rozar (por lo que se aplasta° contra la pared); o mientras el latino no tenga reparos° en golpear a la puerta de su vecino, palmearlo sin motivo y preguntar, «¿Qué está cocinando?» Mientras eso ocurra, los unos seguirán peludos y los otros pelados.

60

Ni... *"Neither so hairy, nor so bald"* / **término...** la moderación

por... *due to which he flattens himself* / *hesitation*

Comprensión de la lectura: Leer con precisión

Escoja la mejor manera de terminar las siguientes frases.

1. Según el señor Lombardi, la distancia que un norteamericano mantiene entre sí mismo y otras personas es más o menos de (60 centímetros / un metro / dos metros).
2. En Estados Unidos está casi prohibido tocar a otra persona cuando no existen relaciones (de cortesía / amistosas / sexuales).
3. El autor no entendió la insistencia del psicólogo inglés para que las gentes se tocaran porque los argentinos (no tienen miedo al contacto

corporal / no creen en la «sensibilización grupal» / no estudian psicología).

4. Una diferencia (sugerida en el título) entre la despedida norteamericana y la latina es que ésta (incluye más bromas / no consiste en besos y abrazos / es más breve).

Preguntas

1. Por medio de la pantomima, usando algunos «voluntarios» de la clase, muestre el «horror al contacto» del típico norteamericano en una sala de espera. ¿En qué otros lugares observa usted este fenómeno?
2. ¿Qué hacen los hispanos al saludarse y despedirse? ¿Qué pasa en nuestra sociedad en las mismas circunstancias? Usando «voluntarios» de la clase, muestre el contraste por medio de dos representaciones.
3. ¿Cómo consideran al **otro** (al vecino) en Norteamérica? ¿Qué consecuencia negativa tiene esta actitud a veces?
4. ¿Cómo consideran al vecino (al **otro**) en el resto de América? ¿Qué consecuencia negativa puede tener esta actitud?
5. A juzgar por el refrán que se menciona al final, ¿cuál de las dos actitudes prefiere el autor? ¿Está usted de acuerdo o no? ¿Por qué?

Opiniones

Con un(a) compañero(a), decidan cuándo son apropiados...

los besos
los abrazos
el dar la mano
el regateo *(bargaining)*
la conversación con gente desconocida
los gestos insultantes o las palabrotas (malas palabras)
la discusión de temas «delicados» como la religión, el sexo o la política

Selección 2

Dos poemas afroamericanos

Antes de leer

Los dos poemas que siguen son bellos ejemplos de la poesía afroamericana de habla española. El primer poema es del poeta cubano Nicolás Guillén y el segundo del poeta puertorriqueño Tato Laviera.

Búsqueda rápida de información (Poema 1)

En el primer poema, el poeta mulato habla de sus dos abuelos, uno negro y el otro blanco, a quienes él ve como «sombras» de su imaginación. Mire el título, la ilustración y las líneas 1–24. Además de su color, hay varias diferencias entre las dos figuras que presenta el poeta. Describa a los dos abuelos, con respecto a los siguientes puntos:

	El abuelo negro	El abuelo blanco
1. su apariencia		
2. dónde están		
3. qué dicen		

Recuerde usted que el lenguaje poético es muy conciso: evoca imágenes con pocas palabras. Por eso es necesario leer el poema **por lo menos dos veces.** Como la poesía afroamericana es muy musical y tiene un ritmo marcado, es conveniente leer el poema en voz alta para apreciar su belleza sonora.

Ahora, lea el poema y verá qué pasa, en la imaginación del poeta, entre sus dos abuelos.

Balada de los dos abuelos

Nicolás Guillén

Sombras que sólo yo veo,
me escoltan° mis dos abuelos.
Lanza con punta de hueso,
tambor de cuero° y madera:
mi abuelo negro. 5
Gorguera° en el cuello ancho,
gris armadura guerrera:
mi abuelo blanco.

África de selvas° húmedas
y de gordos gongos sordos°... 10
—¡Me muero!
(Dice mi abuelo negro).
Aguaprieta° de caimanes,°
verdes mañanas de cocos°...
—¡Me canso! 15
(Dice mi abuelo blanco).
Oh velas° de amargo° viento,
galeón ardiendo° en oro...
—¡Me muero!

escoltan: acompañan
cuero: piel de animal
Gorguera: *Gorget (throat piece of suit of armor)*
selvas: junglas
gordos... *fat (huge) muted gongs*
Aguaprieta: Agua oscura / caimanes: *alligators*
cocos: *coconuts*
velas: *sails* / amargo: *bitter*
ardiendo: *burning*

	20	(Dice mi abuelo negro).
		Oh costas de cuello virgen
		engañadas de abalorios*...
		—¡Me canso!
		(Dice mi abuelo blanco).
embossed	25	¡Oh puro sol repujado,°
preso... *caught in the ring*		preso en el aro° del trópico;
		oh luna redonda y limpia
monkeys		sobre el sueño de los monos°!
¡Qué... ! *How many!*		¡Qué de° barcos, qué de barcos!
	30	¡Qué de negros, qué de negros!
brillo / *sugar cane*		¡Qué largo fulgor° de cañas°!
whip / slaver		¡Qué látigo° el del negrero°!
tristeza intensa		Piedra de llanto° y de sangre,
		venas y ojos entreabiertos,
comienzos del día	35	y madrugadas° vacías,

---

* Aquí hay una referencia a los indígenas que muchas veces eran engañados por los europeos quienes les regalaban abalorios *(glass beads).*

y atardeceres de ingenio,°
y una gran voz, fuerte voz
despedazando° el silencio
¡Qué de barcos, qué de barcos,
qué de negros! 40

Sombras que sólo yo veo,
me escoltan mis dos abuelos.
Don Federico me grita,
y Taita° Facundo calla;
los dos en la noche sueñan, 45
y andan, andan.
Yo los junto.°
—¡Federico!
—¡Facundo! Los dos se abrazan.
Los dos suspiran.° Los dos 50
las fuertes cabezas alzan°;
los dos del mismo tamaño,°
bajo las estrellas altas;
los dos del mismo tamaño,
ansia° negra y ansia blanca, 55
los dos del mismo tamaño
gritan, sueñan, lloran, cantan.
Sueñan, lloran, cantan.
Lloran, cantan.
¡Cantan! 60

atardeceres... *late afternoons at the sugar mill*
rompiendo con violencia
«padre» o «abuelo» en africano
combino, mezclo
sigh
levantan
dimensión
intenso deseo

Comprensión de la lectura: Leer con precisión

Busque los siguientes puntos en el poema. Luego, diga si cada frase es verdadera o falsa y corrija las frases falsas.

1. _____ Uno de los abuelos del poeta era un esclavo africano y el otro era un conquistador europeo.
2. _____ Su abuelo blanco llevó una vida muy fácil pero su abuelo negro sufrió mucho.
3. _____ El poeta recuerda que sus abuelos eran buenos amigos cuando estaban vivos y que una vez se abrazaron.

Preguntas

1. La ***onomatopeya,*** * una técnica usada por muchos poetas, es la imitación de un sonido con las mismas palabras que lo expresan. En la segunda estrofa del poema, ¿puede usted encontrar una frase de tres palabras que demuestre esta técnica? ¿Qué efecto produce?

---

* Los siguientes verbos son ejemplos de *onomatopoeia* en inglés: *crackle, zoom, whine.*

2. ¿Cuál de sus dos abuelos le importa más al poeta? Explique.
3. ¿Cómo interpreta usted el final del poema?

Vocabulario: Identificar definiciones

Escriba la palabra apropiada para cada definición.

1. ________	fruto de un árbol de la familia de las palmas	tambor
2. ________	alba, principio del día	caimán
3. ________	cuerda que se usa para golpear o castigar a personas o animales	coco abalorio
4. ________	pequeña cuenta de vidrio que se usaba para comprar objetos a las indígenas	mono látigo
5. ________	instrumento musical de percusión	llanto
6. ________	efusión de lágrimas y lamentos	madrugada
7. ________	último período de la tarde	atardecer
8. ________	reptil que vive en los ríos de América, parecido al cocodrilo	
9. ________	animal que vive en los árboles y se caracteriza por su parecido con el ser humano	

Composición

Escriba un poema (o una descripción poética) en español sobre uno(a) de sus abuelos (o abuelas).

Búsqueda rápida de información (Poema 2)

El título del segundo poema es *Negrito,* un término cariñoso en español (como *darling* o *honey*) que se usa en muchos países para cualquier persona querida, sea o no de tez morena. El poeta puertorriqueño describe a un joven que llega de Puerto Rico a Nueva York para visitar a su tía. Usando nombres diferentes, la tía le da tres veces el mismo consejo: que evite a la gente negra. Lea rápidamente el poema, mire la ilustración, y describa cómo el joven le responde a su tía cada vez.

	Respuesta del joven a su tía
1. primera vez	
2. segunda vez	
3. tercera vez	

Lea el poema por lo menos dos veces y busque los contrastes que el poeta ve entre Nueva York y Puerto Rico.

Negrito
Tato Laviera

el negrito
vino a Nueva York
vio milagros° — cosas increíbles
en sus ojos
su tía le pidió (5)
un abrazo y le dijo,

«no te juntes con
los prietos,° negrito.»
el negrito
se rascó los piojos°
y le dijo,
«pero titi, pero titi,
los prietos son negrito.»
su tía le agarró°
la mano y le dijo,
«no te juntes con
los molletos,° negrito.»
el negrito
se miró sus manos
y le dijo,
«pero titi, pero titi,
así no es puerto rico.»
su tía le pidió
un besito y le dijo,
«si los cocolos° te molestan,
corres; si te agarran, baila.
hazme caso, hazme caso,
negrito.»
el negrito
bajó la cabeza
nueva york lo saludó,
nueva york lo saludó,
y le dijo,
«confusión»
nueva york lo saludó,
y le dijo,
«confusión.»

los... las personas de piel oscura
se... *scratched himself (slang)*
tomó
fuzzy-heads
personas negras de las islas británicas del Caribe

de *AmeRícan,* Arte Público Press

Preguntas

1. En su opinión, ¿qué eran los «milagros» que vio el negrito en Nueva York?
2. ¿Por qué cree usted que la tía le aconseja a su sobrino que evite a los negros?
3. De las dos personas, ¿cuál parece tener más miedo: el niño o su tía?
4. ¿Qué lección está aprendiendo el niño ahora?
5. ¿Cree usted que podemos cambiar las lecciones aprendidas en la niñez, o no? Explique.

¿Qué opinas tú?

Entreviste a un(a) compañero(a) con las siguientes preguntas. Compare sus respuestas con otros de la clase.

1. ¿Qué opinas de Nueva York? ¿Qué emociones asocias con esa ciudad? ¿Te gustaría vivir allí, o no? ¿Por qué?
2. En tu opinión, ¿por qué hay menos prejuicio y discriminación en algunos lugares que en otros?
3. ¿Es posible que una persona tenga prejuicios contra la gente de su misma raza o grupo? Explica.
4. ¿Crees que ahora hay más o menos prejuicios que en el tiempo de tus abuelos? ¿Por qué?

Percy (Chile)

—Pregunta si nos vamos a quedar mucho tiempo . . .

Capítulo nueve

Un planeta para todos

Vocabulario preliminar

Estudie las palabras y expresiones en negrilla para usarlas en este capítulo.

La ecología

el agua potable agua que se puede beber
el bosque terreno poblado de árboles
impedir (i) dificultar, hacer difícil o imposible: Hay que impedir que desaparezcan las plantas y los animales.
el medio ambiente mundo natural que rodea a las personas
los países en desarrollo países que todavía no tienen un alto nivel económico
los recursos naturales elementos de la naturaleza que representan la riqueza, como el petróleo, los minerales o los ríos
tomar medidas hacer lo necesario para lograr un objetivo

Problemas y peligros

la basura (los desperdicios) materias que no se pueden usar
contaminar hacer que algo se vuelva impuro; **la contaminación** condición de estar contaminado
la deforestación pérdida o reducción de los bosques
deteriorarse volverse peor, arruinarse; **el deterioro** daño, detrimento; proceso de empeorarse
escasear faltar, ser insuficiente; **la escasez** falta, insuficiencia de algo
los incendios forestales fuegos en los bosques
la inundación acción de cubrir un sitio de agua (generalmente causada por un río)
el terremoto movimiento brusco y violento de la tierra, temblor
la tormenta tempestad, vientos violentos acompañados de lluvia, y a veces de truenos y relámpagos

Antónimos

Dé antónimos de las siguientes palabras o frases.

1. abundar
2. facilitar
3. purificar
4. mejorarse
5. los países industrializados
6. el agua contaminada
7. la expansión de los bosques
8. materias de gran valor

Causa y efecto

Escriba la letra de la definición o descripción apropiada para cada palabra o frase de la primera columna.

1. _____ los desperdicios
2. _____ los incendios forestales
3. _____ las inundaciones
4. _____ los terremotos
5. _____ las tormentas

a. agitan violentamente la tierra y causan muerte y destrucción
b. traen lluvias y vientos fuertes, truenos y relámpagos
c. destruyen muchos árboles y contaminan el aire
d. se acumulan en depósitos y contaminan el agua y la tierra
e. ocurren después de lluvias prolongadas y pueden matar a gente y animales

Enfoque del tema

¿Cómo podemos salvar la tierra?

Hoy en día, por dondequiera que se mire° existen señales de una grave crisis ecológica: los incendios forestales, el deterioro de la capa de ozono, la escasez de agua potable, la progresiva contaminación del aire en muchas ciudades de los países en vía de desarrollo, la extinción de muchas especies° de animales y plantas. Además, hay otros problemas mundiales que resultan en gran sufrimiento humano y en enormes daños económicos. En años recientes muchas alteraciones en la temperatura y otras condiciones meteorológicas° han afectado a grandes regiones del mundo. Como consecuencia, están ocurriendo sequías,° inundaciones, terremotos y tormentas en números excesivos. También están apareciendo nuevas enfermedades y están volviendo a aparecer antiguas enfermedades que durante muchos años se consideraban más o menos controladas. Según algunos científicos, todos estos problemas están conectados porque tienen una estrecha° relación con el uso y el abuso del medio ambiente por el ser humano.

por... *wherever you may look*
clases
del clima
períodos secos
close

La perspectiva de un astronauta

Ante una situación tan amenazadora,° la tendencia de mucha gente es escaparse en las pequeñas diversiones de todos los días y esperar que de alguna manera las circunstancias se mejoren por sí solas. La actitud es que «no quiero verlo» y que «lo que no veo no existe». Se nos da otra perspectiva una entrevista transmitida por Televisora Española con Franklin Chang Díaz, el astronauta

peligrosa

costarricense-norteamericano. Chang Díaz da un toque de alarma para despertar a la humanidad: 20

> La aventura espacial será el paso unificante de la humanidad... Desde el espacio apreciamos nuestra tierra en todo su esplendor, sentimos que todos en este planeta somos astronautas y que este pequeño huevito° donde estamos es nuestro vehículo espacial,° muy frágil y bastante complicado. Debemos cuidarlo porque es el único que tenemos. Estar en el espacio inmediatamente nos pone frente a un planeta cuyo medio ambiente está siendo destruido paulatinamente,° por la presencia del hombre. Vemos, por ejemplo, las grandes quemas° forestales en extensas regiones del planeta, no solamente en Latinoamérica, sino en Asia, África, Europa y en Norte América. La contaminación ambiental, la destrucción de la flora° y la deforestación constituyen un problema mundial muy serio... Estamos frente a un problema de una magnitud aún mayor de la que en realidad, a veces, pensamos. No podemos dejar que solamente un país tome la iniciativa. Tiene que ser una decisión global° a través de entidades internacionales, como las Naciones Unidas, por ejemplo. Tal vez, inclusive, la Organización de Estados Americanos, OEA, en el caso de nuestro continente. Una educación masiva de los pueblos es la respuesta.*

little egg (sphere)
vehículo... *spaceship* 25
poco a poco
incendios
30
plantas
mundial
35

En busca de soluciones

El primer paso° es reconocer el problema. Desgraciadamente, el segundo paso de encontrar soluciones al problema es más difícil. Algunas veces, las mismas medidas que se toman con buena fe para mejorar el medio ambiente resultan en consecuencias exactamente opuestas a las deseadas. Así pasó en las décadas de los años 1980 y 1990, por ejemplo, con las leyes impuestas en la ciudad de México que limitaban el uso de los autos durante ciertos días, según el color de la placa.° Mucha gente reaccionó comprando otro auto y por eso es posible que este programa haya aumentado el uso del auto en vez de haberlo reducido.

step
40
license plate
45

Ahora, menos ingenuos° que antes, muchos grupos están buscando soluciones más globales y a largo plazo.° En muchas partes se está experimentando con la idea de reemplazar la gasolina con otras formas de energía, como la electricidad o el gas natural, sobre todo para los autobuses y los tranvías.

inocentes
a... *long-range*
50

También se han establecido reservas naturales para el ecoturismo en varios países latinoamericanos. Un ejemplo es la reserva Tambo Pata-Candamo, situada en un remoto valle amazónico de Perú. Esta área de 1,5 millones de hectáreas° contiene muchos de los pájaros más raros y exóticos del mundo. Clasificada como parque por el gobierno, la reserva es una fuente de ingresos importantes para Perú. Es de esperar que reservas como ésta puedan detener un poco la progresiva desaparición de especies de animales y plantas.

hectares (units of land equal to about 2 ½ acres apiece) 55

---

* *El ecológico*, el periódico ecológico de Costa Rica, número 16 (1996), página 2.

poema del escritor Federico García Lorca (1898–1936), que fue uno de los poetas y dramaturgos más conocidos y admirados de España. Trabaje con un(a) compañero(a) y lean el poema en voz alta. Luego, escriban juntos las respuestas a las preguntas que siguen y comparen sus respuestas con las del resto de la clase.

In memoriam

Agosto de 1920

Federico García Lorca

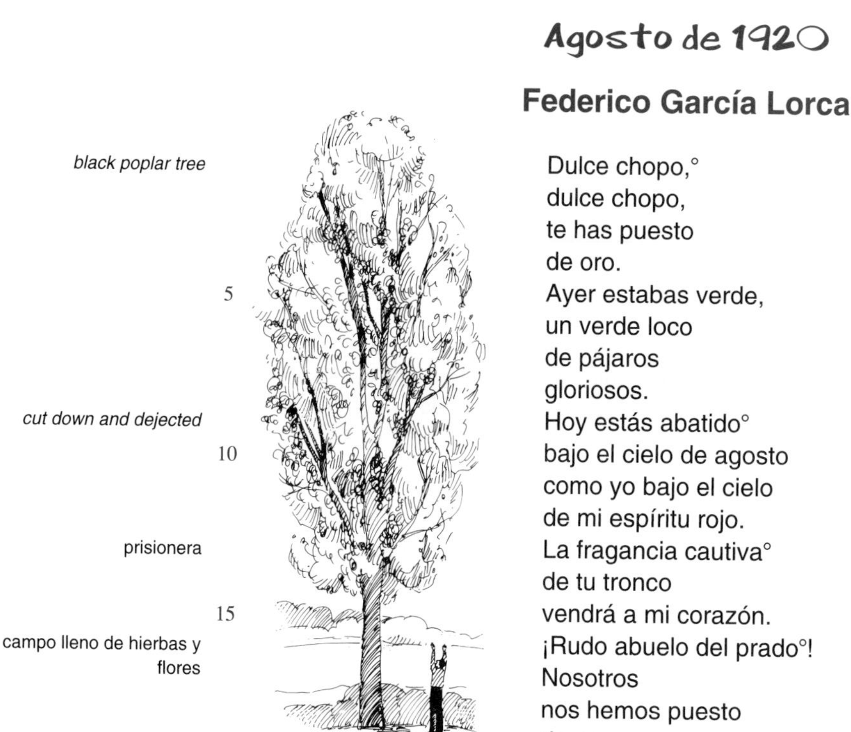

Dulce chopo,° *black poplar tree*
dulce chopo,
te has puesto
de oro.
Ayer estabas verde, 5
un verde loco
de pájaros
gloriosos.
Hoy estás abatido° *cut down and dejected*
bajo el cielo de agosto 10
como yo bajo el cielo
de mi espíritu rojo.
La fragancia cautiva° *prisionera*
de tu tronco
vendrá a mi corazón. 15
¡Rudo abuelo del prado°! *campo lleno de hierbas y flores*
Nosotros
nos hemos puesto
de oro.

1. ¿Cómo muestra el poeta el cariño que le siente al chopo?
2. ¿Qué cambios se mencionan en el poema?
3. Para ustedes, ¿qué representan los tres colores (oro, verde, rojo) mencionados en el poema?
4. ¿Qué llega del tronco del árbol al corazón del poeta?
5. La poesía puede tener diferentes interpretaciones. En su opinión, ¿por qué se identifica el poeta con el chopo? ¿Qué tipo de comunicación ocurre entre el árbol y él: consuelo, ayuda, inspiración, terapia? Expliquen.

Composición

Escriba un poema o monólogo de una página, dirigido a un animal, una planta, el océano, una montaña o algún otro aspecto de la naturaleza que le importa mucho.

Selección 1

Antes de leer

El siguiente artículo de revista trata del fenómeno atmosférico que se llama El Niño. ¿Qué piensa usted del tiempo que hace ahora? ¿Es usted una persona muy influida por el clima o no? A continuación se describe cómo los cambios climáticos pueden tener consecuencias importantes y a veces contradictorias.

Vocabulario: Conexiones

Algunas palabras se parecen a otras palabras más simples o similares. Mire la lista de palabras tomadas del artículo y conecte cada una con su definición, usando la palabra en negrilla como indicio *(clue)*.

MODELO __j__ alimentarse

1. _____ el aguacero
2. _____ alimenticio(a)
3. _____ almacenar
4. _____ el calentamiento
5. _____ el (la) cosechero(a)
6. _____ desnutrido(a)
7. _____ hambriento(a)
8. _____ la nevada
9. _____ la sequía

a. tiempo **seco** de larga duración
b. en estado de **hambre,** con deseos de comer
c. aumento en el **calor**
d. caída de **nieve**
e. en estado de **desnutrición**
f. guardar en **almacén** (lugar donde se acumulan cosas para el futuro)
g. nutritivo, que **alimenta**
h. lluvia (caída de **agua**) repentina
i. persona que recoge la **cosecha** (los frutos del campo)
j. tomar **alimentos** (sustancias nutrivas, comida)

Previsión de la organización

Saber de antemano la organización de una lectura facilita la comprensión. Mire rápidamente el artículo. Luego, diga cuál de los dos esquemas que están a continuación representa su organización.

Esquema A	Esquema B
1. descripción general del fenómeno	1. ejemplo particular de una consecuencia
2. explicación del origen del nombre del fenómeno	2. descripción general del fenómeno
3. descripción de consecuencias en varias partes del mundo	3. descripción de consecuencias en varias partes del mundo
4. ejemplo particular de una consecuencia	4. explicación del origen del nombre del fenómeno
5. descripción de investigaciones científicas y esperanzas para el futuro	5. descripción de investigaciones científicas y esperanzas para el futuro

El Niño: Ese fenómeno que tanto nos afecta...

Carlos Williams

En el verano de 1992, frente a las costas de Monterey (California), tuvo lugar un espectáculo nunca antes visto. Los autobuses llegaban a diario llenos de turistas portando cámaras para fotografiar las miles de morsas° hambrientas que se habían ubicado° sobre las rocas. En un año cualquiera,° nunca se ven más de cuatro docenas; pero este año era distinto. Evidentemente algo no andaba bien con la naturaleza. ¿Dónde estaban los peces de los que se alimentan°? El pez del que se alimentan era tan escaso que cientos de morsas aparecieron muertas o consumidas a lo largo de las costas californianas.

La causa de esta situación es el fenómeno atmosférico conocido como *El Niño,* consistente° en cambios cíclicos de las corrientes del Océano Pacífico que empujan° el agua cálida hacia las costas de Sudamérica. Las altas temperaturas afectan adversamente° la biología del Pacífico y alteran los patrones° climatológicos en el mundo.

Desprovistos de° la corriente fría, que viene cargada° de nutrientes microscópicos, el plancton, que forma el primer eslabón° en la cadena° alimenticia marina, dejó de medrar,° y los peces que se alimentan de ellos fueron afectados. Otros peces que prefieren el agua fría, incluyendo las anchovetas —alimento favorito de morsas y pelicanos— comenzaron a escasear. Se cree que emigraron más hacia el norte, hacia aguas más frescas, o mar afuera. El resultado de esta rotura° en la cadena alimenticia era obvio. Las morsas que no se trasladaron al norte siguiendo a los peces quedaron atrás débiles, desnutridas y enfermas.

Ese mismo año, durante febrero, los aguaceros y nevadas que cayeron continuamente sobre México causaron cientos de muertes y dejaron un saldo° de más de 60,000 damnificados.° En Chile, *El Niño* comenzó a manifestarse en octubre de 1991; en la primavera

línea 7 **morsas** *walruses* / 9 **ubicado** situado / 10 **cualquiera** normal / 16 **de...** que les sirven de comida / 24 **consistente** que consiste / 26 **empujan** mueven / 29 **adversamente** de forma negativa / 30 **patrones** *patterns* / 32 **Desprovistos...** Sin / 33 **viene...** está llena / 35 **eslabón** *link* / 36 **cadena** *chain* / 37 **medrar** crecer / 47 **rotura** interrupción / 56 **saldo** resultado / 58 **damnificados** personas que han sufrido danos de 1992, el *Instituto Hidrográfico y Oceanográfico de la Armada* chilena anunció un aumento de la temperatura por sobre lo normal en el norte, y una gran disminución° en la pesca de la anchoveta debido al calentamiento del agua.

Al otro lado del hemisferio, los cambios atmosféricos también afectaron a otros países. En África y Australia las tormentas de viento, sequías e inundaciones dejaron ese año más de 1.100 muertos y daños estimados en cerca de 9 mil millones de dólares.

Así y todo, las temporadas de 1991–92 y de 1986–87 no fueron tan fuertes como esta última de 1992–93, la inusual continuación de *El Niño* de 1991 que causó daños a nivel mundial por 25 mil millones de dólares y pérdidas de vidas y cosechas.

Inundaciones causadas por El Niño en Naranjal, Ecuador

El océano se recalienta a menudo hacia° las navidades. Por eso, los pescadores sudamericanos asociaron el evento con la fecha tradicional del nacimiento de Jesucristo y lo llamaron *El Niño.* Los meteorólogos° también utilizan el nombre técnico de ENSO *(El Niño / Southern Oscillation)*, ya que las áreas principales donde éste ocurre están situadas al sur del ecuador terrestre.

La conexión entre *El Niño* y el sur de África se hizo evidente durante la temporada de 1991–92, al producirse en esa región una de las peores sequías del siglo. Esto ya no fue sorpresa para los científicos, que desde 1980 vienen estudiando periódicamente el patrón atmosférico y sus efectos en Zimbabwe. El equipo° de *Mark A. Cane** detectó una conexión definitiva entre las temperaturas del Pacífico y las cosechas de maíz en Zimbabwe: cuando las aguas del Pacífico estaban frías, en Zimbabwe había suficiente lluvia para una buena cosecha. Si las aguas estaban tibias° sucedía lo contrario.

Cane y los otros científicos llegaron a la conclusión de que esa conexión también podía explotarse° a favor de los cosecheros, prediciendo la llegada de *El Niño* con más de un

---

línea 66 **disminución** reducción / 87 **hacia** cerca de / 93 **meteorólogos** individuos que estudian el clima / 109 **equipo** *team* / 122 **explotarse** utilizarse

---

* Mark A. Cane y su equipo son del *Observatorio Terrestre Lamont-Doherty* de la Universidad de Columbia, en Palisades, Nueva York.

125 año de anticipación. Estudiando los pronósticos para los agricultores de la costa del Pacífico se podría determinar qué tipo de cosecha se debe sembrar. Si es 130 de esperar una sequía, los agricultores de Zimbabwe sembrarían variedades especiales de maíz resistentes a la sequía, y el gobierno también podría al- 135 macenar granos para la temporada que se espera.

Los científicos en general confiesan que no comprenden del todo este fenómeno de *El* 140 *Niño*, ni cuál es su causa. Algunos sospechan que el calentamiento del planeta podría desempeñar un papel determinante en todo esto, aunque esta afir- 145 mación no ha sido todavía demostrada. Por el momento, siguen las investigaciones rastreándole los pasos° a *El Niño*, para poder medir sus conse- 150 cuencias en el mundo.

de *Mundo 21,* una revista interamericana

línea 148 **rastreándole...** *following the steps*

Completar la descripción de un fenómeno natural

Lea la siguiente descripción del fenómeno natural llamado El Niño y escoja las opciones correctas.

1. En el verano de 1992, muchas morsas murieron en las costas de California porque no tenían (las rocas / el aire / los alimentos) que necesitaban.
2. Este problema fue el resultado de las corrientes que empujan agua (fría / cálida) hacia las costas de Sudamérica durante el fenómeno llamado El Niño.
3. La conexión entre El Niño y el sur de África se hizo evidente en 1991 y 1992 cuando se produjo allí una terrible (tormenta de viento / sequía / inundación).
4. Se observó que cuando las aguas del Pacífico estaban frías, la cosecha en Zimbabwe era (buena / mala).
5. Los científicos quieren predecir la llegada de El Niño con un año de anticipación para que los agricultores de Zimbabwe puedan sembrar (papas y frutas / maíz resistente) ese año.
6. Aunque no se sabe con seguridad cuál es la causa de este fenómeno, algunos sospechan que es (el calentamiento / la expansión) del planeta.

Preguntas

1. ¿Qué es el fenómeno atmosférico El Niño?
2. ¿Quiénes le dieron ese nombre? ¿Por qué?
3. ¿Qué cambios de clima ocurren durante El Niño?
4. ¿Cúales son algunos problemas sociales y económicos que pueden ocurrir como consecuencia de los efectos de El Niño? ¿Por qué?

¿Quiénes estarían contentos?

Mire el siguiente mapa que tiene palabras escritas en diferentes regiones para indicar cambios de clima causados por El Niño. Con un(a) compañero(a), complete el cuadro de la página 156 sobre los posibles cambios y las personas que resultarían contentas o descontentas como consecuencia de estos cambios.

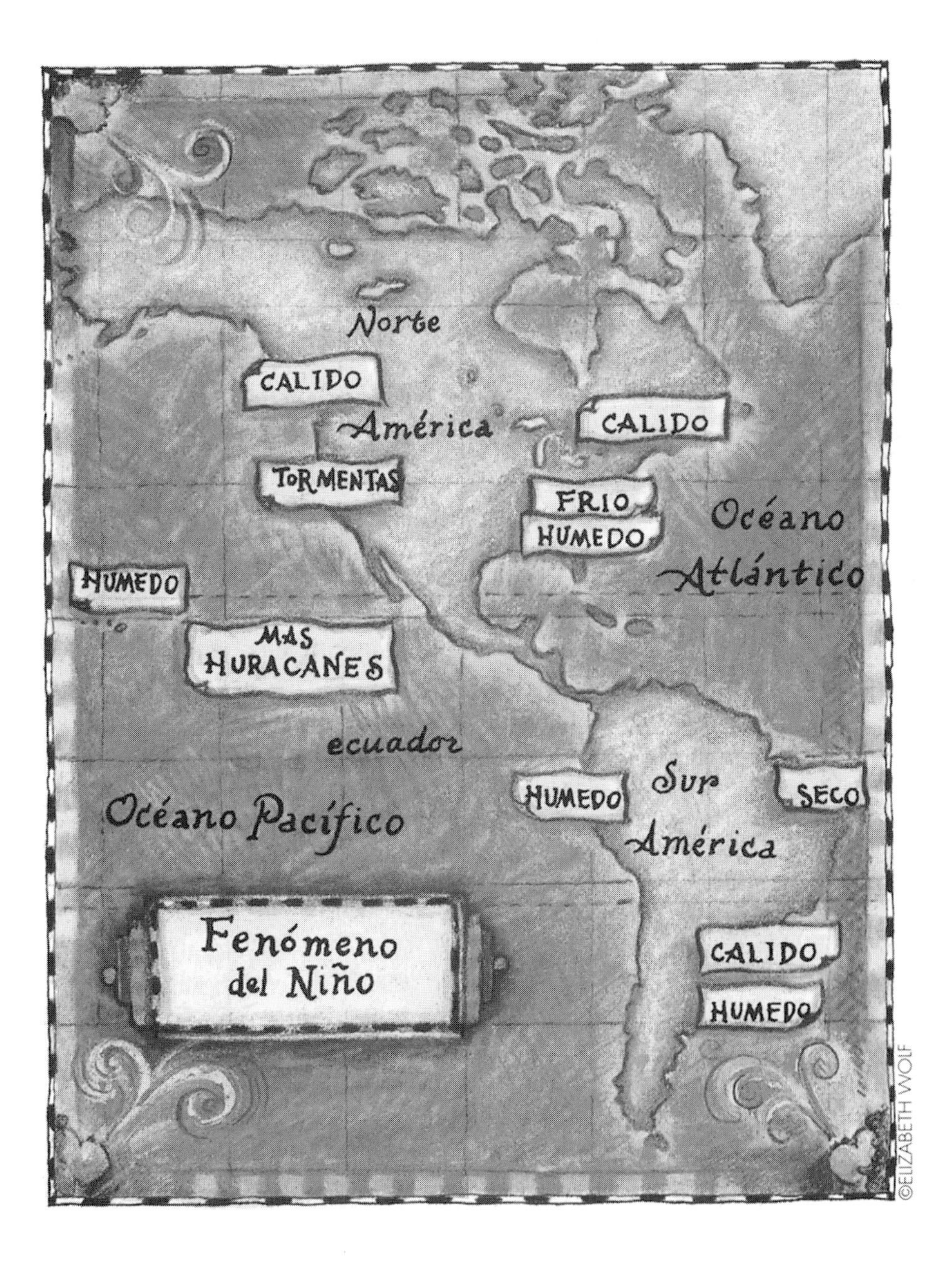

Cambio posible	¿Quiénes estarían contentos?	¿Quiénes estarían descontentos?
1. clima más cálido en el norte de Estados Unidos	1.	1. —los dueños de negocios de esquí —los que trabajan para industrias de petróleo y carbón debido a menos necesidad de calefacción
2.	2.	2. —la gente que trabaja en turismo
3. más huracanes en el Pacífico	3. —las personas que trabajan en negocios de rescate *(rescue)*	3.
4.	4. —los agricultores que dependen de las lluvias	4.

¿Qué pasaría si...?

Trabaje con dos o tres compañeros e inventen respuestas a las preguntas sobre situaciones hipotéticas relacionadas con los cambios de clima.

MODELO ¿Qué pasaría si el nivel del mar subiera seis metros?
Desaparecerían muchas ciudades, como San Francisco. Sería bueno para la industria de construcción de barcos. Habría muchas inundaciones.

1. ¿Qué pasaría si no lloviera aquí por seis meses?
2. ¿Qué harían ustedes si nevara 60 días seguidos?
3. ¿Qué harían ustedes si ahora mismo hubiera un huracán?

Selección 2

Antes de leer

En las naciones pobres, la mayoría de los desperdicios humanos se tiran directamente a las aguas más cercanas. Como consecuencia, unas 25 mil personas mueren diariamente en los países en desarrollo a causa del agua contaminada. ¿Por qué no hacen nada los gobiernos de estas naciones para remediar esta trágica situación?

El siguiente cuento nos presenta una respuesta a esta pregunta. El autor es Gregorio López y Fuentes (1895–1966), un escritor popular mexicano que escribió sobre la ecología mucho antes de que el tema se pusiera de moda. López y Fuentes, periodista y novelista, es muy conocido por sus narraciones de ambiente rural.

Vocabulario: Sinónimos en contexto

Reemplace las palabras en negrilla con sinónimos tomados de las líneas 1–19 del cuento.

1. El aire tenía un mal olor porque muy cerca pasaba el río y sus aguas estaban sólo un poco **purificadas.**
2. Todos sabían del noble **propósito** de la comisión: **luchar contra** el alcoholismo que constituye la **destrucción** del individuo.
3. Un regidor **tiraba** cohetes (de fuegos artificiales) al aire para que se **informaran** de la visita hasta en los ranchos más **lejanos.**
4. Los vecinos **llegaban** en gran número y **con apuro,** para ganar un **lugar** cerca de la plataforma destinada a **los gobernantes.**

Análisis e inferencia

Mire el título, la ilustración y las líneas 1–26 del cuento. Conteste las preguntas y escoja la opción que complete cada inferencia de manera correcta.

1. ¿Por qué estaba tan malo el aire del pueblo?
   Inferencia: Es probable que en el pasado el pueblo haya recibido (mucha / poca) atención por parte del gobierno.
2. ¿Cuál era el «noble objetivo» de la comisión del gobierno?
   Inferencia: La actitud de los representantes del gobierno hacia la gente del pueblo se caracterizaba por (un gran respeto / un aire de superioridad).

Lea el cuento para descubrir qué tiene que pasar para que el gobierno federal comprenda las verdaderas necesidades de un pueblo.

Noble campaña

Gregorio López y Fuentes

El pueblo se vistió de domingo° en honor de la comisión venida de la capital de la República: manta morena, banderas, flores, música. De haberse podido,° hasta se hubiera purificado el aire, pero eso no estaba en las manos del Presidente Municipal. El aire olía° así porque a los ojos de la población pasa el río, un poco clarificado ya: es el caudal° que sale de la ciudad, los detritos° de la urbe, las llamadas aguas negras... 5

vistió... puso la ropa más elegante / **De...** Si pudieran haberlo hecho

tenía mal olor

río / desperdicios

Desde que llegó la comisión, más aún, desde que se anunció su visita, se supo del noble objeto de ella: combatir el alcoholismo, el vino que, según los impresos repartidos° profusamente entonces, constituye la ruina del individuo, la miseria de la familia y el atraso° de la patria.

impresos... panfletos distribuidos / falta de progreso

Otros muchos lugares habían sido visitados ya por la misma comisión y en todos ellos se había hecho un completo convencimiento. Pero en aquel pueblo el cometido° resultaba mucho más urgente, pues la región, gran productora de pulque,° arrojaba, según decían los oradores, un mayor coeficiente de viciosos.

la misión de la comisión

bebida alcohólica hecha de un cacto

Dos bandas de música de viento recorrieron las calles, convocando a un festival en la plaza. El alcalde iba y venía dando órdenes. Un regidor lanzaba cohetes° a la altura, para que se enteraran° del llamado hasta en los ranchos distantes. Los vecinos acudían en gran número y de prisa, para ganar un sitio cerca de la plataforma destinada a las visitas y a las autoridades.

fuegos artificiales / informaran

El programa abrió con una canción de moda. Siguió el discurso de jefe de la comisión antialcohólica, quien, conceptuosamente, dijo de los propósitos del Gobierno: acabar° con el alcoholismo. Agregó° que el progreso es posible únicamente entre los pueblos amigos del agua, y expuso el plan de estudio, plan basado naturalmente en la Economía, que es el pedestal de todos los problemas sociales: industrializar el maguey° para dar distinto uso a las extensas tierras destinadas al pulque.

terminar / Dijo también

cacto que se usa para hacer el pulque

Fue muy aplaudido. En todas las caras se leía el convencimiento.

Después fue a la tribuna° una señorita declamadora, quien recitó un bellísimo poema, cantando la virtud del agua en sus diversos estados físicos...

plataforma

¡Oh, el hogar donde no se conoce el vino! ¡Si hay que embriagarse,° pues, a embriagarse, pero con ideales!

emborracharse

Los aplausos se prolongaron por varios minutos. El Presidente Municipal —broche de oro°— agradeció a los comisionados su visita y, como prueba de adhesión a la campaña antialcohólica —dijo enfáticamente— no había ni un solo borracho, ni una pulquería° abierta, en todo el pueblo...

broche... *the best for last (literally, "gold medal")*

taberna

A la hora de los abrazos, con motivo de tan palpable resultado, el funcionario° dijo a los ilustres visitantes que les tenía preparado un humilde ágape.° Fue el mismo Presidente Municipal quien guió a la comitiva° hacia el sitio del banquete, una huerta de su propiedad situada a la orilla° del río. A tiempo que llegaban, él daba la explicación de la fertilidad de sus campos: el paso de las aguas tan ricas en limo, en abono° maravilloso y propicio a la verdura.

oficial

banquete / grupo

borde

fertilizante

No pocos de los visitantes, en cuanto se acercaban al sitio del banquete, hacían notar que el mal olor sospechado desde antes en todo el pueblo, iba acentuándose en forma casi insoportable...

—Es del río —explicaban algunos vecinos—. Son las mismas aguas que vienen desde la ciudad, son las aguas negras, sólo que por aquí ya van un poco clarificadas.

—¿Y qué agua toman aquí?

—Pues, quien la toma, la toma del río, señor... No hay otra.

Un gesto de asco° se ahondó en las caras de los invitados. — repugnancia

—¿No se muere la gente a causa de alguna infección?

—Algunos... Algunos...

—¿Habrá aquí mucha tifoidea?

—A lo mejor:° sólo que tal vez la conocen con otro nombre, señor... 55 — **A...** Probablemente

Las mesas, en hilera,° estaban instaladas sobre el pasto,° bajo los árboles, cerca del río. — línea / yerba

—¿Y esa agua de los botellones° puestos en el centro de las mesas, es del río? — grandes botellas

—No hay de otra, señor... Como ustedes, los de la campaña antialcohólica, 60 sólo toman agua... Pero también hemos traído pulque... Perdón, y no lo tomen como una ofensa, después de cuanto° hemos dicho contra la bebida... Aquí no hay otra cosa... — todo lo que

A pesar de todo, se comió con mucho apetito. A la hora de los brindis,° el jefe de la comisión expresó su valioso hallazgo°: 65 — *toasts* / **valioso...** excelente idea

—¡Nuestra campaña antialcohólica necesita algo más efectivo que las manifestaciones y que los discursos: necesitamos introducir el agua potable a todos los pueblos que no la tienen...!

Todos felicitaron al autor de tan brillante idea, y al terminar la comida, los botellones del agua permanecían intactos, y vacíos° los de pulque... 70 — *empty*

Recapitulación del argumento

Complete las siguientes frases para hacer una recapitulación del argumento *(plot)* del cuento.

1. La gente del pueblo preparó un gran festival en la plaza para recibir a...
2. En su discurso público, el jefe de la comisión dijo que...
3. Luego, una señorita recitó un poema sobre...
4. El funcionario invitó a los visitantes a...
5. El lugar tenía un olor desagradable porque...
6. Todos tomaron pulque durante la comida y dejaron intactas las botellas de agua porque...
7. A la hora de los brindis, el jefe de la comisión expresó su «brillante idea», que era...

Identificación de la idea principal

Escriba en una o dos oraciones la idea principal del cuento.

____

____

____

Opiniones

Hágale las siguientes preguntas a un(a) compañero(a) para saber qué opina del cuento, y luego conteste las preguntas que él o ella le hace a usted.

1. ¿Crees que el cuento es cómico o trágico? ¿Por qué?
2. ¿Qué características típicas de las comisiones oficiales ves en el cuento?
3. ¿Qué opinas de la «brillante idea» del jefe de la comisión? ¿Fue realmente una sorpresa para la gente del pueblo?
4. ¿Qué problemas hay en el lugar donde tú vives que no reciben atención por parte del gobierno? Si tú tuvieras el poder, ¿qué harías para solucionar esos problemas?

¿Qué tiene que ver un gato con la ecología?

Muchos creen que lo que se necesita para salvar el planeta es que todo el mundo haga una serie de pequeños cambios en su estilo de vida. Trabaje en grupo con dos o tres personas. Miren el siguiente anuncio y expliquen qué cambio nos recomienda. Luego, hagan una lista de otros cinco cambios que serían positivos para el medio ambiente.

El vidrio tiene más de siete vidas
El vidrio tiene un número infinito de vidas.
Los envases de vidrio que desechamos, se procesan y se transforman en nuevos envases de vidrio.
Para cuidar nuestro medio ambiente, compre productos envasados en vidrio.
El vidrio conserva
el sabor de la vida
VITRO ENVASES

La publicidad como adorno en Caracas, Venezuela

CAPÍTULO DIEZ

La imagen y los negocios

Vocabulario preliminar

Estudie las palabras y expresiones en negrilla para usarlas en este capítulo.

el anuncio comercial aviso de la publicidad
bajar descender, disminuir
el (la) comerciante hombre (mujer) de negocios, negociante
el (la) consumidor(a) persona que compra o consume productos
discreto(a) reservado(a), moderado(a) en sus palabras y acciones
el don de gente habilidad de tratar a la gente, atracción personal
el (la) dueño(a) propietario, persona que posee algo
la ganancia lo que se gana, provecho
la imagen representación de una persona o cosa
la marca nombre de la compañía que fabrica o distribuye un producto
la meta objetivo de una acción, propósito
los modales manera de portarse en la sociedad (siempre usada en plural)
los negocios transacción o actividad comercial (generalmente usada en plural)
la plata dinero (en Latinoamérica)
la propaganda (comercial) publicidad empleada para vender un producto
reconocer darse cuenta de qué es una persona o cosa, identificar
subir ascender, aumentar
el sueldo salario
triunfar tener éxito, ser victorioso
el triunfo éxito, victoria

Sinónimos

Dé sinónimos de la lista para las siguientes palabras o expresiones.

1. el salario
2. prudente
3. el objetivo
4. el propietario
5. el dinero
6. aumentar
7. el provecho
8. tener éxito
9. el aviso comercial
10. la publicidad
11. la conducta social
12. disminuir

Rimas

Llene los siguientes espacios en blanco con palabras de la lista que completen el sentido y la rima.

Modelo No conviene la extravagancia si quieres sacar una <u>ganancia</u>.

1. No debes ser descortés ni insultante si quieres ser _________.
2. Cuando tú entras, cuando tú sales, siempre muestra tus buenos _________.
3. La persona que quiere alcanzar una meta tiene que ser sabia y _________.
4. Si compras una cosa muy barata, a largo plazo pierdes _________.
5. De tu ventana o de tu veranda puedes ver la _________.

Lengua y cultura

Cognados engañosos

La gran mayoría de los cognados quieren decir casi lo mismo en inglés y en español, pero recuerde que hay excepciones, los «cognados engañosos».

Es muy común, por ejemplo, decir que alguien es **bien educado.** Como se pronuncia esto con un tono de admiración es fácil que el anglohablante se equivoque pensando que se habla de alguien que ha estudiado mucho y con provecho *(a well-educated person).* Pero no es así. Una persona bien educada es una persona que se ha criado bien en su familia y que tiene buenos modales. La **buena educación** quiere decir *good upbringing.*

Otro ejemplo es la palabra **simpatía,** que no quiere decir *sympathy,* sino esa mágica cualidad tan admirada en las culturas hispanas: la combinación de don de gente, interés en los demás y entusiasmo. La persona que tiene esta cualidad es **simpática,** palabra para la que no existe en inglés ninguna traducción exacta (y por eso muchas veces se traduce, de manera inadecuada, como *nice*). Pero no es necesario tener una definición porque la simpatía es algo que uno siente y a la persona simpática ¡se le perdona todo!

Enfoque del tema

Entre la imagen y la realidad

La imagen es importante en muchas esferas°: en la política, en las artes, hasta en la vida social. Pero, indudablemente,° la imagen importa muchísimo en los negocios. Conviene analizar algunos de los usos y abusos de las imágenes para no confundirlas con la realidad que generalmente es mucho más amplia y compleja.

campos
sin duda

La manipulación de las imágenes en la propaganda

5 El ejemplo más obvio y directo de la presentación de imágenes es la propaganda comercial. Hoy día la gente no es ingenua.° Se da cuenta de los varios trucos° que se emplean comúnmente en los anuncios. Reconoce que hay una manipulación de imágenes para hacer aparecer ciertas cosas más grandes, relucientes,° jugosas o bellas de lo que son en realidad. Por ejemplo, la barra de

inocente
engaños
resplandecientes

chocolate que sale en la propaganda de la tele° no suele ser la misma que se vende en la tienda de la esquina. Pero esa barra televisada se ve tan rica, tan sabrosa... — 10 televisión

También, la gente sabe que son falsas muchas de las asociaciones implícitas en la combinación de imágenes. Es muy probable que los hombres musculosos y las mujeres voluptuosas, que se ven montados en las bicicletas estacionarias o en las máquinas de pesas,° tengan cuerpos perfectos por razones que no tienen nada que ver con los productos mostrados en el anuncio. Sin embargo, las manipulaciones y falsas asociaciones de la propaganda alcanzan° las metas por las que se inventaron: venden productos. Son eficaces. — 15 **máquinas...** *weight machines* / llegan a

¿Por qué será que el público se deja engañar? ¿Es posible que no le importe la realidad, que la ilusión sea lo que realmente desea? O quizás los consumidores de hoy simplemente se han vuelto sofisticados, inclusive un poco cínicos, y saben valorizar los productos **a pesar de** la propaganda. La propaganda para ellos puede ser simplemente una forma de diversión. — 20

La colocación° de productos

placement

Una práctica común es la colocación de productos en películas, programas de la tele, libros... Aquí también se ve la vinculación entre la imagen y algo o alguien. A veces el producto se introduce de manera obvia y directa (como se ve en el chiste dibujado° de la página 166), otras veces de manera más sutil.° — 25 **chiste...** *cartoon* / indirecto

Estás en el cine mirando una película de acción. En la pantalla° se ve una escena de gran emoción: los malvados están persiguiendo al guapo y varonil° héroe que los está evitando con maravillosa astucia. De repente la cámara se enfoca en las zapatillas° del héroe y muestran la marca. ¿Cuál es la asociación que se establece en este breve instante? Pues, **los hombres activos, guapos y varoniles llevan tal marca de zapatillas.** Está insinuado que si el espectador se compra la misma marca, él también será un hombre guapo, varonil y activo. Naturalmente, esta idea no es lógica. Pero la imagen positiva y el nombre de la marca quedan grabados° juntos en la mente del público. Los investigadores de mercado saben muy bien el beneficio de este tipo de asociación. — 30, 35 *screen* / muy masculino / zapatos para el deporte / registrados

¿Qué debemos pensar de la colocación de productos? Algunos dicen que es un abuso del consumidor. El público paga por entrar en el cine y ver la película y no por mirar la propaganda comercial. Otros dicen que es simplemente otro modo de financiar la película y que el consumidor no sufre mucho. Al fin y al cabo, estamos ya acostumbrados a ver los anuncios en todas partes. — 40

La imagen del «buen» comerciante en Latinoamérica

El uso de las imágenes no se limita a la propaganda y a la colocación de productos. En los negocios la regla número uno es que tú te vendes a ti mismo, de ahí la importancia de la imagen personal. ¿Cómo es la imagen del perfecto — 45

negociante o de la perfecta negociante? Bueno, eso depende de las circunstancias y también de la cultura.

En Latinoamérica, por ejemplo, el negociante perfecto es, ante todo, una persona bien educada, sociable y de modales intachables.° Tiene don de gente y sabe el arte de la conversación. (50)

En general, los comerciantes latinos son más formales y menos directos que los norteamericanos y canadienses, tanto en la ropa como en la etiqueta. Hay que llevar traje, de corte y color discreto aún cuando hace calor. Los pequeños detalles, como el cuidado de las uñas,° la presentación de una elegante tarjeta de negocios o el uso de una buena marca de zapatos italianos, no pasan desapercibidos.° No está muy bien visto° empezar en seguida hablando del dinero y de las ganancias, y por lo usual es prudente evitar temas controvertidos° como el de la política. Es mucho mejor comenzar con temas livianos, tales como los deportes, la historia del país o la belleza de los jardines o los monumentos de la región. (55, 60)

El buen negociante se ha preparado con anticipación, informándose de las costumbres locales. Lleva pequeños obsequios,° como flores o perfume para las mujeres, licores o juegos para los hombres. Al mismo tiempo, sabe que en México no se regalan flores amarillas ni en Brasil flores moradas porque allá simbolizan la muerte. Cada pueblo está orgulloso de sus tradiciones particulares. El (65)

intachables: impecables
uñas: *fingernails*
desapercibidos: sin observación
visto: considerado
controvertidos: polémicos
obsequios: regalos

En la oficina de una empresa cafetalera de Costa Rica

comerciante extranjero bien informado comprende que sería un grandísimo error considerar a todos los latinoamericanos como si fueran cortados de la misma tela.° Por regla general, por ejemplo, la hora latina es un poco elástica y la gente suele llegar a sus citas con veinte o treinta minutos de demora,° pero en Chile, en cambio, se observa una estricta puntualidad, tanto para comenzar como para **terminar** las citas. 70

cortados... exactamente lo mismo / tardanza

No obstante estas diferencias culturales, en general, los latinos son cálidos y tolerantes. No exigen la perfección. A fin de cuentas, el ingrediente más importante es **la simpatía.**

Explicación de términos

Explique el significado de los siguientes términos.

1. la colocación de productos
2. la buena educación
3. la simpatía

Preguntas

1. ¿Cuáles son algunos de los trucos que se emplean en la propaganda comercial?
2. ¿Qué falsas asociaciones están insinuadas en los anuncios?

3. ¿Ha visto usted la colocación de algunos productos? ¿Dónde? ¿Qué piensa usted de esta práctica?
4. ¿Cómo es el negociante perfecto (o la negociante perfecta) en Latinoamérica?
5. En su opinión, ¿cómo sería la imagen del negociante perfecto en Estados Unidos o en Canadá?
6. ¿Por qué sería un grandísimo error tratar a todos los latinoamericanos de la misma manera?

Opiniones

Trabaje con un(a) compañero(a), haciendo y contestando estas preguntas.

1. ¿Qué anuncios te gustan? ¿Cuáles no te gustan? ¿Por qué?
2. Es imposible ser una persona sincera y un buen negociante. ¿Verdad o mentira? ¿Por qué?

Traiga y explique

Busque un anuncio en español y tráigalo a la clase. (Lo puede encontrar en revistas o periódicos hispanos en la biblioteca. Si no es posible, traiga un anuncio en inglés.) Trabaje en grupo con dos o tres personas. Cada persona muestra su anuncio y explica en español que métodos están empleados para vender el producto.

Selección 1

Antes de leer

La imagen importa en muchos negocios, pero sobre todo en el negocio del cine. El ambiente más famoso, para los que desean crear y vender una imagen es *Hollywood,* donde tiene lugar el siguiente cuento. El cuento, del escritor chicano Fausto Avendaño, relata la historia de Henrique, un joven ambicioso que desea ante todo triunfar como actor de cine.

Modismos en contexto

Escoja la palabra o frase que mejor explica cada modismo usado en el cuento. Si es necesario, mírelo en contexto, siguiendo el indicio que está entre paréntesis.

1. **abrirse camino** (línea 8)
   a. construir b. viajar c. progresar d. permanecer
2. **la fortuna te sonríe** (línea 36)
   a. ganas dinero b. tienes suerte c. sientes el amor d. miras una sonrisa

3. **pasar por alto** (línea 43)
   a. omitir b. incluir c. comprender d. parar
4. **darse por vencido** (línea 77)
   a. considerarse afortunada
   b. tenerse por diferente
   c. desear el cambio
   d. abandonar la esperanza
5. **hecho y derecho** (línea 128)
   a. falso b. verdadero c. enfermo d. saludable
6. **en un santiamén** (línea 137)
   a. con emoción religiosa
   b. sin movimiento
   c. fantásticamente
   d. rápidamente

Análisis del punto de vista

Hay diferentes maneras de narrar una historia: desde el punto de vista del personaje principal o de uno de los personajes secundarios, por ejemplo, o desde el punto de vista de un narrador separado y «omnisciente». En el siguiente cuento, el autor usa el punto de vista del personaje principal: Henrique Estrada Díaz. Es como si estuviéramos dentro de la cabeza de Henrique, escuchando sus pensamientos, mientras él se habla a sí mismo. Este modo de narrar tiene la ventaja de revelar al lector los sentimientos del personaje principal al mismo tiempo que se presenta información sobre él.

Lea las líneas 1–25 y diga qué información se da sobre Henrique y qué emociones siente él con respecto a los varios aspectos de su vida que aparecen en el cuadro que sigue. Algunas emociones que se pueden mencionar son las siguientes: alegría, ambición, enojo, esperanza, miedo, orgullo, pesadumbre *(sorrow, regret),* tranquilidad, tristeza, vergüenza.

Aspecto de su vida	Información	Sentimientos
1. su madre		
2. su padre		
3. situación profesional y económica		
4. aspecto físico		
5. estado civil *(marital status)*		

Ahora, lea el cuento completo para aprender algo sobre la lucha de un hombre que quiere vender su imagen en Hollywood.

Los buenos indicios

Fausto Avendaño

Tu nombre completo... Henrique Estrada Díaz, si omites los apellidos inútiles. Eres hijo natural° de un empresario de teatro y de una actriz, antigua intérprete de la canción española mexicana. Según cuentan, fue una mujer bella y difícil, pero de indudable talento. Aún te acuerdas de sus triunfantes «jiras»° por España y las Américas...

Lástima que muriera en flor de la juventud, en un accidente automovilístico —¡qué banal! Tú tenías diez años en aquel entonces; si hubiera vivido...°

Pero tú has sabido abrirte camino... sin ninguna ayuda. Te forjaste,° te moldeaste y te hiciste un hombre de bien. Eso nadie te lo puede quitar. Eres periodista y actor; sobre todo actor... Y de los buenos, aunque este miserable Hollywood no te lo reconozca. La verdad es que aún no se te ha presentado la oportunidad que esperas, pero ésta llegará tarde o temprano. ¡Tiene que llegar!

Todavía luces° joven, todo el mundo te lo dice —cumpliste los treinta y dos el mes pasado—, pero no eres tonto°... Comprendes que no hay tiempo que perder. Sabes muy bien que es ahora o nunca, antes que aparezcan las canas,° las arrugas°... o peor, ¡la temida calvicie°! Si vas a llegar a la cúspide, ¡hay que comenzar ahora mismo!

Eres un hombre casado, claro. La vida no se pasa sin compañera... Ella también es actriz, hija de un cantante famoso allá en México. Carmen se llama y es ejemplo magnífico de nuestra belleza femenina. ¡Qué cutis° aperlado y suave! ¡Qué ojos castaños! Y el cuerpo: el de una bailarina andaluza! Pero, vamos, deja de pensar en esas cosas. Tienes el asunto de siempre. Hay que ir al café de rigor,° el indispensable... donde todo el mundo te conoce y te saluda. El lugar donde se reúnen los actores... los consagrados° y los que, como tú, buscan esa huidiza° oportunidad.

Al llegar pedirás, como de costumbre, tu agua Perrier y una ensalada de camarón; después cambiarás a la copa reglamentaria de Porto. Tras una ligera charla en español con el cantinero° —un muchacho de Guadalajara— volverás a tu coche para emprender° el largo viaje a casa.

Ya se te ha ocurrido que esta rutina es una fatiga... Tal vez lo sea, pero ¿qué remedio? Hay que seguirla. No hay que desviarse del camino... Cuando se quiere triunfar, cuando se anhela° llegar a lo más alto, no hay sacrificio imposible. Hay que estar siempre disponible°... porque la suerte llega sin ningún anuncio. Así les ha pasado a otros... La oferta de empleo les ha caído de repente, ¡cuando menos la esperaban!

Ah... si la fortuna te sonriera... Si te diera la oportunidad, como se les dio a los latinos que han triunfado en el cine, tú serías de los mejores. Sabes que es posible. Allí están los ejemplos de Raquel Welch, de Eric Estrada (tu tocayo°), de Rita Hayworth, de Fernando Lamas, de Dolores del Río, de Ricardo Montalbán, y de sabrá Dios cuántos otros. Con los *stage names* ya no se sabe quiénes son de origen hispano.

Glosas marginales:

- natural: nacido de padres no casados
- jiras: viajes profesionales
- **si...** *if she had lived*
- forjaste: inventaste
- luces: pareces
- tonto: idiota
- canas: pelos grises / arrugas: *wrinkles* / calvicie: ausencia de pelo
- cutis: piel
- **de...** obligatorio
- consagrados: establecidos
- huidiza: efímera
- cantinero: *bartender*
- emprender: hacer
- anhela: desea mucho
- disponible: libre para las oportunidades
- tocayo: persona con el mismo nombre

Hasta ahora no has tenido suerte... Reconócelo. ¿Para qué te vas a engañar? Por una u otra razón te han pasado por alto y escogido a otros. Tienes que ver las cosas tal como son: el papel más grande que desempeñaste° fue el de oficial español en una película de Zorro. Pero, vamos, tampoco no te desalientes.° La suerte tiene que cambiar. Es caprichosa, pero a todos les toca tarde o temprano. 45

hiciste
pierdas esperanza

Al bajar del automóvil atisbas° un billete... Sí, ¡es un billete! Está entre otros papeles arrollados por el viento contra el poste de un farol.° Te acercas y lo recoges. ¡Es una nota de cien dólares! Está clara la estampa de Benjamín Franklin. Vaya que suerte. Ya te tocaba. No es uno de mil, pero de todos modos no cae mal. 50

ves
lámpara de la calle

Entras en el restaurante con una sonrisa en los labios y el dueño te saluda de mano con toda cordialidad. Esto de ninguna manera te extraña.° El lo hace siempre. ¿Y por qué no? Eres un tipo agradable, indiscutiblemente guapo y de intachables modales. Claro que te ha de tratar bien. Al fin y al cabo, eres uno de los elementos que contribuye al ambiente del sitio. Tienes el porte° interesante del actor. No es por nada que los turistas te han confundido con Jason Douglas y Frank Cappola. 55

parece extraño
apariencia

Saludas a varios concurrentes,° entre ellos actores y actrices de renombre. Tú no los quieres mal porque ellos por lo menos te respetan. —Henry, ¿cómo estás? —te dicen y te aprietan° la mano. —¿Qué hay de nuevo en tu vida?— Tú ya estás acostumbrado a este trato. Es natural que te estimen y admiren... No hay por qué ser modesto. Sabes muy bien que tienes el don de gente, sobre todo, cuando se trata de mujeres. ¡Qué va! Ya has dejado de contar las aspirantes a actriz° que se mueren por ti. Pero tú has sabido zafarte°... y no tan sólo por serle fiel a tu mujer,° sino porque no estás dispuesto a perder el tiempo. El que anhela el triunfo no se mete con novatas.° Eso no conduce a ningún sitio. Ahora si se interesara por ti una actriz verdadera, claro está que no titubearías,° por más que quieres a tu mujer. Hay que reconocer que de esas relaciones salen hechos estrellas luminosas desconocidos hasta sin talento. Ah, si hubiese quién te protegiera...° ¡Qué no harías por conseguir la fama! Claro que no dejarías a tu mujer —seguirías queriéndola como siempre. Tendrías, como bien dicen, un sencillo y discreto *affair;* nada más.

Te sientas a la mesa habitual y pides tu almuerzo. Mientras esperas, vuelves el pensamiento a tu mujer... Lamentas decirlo, pero las cosas no marchan bien entre tú y ella. El problema está en que tu esposa ya se dio por vencida. Tiene veinte y siete años y dice que quiere una vida normal. Se cansó de los enfadosos° y fríos *auditions* y se puso a trabajar en algo más productivo, según ella. Te rogó que dejaras la ilusión, pero tú... no puedes. Mientras haya una esperanza, por más pequeña que sea... Lo que más te molesta es que tenga un empleo —un buen trabajo, como dice ella... Es secretaria bilingüe y, claro, tiene mejor salario que tú.

Y tú ¿a qué te dedicas? Escribes artículos, cuentos y crónicas para el periódico de lengua hispana. Es cierto que no te pagan bien... pero esa actividad, hay que reconocerlo, te conserva en forma y te permite, sobre todo, un horario flexible. También, de vez en cuando, te comprometes° a participar en alguna obrita representada en los teatros regionales. Tampoco te aporta° gran ganancia, pero eso sí, ¡te da vida! El que es actor tiene que ejercer su arte.

El mesero te trae la ensalada y te dispones a comer cuando divisas° a lo lejos el rostro de Jason Douglas... Sí... es él. Tú *le* conoces, aunque ligeramente. Viene acompañado de Elizabeth Woods... Sí, es ella. Parece que se dirigen° a tu mesa. ¿O te equivocas?

—¡Henry! —te llama Jason. Tú te pones de pie en el acto, como si estuvieras ante la pareja real,° y saludas con tu acostumbrada amabilidad. El actor te habla con animación, mientras tú devoras con los ojos a la mujer. Consideras que ha perdido la lozanía° de la juventud, pero en su lugar encuentras un bouquet de encantos femeninos engendrados por los años. No cabe duda... ostenta una gracia delicada que sólo la experiencia de las cosas y el caudal confieren ¡Qué hembra!° ¡Y qué historia! ¡La pasión ante todo!

Jason Douglas te presenta y ella te dirige la palabra como si fueras amigo de mucho tiempo. Te dice que tuvo la ocasión de verte en una película —la de Zorro— y cree haber percibido harto° talento. Por eso se propuso conocerte e invitarte a un *soirée* que brindaba al equipo° de su última película. Tú aceptas

concurrentes: personas que están presentes
aprietan: estrechan
aspirantes... *would-be actresses* / zafarte: escaparte / **no...** *not only to be faithful to your wife* / novatas: principiantes / titubearías: vacilarías
si... *if only there were someone to protect you*
enfadosos: frustrantes
te... aceptas
aporta: da
divisas: observas
se... vienen hacia
como... *as if you were in front of a royal couple*
lozanía: voluptuosidad
hembra: mujer
harto: mucho / **brindaba...** daba en honor de los participantes

encantado y ella añade que tendrá el gusto de presentarte a varios de sus amigos, entre ellos a Jack Marcus, el célebre cineasta. No cabes en ti de contento,° pero disimulas.° Les invitas a un cóctel —al cabo traes el billete de a cien— pero ellos declinan. Tienen que estar en el *set* dentro de media hora. Se despiden y, al alejarse,° Jason te guiña el ojo. 105

No... Estás contentísimo
ocultas tu emoción
salir

¡Qué fortuna! Hoy es el día de la suerte. Ya lo habías oído tantas veces: cuando las cosas se mejoran y se halla uno al borde de la prosperidad, todo cambia de golpe,° aun cuando la esperanza haya comenzado a menguar.° 110

de... en seguida / bajar

El apetito ya te abandonó, pero allí tienes la ensalada y te pones a comer... En ese momento llega el *maître de table* y te entrega° el teléfono. —Un telefonema° para usted.— Le das las gracias y sonríes satisfecho. Ya estás acostumbrado a este exceso de servicio. Sabes que el dueño lo hace para impresionar a los turistas. Te pones el auricular° al oído, esperando oír la voz de tu mujer... pero no, no es ella. Una voz de hombre... ¡Es una llamada de MG Studios! Te han escogido para uno de los papeles principales junto al actor Jason Douglas, ¡al que acabas de ver! La decisión ha tardado mucho, porque no dependía tan sólo del director sino de un comité formado para ese efecto. Vieron el video de tu ensayo° —el que hiciste hace un mes— y creen que tú harás mejor el papel. Se trata del rival de Douglas (en la película), un personaje que debe ser guapo, viril y, a la vez, simpático, a pesar de ser el villano. —A la orden —dices; te presentarás en el *set* el lunes a las nueve en punto. Claro está... no faltarás.° Cuelgas. 115 120 125

da
llamada telefónica
teléfono
audition
estarás ausente

¡Qué suerte! Otro indicio... Ahora sí... ¿Qué duda puede haber? Serás un actor hecho y derecho. Ya está en la suerte... Ha de° ser obra de Elizabeth Woods. No cabe duda... ¡Ella busca a quién proteger! Se te ocurre llamar a tu mujer. A alguien le tienes que contar tu buena fortuna. Marcas los números precipitadamente. Ella contesta y te dice que no la llames al trabajo... el jefe ya se está fijando.° Que se vaya al diablo el jefe, piensas y le dices que tienes una noticia muy importante. Enseguida desembuchas.° Fuiste escogido para una gran película con Jason Douglas... Serás el rival. Nada de papelillos de mala muerte.° ¡Es todo un papel! Ella no sabe qué decir. Apenas° lo puede creer. Nunca pensó que fuera posible. Tú sonríes y le aseguras que es cuestión de destino. Cuando las puertas se abren, en un santiamén quedan de par en par.° Le dices que si tú subes, si tú triunfas, ella subirá contigo... Ella está emocionada, pero incrédula° y tú se lo vuelves a aseverar. Esta noche irán a celebrar tu estrella° en algún restaurante de primera. Tú pagarás, insistes. Para eso traes con qué. Te despides.

De nuevo te pones a comer la ensalada, pero no te entra la lechuga y los camarones se te atoran en la garganta. Definitivamente careces de apetito. Es mejor pedir la cuenta y pagarla. Son diez dólares con cincuenta y nueve centavos. Dejas quince y te marchas. Aún te quedan ciento veintitantos en la billetera.° Más que suficiente con buen vino del país. Al salir se te acerca una aspirante a actriz... Se llama Rachel. Es rubia, un poco narigona,° pero tiene un cuerpo que asesina.° Te pide que tomes un trago° con ella... Quiere un poco de compañía. Con toda certitud, necesita desahogarse°... Pobre muchacha. Tú la comprendes. Esto de buscar el camino de la fama no es juego de niños. Te disculpas,° pero no puedes... Tal vez mañana. Hoy te han llamado para un ensayo y no debes demorarte. Lo sientes... Le das un beso en la mejilla y sales con paso apresurado.°

Hoy es el día en que empieza de verdad tu carrera de *star;* está en la suerte, doña Fortuna te sonrió, al fin. ¡Hoy es el mejor día de tu vida!

Te acercas al coche... Vas a abrir la puerta del lado del conductor... Pero, ¿qué haces, insensato°? ¿No ves lo que viene?

El camión no pudo parar a tiempo. Los tres testigos° dijeron que la víctima andaba medio dormido, con una sonrisa ensimismada,° como en un ensueño.° El camionero frenó, pero no pudo evitar el accidente. El golpe lo aventó° a unos cuatro metros° de distancia. No hubo más. Henry Estrada Díaz murió instantáneamente. Dejó de existir en el mejor día de su vida.

Ha de... Tiene que
notando
you spill the beans
papelillos... papeles insignificantes / *scarcely*
de... completamente abiertas
incapaz de creerlo
buena suerte
cartera
de nariz grande
que... fantástico / bebida
expresar sus emociones
Te... Pides perdón
rápido
loco
witnesses
distraída / *daydream*
tiró
meters

Preguntas

1. ¿Cómo es Carmen, la mujer de Henrique? ¿Qué problemas tienen en su matrimonio?
2. ¿Por qué va Henrique al café?
3. ¿Qué suerte ha tenido Henrique en el cine? ¿Cómo gana el pan?
4. ¿Quiénes son «los famosos» que hablan con él en el café? ¿Qué otro indicio de buena suerte tiene antes de entrar en el restaurante?

5. ¿Qué noticias recibe después?
6. ¿Con quién se encuentra al salir? ¿Cómo trata a esta persona?
7. ¿Qué le pasa a Henrique al final? En palabras sencillas, ¿cuál es el mensaje del cuento?

Opiniones

Trabaje con dos o tres personas para contestar las siguientes preguntas. Compare sus respuestas con las de otros grupos.

1. **El modo de vida de Henrique en contraste con el de su mujer.**
   ¿Es necesario vivir como Henrique para abrirse camino? ¿Qué te parece la actitud de Carmen? ¿Es una persona «que se ha dado por vencida» —como piensa su marido— o es una persona realista?
2. **La fidelidad en el matrimonio.**
   ¿Es Henrique fiel a su esposa? Explica.
3. **El triunfo en la vida.**
   Para ti, ¿qué es el triunfo?: ¿la riqueza? ¿la fama? ¿el amor? ¿un buen empleo? ¿hacer algo positivo por la humanidad? ¿Qué piensas de las ambiciones de Henrique?

Investigación: ¿Por qué murió Henrique Estrada Díaz?

Escriba un informe, contestando esta pregunta. Luego, compare su informe con los de sus compañeros de clase. Considere los siguientes hechos como posibles causas de la muerte «accidental» de Henrique:

1. la muerte de su madre
2. sus ambiciones
3. el don de gente que tiene (especialmente con las mujeres)
4. la ensalada de camarones
5. el hallazgo del billete de $100
6. su papel en la película de Zorro
7. su encuentro con los actores famosos
8. los problemas con su mujer
9. la llamada de MG estudios
10. el encuentro con la aspirante a actriz
11. la negligencia del camionero

Selección 2

Antes de leer

Sergio Vodanovic nació en Yugoslavia en 1926, y su familia se trasladó a Chile cuando era niño. Allí se ha destacado como uno de los dramaturgos más importantes del país, además de director y crítico de teatro y de cine. Sus obras tienen un mensaje social y político que muchas veces critican las prácticas e instituciones de una sociedad muy clasista. En la siguiente pieza dramática,

Vodanovic examina las actitudes y los prejuicios que apoyan el sistema de las clases sociales, a través de un personaje común de la sociedad latinoamericana. Este personaje tiene diferentes nombres según la región. En Colombia se llama la **criada,** en México la **muchacha,** en Argentina y en Uruguay la **mucama** y en Chile la **empleada.** Por lo general, es una mujer de clase baja que hace el trabajo doméstico en las casas de la gente de la clase media o alta. Está representada por el uniforme que lleva: el delantal blanco.

Vocabulario: Sinónimos en contexto

Lea las siguientes frases tomadas de la lectura y escoja el sinónimo apropiado para cada palabra en negrilla.

1. La señora [**lleva**] traje de baño y, sobre él, un blusón de toalla blanca.
   a. manda b. toma c. hace d. usa
2. Él [el esposo de la señora] dice que quiere que el niño [**haga algo útil durante**] las vacaciones.
   a. extienda b. aproveche c. disfrute d. resista
3. Si te traje a la playa es para que [**cuidaras**] a Alvarito y no para que te pusieras a leer.
   a. hablaras b. enseñaras c. comprendieras d. vigilaras
4. En la casa tienes de todo: comida, una buena [**habitación**], delantales limpios...
   a. pieza b. educación c. mesa d. carpa
5. ¡Y esos trajes de baño [**alquilados**] en la playa!
   a. arrendados b. regalados c. robados d. comprados

Lectura de las acotaciones *(stage directions)*

La lectura de una pieza dramática es un poco diferente de la lectura de un cuento. Una obra de teatro es todo diálogo junto con acotaciones que explican a los actores cómo tienen que moverse en escena. Éstas nos ayudan a visualizar la acción. Haga una lectura rápida de las acotaciones (que están escritas en letra diferente) de la primera parte, líneas 1–159, y busque las respuestas a las siguientes preguntas:

1. ¿Qué saca la empleada de una bolsa?
2. ¿Adónde mira la empleada cuando la señora le pregunta si piensa en casarse?
3. ¿Quién «lanza una carcajada *(a loud laugh)*» y por qué?
4. ¿Adónde mira la empleada cuando la señora le habla de los trajes arrendados?
5. ¿Qué inferencias podemos hacer sobre los personajes, juzgando por sus acciones?

Ahora, lea la primera parte de la pieza para ver el «experimento social» que va a ocurrir. La obra empieza en una playa tranquila donde están sentadas una señora de la clase alta y su empleada (sirvienta).

El delantal° blanco

apron

Sergio Vodanovic

Primera parte*

La playa

Al fondo, una carpa.° — tent

Frente a ella, sentadas a su sombra, la SEÑORA y la EMPLEADA.

La SEÑORA usa traje de baño y, sobre él, usa un blusón° de toalla blanca. Su tez° está tostada. La EMPLEADA viste su uniforme blanco. La SEÑORA es una mujer de treinta años, pelo claro, rostro atrayente aunque algo duro. La EMPLEADA tiene veinte años, tez blanca, pelo negro, rostro plácido y agradable. — blusa larga; cara (5)

LA SEÑORA **(Gritando hacia su pequeño hijo, a quien no se ve y que se supone está a la orilla del mar, justamente, al borde del escenario.)** ¡Alvarito! ¡Alvarito! ¡No le tire arena a la niñita! ¡No le deshaga el castillo° a la niñita! Juegue con ella... Sí, mi hijito... juegue... (10) — (sand) castle

LA EMPLEADA Es tan peleador...

LA SEÑORA Salió al padre...° Es inútil corregirlo. Tiene una personalidad dominante que le viene de su padre, de su abuelo, de su abuela... ¡sobre todo de su abuela! (15) — **Salió...** *He takes after his father*

LA EMPLEADA ¿Vendrá el caballero° mañana? — *gentleman, i.e., your husband*

LA SEÑORA **(Se encoge de hombros con desgano.)°** ¡No sé! Ya estamos en marzo, todas mis amigas han regresado y Álvaro me tiene todavía aburriéndome en la playa. Él dice que quiere que el niño (20) — **Se...** *She shrugs her shoulders listlessly*

* Las divisiones de «Primera parte» y «Segunda parte» no existen en el original; están aquí por razones pedagógicas.

		aproveche las vacaciones, pero para mí que es él quien está
se... *she lies down*		aprovechando. **(Se saca el blusón y se tiende° a tomar sol.)**
		¡Sol! ¡Sol! Tres meses tomando sol. Estoy intoxicada de sol.
25		**(Mirando inspectivamente a la EMPLEADA).** ¿Qué haces tú
get sunburned		para no quemarte°?
	LA EMPLEADA	He salido tan poco de la casa...
pasar las vacaciones	LA SEÑORA	¿Y qué querías? Viniste a trabajar, no a veranear.° Estás recibiendo sueldo, ¿no?
30	LA EMPLEADA	Sí, señora. Yo sólo contestaba su pregunta.

revista... tipo de revista que usa diálogos y fotografías para contar historias de amor

La EMPLEADA saca de una bolsa una revista de historietas fotografiadas° y principia a leer.

	LA SEÑORA	¿Qué haces?
	LA EMPLEADA	Leo esta revista.
35	LA SEÑORA	¿La compraste tú?
	LA EMPLEADA	Sí, señora.
	LA SEÑORA	No se te paga tan mal, entonces, si puedes comprarte tus revistas ¿eh?

La EMPLEADA no contesta y vuelve a mirar la revista.

que... *let Alvarito be blown apart; let him drown (sarcastically)* 40	LA SEÑORA	¡Claro! Tú leyendo y que Alvarito reviente, que se ahogue°...
	LA EMPLEADA	Pero si está jugando con la niñita...
	LA SEÑORA	Si te traje a la playa es para que vigilaras a Alvarito y no para que te pusieras a leer.

levanta

La EMPLEADA deja la revista y se incorpora° para ir donde está Alvarito.

45	LA SEÑORA	¡No! Lo puedes vigilar desde aquí. Quédate a mi lado, pero observa al niño. ¿Sabes? Me gusta venir contigo a la playa.
	LA EMPLEADA	¿Por qué?
a... *two blocks away* 50 *just anybody*	LA SEÑORA	Bueno... no sé... Será por lo mismo que me gusta venir en el auto, aunque la casa esté a dos cuadras.° Me gusta que vean el auto. Todos los días, hay alguien que se para al lado de él y lo mira y comenta. No cualquiera° tiene un auto como el de nosotros... Dime... ¿Cómo es tu casa?
	LA EMPLEADA	Yo no tengo casa.
	LA SEÑORA	Debes haber tenido padres... ¿Eres del campo?
55	LA EMPLEADA	Sí.
	LA SEÑORA	Y tuviste ganas de conocer la ciudad, ¿ah?
	LA EMPLEADA	No. Me gustaba allá.
	LA SEÑORA	¿Por qué te viniste, entonces?
	LA EMPLEADA	Tenía que trabajar.
No... *Don't give me* 60 *tenants* / un lote pequeño de tierra	LA SEÑORA	No me vengas con° ese cuento. Conozco la vida de los inquilinos° en el campo. Lo pasan bien. Les regalan una cuadra° para que cultiven. Tienen alimentos gratis y hasta les sobra para

vender. Algunos tienen hasta sus vaquitas... ¿Tus padres tenían vacas?

LA EMPLEADA Sí, señora. Una. 65

LA SEÑORA ¿Ves? ¿Qué más quieren? ¡Alvarito! ¡No se meta tan allá que puede venir una ola! ¿Qué edad tienes?

LA EMPLEADA ¿Yo?

LA SEÑORA A ti te estoy hablando. No estoy loca para hablar sola.

LA EMPLEADA Ando en° los veintiuno... 70 — **Ando...** Tengo más o menos

LA SEÑORA ¡Veintiuno! A los veintiuno yo me casé. ¿No has pensado en casarte?

La EMPLEADA baja la vista° y no contesta. — los ojos

LA SEÑORA ¡Las cosas que se me ocurre preguntar! ¿Para qué querrías casarte? En la casa tienes de todo: comida, una buena pieza, 75 delantales limpios... Y si te casaras... ¿Qué es lo que tendrías? Te llenarías de chiquillos,° no más. — niños

LA EMPLEADA (Como para sí.) Me gustaría casarme...

LA SEÑORA ¡Tonterías! Cosas que se te ocurren por leer historias de amor en las revistas baratas... Acuérdate de esto: los príncipes 80 azules° ya no existen. Cuando mis padres no me aceptaban un pololo° porque no tenía plata, yo me indignaba, pero llegó Álvaro con sus industrias y sus fundos° y no quedaron contentos hasta que lo casaron conmigo. A mí no me gustaba porque era gordo y tenía la costumbre de sorberse los mocos,° pero después en el 85 matrimonio, uno se acostumbra a todo. Y llega a la conclusión que todo da lo mismo,° salvo° la plata. Sin la plata no somos nada. Yo tengo plata, tú no tienes. Esa es toda la diferencia entre nosotras. ¿No te parece? — **príncipes...** *fairy-tale princes* / novio (en Chile) / haciendas / **sorberse...** *sniffing* / **da...** es igual / excepto

LA EMPLEADA Sí, pero... 90

LA SEÑORA ¡Ah! Lo crees ¿eh? Pero es mentira. Hay algo que es más importante que la plata: la clase. Eso no se compra. Se tiene o no se tiene. Álvaro no tiene clase. Yo sí la tengo. Y podría vivir en una pocilga° y todos se darían cuenta de que soy alguien. Te das cuenta ¿verdad? 95 — *pigpen*

LA EMPLEADA Sí, señora.

LA SEÑORA A ver... Pásame esta revista. (La EMPLEADA lo hace. La SEÑORA la hojea.° Mira algo y lanza una carcajada.°) ¿Y esto lees tú? — **la...** *leafs through it* / risa grande

LA EMPLEADA Me entretengo, señora.

LA SEÑORA ¡Qué ridículo! ¡Qué ridículo! Mira a este roto° vestido de smoking.° Cualquiera se da cuenta que está tan incómodo en él como un hipopótamo con faja°... (Vuelve a mirar en la revista.) ¡Y es el conde° de Lamarquina! ¡El conde de Lamarquina! A ver... ¿Qué es lo que dice el conde? (Leyendo.) «Hija, mía, no permitiré jamás que te cases con Roberto. El es un plebeyo.° 100 ... 105 — hombre de clase baja (en Chile) / *tuxedo* / *girdle* / *Count* / hombre de clase baja

Recuerda que por nuestras venas corre sangre azul.» ¿Y ésta es la hija del conde?

LA EMPLEADA Sí. Se llama María. Es una niña sencilla y buena. Está enamorada de Roberto, que es el jardinero del castillo. El conde no
110 lo permite. Pero... ¿sabe? Yo creo que todo va a terminar bien. Porque en el número° anterior Roberto le dijo a María que no había conocido a sus padres y cuando no se conoce a los padres, es seguro que ellos son gente aristócrata que perdieron al niño de chico o lo secuestraron°...

issue
kidnapped

115 LA SEÑORA ¿Y tú crees todo eso?

LA EMPLEADA Es bonito, señora.

LA SEÑORA ¿Qué es tan bonito?

LA EMPLEADA Que lleguen a pasar cosas así. Que un día cualquiera,° uno sepa que es otra persona, que en vez de ser pobre, se es rica;
120 que en vez de ser nadie, se es alguien, así como dice usted...

un... *one fine day*

LA SEÑORA Pero no te das cuenta que no puede ser... Mira a la hija... ¿Me has visto a mí alguna vez usando unos aros° así? ¿Has visto a alguna de mis amigas con una cosa tan espantosa? ¿No te das cuenta que una mujer así no puede ser aristócrata?... ¿A ver?
125 ¿Sale fotografiado aquí el jardinero?

earrings

LA EMPLEADA Sí. En los cuadros del final. (**Le muestra en la revista. La SEÑORA ríe encantada.**)

LA SEÑORA ¿Y éste crees tú que puede ser un hijo de aristócrata? ¿Con esa nariz? ¿Con ese pelo? Mira... Imagínate que mañana me rapten°
130 a Alvarito. ¿Crees tú que va a dejar por eso de tener su aire de distinción?

kidnap

LA EMPLEADA ¡Mire, señora! Alvarito le botó el castillo de arena a la niñita de una patada.°

kick

LA SEÑORA ¿Ves? Tiene cuatro años y ya sabe lo que es mandar, lo que
135 es no importarle los demás.° Eso no se aprende. Viene en la sangre.

lo... *what it means not to care about others*

LA EMPLEADA (**Incorporándose.**) Voy a ir a buscarlo.

LA SEÑORA Déjalo. Se está divirtiendo.

La EMPLEADA se desabrocha el primer botón de su delantal.

140 LA SEÑORA ¿Tienes calor?

LA EMPLEADA El sol está picando° fuerte.

calentando

LA SEÑORA ¿No tienes traje de baño?

LA EMPLEADA No.

LA SEÑORA ¿No te has puesto nunca traje de baño?

145 LA EMPLEADA ¡Ah, sí!

LA SEÑORA ¿Cuándo?

LA EMPLEADA Antes de emplearme. A veces, los domingos, hacíamos excursiones a la playa.

LA SEÑORA ¿Y se bañaban?

LA EMPLEADA En la playa grande de Cartagena. Arrendábamos° trajes de baño y pasábamos todo el día en la playa. Llevábamos de comer y... 150 *We rented*

LA SEÑORA (Divertida). ¿Arrendaban trajes de baño?

LA EMPLEADA Sí. Hay una señora que arrienda en la misma playa.

LA SEÑORA Una vez con Álvaro, nos detuvimos en Cartagena y miramos a la playa. ¡Era tan gracioso! ¡Y esos trajes de baño arrendados! Unos eran tan grandes que hacían bolsas° por todos los lados y otros quedaban tan chicos que las mujeres andaban con el traste° afuera. ¿De cuáles arrendabas tú? ¿De los grandes o de los chicos? 155 160

hacían... *were baggy*

rear

La EMPLEADA mira al suelo.

LA SEÑORA Debe ser curioso... Mirar el mundo desde un traje de baño arrendado... o con uniforme de empleada como el que usas tú... Algo parecido le debe suceder a esta gente que se fotografía para estas historietas: se ponen smoking o un traje de baile y debe ser diferente la forma cómo miran a los demás, cómo se sienten ellos mismos... Cuando yo me puse mi primer par de medias, el mundo entero cambió para mí. Los demás eran diferentes; yo era diferente y el único cambio efectivo era que tenía puesto un par de medias... Dime... ¿Cómo se ve el mundo cuando se está vestida con un delantal blanco? 165 170

LA EMPLEADA (Tímidamente.) Igual... La arena tiene el mismo color... las nubes son iguales... Supongo.

LA SEÑORA Pero no... Es diferente. Mira. Yo con este traje de baño, con este blusón de toalla, sé que estoy en «mi lugar», que esto me pertenece... En cambio tú, vestida como empleada sabes que la playa no es tu lugar, que eres diferente... Y eso, eso te debe hacer ver todo distinto. 175

LA EMPLEADA No sé.

LA SEÑORA Mira. Se me ha ocurrido algo. Préstame tu delantal. 180

LA EMPLEADA ¿Cómo?

LA SEÑORA Préstame tu delantal.

LA EMPLEADA Pero... ¿Para qué?

LA SEÑORA Quiero ver cómo se ve el mundo, qué apariencia tiene la playa cuando se la ve encerrada° en un delantal de empleada. 185 *confined*

LA EMPLEADA ¿Ahora?

LA SEÑORA Sí, ahora.

LA EMPLEADA Pero es que... No tengo vestido debajo.

LA SEÑORA (Tírandole el blusón.) Toma... Ponte esto.

LA EMPLEADA Voy a quedar en calzones°... 190 *underpants*

LA SEÑORA Es lo suficientemente largo como para cubrirte. (Se levanta y obliga a levantarse a la EMPLEADA.) Ya. Métete en la carpa y cámbiate.°

change clothes

(Prácticamente obliga a la EMPLEADA a entrar a la carpa y luego lanza al interior de ella el blusón de toalla. Se dirige al primer plano° y le habla a su hijo.)

primer... *foreground* 195

LA SEÑORA Alvarito, métase un poco al agua. Mójese las patitas° siquiera... ¡Eso es! ¿Ves que es rica el agüita? (Se vuelve hacia la carpa y habla hacia dentro de ella.) ¿Estás lista? (Entra a la carpa.)

Mójese... *Get your feet wet*

Comprensión de la lectura (primera parte): La caracterización

En una pieza dramática, el autor nos muestra el carácter de sus personajes por medio de palabras y acciones. Termine las siguientes frases sobre los personajes.

1. Vemos que la señora es esnob cuando...
2. Se nota que la señora es materialista y cínica cuando...
3. Es evidente que la señora tiene prejuicios porque...
4. Se puede ver que la empleada es inocente e idealista porque...

Preguntas (primera parte)

Trabaje con un(a) compañero(a), haciendo y contestando las siguientes preguntas.

1. ¿Por qué se casó la señora? ¿Qué podemos inferir sobre su matrimonio?
2. ¿Crees que la señora está criando bien o mal a su hijo? Explica.
3. ¿De qué trata la historia de la revista? ¿Por qué le gusta a la empleada? ¿Por qué le parece ridícula a la señora?
4. ¿Quién crees que sea más feliz: la señora o la empleada? ¿Por qué?
5. ¿Por qué quiere la señora intercambiar ropa con su empleada?

Antes de leer (segunda parte)

El comportamiento y la ropa

Trabaje en grupo con dos o tres personas. Piensen un momento en la relación que hay entre la ropa que llevamos y nuestras acciones. Hagan una lista de ejemplos para ilustrar los siguientes puntos: (1) las diferencias entre las acciones de una persona vestida con traje formal y la misma persona vestida de jeans y camiseta y (2) cómo la gente trata de manera diferente a una persona bien vestida y a una persona mal vestida (como, por ejemplo, una que vive en la calle y pide limosna).

Hacer inferencias de las acotaciones

En la segunda parte de esta lectura las acciones son tan importantes como las palabras para transmitir el mensaje del autor de la obra. Busque en las acotaciones de las líneas 1–43 las contestaciones a las siguientes preguntas:

1. ¿Qué hace la señora ahora, vestida de empleada, que no hubiera hecho antes?

2. ¿Qué hace la empleada ahora, vestida de señora, que no hubiera hecho antes?
3. ¿Qué inferencias podemos hacer sobre las diferencias que existen entre las dos mujeres?

Lea la segunda parte de la pieza para saber qué cambios ocurrirán en el comportamiento de las dos mujeres.

Segunda parte

Después de un instante, sale la EMPLEADA vestida con el blusón de toalla. Se ha prendido° el pelo hacia atrás y su aspecto ya difiere algo de la tímida muchacha que conocemos. Con delicadeza se tiende de bruces° sobre la arena. Sale la SEÑORA abotonándose° aún su delantal blanco. Se va a sentar delante de la EMPLEADA, pero vuelve un poco más atrás. 5

tied up / **de...** *on her stomach* / *buttoning*

LA SEÑORA No. Adelante no. Una empleada en la playa se sienta siempre un poco más atrás que su patrona.° **(Se sienta y mira, divertida, en todas direcciones.)**

señora

La EMPLEADA cambia de postura. La SEÑORA toma la revista de la EMPLEADA y principia a leerla. Al principio, hay una sonrisa irónica en sus labios que 10 **desaparece luego al interesarse por la lectura. La EMPLEADA, con naturalidad, toma de la bolsa de playa de la SEÑORA un frasco° de aceite bronceador° y principia a extenderlo con lentitud por sus piernas. La SEÑORA la ve. Intenta una reacción reprobatoria, pero queda desconcertada.**

botella / **aceite....** *tanning oil*

LA SEÑORA ¿Qué haces? 15

La EMPLEADA no contesta. La SEÑORA opta por seguir la lectura, vigilando de vez en vez con la vista lo que hace la EMPLEADA. Esta ahora se ha sentado y se mira detenidamente las uñas.°

fingernails

LA SEÑORA ¿Por qué te miras las uñas?
LA EMPLEADA Tengo que arreglármelas.° 20 *fix them*
LA SEÑORA Nunca te había visto antes mirarte las uñas.
LA EMPLEADA No se me había ocurrido.
LA SEÑORA Este delantal acalora.
LA EMPLEADA Son los mejores y los más durables.
LA SEÑORA Lo sé. Yo los compré. 25
LA EMPLEADA Le queda bien.° **Le...** *It fits you well.*
LA SEÑORA **(Divertida.)** Y tú no te ves nada de mal con esa tenida.° **(Se ríe.)** Cualquiera se equivocaría. Más de un jovencito te podría hacer la corte°... ¡Sería como para contarlo!°

outfit / **te...** *could try to court you* / **Sería...** *It would make a good story*

LA EMPLEADA Alvarito se está metiendo muy adentro. Vaya a vigilarlo. 30
LA SEÑORA **(Se levanta inmediatamente y se adelanta.)** ¡Alvarito! ¡Alvarito! No se vaya tan adentro... Puede venir una ola. **(Recapacita° de pronto y se vuelve desconcertada hacia la EMPLEADA.)**

She reconsiders

3. _____ La empleada se ríe cuando la señora le dice que va a despedirla.
4. _____ La señora ataca a la empleada y la domina fácilmente.
5. _____ Los otros bañistas no creen la historia de la señora porque ella lleva el delantal blanco.

Preguntas (segunda parte)

1. ¿Cómo reacciona cada mujer al «juego»?
2. ¿En qué momento deja la señora de tutear a su empleada? ¿Qué hace la empleada entonces? ¿Cómo se podría traducir esta parte de la pieza al inglés?
3. ¿Qué hacen los otros bañistas para ayudar a la empleada?
4. ¿Quién regresa para hablar con la empleada y por qué? ¿Cómo interpreta él lo que ha pasado?

Opiniones

Entreviste a un(a) compañero(a) con estas preguntas:

1. Para ti, ¿cuál es el mensaje central de la pieza? ¿Te parece que el propósito del autor era divertir o enseñar?
2. ¿Crees que hay diferencias de clase en nuestra sociedad y que hay también ropa u objetos que las simbolizan? Explica.

Composición dirigida: El acto final

Imagine usted un acto final para la pieza *El delantal blanco*. Descríbalo en tres párrafos, explicando qué les pasa a cada uno de los tres personajes: a la empleada, a la señora y a Alvarito.

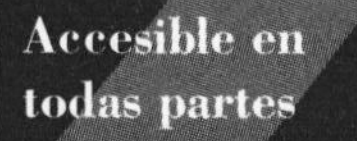

¡Adiós, distancias!

Vocabulario preliminar

Estudie las palabras y expresiones en negrilla para usarlas en este capítulo.

el acceso entrada o paso
actualizar poner al día, poner de acuerdo con los datos más recientes
el adelanto avance, progreso
difundir divulgar, hacer conocer (información)
la discapacidad impedimento físico o mental; **personas con discapacidad**
disponible aprovechable, utilizable, libre para ser usado
la empresa compañía comercial, negocio
la informática computación (usada especialmente en España)
invertir (ie) poner dinero o tiempo en algo con la idea de recibir algo; **la inversión** dinero o tiempo empleado (en un proyecto o negocio)
la minusvalía impedimento físico o mental, discapacidad (usada especialmente en España); **personas con minusvalía, minusválidos**
navegar viajar en barco o por Internet
el ordenador computadora, computador (usada especialmente en España)
la pantalla parte del televisor o de la computadora donde aparecen las imágenes
la Red conjunto de líneas de comunicación; Internet
rendir (i) producir, *to perform;* **el rendimiento** producción, *output, performance*
superar vencer, exceder, hacer mejor de lo esperado
el, la usuario(a) persona que usa una cosa o un servicio

Sinónimos

Dé sinónimos para las siguientes palabras.

1. computación
2. compañía
3. avance
4. computadora
5. utilizable
6. minusvalía
7. Internet
8. exceder

Palabras relacionadas

Complete las frases usando una palabra relacionada con la palabra en negrilla.

1. Los empleados no **rinden** ahora. Su _________ es muy bajo.
2. Este artículo no incluye datos **actuales.** Hay que _________lo.
3. Los **adelantos** en Medicina son maravillosos. Cada año los médicos _________ más sus investigaciones.
4. Hay muchos «**navegantes**» latinoamericanos en Internet que _________ todos los días.

5. Nuestra **inversión** no ha rendido bien. No debemos _________ más dinero en esa compañía.
6. La **difusión** de las noticias es importante, pero nuestro diario no _________ noticias sobre todos los candidatos.

QUICO J.L.Martín

Lengua y cultura

Palabras regionales

El español y el inglés son idiomas internacionales que se hablan en muchas partes del mundo. Por eso, las dos lenguas tienen regionalismos, o palabras particulares a ciertas regiones. En Estados Unidos y Canadá, un camión es un *truck,* pero en Inglaterra, es un *lorry*. Así es también con el español que se habla en diferentes países. Por ejemplo, en algunos países latinoamericanos se usa la palabra **computadora** (forma femenina) y, en otros, **computador** (forma masculina), pero en España es más común decir **ordenador.** En Latinoamérica, el estudio de las computadoras generalmente se llama **computación,** pero en España muchas veces se dice **informática.**

Los términos para designar a las personas con impedimentos físicos o mentales también son diferentes. En España es muy frecuente hablar de **personas con minusvalías** o **los minusválidos.** En Latinoamérica el término preferido hoy es **personas con discapacidades** o **los discapacitados.**

Cambie estas frases para que parezcan frases de alguien de España:

1. Los estudiantes de computación tienen acceso a computadoras último modelo.
2. Los diseñadores de este programa son personas con discapacidades.

45 *futuro* de Kirpatrick Sale, *Silicon Snake Oil* de Clifford Stoll y *The Future Does Not Compute* de Stephen Talbott.

Beneficios para personas con discapacidades

Por otra parte, un beneficio indiscutible de la revolución cibernética es la ayuda que aporta a las personas con discapacidad. Según la revista española *Perfiles:* «Estados Unidos necesitará hasta el año 2007 cerca de un millón de progra-
50 madores informáticos, especialistas en ordenadores y diseñadores electrónicos y miles de ellos serán ciegos° y minusválidos que pueden hacerlo en iguales condiciones que las personas sin discapacidad.»* El gobierno y las grandes empresas de *software* están invirtiendo tiempo y dinero para garantizar el acceso de los ciegos a Internet y crear páginas gráficas accesibles en sistema Braille.
55 Programas que prescinden° del «ratón», ordenadores que traducen a sonidos las palabras entradas en pantalla y videoconferencias son algunas de las innovaciones que se están produciendo para usuarios con discapacidades.

ciegos: personas que no pueden ver

prescinden: no necesitan

La abolición de las distancias

Es obvio que la tecnología conduce hacia la abolición de las distancias, pero no sólo de las físicas sino de otro tipo de distancias como las que existen entre las
60 oportunidades disponibles para las personas con discapacidades o para las personas sin ellas y la información accesible a los ciudadanos de naciones en desarrollo o a los ciudadanos de naciones industrializadas. Con la libre comunicación entre personas de distintas regiones, ideologías y nacionalidades, es posible que haya mayor comprensión y acercamiento. Se trata, en fin, de la esperanza.

Explicación de ideas

Trabajando solo(a) o con otra persona, explique en palabras sencillas las siguientes ideas del artículo. Dé ejemplos para ilustrar cada idea.

1. el mundo se ha achicado
2. el español como segunda lengua de importancia
3. el impacto que tiene Internet para los idiomas minoritarios
4. los «neoluditas»
5. los beneficios de Internet y las computadoras para la gente con discapacidades

Las máquinas en nuestra vida

¿Tienen razón los neoluditas? ¿Estaríamos mejor sin máquinas? Trabaje con otras dos o tres personas, haciendo un sondeo *(survey)* del grupo. Usen las preguntas que están a continuación para averiguar sus opiniones de las siguientes máquinas:

---

* «Internet: El futuro es hoy», Agustín Alcalá, *Perfiles,* marzo de 1990, páginas 20–21.

la computadora con modem
el contestador automático
el fax
la máquina *pager*
el cajero automático *(ATM machine)*
el microondas
el teléfono celular
el televisor
¿otra máquina?

1. ¿Eres adicto(a) a alguna de estas máquinas? (Si pasas horas con ella todos los días, eres adicto.) ¿Cuál es la más importante en tu vida? ¿Por qué?
2. ¿Qué máquinas ayudan mucho con el trabajo? Explica. ¿Qué máquinas hacen más agradable la vida? Explica.
3. ¿Qué piensas del uso de los celulares en los autos o en el cine? ¿Qué tipo de etiqueta deben usar las personas con los teléfonos portátiles?
4. Si tuviéramos que eliminar una de las máquinas de la lista, ¿cuál escogerías? ¿Por qué?
5. Muchos han comentado sobre un fenómeno llamado la «paradoja *high-tech*»: a pesar de la introducción de computadoras, máquinas fax, láseres y otras máquinas, el rendimiento general de las industrias no subió en los años 90. Nadie sabe por qué. ¿Tienes alguna idea al respecto?

En un cybercafé colombiano

Trabaje con un(a) compañero(a). Miren el anuncio de Internet sobre un cybercafé de Medellín, Colombia, y altérnense haciendo y contestando las preguntas.

Vocabulario suplementario

Medellín una ciudad del noroeste de Colombia
un tinto una taza de café (regionalismo colombiano)

1. ¿Cómo se llama el cybercafé?
2. ¿Cómo es el ambiente?
3. ¿De qué se puede disfrutar? ¿Qué se puede hacer allí?
4. Si tú fueras allí, ¿qué tomarías? ¿qué harías?
5. ¿Conoces un cybercafé? ¿Te parece un buen negocio ahora? ¿Por qué?

Selección 1

Antes de leer

El siguiente artículo sobre Internet es de una revista publicada por la Universidad de Navarra en España. El artículo examina un tema importante: el impacto que tiene el fenómeno de Internet en el mundo de hoy.

Vocabulario: Búsqueda rápida de palabras relacionadas

Una buena manera de ampliar nuestro vocabulario es con el uso de «familias de palabras», es decir, los grupos de palabras relacionadas, como, por ejemplo: **comunicarse, comunicación, comunicativo.** Busque rápidamente en las líneas 1–90 de la lectura palabras relacionadas con las siguientes.

MODELO programa: (un sustantivo *[noun]* que se refiere a la selección de programas presentadas en un canal de televisión)
la **programación**

1. teléfono: (un adjetivo que describe las líneas de conexión entre lugares)
   líneas _________
2. video: (un sustantivo que se refiere a una llamada de teléfono entre dos o más personas que se ven en una pantalla de televisión)
   la _________
3. aprender: (un sustantivo que quiere decir «el proceso de aprender»)
   el _________
4. alfabeto: (un adjetivo que describe a los individuos «sin alfabeto», los que no pueden leer ni escribir)
   los _________
5. trabajo: (un sustantivo que quiere decir el trabajo hecho a distancia por Internet)
   el _________

Predicción

El punto de vista de un autor determina el contenido de lo que escribe. Mire el título, la foto y los subtítulos de la lectura y lea la primera frase de cada sección. ¿Cree usted que el autor está a favor o en contra de Internet, o es que él trata de ser objetivo y presentar los dos lados? Ahora, trate de predecir cuáles de los siguientes temas van a aparecer en el artículo sobre Internet. Indíquelos con una **X.**

_____ beneficios para las empresas
_____ cambios en la distribución de las noticias
_____ negocios fraudulentos que engañan al público
_____ la extinción del fax y de las cartas

_____ la igualdad entre pobres y ricos
_____ la pornografía
_____ la venta de productos en nuevos mercados
_____ las escuelas del futuro
_____ problemas de niños «adictos a la Red»
_____ un modo interactivo de ver un documental

Lea todo el artículo para ver si usted ha acertado en sus predicciones y para saber más sobre Internet.

La vida después de Internet

El fenómeno Internet no es informática, ni es ingeniería, ni una moda más. Internet es un cambio en nuestros hábitos de 5 comunicación, información, educación, trabajo y ocio. Es acerca de la vida.

Comunicación

Internet está consiguiendo transformar el modo en que nos co- 10 municamos. Por el coste de una llamada local se puede enviar un correo electrónico a la otra parte del mundo y de forma casi instantánea. Por esta razón, otros 15 sistemas tradicionales, como el fax o las cartas, pierden sentido° o están en peligro de extinción. El *e-mail* es más rápido, más cómodo° y, especialmente, más 20 económico. Gracias a Internet también se pueden mantener conferencias en tiempo real, tanto escritas —*chat*— como habladas, es decir, como si se 25 mantuviese una conversación telefónica. La videoconferencia es también posible en el mundo de Internet si bien las líneas telefónicas básicas que llegan a los 30 hogares no son capaces de soportar videoconferencias. Por esta razón, este sistema es exclusivo de los que han contratado° líneas de mayor capacidad.

Ocio y educación

35 El fenómeno Internet está teniendo un gran impacto en el mundo de la educación. Su nacimiento ya estaba fuertemente ligado° a los inves- 40 tigadores universitarios y ya desde sus primeros días las universidades de todo el mundo han tenido acceso gratuito° a la red. Actualmente, los esfuerzos están 45 orientados a llevarla a las escuelas. Los gobiernos, especialmente los de Estados Unidos y Japón, están invirtiendo en la incorporación de nuevas tec- 50 nologías en los colegios. Y es que, según los estudios de la empresa consultora neoyorkina Interactive Educational System Design, el software educativo 55 puede incrementar° la rapidez de aprendizaje° entre un 30 y un 50

Comunicándose por la Red

---

línea 16 **pierden...** no son razonables / 19 **cómodo** agradable / 33 **contratado** comprado el servicio de / 39 **ligado** conectado / 43 **gratuito** sin pagar / 55 **incrementar** aumentar / 56 **aprendizaje** *learning* por ciento respecto a los medios tradicionales.

En un futuro cercano,° las escuelas tendrán una función encaminada° al desarrollo de las virtudes sociales y personales, para lo que será necesario tan solo pasar en el colegio unas horas a la semana. El resto del tiempo los estudiantes trabajarán en sus hogares y el profesor prestará° apoyo y será el guía a distancia.

Uno de los grandes temas de discusión, especialmente en Estados Unidos, es la igualdad. Ya hay quien denuncia que Estados Unidos está dividido en dos sociedades: los que poseen ordenadores y los que no. Y es que, como afirma Rosabeth Moss Kanter, profesora de la Harvard Business School, «los que tienen ordenador se comunicarán con todo el mundo, los que no serán los analfabetos *(rural backwater)* de la sociedad de la información».

Empresa y trabajo

También se debe señalar° el cambio de asociaciones tales como educación y escuela o trabajo y oficina. Internet permite trabajar a distancia —teletrabajo—. Permite también trabajar en un ordenador remoto como si el usuario estuviera sentado físicamente ante él —Telnet— o, simplemente, trabajar en casa y después enviar lo trabajado. En esta nueva sociedad, el lugar de trabajo es el hogar. La empresa se beneficia no sólo por el mayor rendimiento de sus empleados sino que además ahorra° en infraestructuras; no necesita pagar, por ejemplo, un edificio carísimo en el centro de la ciudad. Actualmente, nueve millones de norteamericanos trabajan en casa con su ordenador.

Por otra parte, Internet abre un nuevo panorama a las empresas. La empresa puede promocionarse y vender sus productos y servicios en todo el mundo. No son necesarias inversiones en tiendas. El usuario conoce la empresa y sus productos a través de sus páginas en Internet y hace el pedido° directamente. La publicidad, al igual que la información, no está limitada por el número de páginas o por su espacio, como en un periódico o cadena de Televisión. Además, se puede incluir audio, vídeo...

Información

Fijémonos en° el caso de las empresas informativas tradicionales, por ejemplo, en la televisión, que difunde una programación desde un centro emisor.° Esto es lo que hay, guste o no,° interese o no. A lo sumo, uno puede cambiar de canal, otra programación. El receptor° es un sujeto pasivo. Por ejemplo, existen personas a las que no les gusta el fútbol y la programación puede ser en ese momento fútbol, fútbol y fútbol. El programa tiene un principio y un final y, además uno no puede pararlo° si le apetece.° ¿Qué sucedería si nadie escogiera los programas y las horas por mí? Yo no quiero que me programen, quiero ser yo el que decida. Pero, ¿es interesante y veraz° ese, pongamos,° documental sobre la mariposa° multicolor? ¿Y si quiero conocer otros puntos de vista, otras opiniones? ¿Y si me interesa además profundizar° en el movimiento de sus alas,° por ejemplo? Además, en mi colección de mariposas tengo ejemplares interesantes que podrían enriquecer el tema. Tengo algo que decir, algo que aportar.°

Pues bien, esto es posible en Internet...

En Estados Unidos más de doscientos diarios, en Europa más de cien y unos doscientos más en el resto del mundo tienen su edición en Internet. En algunos casos, las ediciones en Internet tienen un mayor número de usuarios que lectores en su edición en papel, en otros los beneficios provenientes de la publicidad son superiores en la edición electrónica. Dow Jones, por ejemplo, gana más dinero con sus servicios electrónicos que con *The Wall Street Journal.*

---

línea 59 **cercano** que será pronto / 61 **encaminada** orientada / 68 **prestará** dará / 85 **señalar** mencionar / 100 **ahorra** economiza / 116 **pedido** *order* / 123 **Fijémonos...** Vamos a ver / 128 **emisor** que transmite / 129 **guste...** *like it or not* / 132 **receptor** la persona que mira / 139 **pararlo** *stop it* / **le...** quiere (regionalismo de España) / 144 **veraz** verdadero / 145 **pongamos** *let's say as an example* / 146 **mariposa** *butterfly* / 149 **profundizar** examinar con atención / 150 **alas** *wings* / 155 **aportar** contribuir

El siguiente paso lógico es cambiar la vieja idea (de más de 175 cien años) de imprimir° y distribuir. Todavía seguimos informándonos mediante° noticias, impresas° en árboles muertos, que se terminan de redactar° el 180 día anterior a su publicación.

En Internet, en el momento que se termina de redactar la noticia,° ésta ya está en la red; es inmediato, no hay que es- 185 perar al día siguiente, se eliminan los costes de papel, impresión y distribución (¡un 60 por ciento!), no estamos limitados por la cantidad de papel 190 —podemos crear pantallas sin límite alguno— y se pueden actualizar las noticias al instante. Se rompe el ciclo tradicional de los diarios. Y la distribución no 195 está limitada por los camiones y las distancias que éstos puedan cubrir, en el momento en que estamos en la red estamos en el mundo. Vivimos en la «aldea° 200 global».

El usuario es el que manda,° puede «navegar» y dejar de lado lo que no le interesa y profundizar en lo que desee. A su vez 205 no está limitado por uno, dos o tres diarios, tiene a su disposición todos los diarios del mundo.

de *Nuestro tiempo,* Servicio de Publicaciones de la Universidad de Navarra S.A., España

---

línea 175 **imprimir** *printing* / 177 **mediante** por medio de / 178 **impresas** *printed* / 179 **que...** *that have just been edited* / 183 **noticia** *news item* / 199 **aldea** *village* / 201 **el...** la persona que lo controla todo

Comprensión de la lectura: Completar las ideas

Escoja la letra apropiada para completar cada frase con una idea del artículo.

1. _____ Algunos diarios en Internet
2. _____ El hogar
3. _____ La persona que ve televisión
4. _____ Los profesores del futuro
5. _____ La publicidad en Internet
6. _____ El software educativo
7. _____ Las universidades
8. _____ El usuario de Internet

a. prestarán apoyo y serán los guías a distancia.
b. han tenido acceso gratuito a la Red.
c. puede incrementar la rapidez de aprendizaje entre un 30 y un 50 por ciento.
d. tiene a su disposición todos los diarios del mundo.
e. es el lugar de trabajo en la nueva sociedad.
f. es un receptor pasivo que no controla la programación.
g. no está limitada por el número de páginas o por espacio.
h. tienen un mayor número de usuarios que lectores en su edición en papel.

Entrevista

Trabajando con un(a) compañero(a), entrevístense uno al otro con las siguientes preguntas.

1. ¿Qué tienen que ver los ordenadores con la igualdad?
2. ¿Qué es el «teletrabajo»? ¿Cómo se benefician las empresas de este tipo de trabajo?

3. ¿Te gustaría trabajar así o preferirías un trabajo tradicional? ¿Por qué?
4. Mira el ejemplo del documental sobre la mariposa multicolor (líneas 143–55.) ¿Por qué sería mucho mejor en Internet que en la televisión (según el artículo)? ¿Estás de acuerdo? Explica.
5. ¿Qué productos compras tú en Internet? ¿Cuáles quisieras comprar?

¿Te gusta o no te gusta?

Trabaje en grupo con dos o tres compañeros. Cada persona se hace responsable de una de las siguientes ideas y pregunta a cada una de las otras personas al respecto: ¿Qué opinas de esto? ¿Te gusta o no te gusta? ¿Por qué? Tome notas de las respuestas y compárelas después con las de los otros grupos.

1. El correo electrónico va a reemplazar completamente el fax o las cartas.
2. Sería bueno si todas las llamadas telefónicas fueran videoconferencias.
3. Los alumnos del futuro pasarán la mayor parte de su tiempo en casa, estudiando en Internet, y no en la escuela.
4. No es necesario ir a las tiendas a comprar porque es más fácil comprar por Internet.
5. Todo el mundo debe leer las noticias en Internet y no comprar diarios de papel.

Composición: El futuro con Internet

Escoja una de las ideas de la actividad anterior y escriba un párrafo que resuma su opinión del tema o las opiniones discutidas en grupo.

Selección 2

Antes de leer

El siguiente cuento muestra que, en una crisis de vida o muerte, algunas personas ponen su fe en Dios, otras en la tecnología y otras en algo más personal. La autora es Ángeles Mastretta, conocida periodista y escritora que nació en Puebla, México, en 1949. Mastretta tuvo un gran éxito con su primer libro, *Arráncame la vida,* una novela histórica que se desarrolla en la época de la revolución mexicana. Ha escrito varios libros después que han sido muy bien recibidos por los críticos y por el público, entre ellos el libro de cuentos *Mujeres de ojos grandes,* del cual proviene esta historia.

Vocabulario: La palabra exacta

En el cuento que va a leer, la autora a veces usa palabras poco usuales pero muy exactas. Escoja la palabra «exacta» usada por Mastretta para reemplazar cada palabra común (en negrilla). (Si usted necesita ver el contexto, mire las líneas 1–14.)

1. El color de la piel de su hija y otras de sus cualidades **impresionaban** a la tía Jose.
   a. asustaban b. deslumbraban c. interferían d. paralizaban
2. Ella imaginaba con orgullo lo que haría su hija con las **ilusiones** que sentía.
   a. dificultades b. invasiones c. negligencias d. quimeras
3. La madre observaba a su pequeña hija con **orgullo** y **alegría.**
   a. altivez b. desenfado c. frenesí d. paciencia
   a. desencanto b. espanto c. regocijo d. tranquilidad
4. La **invencible** vida hizo caer sobre la niña una enfermedad.
   a. inefable b. inesperada c. inelegante d. inexpugnable
5. La enfermedad convirtió su extraordinaria **energía** en un sueño extenuado.
   a. dolencia b. jerigonza c. mudanza d. viveza

Comparación del exterior con el interior

El siguiente cuento es una historia de amor y de fe. Es del amor intenso de una madre por su pequeña hija. Paralela a la acción exterior, hay una descripción de lo que pasa en el interior de la protagonista, la tía Jose, de las fuertes emociones que siente. Busque la siguiente información en las líneas 1–20.

Exterior	Interior
1. La tía Jose mira a su hija y ve que tiene un rasgo *(trait)* típico de la familia. ¿Cuál es?	1. ¿Cómo se siente la tía Jose? ¿Qué piensa de su hija? ¿Qué palabras describen sus emociones?
2. Algo malo pasa. ¿Qué? ¿Adónde va la tía Jose? ¿Quiénes están allí? ¿Qué hacen ellos?	2. ¿Qué emociones siente la tía Jose ahora? ¿Qué le pasa?

Lea el resto del cuento para ver cuál es más fuerte en esta historia: ¿el amor o la muerte?

Mujeres de ojos grandes

Ángeles Mastretta

Tía Jose Rivadeneira tuvo una hija con los ojos grandes como dos lunas, como un deseo.° Apenas colocada en su abrazo, todavía húmeda y vacilante, la niña mostró los ojos y algo en las alas° de sus labios que parecía pregunta.

—¿Qué quieres saber? —le dijo la tía Jose jugando a que entendía ese gesto.°

deseo: *wish*
alas: *corners*
5 gesto: expresión

Como todas las madres, tía Jose pensó que no había en la historia del mundo una criatura° tan hermosa como la suya. La deslumbraban el color de su piel, el tamaño de sus pestañas° y la placidez con que dormía. Temblaba° de orgullo imaginando lo que haría con la sangre y las quimeras que latían° en su cuerpo.

Se dedicó a contemplarla con altivez y regocijo durante más de tres semanas. Entonces la inexpugnable vida hizo caer sobre la niña una enfermedad que en cinco horas convirtió su extraordinaria viveza en un sueño extenuado° y remoto que parecía llevársela° de regreso a la muerte.

Cuando todos sus talentos curativos no lograron mejoría alguna, tía Jose, pálida de terror, la cargó hasta el hospital. Ahí se la quitaron de los brazos y una docena de médicos y enfermeras empezaron a moverse agitados y confundidos en torno a° la niña. Tía Jose la vio irse tras una puerta que le prohibía la entrada y se dejó caer al suelo° incapaz de cargar consigo misma y con aquel dolor como un acantilado.°

Ahí la encontró su marido que era un hombre sensato° y prudente como los hombres acostumbran fingir que son.° Le ayudó a levantarse y la regañó° por su falta de cordura° y esperanza. Su marido confiaba en la ciencia médica y hablaba de ella como otros hablan de Dios. Por eso lo turbaba la insensatez° en que se había colocado su mujer, incapaz de hacer otra cosa que llorar y maldecir° al destino.

Aislaron° a la niña en una sala de terapia intensiva. Un lugar blanco y limpio al que las madres sólo podían entrar media hora diaria. Entonces se llenaba de oraciones° y ruegos. Todas las mujeres persignaban° el rostro de sus hijos, les recorrían el cuerpo con estampas° y agua bendita,° pedían a todo Dios que los dejara vivos. La tía Jose no conseguía sino llegar junto a la cuna° donde su hija apenas° respiraba para pedirle: «no te mueras». Después lloraba y lloraba sin secarse los ojos ni moverse hasta que las enfermeras le avisaban que debía salir.

Entonces volvía a sentarse en las bancas cercanas a la puerta, con la cabeza sobre las piernas, sin hambre y sin voz, rencorosa° y arisca,° ferviente y desesperada. ¿Qué podía hacer? ¿Por qué tenía que vivir su hija? ¿Qué sería bueno ofrecerle a su cuerpo pequeño lleno de agujas° y sondas° para que le interesara quedarse en este mundo? ¿Qué podría decirle para convencerla de que valía la pena hacer el esfuerzo en vez de morirse?

Una mañana, sin saber la causa, iluminada sólo por los fantasmas° de su corazón, se acercó a la niña y empezó a contarle las historias de sus antepasadas.° Quiénes habían sido, qué mujeres tejieron° sus vidas con qué hombres antes de que la boca y el ombligo° de su hija se anudaran° a ella. De qué estaban hechas, cuántos trabajos habían pasado, qué penas y jolgorios° traía ella como herencia. Quiénes sembraron° con intrepidez y fantasías la vida que le tocaba prolongar.

Durante muchos días recordó, imaginó, inventó. Cada minuto de cada hora disponible habló sin tregua° en el oído de su hija. Por fin, al atardecer de un

criatura: niña pequeña
pestañas: *eyelashes* / Temblaba: *She was trembling*
latían: palpitaban
10
extenuado: debilitado
llevársela: *to be carrying her away*
15
en... alrededor de
se... *she fell to the floor*
como... *like a cliff* 20
sensato: razonable
fingir... *to pretend they are* / **la...** *he scolded her* / prudencia
insensatez: locura
25
maldecir: *curse*
Aislaron: Separaron
oraciones: peticiones a Dios / persignaban: *made the sign of the cross* / estampas: cuadros religiosos / **agua...** *holy water* / cuna: *crib*
30
apenas: *scarcely*
35
rencorosa: resentida / arisca: *irritable*
agujas: *needles* / sondas: *catheters*
40
fantasmas: espíritus
antepasadas: *female ancestors* / tejieron: *intertwined*
ombligo: *navel* / anudaran: unieran
jolgorios: diversiones 45
sembraron: *planted*
tregua: pausa

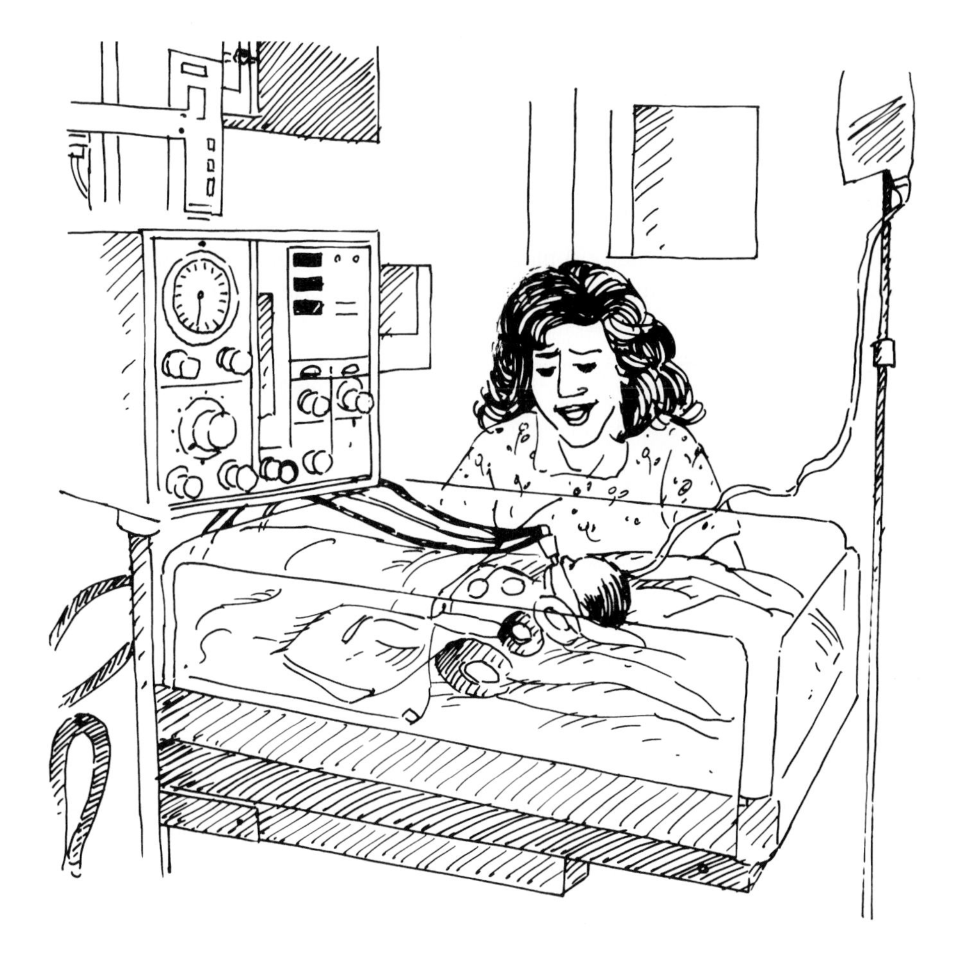

jueves, mientras contaba implacable alguna historia, su hija abrió los ojos y la miró ávida y desafiante,° como sería el resto de su larga existencia. 50

defiant

El marido de tía Jose dio gracias a los médicos, los médicos dieron gracias a los adelantos de su ciencia, la tía abrazó a su niña y salió del hospital sin decir una palabra. Sólo ella sabía a quiénes agradecer la vida de su hija. Sólo ella supo siempre que ninguna ciencia fue capaz de mover tanto, como la escondida° en los ásperos y sutiles hallazgos° de otras mujeres con los ojos grandes. 55

hidden / descubrimientos

Acción y sentimiento: Resumen

Complete las siguientes frases para hacer un resumen de la acción del cuento y de los sentimientos de los personajes.

1. El marido de la tía Jose la regañó porque él...
2. Las otras mujeres entraban en la sala de terapia y...

3. La tía Jose lloraba y lloraba, pero sólo le dijo a su hija: ...
4. Ella estaba desesperada porque quería saber...
5. Finalmente, se acercó a su hija y empezó a...
6. La niña se mejoró y la tía Jose dio gracias a...

¿Quién curó a la niña?

Trabaje con un(a) compañero(a) para llegar a una interpretación de la cuestión central del cuento: ¿quién controla la vida y la muerte? Primero, llenen el cuadro que sigue.

Personajes	¿En qué confían? ¿En qué tienen fe?
1. las otras mamás de niños enfermos	
2. el marido de tía Jose	
3. los médicos del hospital	
4. la tía Jose	

Luego, contesten esta pregunta:

¿Cuál de los personajes tiene razón, o creen ustedes que la niña se curó por una combinación de razones?

La medicina y sus alternativas

Trabajando en grupo, discutan la siguiente lista de métodos para curar enfermedades. ¿En cuáles creen ustedes? (Pongan **+**.) ¿En cuáles no creen? (Pongan **0**.) ¿Saben ustedes, por experiencia personal o de otros, de buenos o malos resultados con alguno de estos métodos? Luego, expliquen por qué confían en ciertos métodos y en otros no.

_____ acupuntura
_____ curación por fe
_____ dieta vegetariana
_____ hierbas naturales
_____ hipnosis
_____ meditación
_____ nutrición
_____ quiropráctica
_____ reflexología
_____ toque curativo *(healing touch)*
_____ visualización
_____ yoga... ¿otros métodos?

Escultura, Galería de Sergio Bustamante, Tlaquepaque, México

La imaginación creadora

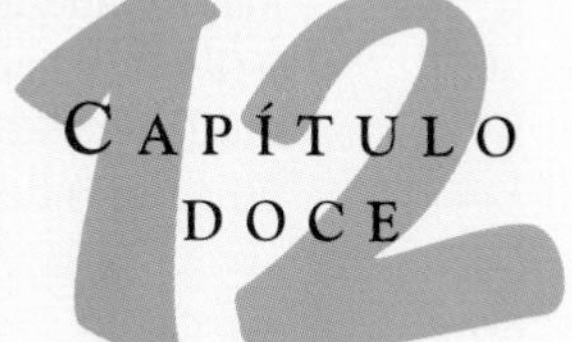

Capítulo doce

Vocabulario preliminar

Estudie las palabras y expresiones en negrilla para usarlas en este capítulo.

La expresión literaria

el género tipo o clase de literatura: el género dramático, el género poético

la obra una producción artística o literaria: El autor publicó sus obras completas.

Algunos géneros

el cuento, la historia narración o relato breve

el ensayo obra literaria que consiste en reflexiones sobre un sujeto determinado: Escribió un ensayo sobre la amistad.

la novela narración ficticia y extensa en prosa

la pieza dramática, la obra de teatro obra literaria que se escribe para ser presentada en el teatro

el poema obra en verso

la poesía arte de componer obras en verso, obra poética

el verso la línea de poesía: Su poema tiene cuatro versos.

Escritores y escritoras

el (la) cuentista persona que escribe cuentos

el (la) dramaturgo(a) persona que escribe piezas dramáticas

el (la) ensayista persona que escribe ensayos

el (la) novelista persona que escribe novelas

el (la) poeta persona que escribe poemas

la poetisa mujer que escribe poemas

La creación literaria

la búsqueda la acción de buscar algo: La búsqueda de la verdad era el motivo de su vida.

crear producir algo de la nada, inventar

creador(a), creativo(a) que tiene el efecto de crear algo: Es una persona muy creadora.

el estilo (en el sentido literario) modo de escribir característico de un autor o de una autora

la habilidad creadora, la creatividad el genio inventivo, capacidad de crear

el tema asunto o materia sobre el cual se habla, se escribe o se realiza una obra artística

¿Cómo se llaman...?

¿Cómo se llama el hombre que escribe en cada uno de los siguientes géneros? ¿y la mujer?

1. cuentos
2. poemas
3. piezas dramáticas
4. novelas
5. ensayos

Identificaciones

¿Puede usted identificar a algunas de las siguientes figuras de la literatura mundial?

MODELO Sylvia Plath
Fue una poetisa norteamericana de este siglo que escribió muchos poemas sobre la muerte.

1. Mark Twain
2. Dostoyevsky
3. Margaret Atwood
4. Simone de Beauvoir
5. Carlos Fuentes
6. Sappho
7. Miguel de Cervantes
8. Shakespeare
9. Ralph Waldo Emerson
10. Toni Morrison

Enfoque del tema

La tradición literaria en España y Latinoamérica

La literatura de España es una de las grandes literaturas de Europa. Empezando con el *Poema de mío Cid* del siglo XII hasta la actualidad, España ha contribuido a la cultura mundial con un gran número de obras importantes.

La primera novela moderna

Quizá el más conocido de los autores españoles es Miguel de Cervantes. Era un humilde escritor, soldado y cobrador de impuestos° del siglo XVI que comenzó a escribir su obra maestra, *Don Quijote de la Mancha,* en la prisión donde se encontraba por no poder pagar sus deudas.

Cervantes nunca soñó que algún día iba a ser famoso por ese libro, que empezó como una simple sátira de los «libros de caballerías»° tan populares en su tiempo. Pero los dos personajes principales, don Quijote y Sancho Panza, llegaron a ser arquetipos que han servido como inspiración creadora a un número incontable de artistas y escritores posteriores.

cobrador... *tax collector*

libros... *chivalric novels*

hombre de la aristocracia — Don Quijote era un viejo hidalgo° muy pobre que, para escaparse de la triste realidad, pasaba sus días y noches leyendo libros de caballería. Leyó tanto que se volvió loco. Ya no podía separar la realidad de la fantasía que leía en las novelas. Llegó a pensar que tenía una santa misión: hacerse caballero andante° y transformar al mundo. Convenció a su vecino Sancho Panza que le sirviera de escudero,° y así salieron los dos a buscar aventuras...

caballero... *knight errant*

squire

Todo el mundo ha oído que Cervantes creó estos personajes —el loco idealista y el campesino simple y práctico— con el fin de criticar los abusos de la sociedad, valiéndose de situaciones cómicas. A través de los siglos, estos personajes han aparecido en óperas, piezas dramáticas, películas, libros de psicología, estatuas y pinturas,... Pero lo que mucha gente no sabe es que los críticos suelen clasificar esta obra de Cervantes como la «primera novela moderna» del mundo.

Características tales como el lenguaje que cambia según el personaje, el desarrollo del carácter de los personajes y el tema de la persona desequilibrada° que se confunde entre la fantasía y la realidad, aparecen después en las novelas escritas por los novelistas más notables, desde Dostoyevsky, Flaubert y Dickens hasta los escritores de hoy.

loca

Otro personaje clásico

Naturalmente, otros personajes han salido de las páginas de la literatura española para cobrar vida trascendente, como, por ejemplo, el notorio don Juan, el seductor por excelencia. Éste fue creado en el siglo XVI por el sacerdote y dramaturgo Tirso de Molina en su famosa pieza *El burlador° de Sevilla.*

joking seducer

Don Juan, arrogante señor de la alta nobleza, se divierte seduciendo a las mujeres, desafiando° todas las reglas de la sociedad. Como personaje, don Juan aparece después como *Don Giovanni* en la ópera de Mozart y en muchas otras obras de distinto género.

defying

El florecimiento literario en el siglo XX

A partir del siglo XX, a pesar de las interrupciones de origen político, España ha experimentado nuevamente un auge° literario. Ha atraído a la atención internacional un gran número de poetas de primera categoría, como Juan Ramón Jiménez (Premio Nóbel, 1956), Federico García Lorca (véase su poema en la página 150), Jorge Guillén, Pedro Salinas, Rafael Alberti, Vicente Aleixandre (Premio Nóbel, 1977). Antonio Machado, cuya obra está representada en este capítulo por dos poemas, forma parte de este grupo. Se han destacado también varios novelistas y cuentistas, como Carmen Laforet, Camilo José Cela (Premio Nóbel, 1989), Ana María Matute (uno de cuyos cuentos aparece en este capítulo), Rosa Montero y Soledad Puértolas.

momento de grandes éxitos

La literatura latinoamericana

Durante siglos, las obras de Latinoamérica permanecieron al margen de la literatura mundial, y, excepto por unas pocas, eran desconocidas internacionalmente. Las causas de este aislamiento eran varias: la turbulencia política, la geografía y las rivalidades nacionales, entre otras. A fines del siglo XIX surgió el **modernismo,** un movimiento literario que buscaba la expresión refinada y artística por medio del énfasis en lo sensorial. Inspirado en la literatura contemporánea de Francia, el modernismo influyó principalmente en los géneros de la poesía y del cuento en Latinoamérica y llegó a influir también en España. Los modernistas escribían en un estilo exquisito que trataba de deleitar los cinco sentidos° con sonidos melódicos y descripciones de perfumes aromáticos, exóticas piedras preciosas, manjares° deliciosos y figuras u objetos bellos. El resultado fue una renovación temática y estilística del lenguaje. El nicaragüense Rubén Darío fue uno de los máximos exponentes del modernismo.

senses
alimentos

El siglo XX

En el siglo XX han aparecido numerosas obras de resonancia mundial, muchas de las cuales se han traducido al inglés y a otros idiomas.

Como resultado de su aislamiento, los escritores latinoamericanos empezaron a describir las costumbres de su país y a analizar el «carácter nacional». Así nació el **criollismo,** un movimiento que produjo muchas obras valiosas caracterizadas por su énfasis en lo criollo.°

Tradicionalmente la poesía ocupa un lugar de mayor importancia en Latinoamérica que en el mundo de habla inglesa. Los latinoamericanos escuchan al poeta como la voz de su pueblo que expresa sus ansias° y esperanzas. Poetas y poetisas de muchos países han ganado gran renombre, desde la mexicana Sor Juana Inés de la Cruz en los tiempos coloniales, a César Vallejo de Perú, Pablo Neruda de Chile (Premio Nóbel, 1971) y Octavio Paz de México (Premio Nóbel, 1990) en nuestros tiempos.

lo... la cultura y las costumbres del país natal
preocupaciones

El **cosmopolitismo** es otra corriente literaria importante en Latinoamérica. En contraste directo con el criollismo, el cosmopolitismo busca su inspiración en lo internacional, pero esta búsqueda ha dejado de ser una imitación para convertirse en una auténtica visión creadora. Uno de sus mejores exponentes fue el escritor argentino, Jorge Luis Borges (1899–1986), cuyos intrincados cuentos tratan una variedad de temas filosóficos, históricos y psicológicos.

El *boom* y el realismo mágico

Durante la década de los 60, en Latinoamérica ocurrió un fenómeno literario que los críticos han comparado con una explosión, llamándolo el *boom.* La publicación de un gran número de obras de alta calidad enfocó la atención internacional de una manera sin precedente en autores como Julio Cortázar de Argentina, Mario Vargas Llosa de Perú, y muchos otros. Entre las muchas novelas del *boom,* la que mayor sensación ha causado es, sin duda, *Cien años de soledad,* del colombiano Gabriel García Márquez (Premio Nóbel, 1982). Un episodio de esta novela está incluido en este capítulo.

Cien años de soledad cuenta la historia completa de un pueblo imaginario, Macondo, desde su fundación en medio de la selva hasta su trágica destrucción

90 un siglo más tarde. Al mismo tiempo, narra a través de seis generaciones, las diversas aventuras de una familia, los Buendía. Macondo representa el microcosmos de Latinoamérica, con sus tradicionales problemas económicos, políticos y sociales.

lugares... *commonplaces*

Estos problemas habían sido lugares comunes° en la copiosa literatura de 95 protesta social, pero García Márquez los trata con una técnica diferente, mezclando e intercambiando realidad y fantasía, historia y mito. Algunos críticos opinan que esta técnica, bautizada° **el realismo mágico** por el crítico alemán Franz Roh, es la mejor manera de captar la compleja y casi increíble realidad de Latinoamérica.

llamada por primera vez

100 La técnica del realismo mágico también se encuentra en las novelas de la autora chilena Isabel Allende y en la novela (y película) *Como agua para chocolate* de la autora y guionista mexicana Laura Esquivel. Las obras de éstas y otros escritores latinoamericanos han tenido gran éxito mundialmente y se venden en traducción en muchas librerías de Estados Unidos y Canadá. La an-105 tigua visión de don Quijote —del mundo como una mezcla de realidad y fantasía— continúa vigente en estas transformaciones literarias.

Comprensión de la lectura: Identificación de obras y movimientos literarios

Identifique las siguientes obras y los movimientos literarios, y explique su importancia para el desarrollo de la literatura.

1. *Don Quijote de la Mancha*
2. *El burlador de Sevilla*
3. el criollismo
4. el modernismo
5. el cosmopolitismo
6. el realismo mágico

Preguntas

1. ¿Quiénes son algunos de los poetas españoles famosos?
2. ¿Por qué antes del siglo XX no eran muy bien conocidas internacionalmente las obras literarias de Latinoamérica?
3. ¿Cómo es la situación del poeta en Latinoamérica? ¿Conoce usted el nombre de algún poeta popular norteamericano?
4. ¿Qué fue el *boom?*
5. ¿De qué trata la novela *Cien años de soledad?*
6. ¿Qué libros ha leído usted (en español o en traducción) escritos por españoles o latinoamericanos? ¿Qué películas ha visto en español? ¿Le han gustado o no?

Opiniones

Entreviste a un(a) compañero(a) usando las siguientes preguntas. Después, comparen sus respuestas a la pregunta número 2 con las de otras parejas.

1. ¿Qué tipo de novela o cuento prefieres? ¿Te gustan las novelas de ciencia ficción o no? ¿Por qué?

2. Se ha dicho que en el futuro la gente va a dejar de leer libros para pasar todo el tiempo libre viendo televisión o películas. ¿Crees que esto pasará o no? Explica.

La poesía

Antes de leer

La literatura española y latinoamericana incluye un gran número de poetas y poetisas excelentes. A continuación, se presentan selecciones de dos exponentes importantes de la poesía: un español y una latinoamericana. Lea los poemas en voz alta y trate de identificar las ideas y emociones importantes de cada uno.

Antonio Machado
español (1875–1939)

La vida de Antonio Machado fue sencilla y modesta. Poeta y dramaturgo, estudiante de filosofía, trabajó como profesor de francés. A la edad de 35 años, se casó con Leonor, una joven de 15 años, la cual murió inesperadamente tres años más tarde. Este golpe trágico le sumió en un profundo dolor y fue la inspiración de muchos de sus poemas. Durante la Guerra Civil, Machado apoyó a los republicanos y compuso versos melódicos a favor de la causa, los que pronto se convirtieron en canciones populares. Tras la victoria de Franco, el poeta se fue a Francia, en exilio voluntario, donde murió poco después.

Los temas de Machado son, entre otros, el amor, la belleza natural, la búsqueda de Dios, los problemas sociales, la angustia de la vida y las imágenes que aparecen en nuestros sueños. Sus poemas suelen ser filosóficos y meditativos, y muchos de ellos se han convertido en la letra de canciones grabadas en discos compactos y cintas por cantantes populares, como Joan Manuel Serrat.

Antonio Machado, poeta español

Amada, el aura dice

Amada, el aura° dice — brisa
tu pura veste° blanca... — ropa
No te verán mis ojos;
¡mi corazón te aguarda°! — espera
El viento me ha traído (5)
tu nombre en la mañana;
el eco de tus pasos
repite la montaña...
No te verán mis ojos;
¡mi corazón te aguarda! (10)
En las sombrías torres
repican° las campanas... — *ring*
No te verán mis ojos;
¡mi corazón te aguarda!
Los golpes del martillo° (15) — *hammer*
dicen la negra caja°; — *box (coffin)*
y el sitio de la fosa° — tumba
los golpes de la azada°... — *spade*
No te verán mis ojos;
¡mi corazón te aguarda! (20)

Anoche soñé que oía

Anoche soñé que oía
a Dios, gritándome: ¡Alerta!
Luego era Dios quien dormía,
y yo gritaba: ¡Despierta!

Alfonsina Storni
argentina (1892–1938)

Alfonsina Storni, hija de inmigrantes suizos, tuvo una niñez bastante difícil por la pobreza de su familia y el alcoholismo de su padre. Después de trabajar brevemente como actriz, se recibió como maestra de primaria. Enseñó un solo año en un pueblo del cual se fue porque quedó embarazada tras una aventura con un hombre casado. Se trasladó a Buenos Aires donde nació su hijo. Al principio, Storni trabajó como cajera en empleos humildes, y tenía que ocultar la existencia de su hijo natural por la presión del «qué dirán» que podía haberle costado el trabajo. Pero después ganó fama como poetisa y dramaturga y logró empleos como periodista y en otros puestos.

Liberal y franca, Storni frecuentó varios círculos literarios, recibió premios por sus poemas, hizo dos viajes a Europa y dio varias conferencias. Sin embargo, sufría de depresiones y más tarde de cáncer. A la edad de 46 años, sabiendo que tenía una enfermedad incurable, se suicidó, tirándose al mar.

Alfonsina Storni, poeta argentina

Cuadros y ángulos

Casas enfiladas,° casas enfiladas, — *in a row (or lined up)*
casas enfiladas,
cuadrados,° cuadrados, cuadrados. — *squares*
Casas enfiladas.
Las gentes ya tienen el alma cuadrada, 5
ideas en fila
y ángulo en la espalda.
Yo misma he vertido° ayer una lágrima, — llorado
Dios mío, cuadrada.° — *a square one*

Hombre

Hombre, yo quiero que mi mal comprendas;
hombre, yo quiero que me des dulzura;
hombre, yo marcho por tus mismas sendas°; — *paths*
hijo de madre: entiende mi locura...

Temas

¿Cuál o cuáles de los poemas expresan algunos de los siguientes temas? ¿En qué palabras o versos están expresados?

1. la búsqueda de Dios
2. la comunicación con la naturaleza
3. el deseo de ser comprendido(a)
4. el amor espiritual
5. el deseo de libertad
6. la importancia de los sueños
7. la pena de la muerte
8. el rechazo del conformismo social

Opiniones

Trabajando con otras dos o tres personas, discutan cuál de los poemas es el más triste, el más original,... y por qué.

1. el más triste
2. el más original
3. el más bello
4. el más sincero
5. el más fácil de comprender
6. el más relevante para la vida actual

Opiniones

Trabaje con un(a) compañero(a) con estas preguntas.

1. ¿En cuál o cuáles de los poemas ves la influencia de la vida del poeta o de la poetisa? Explica.
2. ¿Qué poema te gusta más? ¿Por qué?
3. ¿Qué grupos musicales tienen canciones con letras poéticas interesantes? ¿Qué temas se expresan en ellas?

Composición

Escriba una composición de una página de acuerdo con uno de los siguientes temas:

1. un poema original, en rima o en verso libre, sobre uno de los temas ya mencionados o sobre algún otro tema de su preferencia
2. un breve resumen del poema que le gusta más a usted con un comentario que explique por qué le gusta
3. la descripción de una canción popular que tiene una letra que le gusta, con un comentario

El cuento

Antes de leer

«MUCHACHO DE DIECIOCHO AÑOS
MATA A GOLPES AL PARIENTE QUE LE
HA DADO TODO»

Titulares *(Headlines)* como éste son frecuentes en los diarios de hoy, y mucha gente queda perpleja pensando, ¡Qué ingratitud! Y: ¿Por qué? ¿Cuál será la causa de esta violencia insensata? ¿Es «la mala semilla» o, mejor dicho, «un mal gen»? ¿Fue un caso de abuso físico o sexual del asesino en su niñez? ¿O es que se encuentran las raíces de este acto en las condiciones sociales de injusticia y pobreza?

La perspicaz y conocida escritora española Ana María Matute (n. 1926) ha examinado estas cuestiones en numerosas historias, sobre todo en las que, como la siguiente, se desarrollan en ambientes de la España rural de la primera mitad del siglo XX. Matute ha recibido muchos premios literarios y es considerada entre los escritores españoles más destacados de nuestro tiempo. El siguiente cuento presenta la narración de un horrible crimen al mismo tiempo que plantea la pregunta: ¿quién es realmente la víctima y quién el criminal?

Ana María Matute, escritora española

Vocabulario: Palabras rústicas en contexto

La historia tiene lugar en un pueblo pequeño hace más de medio siglo. Por eso incluye muchas palabras relacionadas con el campo. Lea los indicios *(clues)* y las frases y escoja la definición más apropiada de cada palabra en negrilla.

1. **cecina** (Esta palabra se usa en España; el equivalente en Latinoamérica es **charque** [o **charqui**], que dio origen a la palabra inglesa *jerky*.) Para la caminata en las montañas los muchachos llevaban manzanas, nueces y **cecina**.
   a. carne seca b. mochilas c. patatas cocidas
2. **chozo** (Más frecuente es la palabra **choza; chozo** es lo mismo pero algo mucho más pequeño.) Cuando trabajaban en el campo, los muchachos dormían en un **chozo** y tenían que agacharse *(bend down)* para entrar.
   a. cama grande b. árbol alto c. casa pequeña

3. **jornal** (Se origina de la palabra latina que significa «día», como la palabra inglesa *journal.*) Necesitaba trabajar para ganar su **jornal.**
   a. dinero para cada día b. juego que dura un día c. calendario tradicional
4. **moza** (Esta palabra y el equivalente masculino, **mozo,** hoy en día se usa en muchas partes para decir *waiter,* pero también hay otros usos.) La **moza** iba todos los días a la secundaria.
   a. mujer vieja b. joven no casada c. persona enferma
5. **pastorear** (Esta palabra está relacionada con **pastor,** un cognado de la palabra inglesa.) Los hombres **pastoreaban** en los montes con su perro.
   a. jugaban al fútbol b. cuidaban ovejas o cabras c. buscaban oro y plata

Contraste entre personajes

¿Cuáles son las raíces del crimen? A veces se remontan a los primeros años de vida de una persona. En forma breve y económica Matute nos presenta en el primer párrafo de su cuento datos esenciales sobre la niñez de Lope, el personaje principal y, al mismo tiempo, un fuerte contraste entre él y otro personaje, don Emeterio. Lea las líneas 1–30 y complete el cuadro para ver claramente este contraste.

	Lope	Don Emeterio Ruiz Heredia
1. edad		
2. familia		
3. bienes		
4. trabajo, posición		
5. ¿Qué poder (control sobre su vida) tiene?		

Ahora lea el cuento y piense en los motivos secretos que puedan estar escondidos detrás de los crímenes.

Pecado de omisión

Ana María Matute

A los trece años se le murió la madre, que era lo último que le quedaba. Al quedar huérfano° ya hacía lo menos tres años que no acudía a la escuela, pues tenía que buscarse el jornal de un lado para otro.° Su único pariente era un primo de su padre, llamado Emeterio Ruiz Heredia. Emeterio era el alcalde° y tenía una casa de dos pisos asomada a la plaza del pueblo, redonda y rojiza bajo el sol de agosto. Emeterio tenía doscientas cabezas de ganado° paciendo

huérfano: hijo sin padres
de... donde pudiera
alcalde: *mayor*
ganado: *livestock*

por las laderas de Sagrado,° y una hija moza, bordeando° los veinte, morena, robusta, riente y algo necia.° Su mujer, flaca y dura como un chopo,° no era de buena lengua y sabía mandar. Emeterio Ruiz no se llevaba bien con aquel primo lejano, y a su viuda, por cumplir,° la ayudó buscándole jornales extraordinarios. Luego, al chico, aunque lo recogió° una vez huérfano, sin herencia ni oficio,° no le miró a derechas.° Y como él los de su casa.

La primera noche que Lope durmió en casa de Emeterio lo hizo debajo del granero.° Se le dio cena y un vaso de vino. Al otro día, mientras Emeterio se metía la camisa dentro del pantalón, apenas apuntando° el sol en el canto de los gallos, le llamó por el hueco° de la escalera,° espantando a las gallinas que dormían entre los huecos:

—¡Lope!

Lope bajó descalzo,° con los ojos pegados de legañas.° Estaba poco crecido para sus trece años y tenía la cabeza grande, rapada.°

—Te vas de pastor a Sagrado.

Lope buscó las botas y se las calzó.° En la cocina, Francisca, la hija, había calentado patatas con pimentón.°

Lope las engulló° de prisa, con la cuchara de aluminio goteando° a cada bocado.°

—Tú ya conoces el oficio. Creo que anduviste una primavera por las lomas de Santa Aurea, con las cabras° del Aurelio Bernal.

—Sí, señor.

nombre de una montaña / que tenía casi / **algo...** no muy inteligente / *poplar tree*

10 **por...** *for duty's sake*

recíbió

trade / **no...** no lo trató con cariño

granary

15 saliendo

espacio abierto / *stairs*

sin zapatos / *eye secretions*

20 *(from sleep)* / *shaved*

puso

paprika

comió rápidamente / *dripping*

25 *mouthful*

goats

—No irás solo. Por allí anda Roque el Mediano. Iréis juntos.

—Sí señor.

Francisca le metió una hogaza° en el zurrón,° un cuartillo de aluminio, sebo° de cabra y cecina.

—Andando° —dijo Emeterio Ruiz Heredia.

Lope le miró. Lope tenía los ojos negros y redondos, brillantes.

—¿Qué miras? ¡Arreando!°

Lope salió, zurrón al hombro. Antes, recogió el cayado,° grueso y brillante por el uso, que aguardaba, como un perro, apoyado° en la pared.

Cuando iba ya trepando° por la loma° de Sagrado, lo vio don Lorenzo, el maestro. A la tarde, en la taberna, don Lorenzo lió° un cigarrillo junto a Emeterio, que fue a echarse° una copa de anís.

—He visto al Lope —dijo—. Subía para Sagrado. Lástima de° chico.

—Sí —dijo Emeterio, limpiándose los labios con el dorso de la mano—. Va de pastor. Ya sabe: hay que ganarse el currusco.° La vida está mala. El «esgraciao» del Pericote° no le dejó ni una tapia en que apoyarse y reventar.°

—Lo malo —dijo don Lorenzo, rascándose° la oreja con su uña larga y amarillenta— es que el chico vale. Si tuviera medios° podría sacarse partido de él.° Es listo. Muy listo. En la escuela...

Emeterio le cortó,° con la mano frente a los ojos:

—¡Bueno, bueno! Yo no digo que no. Pero hay que ganarse el currusco. La vida está peor cada día que pasa.

Pidió otra de anís. El maestro dijo que sí, con la cabeza.

Lope llegó a Sagrado y voceando° encontró a Roque el Mediano. Roque era algo retrasado° y hacía unos quince años que pastoreaba para Emeterio. Tendría cerca de cincuenta años y no hablaba casi nunca. Durmieron en el mismo chozo de barro,° bajo los robles,° aprovechando el abrazo de las raíces. En el chozo sólo cabían echados° y tenían que entrar a gatas,° medio arrastrándose.° Pero se estaba fresco en el verano y bastante abrigado° en el invierno.

El verano pasó. Luego el otoño y el invierno. Los pastores no bajaban al pueblo, excepto el día de la fiesta.° Cada quince días un zagal° les subía la «collera»°; pan, cecina, sebo, ajos. A veces, una bota de vino. Las cumbres° de Sagrado eran hermosas, de un azul profundo, terrible, ciego. El sol, alto y redondo, como una pupila impertérrita,° reinaba allí. En la neblina° del amanecer, cuando aún no se oía el zumbar° de las moscas ni crujido° alguno, Lope solía despertar, con la techumbre° de barro encima de los ojos. Se quedaba quieto un rato, sintiendo en el costado° el cuerpo de Roque el Mediano, como un bulto alenteante.° Luego, arrastrándose, salía para el cerradero.° En el cielo, cruzados como estrellas fugitivas, los gritos se perdían, inútiles y grandes. Sabía Dios hacia qué parte caerían. Como las piedras. Como los años. Un año, dos, cinco.

Cinco años más tarde, una vez, Emeterio le mandó llamar, por el zagal. Hizo reconocer° a Lope por el médico, y vio que estaba sano y fuerte, crecido como un árbol.

---

pan duro / bolsa de cuero
lardo
Hora de salir
¡A trabajar!
shepherd's staff
inclinado
subiendo / colina
rolled
beber
Lástima... Pobre
crust of bread
El... *That good-for-nothing father of his, Pericote* / **No...** *didn't even leave him a place to die* / *scratching* / apoyo económico / **podría...** *he could be made into a great success* / interrumpió
gritando
retardado
mud / *oaks*
sólo... *they could only fit lying down* / **a...** *crawling* / *dragging themselves* / caliente
celebración anual / muchacho
food supply / picos
serena / *fog*
buzzing / sonido
techo viejo
en... al lado
bulto... presencia reconfortante / *cliff*

—¡Vaya roble!° —dijo el médico, que era nuevo. Lope enrojeció° y no supo qué contestar.

Francisca se había casado y tenía tres hijos pequeños, que jugaban en el portal de la plaza. Un perro se le acercó, con la lengua colgando. Tal vez le recordaba. Entonces vio a Manuel Enríquez, el compañero de la escuela que siempre le iba a la zaga.° Manuel vestía un traje gris y llevaba corbata. Pasó a su lado y les saludó con la mano.

Francisca comentó:

—Buena carrera,° ése. Su padre lo mandó estudiar y ya va para° abogado.

Al llegar a la fuente volvió a encontrarlo. De pronto, quiso llamarle. Pero se le quedó el grito detenido,° como una bola, en la garganta.

—¡Eh! —dijo solamente. O algo parecido.

Manuel se volvió a mirarle, y le conoció. Parecía mentira: le conoció. Sonreía.

—¡Lope! ¡Hombre, Lope...!

¿Quién podía entender lo que decía? ¡Qué acento tan extraño tienen los hombres, qué raras palabras salen por los oscuros agujeros° de sus bocas! Una sangre espesa iba llenándole las venas, mientras oía a Manuel Enríquez.

Manuel abrió una cajita plana,° de color de plata, con los cigarrillos más blancos, más perfectos que vio en su vida. Manuel se la tendió,° sonriendo.

Lope avanzó su mano. Entonces se dio cuenta de que era áspera, gruesa. Como un trozo° de cecina. Los dedos no tenían flexibilidad, no hacían el juego.° Qué rara mano la de aquel otro: una mano fina, con dedos como gusanos° grandes, ágiles, blancos, flexibles. Qué mano aquélla, de color de cera,° con las uñas brillantes, pulidas. Qué mano extraña: ni las mujeres la tenían igual. La mano de Lope rebuscó, torpe.° Al fin, cogió el cigarrillo, blanco y frágil, extraño, en sus dedos amazacotados°: inútil, absurdo, en sus dedos. La sangre de Lope se le detuvo entre las cejas. Tenía una bola de sangre agolpada,° quieta, fermentando entre las cejas. Aplastó° el cigarrillo con los dedos y se dio media vuelta.° No podía detenerse, ni ante la sorpresa de Manuelito, que seguía llamándole:

—¡Lope! ¡Lope!

Emeterio estaba sentado en el porche, en mangas de camisa,° mirando a sus nietos. Sonreía viendo a su nieto mayor, y descansando de la labor, con la bota de vino al alcance° de la mano. Lope fue directo a Emeterio y vio sus ojos interrogantes y grises.

—Anda, muchacho, vuelve a Sagrado, que ya es hora...

En la plaza había una piedra cuadrada, rojiza. Una de esas piedras grandes como melones que los muchachos transportan desde alguna pared derruida.° Lentamente, Lope la cogió° entre sus manos. Emeterio le miraba, reposado,° con una leve curiosidad. Tenía la mano derecha metida entre la faja° y el estómago. Ni siquiera le dio tiempo de sacarla: el golpe sordo,° el salpicar° de su propia sangre en el pecho, la muerte y la sorpresa, como dos hermanas, subieron hasta él, así, sin más.

75 80 85 90 95 100 105 110 115

Strong as an oak! / se puso rojo

iba... seguía atrás

profesión / **va...** casi es

se... *his voice got stuck*

aberturas

cajita.... *small flat box*

ofreció

slice

hacían... funcionaban bien

worms

wax

clumsy

dañados

crowded together / *He crushed* / **se...** se fue para otro lado

mangas... *shirtsleeves*

al... cerca

destruida / tomó

tranquilo / *sash*

golpe... *dull thud* / *splash*

in handcuffs / gritando / golpear / levantados / *grief*

Cuando se lo llevaron esposado,° Lope lloraba. Y cuando las mujeres, aullando° como lobas, le querían pegar° e iban tras él, con los mantos alzados° sobre las cabezas, en señal de duelo,° de indignación. «Dios mío, él que le había recogido. Dios mío, él que le hizo hombre. Dios mío, se habría muerto de hambre si él no le recoge...» Lope sólo lloraba y decía: 120

—Sí, sí, sí...

Preguntas

1. ¿Por qué fue Lope a la casa de don Emeterio y su familia? ¿Cuánto tiempo pasó allí? ¿Dónde durmió?
2. ¿Cree usted que Emeterio y su familia lo recibieron bien o mal? ¿Por qué?
3. ¿Adónde lo mandó don Emeterio? ¿Para hacer qué?
4. ¿Con quién trabajaba Lope? ¿Cómo era?
5. ¿Dónde vivió Lope durante los próximos cinco años? ¿Cómo era su vida?
6. ¿Cómo había cambiado Manuel, el antiguo compañero de Lope? ¿Cómo eran sus manos?
7. ¿Por qué no pudo hablar Lope con él?
8. ¿Cómo mató Lope a don Emeterio? ¿Qué piensa la gente del pueblo del asesinato? ¿Qué piensa Lope mismo?
9. ¿Cómo interpreta usted el título del cuento? ¿Quién cometió el «pecado»?

Análisis de encuentros

Lea en voz alta, junto con un(a) compañero(a), las siguientes secciones del cuento, cada persona leyendo un párrafo sí y otro no. Luego, expliquen qué importancia tiene para la historia el encuentro descrito en cada sección.

1. La conversación en la taberna entre don Emeterio y don Lorenzo, el maestro de la escuela, líneas 41–50.
2. Los intentos de una conversación en la calle entre Lope y Manuel Enríquez, líneas 84–104.

Ustedes son los jueces

Discutan en un grupo de tres a cuatro personas la siguiente pregunta: ¿Es culpable de homicidio Lope y cuál debe ser su sentencia? Alguien debe hacer el papel del abogado que defiende a Lope y habla a su favor. Otra persona debe ser el fiscal *(prosecutor)* que habla en contra de él. El resto del grupo son los jueces.

Si Lope es culpable, ¿qué tipo de homicidio cometió: homicidio premeditado *(murder in the first degree)* u homicidio sin premeditación *(manslaughter)*? ¿O estaba loco? ¿Qué sentencia recomiendan: la pena capital, cadena perpetua, cierto número de años en la cárcel, tratamiento psiquiátrico u otra sentencia? ¿Por qué?

La novela

Antes de leer

Gabriel García Márquez (n. 1928), novelista y cuentista colombiano, es probablemente el escritor latinoamericano de más fama internacional en la actualidad. La siguiente selección es de su obra maestra, la novela *Cien años de soledad*. Pero, en realidad, esta selección es como un cuento completo e independiente incluido dentro de la novela. Por eso se puede leer sin conocer toda la novela. Además, es un episodio muy interesante que ilustra bien la dimensión mágica y fantástica del libro.

Gabriel García Márquez, escritor colombiano

Los personajes

Antes de leer la selección, lea las siguientes indicaciones para familiarizarse con los personajes.

JOSÉ ARCADIO BUENDÍA fundador del pueblo de Macondo y patriarca de la familia, un hombre soñador e idealista que pasa mucho tiempo en un laboratorio que ha construido en su casa, buscando los secretos de la ciencia y de la vida.

AURELIANO hijo de José Arcadio que lo ayuda muchas veces en el laboratorio.

ÚRSULA esposa de José Arcadio y arquetipo de la madre, una mujer muy práctica que ha iniciado en su casa un lucrativo negocio que consiste en fabricar caramelos en forma de animalitos, que se venden en Macondo.

REBECA hija adoptiva de José Arcadio y Úrsula, que llegó a la casa un día, llevando un bolso que contenía los huesos de unos padres que ella no recordaba. Durante un tiempo, tenía la mala costumbre de comer tierra.

VISITACIÓN Y CATAURE los indígenas que acompañaban a Rebeca y que ahora viven con los Buendía.

MELQUÍADES un gitano muy viejo y sabio, practicante de la magia, que visita a los Buendía de vez en cuando, mostrándoles siempre novedades maravillosas.

Búsqueda de detalles

Mire el título (del episodio), el dibujo en la página 224 y las líneas 1–25. Luego, conteste estas preguntas:

1. Simplemente mirando el título y la ilustración, ¿qué cree usted que va a pasar?
2. ¿Qué hizo Cataure al saber que la peste había entrado en la casa? ¿Qué hizo Visitación?
3. ¿Por qué estaba tan alarmada Visitación? ¿Cómo reaccionaron José Arcadio Buendía y Úrsula?

Termine usted la lectura para ver qué pasa con esta extraña peste.

Cien años de soledad

Gabriel García Márquez

Selección: El episodio de «La peste del insomnio»

Una noche, por la época en que Rebeca se curó del vicio de comer tierra y fue llevada a dormir en el cuarto de los otros niños, la india que dormía con ellos despertó por casualidad° y oyó un extraño ruido intermitente en el rincón. Se incorporó alarmada, creyendo que había entrado un animal en el cuarto, y entonces vio a Rebeca en el mecedor,° chupándose el dedo° y con los ojos alumbrados como los de un gato en la oscuridad. Pasmada de terror, atribulada por la fatalidad de su destino, Visitación reconoció en esos ojos los síntomas de la enfermedad cuya amenaza los había obligado, a ella y a su hermano, a desterrarse° para siempre de un reino milenario° en el cual eran príncipes. Era la peste del insomnio.

Cataure, el indio, no amaneció en la casa.° Su hermana se quedó, porque su corazón fatalista le indicaba que la dolencia letal había de perseguirla de todos modos hasta el último rincón de la tierra. Nadie entendió la alarma de Visitación. «Si no volvemos a dormir, mejor», decía José Arcadio Buendía, de buen humor. «Así nos rendirá más la vida.°» Pero la india les explicó que lo más temible de la enfermedad del insomnio no era la imposibilidad de dormir, pues el cuerpo no sentía cansancio alguno, sino su inexorable evolución hacia una manifestación más crítica: el olvido.° Quería decir que cuando el enfermo se acostumbraba a su estado de vigilia,° empezaban a borrarse° de su memoria los recuerdos de la infancia, luego el nombre y la noción de las cosas, y por último la identidad de las personas y aun la conciencia del propio ser,° hasta hundirse° en una especie de idiotez sin pasado. José Arcadio Buendía, muerto de risa, consideró que se trataba de una de tantas dolencias inventadas por la superstición de los indígenas. Pero Úrsula, por si acaso,° tomó la precaución de separar a Rebeca de los otros niños.

por... *by chance*
rocking chair / **chupándose...** *sucking her thumb*
exiliarse / muy antiguo
no... *was not in the house at dawn*
nos... *we will get more out of life*
forgetfulness
insomnio / *erase themselves*
del... *of his own being*
hasta... *until he sank*
por... *just in case*

Al cabo de varias semanas, cuando el terror de Visitación parecía aplacado,° José Arcadio Buendía se encontró una noche dando vueltas en la cama sin poder dormir. Úrsula, que también había despertado, le preguntó qué le pasaba, y él le contestó: «Estoy pensando otra vez en Prudencio Aguilar.°» No durmieron un minuto, pero al día siguiente se sentían tan descansados que se olvidaron de la mala noche. Aureliano comentó asombrado a la hora del almuerzo que se sentía muy bien a pesar de que había pasado toda la noche en el laboratorio dorando un prendedor° que pensaba regalarle a Úrsula el día de su cumpleaños. No se alarmaron hasta el tercer día, cuando a la hora de acostarse se sintieron sin sueño, y cayeron en la cuenta de que llevaban más de cincuenta horas sin dormir.

—Los niños también están despiertos —dijo la india con su convicción fatalista—. Una vez que entra en la casa, nadie escapa a la peste.

Habían contraído, en efecto, la enfermedad del insomnio. Úrsula, que había aprendido de su madre el valor medicinal de las plantas, preparó e hizo beber a todos un brebaje° de acónito,° pero no consiguieron dormir, sino que estuvieron todo el día soñando despiertos. En ese estado de alucinada lucidez° no sólo veían las imágenes de sus propios sueños, sino que los unos veían las imágenes soñadas por los otros. Era como si la casa se hubiera llenado de visitantes. Sentada en su mecedor en un rincón de la cocina, Rebeca soñó que un hombre muy parecido a ella, vestido de lino blanco y con el cuello de la camisa cerrado por un botón de oro, le llevaba un ramo de rosas. Lo acompañaba una mujer de manos delicadas que separó una rosa y se la puso a la niña en el pelo. Úrsula comprendió que el hombre y la mujer eran los padres de Rebeca, pero aunque hizo un gran esfuerzo por reconocerlos, confirmó su certidumbre de que nunca los había visto. Mientras tanto, por un descuido° que José Arcadio Buendía no se perdonó jamás, los animalitos de caramelo fabricados en la casa seguían siendo vendidos en el pueblo. Niñas y adultos chupaban encantados los deliciosos gallitos° verdes del insomnio, los exquisitos peces rosados del insomnio y los tiernos caballitos amarillos del insomnio, de modo que el alba° del lunes sorprendió despierto a todo el pueblo. Al principio nadie se alarmó. Al contrario, se alegraron de no dormir, porque entonces había tanto que hacer en Macondo que el tiempo apenas alcanzaba.° Trabajaron tanto, que pronto no tuvieron nada más que hacer, y se encontraron a las tres de la madrugada con los brazos cruzados, contando el número de notas que tenía el valse de los relojes. Los que querían dormir, no por cansancio sino por nostalgia de los sueños, recurrieron a toda clase de métodos agotadores.° Se reunían a conversar sin tregua,° a repetirse durante horas y horas los mismos chistes, a complicar hasta los límites de la exasperación el cuento del gallo capón,° que era un juego infinito en que el narrador preguntaba si querían que les contara el cuento del gallo capón, y cuando contestaban que sí, el narrador decía que no había pedido que dijeran que sí, sino que si querían que les contara el cuento del gallo capón, y cuando contestaban que no, el narrador decía que no les había pedido que dijeran que no, sino que si querían que les contara el cuento del gallo capón, y cuando se quedaban callados el narrador decía que no les

30 35 40 45 50 55 60 65 70

calmado

Prudencio... hombre a quien mató José Arcadio y cuyo fantasma los visita a veces

dorando... *gilding a brooch*

brew / planta medicinal

alucindada... *hallucinated lucidity*

negligencia

small roosters

comienzo del día

era suficiente

para cansarse

pausa

gallo... capón *(gelded rooster)*

había pedido que se quedaran callados, sino que si querían que les contara el cuento del gallo capón, y nadie podía irse, porque el narrador decía que no les había pedido que se fueran, sino que si querían que les contara el cuento del gallo capón, y así sucesivamente,° en un círculo vicioso que se prolongaba por noches enteras. 75

y... *and so on and so forth*

Cuando José Arcadio Buendía se dio cuenta de que la peste había invadido al pueblo, reunió a los jefes de familia para explicarles lo que sabía sobre la enfermedad del insomnio, y se acordaron medidas para impedir que el flagelo° se propagara a otras poblaciones de la ciénaga.° Fue así como se 80 quitaron a los chivos° las campanitas° que los árabes cambiaban por guacamayas, y se pusieron a la entrada del pueblo a disposición de quienes desatendían° los consejos y súplicas de los centinelas° e insistían en visitar la población. Todos los forasteros que por aquel tiempo recorrían las calles de Macondo tenían que hacer sonar su campanita para que los enfermos supieran 85 que estaban sanos. No se les permitía comer ni beber nada durante su estancia, pues no había duda de que la enfermedad sólo se transmitía por la boca, y todas las cosas de comer y de beber estaban contaminadas de insomnio. En esa forma se mantuvo la peste circunscrita° al perímetro de la población. Tan eficaz fue la cuarentena, que llegó el día en que la situación de 90 emergencia se tuvo por cosa natural, y se organizó la vida de tal modo que el trabajo recobró su ritmo y nadie volvió a preocuparse por la inútil costumbre de dormir.

scourge / *swampy region*
goats / *little bells*
no escuchaban / *sentries*
limitada

Fue Aureliano quien concibió la fórmula que había de defenderlos durante varios meses de las evasiones de la memoria. La descubrió por casualidad. Insomne° experto, por haber sido uno de los primeros, había aprendido a la perfección el arte de la platería.° Un día estaba buscando el pequeño yunque° que utilizaba para laminar los metales, y no recordó su nombre. Su padre se lo dijo: «tas». Aureliano escribió el nombre en un papel que pegó con goma° en la base del yunquecito: *tas*. Así estuvo seguro de no olvidarlo en el futuro. No se le ocurrió que fuera aquella la primera manifestación del olvido, porque el objeto tenía un nombre difícil de recordar. Pero pocos días después descubrió que tenía dificultades para recordar casi todas las cosas del laboratorio. Entonces las marcó con el nombre respectivo, de modo que le bastaba con leer la inscripción para identificarlas. Cuando su padre le comunicó su alarma por haber olvidado hasta los hechos más impresionantes de su niñez, Aureliano le explicó su método, y José Arcadio Buendía lo puso en práctica en toda la casa y más tarde lo impuso a todo el pueblo. Con un hisopo entintado° marcó cada cosa con su nombre: *mesa, silla, reloj, puerta, pared, cama, cacerola*. Fue al corral y marcó los animales y las plantas: *vaca, chivo, puerco, gallina, yuca,° malanga,° guineo.°* Poco a poco, estudiando las infinitas posibilidades del olvido, se dio cuenta de que podía llegar un día en que se reconocieran las cosas por sus inscripciones, pero no se recordara su utilidad. Entonces fue más explícito. El letrero que colgó en la cerviz° de la vaca era una muestra ejemplar de la forma en que los habitantes de Macondo estaban dispuestos a luchar contra el olvido: *ésta es la vaca, hay que ordeñarla° todas las mañanas para que produzca leche y a la leche hay que hervirla para mezclarla con el café y hacer café con leche*. Así continuaron viviendo en una realidad escurridiza,° momentáneamente capturada por las palabras, pero que había de fugarse° sin remedio cuando olvidaran los valores de la letra escrita.

En la entrada del camino de la ciénaga se había puesto un anuncio° que decía *Macondo* y otro más grande en la calle central que decía *Dios existe*. En todas las casas se habían escrito claves° para memorizar los objetos y los sentimientos. Pero el sistema exigía tanta vigilancia y tanta fortaleza moral, que muchos sucumbieron al hechizo° de una realidad imaginaria, inventada por ellos mismos, que les resultaba menos práctica pero más reconfortante. Pilar Ternera° fue quien más contribuyó a popularizar esa mistificación, cuando concibió el artificio de leer el pasado en las barajas° como antes había leído el futuro. Mediante ese recurso, los insomnes empezaron a vivir en un mundo construido por las alternativas inciertas de los naipes, donde el padre se recordaba apenas como el hombre moreno que había llegado a principios de abril y la madre se recordaba apenas como la mujer trigueña° que usaba un anillo de oro en la mano izquierda, y donde una fecha de nacimiento quedaba reducida al último martes en que cantó la alondra° en el laurel. Derrotado° por aquellas prácticas de consolación, José Arcadio Buendía decidió entonces construir la máquina de la memoria que una vez había deseado para acordarse de los maravillosos inventos de los gitanos. El artefacto se fundaba en la posibilidad de repasar todas las mañanas, y desde el principio hasta el fin, la totalidad de los conocimientos adquiridos en la vida. Lo imaginaba como un diccionario giratorio° que un individuo situado en el eje° pudiera operar mediante una manivela,°

95 *Insomniac*
working with silver / *anvil*
glue
100
105
hisopo... *inked brush*
manioc / *edible root*
110 *banana*
neck
115 *milk it*
slippery
escaparse
120 *poster*
key words
seducción mágica
125
mujer que trabaja como adivina / naipes
130
de pelo café claro
lack / *Defeated*
135
rotating / *axis* / *handle*

140 de modo que en pocas horas pasaron frente a sus ojos las nociones más necesarias para vivir. Había logrado escribir cerca de catorce mil fichas,° cuando apareció por el camino de la ciénaga un anciano estrafalario° con la campanita triste de los durmientes, cargando una maleta ventruda° amarrada con cuerdas y un carrito cubierto de trapos° negros. Fue directamente a la casa de José Ar-
145 cadio Buendía.

entries · raro · *bulging* · *rags*

Visitación no lo conoció al abrirle la puerta, y pensó que llevaba el propósito de vender algo, ignorante de que nada podía venderse en un pueblo que se hundía sin remedio en el tremedal° del olvido. Era un hombre decrépito. Aunque su voz estaba también cuarteada° por la incertidumbre y sus manos
150 parecían dudar de la existencia de las cosas, era evidente que venía del mundo donde todavía los hombres podían dormir y recordar. José Arcadio Buendía lo encontró sentado en la sala, abanicándose° con un remendado sombrero negro, mientras leía con atención compasiva los letreros pegados en las paredes. Lo saludó con amplias muestras de afecto, temiendo haberlo
155 conocido en otro tiempo y ahora no recordarlo. Pero el visitante advirtió su falsedad. Se sintió olvidado, no con el olvido remediable del corazón, sino con otro olvido más cruel e irrevocable que él conocía muy bien, porque era el olvido de la muerte. Entonces comprendió. Abrió la maleta atiborrada° de objetos indescifrables, y de entre ellos sacó un maletín con muchos frascos.° Le
160 dio a beber a José Arcadio Buendía una sustancia de color apacible, y la luz se hizo en su memoria. Los ojos se le humedecieron de llanto,° antes de verse a sí mismo en una sala absurda donde los objetos estaban marcados, y antes de avergonzarse de las solemnes tonterías escritas en las paredes, y aun antes de reconocer al recién llegado en un deslumbrante resplandor° de alegría. Era
165 Melquíades.

quicksand · *cracked* · *fanning himself* · muy llena · botellas · lágrimas · *flash*

Comprensión de la lectura: Leer con precisión

Escoja la mejor manera de terminar las siguientes frases.

1. Una noche, Visitación se dio cuenta de que la peste del insomnio había entrado en la casa cuando (vio que la niña no podía dormir / oyó los ruidos de un animal en el cuarto / reconoció los ojos de un gato en la oscuridad).
2. Según Visitación, lo horrible de la peste del insomnio era (la imposibilidad de dormir / la falta de cansancio en el cuerpo / la pérdida de la memoria).
3. La enfermedad se transmitía al resto del pueblo por medio de (unos peces que la gente encontraba en el lago / un caballo que caminaba por todas partes / unos caramelos que se fabricaban en la casa).
4. Para no contaminarse de la peste, los visitantes eran obligados a (llevar una campanita / comer y beber poco / tomar un medicamento).
5. Mucha gente iba a visitar a Pilar Ternera porque ella usaba los naipes para (resolver los problemas / explicar el pasado / predecir el futuro).

Preguntas

1. ¿Qué hizo Úrsula cuando vio que todos tenían insomnio? ¿Qué consecuencias trajo este remedio?
2. ¿Por qué no se alarmó la gente al principio cuando se enfermó de la peste?
3. ¿Qué hacía la gente durante las largas horas en que no podía dormir? ¿Qué hace usted cuando tiene insomnio?
4. ¿Cuál fue la fórmula que inventó Aureliano como defensa contra el olvido? ¿Qué problemas tenía esa «solución»?
5. ¿Qué decidió hacer José Arcadio? ¿Qué le parece a usted esta idea?
6. ¿Quién llegó por fin a Macondo? ¿Cómo curó a José Arcadio?

Opiniones

Trabaje con otras dos o tres personas con estas preguntas.

1. ¿Creen ustedes que se puede tomar este trozo de *Cien años de soledad* como un ejemplo del **realismo mágico?** Expliquen.
2. Según su opinión, ¿qué significado histórico, filosófico o social tiene este episodio?
3. ¿Qué creen ustedes que le pasaría a la gente si no pudiera dormir? ¿Sería bueno si los científicos inventaran una píldora para reemplazar el sueño o no? ¿Por qué?

Composición

Escriba usted una composición de dos párrafos sobre la selección de este capítulo que más le ha gustado. En el primer párrafo, dé un breve resumen de la obra, y en el segundo párrafo explique por qué le ha gustado. Finalmente, invente un buen título para su composición.

Vocabulary

Spanish-English Vocabulary

Some tips on using this end vocabulary:

1. Until recently, the compound letters **ch** and **ll** were considered single letters of the Spanish alphabet, and words beginning with them were put under separate headings. This has changed, and they are now listed under **c** or **l.***
   However, the letter **ñ** is still a separate letter. Therefore, an **ñ** appearing in the middle of a word will cause the word to be placed after equivalent words containing an **n.** For example:

   canto
   caña

2. If a verb has a stem change, the change is indicated in the parentheses following the infinitive. For example, **sentir (siento, sintió)** is listed **sentir (ie, i)**, and **jugar (juego)** is listed **jugar (ue)**. Verbs with spelling changes in certain forms also show the changes in parentheses. Example: **parecer (zc)** to indicate the forms **parezco, parezca.**
3. Idioms are generally listed under the word considered to be most important or distinguishing. For example, **a pesar de** is listed under **pesar.** However, in many cases these expressions are cross-referenced.
4. Some Spanish cognates that are identical or very similar to their English equivalents are not included in this end vocabulary.
5. Note that the definitions given in this vocabulary listing refer to the context in which the word appears in the text.

Abbreviations

abbr. abbreviation
adj. adjective
alt. alternate
angl. anglicism
augm. augmentative
aux. auxiliary
coll. colloquial
cond. conditional
contr. contraction
dim. diminutive
e.g. for example
esp. especially
excl. exclamatory
f. feminine
fam. familiar **(tú** or **vosotros)**
fig. figurative
fut. future
gall. gallicism

---

* In 1993, the Spanish Royal Academy changed the status of the letters **ch** and **ll** from that of separate letters to mere combinations of letters. This was done in part because of pressure for standardization from other countries in the European Union.

ger. gerund
imp. imperative
impf. imperfect
inf. infinitive
interj. interjection
irreg. irregular verb
iron. ironical
m. masculine
m. & f. masculine and feminine
neol. neologism
part. participle
pej. pejorative
pl. plural
prep. preposition
pres. present
pret. preterit
ptp. past participle
s. singular
subj. subjunctive
sup. superlative
v. verb
var. variation

A

a to; at; for; by; **a causa de** because of; **a continuación** following (this or that); **a diferencia de** in contrast to; unlike; **a la vez** at the same time; **a lo largo** through; along; **a pesar de** in spite of; **a través de** through, by means of; **a sí mismo** to himself, to one's self; **a veces** at times; **a ver** let's see
abajo below
abalorio *m.* glass bead
abandonar to abandon, leave behind
abanicarse to fan oneself
abatido brought low, cut down
abedul *m.* birch tree
abierto (*ptp.* of **abrir**) open, opened
abismo *m.* abyss, gap
ablandar to soften
abogado/a *m. & f.* lawyer
abolir to abolish, repeal
abono *m.* subscription, membership
abordar to tackle, undertake, consider
aborigen *m. & f.* aboriginal
aborrecer (zc) to hate, abhor
aborto *m.* abortion
abotonar(se) to button
abrasarse to burn up
abrazar(se) (c) to hug, embrace
abrazo *m.* hug, embrace
abrigado sheltered
abrigo *m.* overcoat
abrir(se) to open
absorbido absorbed
absorto amazed; absorbed in thought
absurdo absurd
abuelo *m.* grandfather; **abuela** *f.* grandmother; **abuelos** *m. pl.* grandparents
abundancia *f.* abundance
abundar to abound, be plentiful
aburrido bored
aburrimiento *m.* boredom
aburrirse to be bored
abusar (de) to abuse
abuso *m.* abuse
acabar(se) to finish, end; **acabar bien** to have a happy ending; **acabar de** + *inf.* to have just + *ptp.*
acalorar to warm
acampanado bell shaped
acariciar to caress
acarrear to occasion, cause
acaso perhaps; by chance; **por si acaso** just in case
acceder to gain; **acceder a** to succeed to (a title, the throne, etc.)
acceso *m.* entry, access
accidentado *m.* victim of an accident
acción *f.* action
aceite *m.* oil
aceituna *f.* olive
acelerar to accelerate
acento *m.* accent
acentuar to stress, to accentuate
aceptación *f.* acceptance; approval
acera *f.* sidewalk
acerca de about, concerning
acercamiento *m.* bringing closer together, rapprochement
acercarse (qu) (a) to come near (to), approach
acero *m.* steel
acertado pertinent, apt
acertar (ie) to be successful
achicar to make smaller
acierto *m.* success; skill
aclamar to acclaim
aclarar to make clear
acoger (j) to receive
acomodarse to accommodate, find a place for; to adapt, to adjust

acompañante *m. & f.* companion, attendant, escort
acompañar to accompany
acongojado distressed
aconsejar to advise, counsel
acontecimiento *m.* event, happening
acordar (ue) to agree; **acordarse (de)** to remember
acorralado trapped, cornered
acoso *m.* harassing, harassment, hounding
acostarse (ue) to lie down, go to bed
acostumbrado accustomed
acostumbrar(se) to become accustomed, be in the habit
acotación *f.* stage direction
acremente sharply, bitterly
actitud *f.* attitude
actividad *f.* activity
acto *m.* act; ceremony; **en el acto** immediately
actriz *f.* actress
actuación *f.* performance
actual current, present
actualidad *f.* present time
actualizar to update
actualmente at present
actuar to act
acudir (a) to come; to go, be present, show up; **acudir a** to resort to
acuerdo *m.* agreement, pact; **de acuerdo con** in accordance with; **estar de acuerdo con** to agree with
acumular to accumulate, hoard
acupuntura *f.* acupuncture
acurrucarse to curl up; to cower
acusación *f.* accusation
acusar to accuse
adaptación *f.* adjustment
adecuado adequate; fitting, suitable
adelantarse to move forward, go ahead
adelante forward
adelanto *m.* progress
adelgazar (c) to lose weight
ademán *m.* gesture, expression
además besides, moreover; **además de** in addition to
adentrarse (en) to search deeper into a subject
adentro inside; **adentro de** in (the water, etc.)
adherir (ie, i) to stick
adiestrado trained to be skilled, proficient
adinerado wealthy
adivinar to guess
adivino/a *m. & f.* fortune teller
adjetivo *m.* adjective
adjudicar (qu) to judge; to award
adjunto adjunct, attached
administración *f.* administration; **administración de empresas** business administration
administrar to administrate
administrativo administrative
adolorido aching
¿adónde? where?
adornado decorated
adornar to decorate
adorno *m.* decoration
adquirir (ie) to acquire
adscrito/a *m. & f.* one who ascribes to something, a follower
aduana *f.* customs
adulto/a *m. & f.* mature, adult
adversario *m. & f.* adversary, opponent
advertir (ie, i) to notice
áereo of the air; **líneas áereas** airlines
aeromozo *m.* air steward; **aeromoza** *f.* air stewardess
afán *m.* eagerness
afanoso hardworking, eager, keen
afear to condemn
afectado affected
afectar to affect
afecto *m.* affection
afeitarse to shave
afeite *m.* makeup
afianzamiento *m.* securing
afición *f.* fondness, liking, enthusiasm
aficionado (a) fond (of), having a liking (for)
afiebrado feverish, very hot
afirmación *f.* affirmation
afirmar to affirm, assert
aflicción *f.* affliction, distress
afligido afflicted
afligir to afflict; to sadden
aflojar to loosen
afluente affluent
afortunadamente fortunately, luckily
afortunado/a *m. & f.* fortunate, lucky
afroamericano African-American
afrontar to face, confront
afuera outside
afueras *f. pl.* outskirts
agarrarse to hold on, to grab
agarrotarse to stiffen
agave *f.* maguey cactus
agencia *f.* agency
agitarse to get upset
agobiar to overwhelm, oppress (with work, problems, etc.)
agonía *f.* agony, death throes
agonizante dying
agostar to become parched or dried up
agotador exhausting
agotarse to become exhausted
agraciado charming, gracious

agradable agreeable, pleasant
agradar to please, gratify
agradecer (zc) to thank
agradecido grateful
agravar to aggravate, make worse
agravarse to get worse, worsen
agregar (gu) to add
agresividad *f.* aggressiveness
agresivo aggressive
agrícola agricultural
agricultor/a *m. & f.* farmer
agrio discordant, unharmonious (colors)
agrónomo agronomical, pertaining to the management of farmland
agrupación *f.* grouping, social unit
agua *f.* water
aguacate *m.* avocado
aguacero *m.* downpour
aguantar to put up with; to hold back
aguardar to wait for, await
agudo sharp; witty; acute
águila *f.* eagle
agüita *f. dim. of* **agua**
aguja *f.* needle
agujero *m.* hole
Agustín Augustine
ahí there; **de ahí** with the result that; **por ahí** around
ahogarse (gu) to drown, suffocate
ahora now
ahorrar to save, to economize
ahorros *m. pl.* savings
aislado isolated
ajeno a alien from, apart from
ajo *m.* garlic
alarma *f.* alarm, warning; **voz de alarma** cry of alarm
alarmante alarming
alarmarse to become alarmed or frightened
alba *f.* dawn
Albacete *m.* a province of Spain
albañil *m.* mason, bricklayer
alborotar to agitate, stir up; to make a lot of noise
alcalde/sa *m. & f.* mayor
Alcaldía *f.* mayor's office
alcance *m.* reach; **al alcance de** within the reach of
alcanzar (c) to attain, reach; to be sufficient
aldea *f.* village
alegación *f.* allegation
alegar to allege
alegrar to make happy, to liven up
alegrarse (de) to be happy (about)
alegre cheerful, glad, merry, lively
alegría *f.* happiness, joy
alejado far away
Alejandro Alexander
alejarse to move away, go away; to recede
alemán *m.* German (language)
Alemania *f.* Germany
alentar to encourage
alergia *f.* allergy
aleteo *m.* flapping or flutter (usually of wings)
alfabeto *m.* alphabet
alfarería *f.* pottery
alga *f.* alga, seaweed
algarabía *f. (coll.)* din, clamor, jabbering
algo something; **algo** + *adj.* somewhat . . ., rather . . .
algodón *m.* cotton
alguien someone
algún *apocopated form of* **alguno**
alguno some; any; someone
alhajas *f. pl.* jewelry
aliado/a *m. & f.* ally
alianza *f.* alliance
aliento *m.* breath
alimentación *f.* nutrition
alimentar to nourish; **alimentarse de** to be fed on
alimenticio nutritional
alimentos *m. pl.* food
aliviar to relieve
allá (*alt. of* **allí**) there; **más allá de** beyond
allí there
alma *f.* soul; **romperse el alma** to try very hard
almacén *m.* department store; grocery store; warehouse, storehouse
almacenar to store
almorzar (ue) (c) to eat lunch
almuerzo *m.* lunch
alondra *f.* lark
alquiler *m.* rent
alrededor around
altanero haughty, arrogant; soaring
alteración *f.* change, alteration
alterar to change, alter
alternación *f.* alternation
alternar to alternate, take turns
alternativa *f.* alternative; choice, option
altibajos *m. pl.* ups and downs
altísimo (*sup. of* **alto**) very high
altitud *f.* altitude, elevation
altivez *f.* arrogance
alto tall; high; loud; **clase alta** upper class; **hacer un alto** to make a halt, come to a stop
altura *f.* height; **a estas alturas** at this (advanced) age; by now
alucinación *f.* hallucination
alucinar to hallucinate; to delude, dazzle
aludir (a) to allude, refer (to)
alumbrado luminous, lighted, lit

alumbrar to light, illuminate
alumno/a *m. & f.* student
alzado raised
alzar (c) to raise, lift
alzarse to rise, tower (above)
ama de casa *f.* housewife
amabilidad *f.* kindness, friendliness
amable kind, friendly
amado/a beloved
amanecer *m.* dawn, daybreak; **(zc)** *v.* to dawn, begin to get light; to start the day, to wake up
amante *m. & f.* lover
amar to love
amargar (gu) to embitter
amargo bitter
amarillento yellowish
amarillo yellow
amarrar to tie
amasado soft
amazacotado stodgy, lumpy
amazónico of the Amazon
ambicioso ambitious
ambientado decorated
ambiental environmental
ambiente *m.* atmosphere, environment
ámbito *m.* sphere, scope, range
ambos *m. pl.* both
amenaza *f.* threat, menace
amenazador threatening, menacing
amenazar (c) to threaten
América Latina *f.* Latin America
ametralladora *f.* machine gun
amigable friendly
amiguito *m.* (*dim. of* **amigo**) little friend, dear friend
amistad *f.* friendship, friendly relationship; **amistades** *f. pl.* friends
amistoso friendly
amnistía *f.* amnesty
amo *m.* master; **ama** *f.* lady
amor *m.* love; **amores** *m. pl.* romance, love affair
amorosidad *m. (coll.)* love
amoroso amorous; loving
ampliado expanded, amplified
ampliar to add to, to amplify
amplio full; bold; spacious, wide, roomy
analfabetismo *m.* illiteracy
analfabeto illiterate
análisis *m.* analysis
analista *m. & f.* analyst
analizar (c) to analyze
anarquía *f.* anarchy
anárquico anarchical
anarquismo *m.* anarchism
ancho wide, broad
anchoveta *f.* anchovy
anchura *f.* width, breadth
anciano/a *m. & f.* old person
andado trodden, walked (path)
Andalucía *f.* southern part of Spain, Andalusia
andaluza *f.* Andalusian (woman)
andando *(coll.)* going, time to go
andar (*irreg.*) to walk; to go about, go, keep on; to be; **¡Anda!** *(coll.)* Come on!, Cut it out!; **volver a las andadas** *(coll.)* to go back to one's old tricks
andino Andean
anécdota *f.* anecdote
anestésico *m.* anesthetic
anglicismo *m.* Anglicism
anglo/a *m. & f.* person of English heritage; English-speaking person
anglosajón/a Anglo-Saxon; *m. & f.* Anglo-Saxon
angosto narrow
ángulo *m.* angle, corner
angustia *f.* anguish, distress
anhelar to yearn for, to long for
anillo *m.* ring
animación *f.* animation, liveliness
animado animated, full of life
animador/a *m. & f.* moderator, announcer
animadversión *f.* enmity, ill will
animalito *m.* (*dim. of* **animal**) little animal
animarse to become lively, animated; to brighten up, feel encouraged
ánimo *m.* spirit, courage; **estado de ánimo** mood, frame of mind
anís *m.* anisette, a type of liquor made from anise
aniversario *m.* anniversary
anoche last night
anochecer *m.* nightfall; **(zc)** *v.* to get dark
anonimato *m.* anonymity
anónimo anonymous
anotar to write down; to note
ansia *f.* anxiety, yearning
ansiedad *f.* anxiety
ansioso anxious, anguished; uneasy, worried
Antártida *f.* Antarctica *(continent)*
ante before, in front of, in the presence of, faced with
anteceder to precede
antemano: de antemano beforehand
antena *f.* antenna, aerial
anteojos *m. pl.* glasses, spectacles
antepasado/a *m. & f.* ancestor
anterior previous, preceding, former
anteriormente previously
antes before; **antes de** before *(in time)*; **antes de** *+inf.* before *+ ger.*

antialcohólico antialcoholic, against alcohol
antibiótico *m.* antibiotic
anticipar to anticipate
anticonceptivo *m.* contraceptive
anticuerpo *m.* antibody
antiguamente in former times
antiguo old, ancient, old-fashioned; **antiguos** *m. pl.* the ancients
antihéroe *m.* antihero
antipolítico apolitical
antología *f.* anthology
antónimo *m.* antonym, word meaning the opposite of another
Antonio Anthony
anual annual, yearly
anualmente yearly, every year
anudarse to link itself, to be united
anular to annul, nullify, revoke
anunciar to announce, advertise
anuncio *m.* advertisement; notice, sign
añadir to add; to increase
año *m.* year; **hace... años** years ago; **tener... años** to be . . . years old
apacible peaceful; mild
apagar (gu) to switch off (lights); extinguish (fire); **apagarse** to dim or fade
apalear to beat, thrash
aparato *m.* apparatus; device
aparcamiento *m.* parking
aparecer (zc) to appear; to show up, turn up
aparecido *m.* apparition; specter
aparente apparent
aparición *f.* apparition
apariencia *f.* appearance; aspect
apartado separated; remote
apartamento *m.* apartment
apartarse to move away, withdraw
aparte apart, aside; separate
apasionado (por) impassioned; madly in love with; crazy (about)
apasionante passionate
apasionar to appeal deeply; to enthuse
apego *m.* attachment, fondness
apellido *m.* last name, surname
apenas scarcely
aperitivo *m.* aperitif, drink; appetizer
aperlado pearl colored
apestado/a *m. & f.* plague victim
apetecer (zc) to be appetizing to *(Spain)*
apetitoso appetizing
aplacar (qu) to appease, calm
aplastar to crush, flatten; **aplastarse** to become crushed, to flatten oneself (as against a wall)
aplaudir to applaud, clap
aplauso *m.* applause
aplicación *f.* application *(not in the sense of an application form)*
aplicado applied
aplicar (qu) to apply
apoderarse (de) to appropriate, seize, take possession of
aportar to bring, contribute
aporte *m.* contribution
apostar (ue) to bet, make a bet
apoyar to support, give support; to rest, lean
apoyo *m.* support, backing, aid
apreciación *f.* appraisal, evaluation; appreciation
apreciar to appreciate
aprender to learn
aprendizaje *m.* (act of) learning
apresuradamente hurriedly
apresurado hurried, rushed
apretadísimo (*sup. of* **apretado**) very compressed, pressed tightly together
apretar (ie) to press, squeeze; to harrass, plague; afflict
apretón *m.* grip, squeeze; **apretón de manos** handshake
apretura *f.* squeezing; being in a bind
aprisionar to imprison
aprobar (ue) to pass (an examination); to approve
aprontarse to prepare oneself
apropiado appropriate, fitting, correct
aprovechable available
aprovechamiento *m.* use, way to make use of
aprovechar to take advantage of
aproximadamente approximately
aproximarse to draw near, approach
aptitud *f.* aptitude
apuesta *f.* bet
apuntación *f.* notation, note
apuntador/a *m. & f.* time-keeper, recorder, prompter
apuntar to point out; to point, aim
apuntes *m. pl.* notes
apurar to purify, refine; to drain, finish up; to rush
apurarse to worry
apuro *m.* rush
aquel that; **en aquel tiempo** in that time
aquellos, aquellas those, those ones
aquí here
araña *f.* spider
arañarse to scratch one another; *(fig.)* to quarrel
árbol *m.* tree

arbusto *m.* bush
arder to burn
ardiente burning; ardent
arduo arduous
arena *f.* sand
arenita *f. dim. of* **arena**
arenoso sandy
argentino Argentinian; *m. & f.* Argentine, Argentinian
argot *m. (gall., coll.)* argot, jargon, slang
argumentar to argue (present arguments for or against a point)
argumento *m.* argument (in a line of reasoning); plot (of a story, film, etc.)
aridez *f.* barrenness, dryness
árido arid, barren
arisco surly
aristócrata *m. & f.* aristocrat
arma *f.* arm, weapon
armado armed
armadura *f.* armor
armamento *m.* armament; armaments, weapons
armar to cause, create (confusion); **armarse** *(fig.)* to arm oneself (with courage)
armonía *f.* harmony
armonizacíon *f.* harmonization
aro *m.* ring, loop, earring
aromático fragrant, aromatic
arpa *f.* harp
arqueología *f.* archaeology
arqueólogo/a *m. & f.* archeologist
arquetipo *m.* archetype
arquitectura *f.* architecture
arraigado deep rooted
arrancar (qu) to tear off, pull off; to set off, leave
arranque *m.* fit, outburst
arrastrar to drag; **arrastrarse** to drag oneself
arreando *(coll.)* get moving
arreglar to fix up, arrange, adjust; **arreglarse** to be arranged, settled; **bien arreglada** well attired, well dressed
arreglo *m.* arrangement, agreement
arrendado rented
arrendar (ie) to rent
arrepentimiento *m.* repentance
arrestar to arrest
arresto *m.* arrest
arriador/a *m. & f.* (bull) driver; wrangler
arriba above, up, upward
arrimarse to approach, to get near to
arrodillado kneeling
arrojar to throw (off, away); to shed
arrollado swept away
arroz *m.* rice
arruga *f.* wrinkle
arrugado *m.* wrinkled, creased
arruinar to ruin; to wreck, destroy
arruinarse to become ruined, to deteriorate
arte *m. & f.* art, fine arts
artefacto *m.* device; artifact
artesanía *f.* craft, handiwork
artesano/a *m. & f.* artisan
articulación *f.* joint (*anatomy*)
artículo *m.* article, essay
artificio *m.* artifice; ruse; **fuegos artificiales** fireworks
asado roasted; *m.* roast meat
asalto *m.* assault, attack
asamblea *f.* assembly
ascendencia *f.* ancestry
ascender to ascend, mount, climb
ascendiente *m. & f.* ancestor
ascenso *m.* rise, promotion, ascent
ascensor *m.* elevator
asco *m.* nausea
asegurar to assure, guarantee; to secure, fasten; to make firm
asentir (ie, i) to assent, to agree
asesinar to murder, to assassinate
asesinato *m.* assassination, murder
asesino/a *m. & f.* assasin, murderer
asesor/a *m. & f.* advisor
aseverar to affirm, to assert
así so; like that, like this; in this way; **así que** so that
asiático asiatic
asidero *m.* handle
asiento *m.* seat
asignado assigned
asignatura *f.* course, subject (in school)
asilo *m.* home (for the sick or insane); asylum
asimilación *f.* assimilation
asimilarse to become incorporated or assimilated
asir to grasp
asistencia *f.* attendance, presence; aid
asistente *m. & f.* person present
asistir to attend, take care of, nurse; **asistir a** to attend, be present at
asociación *f.* association
asociado associated
asociar(se) to associate
asomado sticking out from, showing from
asomarse to show, show up, appear
asombrarse to be astonished
asombro *m.* amazement, shock
asombroso astonishing, amazing
aspecto *m.* aspect; **de mejor aspecto** better looking

áspero harsh; rough
aspiración *f.* aspiration
aspirante *m. & f.* aspirant, candidate; applicant
aspirar (a) to aspire (to)
aspirina *f.* aspirin
asqueroso disgusting, loathsome
astro *m.* star
astronauta *m. & f.* astronaut
astucia *f.* cleverness, astuteness
astuto astute
asumir to assume (responsibilities)
asunto *m.* affair; business, matter
asustado frightened, afraid
asustar to frighten; **asustarse** to become frightened, to get scared
atacar (qu) to attack
atado *m.* pack
atajar to stop, halt
ataque *m.* attack
atar to tie, tie up; to bind
atardecer *m.* late afternoon; **(zc)** *v.* to draw toward evening
ataúd *m.* coffin
ataviado dressed, attired
atenazar to torture
atender (ie) to tend, take care of
atentado *m.* attempt, assault, attack, assassination attack
atentar (ie) to attempt a crime
ateo/a *m. & f.* atheist
aterido numbed (by the cold)
aterrizar (c) to land
atestar (ie) to stuff, pack, fill, cram
atisbar to watch, to observe
atisbo *m.* glimpse, sign, suspicion
atleta *m. & f.* athlete
atlético athletic
atletismo *m.* track and field
atmósfera *f.* atmosphere
atmosférico atmospheric, of the atmosphere
atónito amazed
atontado stunned, stupefied
atorar to obstruct, to clog
atormentado tormented, tortured
atraer *(irreg.)* to attract; to draw, lure
atrampillar to trap
atrapado caught
atrapar to catch
atrás behind; **hacia atrás** backwards; **más atrás** farther back; **veinte años atrás** twenty years ago
atrasado backward; late in time
atravesar (ie) to cross, to come across or over
atrayente attractive
atreverse (a) to dare (to)
atriborrar to pack, stuff, fill
atribuir (y) to attribute to; to impute to
atribular to grieve, afflict
atrocidad *f.* atrocity
atroz atrocious (*pl.* **atroces**)
aturdido thoughtless; confused
aturdirse to become upset
audacia *f.* audaciousness, boldness
audífonos *m. pl.* headphones
auditoría *f.* audit
auditorio *m.* audience
auge *m.* apex; popularity, vogue
aumentar to augment, increase, enlarge
aumento *m.* increase, enlargement
aun even, still; **aún** yet
aunque although
aura *f.* gentle breeze
auricular *m.* earpiece (of telephone)
aurora *f.* daybreak, dawn
ausencia *f.* absence
auspicio: bajo los auspicios de under the auspices of
austeridad *f.* austerity
austral southern
australiano/a Australian
auténtico authentic
autoabastecimiento *m.* self-sufficiency
autoafirmarse to affirm oneself
autobús *m.* bus
automático automatic
automóvil *m.* automobile
autor/a *m. & f.* author, authoress
autoridad *f.* authority
autoritario authoritarian
autorizar (c) to authorize
autosugestión *f.* autosuggestion, self-suggestion
auxiliar *m. & f.* helper, assistant; *v.* to help, aid, assist
auxilio *m.* help
avance *m.* advance
avanzado advanced
avanzar (c) to advance
aventar to throw, to expel
aventura *f.* adventure; love affair
aventurar to risk, venture
avergonzarse (ue)(c) to be ashamed
avería *f.* failure, breakdown
averiguar to ascertain, find out, verify
aviador *m.* aviator
avidez *f.* eagerness
ávido eager
avión *m.* airplane
avisar to inform, to warn
ayer yesterday
ayuda *f.* help
ayudante *m. & f.* assistant
ayudar to help
ayuntamiento *m.* town hall, city hall
azada *f.* hoe

azote *m.* scourge, lashing
azúcar *m.* sugar
azucarero (pertaining to) sugar
azucena *f.* Madonna or white lily
azul blue

B

bachillerato *m.* high school degree
bailar to dance
bailarín *m.*, **bailarina** *f.* dancer
baile *m.* dance
bajar to drop; to come down; to take down; **bajar de** to get off
bajo low; short; under
bala *f.* bullet
balada *f.* ballad
balanza *f.* scale
balbucear to stammer
balcón *m.* balcony
baldío vain, useless; uncultivated (land)
balear to shoot at, fire upon
balón *m.* ball, soccer ball
baloncesto *m.* basketball
bananero (pertaining to the) banana
banca *f.* bench
banco *m.* bank; bench
banda *f.* band, musical group; **banda** *f.* gang
bandeja *f.* tray
bando *m.* faction; gang
banqueta *f.* sidewalk
banquete *m.* banquet, feast
bantúes *m. pl.* Bantus, members of any of various tribes of people in central and southern Africa
bañista *m. & f.* bather, swimmer
baño *m.* bath; **baño de sol** sunbath; **cuarto de baño** bathroom; **traje de baño** swimsuit
baraja *f.* deck (of cards)
barato inexpensive; cheap
barba *f.* beard; chin
barco *m.* ship
barra *f.* bar; railing; **barra fija** (drinking at the) bar
barrer to sweep
barrera *f.* barrier
barriga *f.* stomach, belly
barrio *f.* section (of a city), quarter, neighborhood
barro *m.* mud
basado based
basar to base
básicamente basically
básico basic
básquetbol *m.* basketball
¡Basta! (That's) enough!
bastante enough, sufficient, fairly
bastar to be enough
bastardilla italics
basura *f.* garbage
bata *f.* dressing gown, robe
batalla *f.* battle
batallar to battle
batata *f.* sweet potato
baúl *m.* trunk
bautizado baptized
bebé *m. & f.* baby
beber to drink
bebida *f.* drink
beca *f.* scholarship
béisbol *m.* baseball
beisbolista *m. & f.* baseball player
belleza *f.* beauty
bello beautiful, fair
bendecir (*irreg.*) to bless
bendito blessed
beneficiar to benefit
beneficio *m.* benefit
beneficioso beneficial
benévola kind
besar to kiss
beso *m.* kiss
bestia *f.* beast, monster
Biblia *f.* Bible
biblioteca *f.* library
bicho *m.* bug, insect; creature, animal
bicicleta *f.* bicycle
bien well, all right; **está bien** it's correct, that's right; **no bien** no sooner; **pasarlo bien** to have a good time; **si bien** although
bienes *m. pl.* goods; property; wealth
bienestar *m.* well-being; welfare; comfort
bienvenido welcome
bigotazo *m.* *augm. of* **bigote**
bigote *m.* moustache
Bilbao Bilbao (city in northern Spain)
bilingüe bilingual
billete *m.* ticket
billetera *f.* wallet
billón *m.* billion
biología *f.* biology
bisabuelos *m. pl.* great-grandparents
bisnieto/a *m. & f.* great-grandson, great-granddaughter
bisonte *m.* bison, buffalo
blanco white
blanquísimo *sup. of* **blanco**
blindado armored
bloque *m.* block
bloqueo *m.* blockade
blusa *f.* blouse
blusón *m.* long blouse
boca *f.* mouth
boda *f.* wedding
bohemio bohemian, gypsylike
bola *f.* ball
bolita *f.* small ball
bolsa *f.* bag; purse; pucker (in clothes)

bolsillo *m.* pocket
bolso *m.* bag
bomba *f.* bomb
bombeta *f.* firecracker
bondad *f.* goodness, kindness
bondadoso kind
bonito pretty
boom *m.* explosion of popularity
Borbón *m.* Bourbon *(historical)*
bordado *m.* embroidery
bordar to embroider
borde *m.* edge
bordear to approach, to be around (a certain age)
bordo: a bordo on board
borrachera *f.* drunkenness
borracho drunk
borrarse to be erased
borriquita *f.* (*dim. of* **borrica**) little female donkey
bosque *m.* forest
bostezo *m.* yawn
bota *f.* boot; wineskin
botar to throw away, knock down
bote *m.* boat
botella *f.* bottle
boticario/a *m. & f.* druggist, pharmacist
botón *m.* button
botones *m.* bellhop, bellboy
boxeador *m.* boxer
bramido *m.* roar
Brasil *m.* Brazil
brasileño Brazilian
bravo brave; savage, fierce
brazo *m.* arm
brebaje *m.* potion, brew
bretón *m.* Breton, person from Brittany
breve brief
brillante brilliant
brillar to shine
brillo *m.* shine, glow
brilloso shiny
brincar (qu) to jump
brinco *m.* jump; **de un brinco** with a jump
brindar to offer; to toast
brindis *m.* toast (to one's health, with drinks)
brisa *f.* breeze
brizna *f.* blade
broma *f.* joke
bromear to joke
bronceado *m. & f.* tanned
bronceador tanning
broncearse to get tan (from the sun)
bronco rasping, harsh
bronquitis *f.* bronchitis
bruces: de bruces face down
brujo *m. & f.* sorcerer
brusco rough
brusquedad *f.* abruptness
buceo *m.* diving, swimming underwater; **buceo con tanques** scuba diving; **buceo con tubo de respiración** snorkling
buenmozo good-looking
bueno good, kind, fine; well, all right; hello *(used for answering the telephone in Mexico)*
bulla *f.* bustle, noisy activity
bulto *m.* bundle, package
burgués bourgeois, middle class; *f.* **burguesa**
burguesía *f.* bourgeoisie, middle class
burla *f.* jest, scoffing
burlarse de to make fun of
burlesco comical, funny
burlón joking
burocracia *f.* bureaucracy
bus *m.* bus (*shortened form of* **autobús**)
busca *f.* search; **en busca de** in search of
buscar (qu) to search for
búsqueda *f.* search
butaca *f.* seat; armchair

C

cabalidad *f.* quality of completeness, precision, correctness; **a cabalidad** completely and correctly
caballerías *f. pl.* chivalry, knight-errantry
caballero *m.* gentleman; knight
caballito *m.* (*dim. of* **caballo**) little horse
caballo *m.* horse
cabecilla *m.* rebel leader, gang leader, ringleader
cabellera *f.* hair, head of hair
cabello *m.* hair
caber to fit into; to go into; **no caber en sí** to be beside oneself (with emotion); **no cabe duda** there is no doubt
cabeza *f.* head; **ido de la cabeza** crazy; **no tiene pies ni cabeza** it does not make any sense
cabida: dar cabida a to make room for
cable *m. (coll.)* cable, cablegram
cabo *m.* end; corporal *(military)*; **al fin y al cabo** after all
cabra *f.* goat
cabrita *f.* young goat, kid
cacahuete *m.* peanut
cacería *f.* hunt
cacerola *f.* pan (for cooking)
cachete *m.* cheek
cachivache *m.* knickknack; simple thing
cacto *m.* cactus
cada each
cadena *f.* chain; **cadena perpetua** life imprisonment

cadencia *f.* rhythm, cadence
cadera *f.* hip
caer *(irreg.)* to fall; **-se** to set *(sun)*; to fall down
café *m.* coffee; coffee house
caída *f.* fall
caimán *m.* alligator
caja *f.* box; chest; coffin
cajera *f.* woman cashier
cajetilla *f.* pack (of cigarettes); packet
cala *f.* cove, small bay, fishing ground; anchorage
calabaza *f.* squash; pumpkin
calavera *f.* skull
calcetín *m.* sock
calcular to calculate
cálculo *m.* calculation
calefacción *f.* heating
calentamiento *m.* warming
calentar (ie) to heat up
caleta *f.* cove
calidad *f.* quality
cálido warm
caliente hot
calificado qualified
callado silent, quiet
callar(se) to keep quiet
calle *f.* street
callejero of the street
callejón *m.* alley, passage
calmado calm, serene
calor *m.* heat; **tener calor** to be hot
calvicie *f.* baldness
calvo bald
calzar to put on shoes
calzones *m. pl.* underpants
cama *f.* bed
camarero *m.* waiter; **camarera** *f.* waitress
camarón *m.* prawn, shrimp
cambiable changeable
cambiar to change, alter, convert, turn into
cambio *m.* change; **en cambio** on the other hand
caminante *m. & f.* walker, hiker, person who travels by foot
caminar to walk
caminata *f.* walk, hike
camino *m.* road; track, path, trail
camión *m.* truck
camionero *m.* truck driver
camisa *f.* shirt
camiseta *f.* t-shirt, polo shirt, undershirt
camote *m.* sweet potato
campamento *m.* camp
campana *f.* bell
campanita *f.* (*dim. of* **campana**) little bell
campante buoyant
campaña *f.* campaign
campeón/a *m. & f.* champion
campeonato *m.* championship
campesino/a *m. & f.* peasant, farmer; person who lives in the country
campestre of the country, rural
campo *m.* country, countryside; field
camposanto *m.* cemetery
canadiense Canadian; *m. & f.* person from Canada
canal *m.* channel
canana *f.* cartridge belt
canario *m.* canary; from the Canary Islands
canas *f. pl.* grey hairs
canción *f.* song
candela *f.* candle
candente heated, red hot
candidato/a candidate
candor *m.* simplicity; innocence, naiveté; candor, whiteness
cano white or grey *(referring to hair)*
canoa *f.* canoe
cansado tired
cansancio *m.* weariness
cansarse to tire, get tired, grow weary
cantante *m. & f.* singer
cantar to sing
cántaro: llover a cántaros *(coll.)* to rain cats and dogs
cantera *f.* stone quarry; pit
cantidad *f.* quantity
cantinero/a *m. & f.* bartender
canto *m.* song, chant
caña *f.* sugarcane
capa *f.* layer
capacidad *f.* capacity; capability
capataz *m.* superintendent, overseer
capaz capable; *pl.* **capaces**
capítulo *m.* chapter (of book)
capón gelded rooster
caprichoso capricious, fickle
captar to understand, grasp (an idea)
capturar to capture
cara *f.* face
carácter *m.* character; nature, kind
característica *f.* characteristic
caracterizar (c) to characterize
¡caramba! *(interj.)* gracious!, good heavens!
caramelo *m.* caramel; candy
carbón *m.* coal
carcajada *f.* burst of laughter
cárcel *f.* jail
carecer (zc) to lack
carente lacking
careta *f.* mask
carga *f.* charge (of dynamite)
cargado de laden with
cargar (gu) to load; to weigh down; to carry
cargo *m.* job, position; **hacerse cargo de** to take charge of
Caribe *m.* Caribbean
caricatura *f.* caricature, cartoon

caricia *f.* caress
cariño *m.* affection
cariñoso affectionate, loving
carismático charismatic
carísimo (*augm. of* **caro**) very expensive
carmelita Carmelite *(religious order)*
Carnaval *m.* pre-Lenten carnival celebration
carne *f.* meat; flesh
carnicero *m.* butcher
carnívoro carnivorous
caro expensive
carpa *f.* tent
carpintería *f.* carpentry; carpenter's shop
carrera *f.* race, running; career
carretera *f.* highway
carretilla *f.* small cart
carro *m.* cart; car
carta *f.* letter; playing card
cartera *f.* wallet, small purse
cartero *m.* postman
casa *f.* house; **en casa** at home
casado married
casamiento *m.* marriage; wedding
casarse (con) to get married (to)
cascabel *m.* small bell; rattle; **serpiente de cascabel** rattlesnake
cascada *f.* cascade; waterfall
cascarudo *m.* beetle
casero/a *m. & f.* landlord, landlady, caretaker
casi almost
casita *dim. of* **casa**
caso *m.* case; **en todo caso** in any case, at any rate; **hacer caso a** to pay attention to; **hacer el caso** *(coll.)* to be the point at issue
casta *f.* caste
castaño chestnut, brown, hazel
castañuela *f.* castanet
castellano Castilian, Spanish
castigar (gu) to punish
castigo *m.* punishment
castillo *m.* castle
castizo traditional, typical; pure (in style)
casual accidental
casualidad *f.* accident, chance; **por casualidad** by chance
catadrático *m.* professor
catalán/a *m. & f.* Catalonian, person from Catalonia
catarro *m.* head cold
catástrofe *f.* catastrophe
catastrófico catastrophic
categoría *f.* class
Catolicismo *m.* Catholicism
católico/a Catholic; *m. & f.* Catholic person
caudal *m.* wealth, fortune
causa *f.* motive, reason
causar to cause
cautelosamente cautiously
cazar (c) to hunt
cazo *m.* dipper, ladle
cebolla *f.* onion
cecina cured or dried meat
ceder to yield, cede; to transfer
celebración *f.* celebration
celebrar to celebrate; to hold (an event)
celoso jealous; **tener celos** to be jealous
celta *m. & f.* Celt
cementerio *m.* cemetery
cena *f.* supper; evening meal, dinner
cenar to dine, have supper
cenicero *m.* ashtray
ceniza *f.* ash, cinders
cenizo grey; ashen
censura *f.* censorship
censurar to censure
centavo *m.* cent
centenar *m.* hundred
centímetro *m.* centimeter
céntimo *m.* cent
centinela *m. & f.* sentry, sentinel
centrar to center
centro *m.* center
centro comercial *m.* shopping center
Centroamérica *f.* Central America
centroamericano of or pertaining to Central America
cepillar to plane, make smooth *(carpentry)*
cerca nearby, close by; **cerca de** near to, close to; *f.* fence
cercano near, close; nearby
cerebro *m.* brain
ceremonia *f.* ceremony
ceremoniosamente ceremoniously
cero *m.* zero
cerrar (ie) to close; **cerrarse** to close up
cerro *m.* hill
certeza *f.* certainty
certidumbre *f.* certainty
certitud *var. of* **certeza**
Cervantes, Miguel de author of *Don Quijote*
cerveza *f.* beer
cerviz *f.* back of the neck
César Caesar
cesar to stop, cease
cesta *f.* basket
chacra *f.* small farm *(Peru)*
chaqueta *f.* jacket
charco *m.* puddle
charla *f.* chat, conversation
charlatán/a *m. & f.* charlatan
charlar to chat
charqui *m.* beef jerky
chavo *m.* *(coll.)* money, dough *(Puerto Rico)*; boy *(Mex.)*
cheles money *(slang)*

cheque *m.* check
chicano/a Mexican-American; *m. & f.* Mexican-American person
chicle *m.* chewing gum
chico small; **chico** *m.* boy; **chica** *f.* girl
chiflado *m. & f.* nutty person
chile *m.* chili pepper
chileno/a Chilean; *m. & f.* Chilean person
chillido *m.* shriek, screech
chino/a of or from China; *m. & f.* Chinese; half-breed *(in some countries of Latin America)*
chiquillo *m.* child
chiquitito (*coll., dim. of* **chiquito**) very small
chiquito (*coll., dim. of* **chico**) small; *m.* little one; tiny
chispa *f.* spark; *(fig.)* sparkle, gleam
chiste *m.* joke
chistecito *m.* (*dim. of* **chiste**) little joke
chistoso funny
chivo *m.* goat
chocante shocking; loud
chofer *m. & f.* driver
choque *m.* shock
choteo *m.* act of joking or teasing
choza *f.* hut
chozo *m.* little hut
chupar to suck
chupete *m.* pacifier
churro *m.* fritter
cibernética *f.* cybernetics
cicatriz *f.* scar
cíclico ciclical
ciclo *m.* cycle
ciego blind
cielo *m.* sky, heaven
cien hundred
ciénaga *m.* marsh, swamp
ciencia *f.* science
científico/a scientific; *m. & f.* scientist
ciento hundred
cierto certain; **hasta cierta medida** to a certain degree
cifra *f.* figure, number
cigarrillo *m.* cigarette
cilindro *f.* cylinder
cine *m.* movie theatre
cineasta *m.* film producer or maker
cínico cynical
cinismo *m.* cynicism
cinta *f.* ribbon; tape
cinturón *m.* belt
círculo *m.* circle
circundante surrounding
circunscrito circumscribed; limited
circunstancia *f.* circumstance
cirugía *f.* surgery
cirujano/a *m. & f.* surgeon
cita *f.* appointment
citar to quote; to make a date; to make an appointment
ciudad *f.* city
ciudadanía *f.* citizenship
ciudadano/a *m. & f.* citizen
civil civilian, polite
clandestinidad *f.* clandestinity, secrecy
claramente clearly
clarificar to clarify
claro clear, bright; clearly
clase *f.* class; **clase alta, media, baja** upper, middle, lower class
clasista classist
cláusula *f.* clause
clavado nailed
clave key, essential; **palabras claves** key words; *f.* key to a mystery
clavo *m.* nail; *(coll.)* debt
clero *m.* clergy
cliente *m. & f.* client; customer
clima *m.* climate
clínico clinical
club nocturno *m.* nightclub
cobija *f.* blanket *(Mexico)*
cobrar to charge (for something); to acquire
cobre *m.* copper
coca *f.* coca plant, coca leaf
cocaína *f.* cocaine
coche *m.* automobile, car
cocina *f.* kitchen
cocinar to cook
cocinero/a *m. & f.* chef, cook
coca *m.* coconut tree; coconut (fruit)
cocodrilo *m.* crocodile
cóctel *m.* cocktail party
código *m.* code
codo *m.* elbow
coger (j) to take, grab; to pick, collect; to catch
cognado *m.* cognate
cohete *m.* skyrocket
coincidir to coincide; to agree
cola *m.* tail (of an animal); line (of people waiting)
colaboración *f.* collaboration
colega *m.* colleague
colegio *m.* school, secondary school, preparatory school
cólera *f.* anger
colgar (ue) to hang
colina *f.* hill
collar *m.* necklace
colmo *m. (coll.)* end, limit, last straw
colocación *f.* placement
colocado placed, situated
colocar to place, situate
Colón Columbus
colonia *f.* colony
colonizador/a *m. & f.* colonizer, settler

colono/a *m. & f.* colonist, settler
coloquio *m.* colloquy, talk
color de rosa rose colored
colorado red, ruddy
colorín *m.* vivid color
columna *f.* column
coma *f.* comma (punctuation mark)
comadre *f.* mother or godmother; female relative through baptism
combate *m.* combat, fight
combatir to combat, fight
combinación *f.* combination
comedia *f.* comedy
comedor *m.* dining room
comentar to comment, make comments
comentario *m.* commentary; comment
comenzar (ie)(c) to begin, start, commence
comer to eat
comerciante *m. & f.* business-person; merchant, trader
comercio *m.* trade, commerce, business
comestibles *m. pl.* foodstuffs, provisions
cometer to commit
cometido *m.* (*ptp. of* **cometer**) commission; assignment
cómico funny
comida *f.* food; meal; dinner or lunch
comido: pan comido easy, a foregone conclusion
comienzo *m.* beginning; **a comienzos del siglo XX** at the beginning of the 20th century
comilona *f. (coll.)* occasion of excessive eating
comisario *m.* commissary, deputy
comisión *f.* commission, committee
comité *m.* committee, commission
como as, like; about, since; **¿cómo?** in what manner? how?; **cómo** how
cómodamente comfortably; in a relaxed way
comodidad *f.* comfort, convenience
cómodo comfortable, cozy; handy, convenient
compadrazgo *m.* relationship between parents and godparents of a child, system of mutual help among relatives
compadre *m.* close male friend; male relative through baptism
compañerismo *m.* camaraderie, companionship
compañero/a *m. & f.* companion, partner
compañía *f.* company
comparsa *f.* troupe of people participating in a parade
compartir to share
compás *m.* time, meter (of music)
compasivo compassionate
competencia *f.* competition
competición *f.* contest
competidor/a *m. & f.* competitor, contestant
competir (i) to compete
competitivo competitive
compilador/a *m. & f.* compiler; collector
complejidad complexity
complejo complex
completar to complete
completo full
complicado complicated
complot *m.* plot; conspiracy, intrigue; *pl.* **complots**
componer to compose
comportamiento *m.* behavior
comportarse to behave
composición *f.* composition
compositor/a *m. & f.* composer
compra *f.* purchase, buying; buy
comprador/a *m. & f.* buyer
comprar to buy, purchase
comprender to understand; to include; to take in; to consist of
comprensión *f.* understanding; comprehension; comprehensiveness
comprensivo understanding
comprobar (ue) to verify, check; to prove, to confirm
comprometerse to commit oneself; to become engaged
compromiso *m.* pledge, commitment; engagement (to be married)
compuesto composed
computación *f.* computation; of or having to do with computers; **ciencia de computación** computer science
computador/a *m. & f.* computer (machine)
común common, ordinary; **lugar común** commonplace; **por lo común** commonly; **sentido común** common sense
comuna *f.* commune
comunicación *f.* communication
comunicar to communicate; **comunicar con** to connect with
comunicatividad *f.* communicability; outgoingness
comunidad *f.* community
comunista communist; *m. & f.* communist
comunitario of or for the community

con with; **con tal de que** provided that
concebido conceived
concebir (i) to conceive; to imagine
conceder to grant
conceptuar to consider, regard
concernar (ie) to concern
concertar to arrange, agree upon
concha *f.* shell, scallop
conciencia *f.* conscience; consciousness
concierto *m.* concert
conciso concise
concluir (y) to conclude, finish
concurrente *m. & f.* person in attendance
conde *m.* count; **condesa** *f.* countess
condena *f.* sentence
condenado *m.* reprobate; condemned
condenar to condemn, sentence
condescendiente *m.* condescending person
condición *f.* state; status; condition
condimentar to season (food)
condimento *m.* spice
condorito *m.* (*dim. of* **cóndor**) little condor
conducir (j) (zc) to drive; to steer; to convey
conducta *f.* conduct, behavior
conductor *m. & f.* driver
conejo *m.* rabbit
conexión *f.* connection
confección *f.* dressmaking
conferencia *f.* lecture; conference
conferir to grant, to confer
confianza *f.* confidence, reliance, trustfulness
confiar to trust, have confidence
confidencia *f.* secret; **hacer confidencias (a)** to confide (in)
confinado confined
confirmado confirmed, verified
confirmar to confirm, acknowledge
conflicto *m.* conflict
confluir (y) to join, to meet
conformarse (con) to resign oneself (to)
conforme just as; agreed
conformidad *f.* conformity
confort *m.* comfort
confundido confused, mistaken
confundir to confound, to confuse
confuso confused, confusing, mixed up; vague, cloudy
congénere *m. & f.* fellow, person of the same sort
congeniar to get along, be compatible
congoja *f.* anguish, distress, grief
congresista *m. & f.* member of congress, representative
congreso *m.* conference, convention, congress
conjunto *m.* group; whole; **en conjunto** as a whole
Cono Sur *m.* Southern Cone (of Latin America), composed of Argentina, Uruguay, and Chile
conocer (zc) to know; to meet
conocido/a known; *m. & f.* acquaintance
conocimiento *m.* knowledge
conquista *f.* conquest
conquistar to conquer
consabido already known, well known
consagrado *m.* sacred, devoted
consciente conscious, aware
conseguir (i) to get, obtain
consejo *m.* advice; council; *m. pl.* advice
consentimiento *m.* consent
consentir (ie) to consent
conservado/a conservative
conservadorismo *m.* conservatism
consolar (ue) to console
constar to be clear; to be on record; to consist
constatación *f.* proof, substantiation
consternarse to become greatly disturbed
constituir (y) to constitute
construir (y) to build, construct
consuelo *m.* consolation
consulta *f.* consultation; doctor's office; **horas de consulta** office hours
consumido consumed, wasting away
consumidor/a *m. & f.* consumer
consumir to consume
consumo *m.* consumption (of food and goods)
consunción *f.* destruction; wasting away
contabilidad *f.* accounting
contacto *m.* contact, touch; **en contacto con** in touch with; **lentes de contacto** contact lenses
contagio *m.* contagion
contaminación *f.* contamination, pollution
contar (ue) to count; to tell (a story); **contar con** to count on
contemplar to contemplate
contemporáneo contemporary
contener *(irreg.)* to contain, hold
contenido contained; *m.* contents (of some object)
contentar to make happy or content, to satisfy
contento content, happy; *m.* contentment, joy

contestar to answer
contexto *m.* context
contienda *f.* contest, battle
contigo with you
contiguo/a adjoining
continente *m.* continent
continuación *f.* continuation; **a continuación** later on; below, following this
continuar to continue
continuo continuous, steady
contra against; facing; **en contra de** against
contradictorio contradictory
contraer *(irreg.)* to contract; to acquire; to make smaller, reduce
contraponer *(irreg.)* to compare, contrast; to set A up against B
contrario/a contrary, opposite; *m. & f.* opponent; **al contrario, por el (lo) contrario** on the contrary
contrarrestar to resist, oppose
contratar to hire
contribuir (y) to contribute
controversia *f.* controversy, dispute
controvertido controversial
contumaz obstinate
convencer (z) to convince, persuade
convencido convinced
conveniente suitable, fitting
convenir (ie) *(irreg.)* to be suitable; to agree
convertir (ie, i) to convert, change; **convertirse en** to become; to turn into
convidado/a *m. & f.* guest
convidar to invite, treat
convincente convincing
convivencia *f.* living together
convivir to live together
convocar (qu) to convoke, call (a meeting, etc.)
cooperar to cooperate
coordinador/a *m. & f.* coordinator
copa *f.* wineglass, goblet; trophy; drink; **tomar una copa** to have a drink
copioso copious, abundant
coqueto/a *m. & f.* flirtatious
coraje *m.* courage, fortitude; anger
corazón *m.* heart; core
corbata *f.* tie
cordialidad *f.* cordiality; warmth
cordillera *f.* mountain range
cordura good sense
corona *f.* crown
coronel *m.* colonel *(military)*
corporal bodily, corporal
correcto proper, correct
corregir (i) (j) to correct
correo *m.* post office; mail
correr to run
correspondencia *f.* correspondence, mail
corresponder to correspond
corrida *f.* bullfight
corrido *m.* Mexican ballad; **de corrido** without stopping
corriente common, ordinary *f.* (electric) current
corro *m.* group, circle
corromper to corrupt
corrupto corrupt
corsario *m.* privateer, corsair, pirate
cortado cut off
cortar to cut; to hack; chop; to cut off
corte *m.* cut, cutting; fit of a garment; *f.* court; **hacer la corte a** to pay court to
cortejar to court, woo
cortés courteous, polite
cortesía *f.* courtesy
cortina *f.* curtain, screen
corto short
cosa *f.* thing; **(no es) gran cosa** (not) very much
cosaco *m.* Cossack
cosecha *f.* harvest
cosechar to harvest, to reap
cosechero/a *m. & f.* harvester
cosido: cosido con devoted to
cosmogonía *f.* cosmogony, the study of the formation of the universe
cosmopolita cosmopolitan
costa *f.* price; coast, shore; **a toda costa** at any price
costado *m.* side, flank
costar (ue) to cost; to be difficult
costarricense *m. & f.* Costa Rican
coste *m.* cost *(Spain)*
costo *m.* cost
costoso costly, expensive
costumbre *f.* custom, habit; **como de costumbre** as usual
cotidiano daily
covacha *f.* small cave, grotto
creación *f.* creation
creador creative; *m.* creator
crear to create; to make; to invent
crecer (zc) to grow; to grow up
creciente increasing; growing
crecimiento *m.* increase; growth; rise in value
creencia *f.* belief
creer (y) to believe
criado/a *m. & f.* servant
crianza *f.* breeding
criar to raise
criarse to grow up, to be raised or brought up
criatura *f.* little creature (child, baby)
crimen *m.* crime

criollo Creole; pertaining to inhabitants of the Americas, born of European parents
crisis *f.* crisis, grave turn of events
crisol *m.* crucible, melting pot
crispar to contract, to become distorted; **con las manos crispadas** with clenched fists
cristal *m.* glass, crystal
cristiano Christian
crítica *f.* criticism
criticar to criticize
crónica *f.* chronicle
cronológico chronological
crucigrama *m.* crossword puzzle
cruelmente cruelly
crujido *m.* creaking
cruz *f.* cross
cruzado crossed
cruzar (c) to cross
cuaderno *m.* notebook
cuadra *f.* block
cuadrado square
cuadrar to conform; to square, make square; to suit
cuadro *m.* picture, chart; cadre, group; square
cual which, which one; what; **¿cuál?** which? which one?; **en el cual** in which
cualidad *f.* quality
cualquier any; any one
cualquiera anyone; anybody
cuando when; **¿cuándo?** when?
cuantitativo quantitative
¿cuánto? how much?; **¿cuántos?** how many? **cuanto** whatever; **en cuanto** as soon as; **en cuanto a** as to, as for
cuarteado cracked
cuartel *m.* barracks
cuartillo *m.* container
cuarto fourth; *m.* room; quarter
cubano/a *m. & f.* person from Cuba; Cuban
cubierto covered
cubrir to cover; to hide, conceal
cuchara *f.* spoon
cueca *f.* popular dance of Chile
cuello *m.* neck; collar
cuenta *f.* count, account; **caer en la cuenta, darse cuenta de** to realize
cuentista *m. & f.* short-story writer; storyteller
cuento *m.* short story
cuerda *f.* string, rope
cuerdo sane, sensible, prudent
cuero *m.* leather; skin, hide, pelt
cuerpo *m.* body
cuestión *f.* issue, question
cueva *f.* cave, grotto
cuidado *m.* care; **¡Cuidado!** Watch out!, Be careful!
cuidadosamente carefully
cuidadoso *m.* careful
cuidar to take care (of)
cuidarse to be careful
culpa *f.* blame, guilt, fault; **echarse la culpa** to blame oneself; **tener la culpa** to be guilty
culpable guilty
culpar to blame, accuse
cultivable for cultivation, for farming
cultivar to grow (something); to cultivate
cultivo *m.* cultivation; crop
culto cultured, learned; *m.* cult, worship
cultura *f.* culture
cumbia *f.* a Colombian dance
cumbre *f.* summit; pinnacle
cumpleaños *m. s.* birthday
cumplido *m.* attention; compliment
cumplir to fulfill; to perform; reach (a certain age)
cuna *f.* cradle
cunita *f.* (*dim. of* **cuna**) cradle
cuñado *m.* brother-in-law; **cuñada** *f.* sister-in-law
cura *m.* priest; *f.* cure
curación *f.* cure, treatment
curandero/a *m. & f.* witch doctor; native healer
curar to cure
curiosidad *f.* curiosity
curriculum *m.* curriculum vitae, résumé *(Latin)*
cursivo cursive; **letra cursiva** script, italics
curso *m.* course; **seguir un curso** to take a course
cúspide *f.* peak, summit
cutis *m.* skin
cuyo whose

D

dama *f.* lady
damnificado/a *m. & f.* victim
danza *f.* dance
danzante dancing
dañar to damage; to harm
dañino harmful
daño *m.* damage; harm
dar *(irreg.)* to give; **dar a conocer** to make known; **dar a entender** to suggest; **dar cabida** to hold; **dar con** to find out; **darse cuenta (de)** to realize; **darse el gusto** to make oneself happy; **darse la mano** to shake hands; **dar un paseo** to go for a walk; **dar duro a** to put one's all into something
dato *m.* fact, datum; **datos** *pl.* data
de of; **de acuerdo** in agreement; all right

deambular to stroll
debajo (de) under
debatir to debate, argue, discuss
deber *m.* duty; **deber** + *inf.* to ought to, should; to owe; **deberes** *pl.* homework; **deberse a** to be due to
debido a due to
débil weak
debilidad *f.* weakness
década *f.* decade
decadencia *f.* decadence
decálogo *m.* decalogue, set of rules
decano *m.* dean; oldest member of a community
decena *f.* group of ten
decepción *f.* disappointment, disenchantment; deception
decepcionar to disappoint
decidido decided, determined
decidir to decide; **decidirse** to decide, make up one's mind; **decidirse a** to decide to
décimo tenth
decir *(irreg.)* to tell, say; **es decir** that is; **mandar decir** to send word; **querer decir** to mean
decisivo decisive, conclusive
declarar to declare, state
declinar to get weak; to decline
decrecer (cz) to decrease
dedicación *f.* dedication
dedicar (qu) to dedicate, devote; **dedicarse (a)** to devote oneself (to)
dedo *m.* finger
deducir (zc) to deduce
defender (ie) to defend
defensor/a *m. & f.* defender
definir to define
definitivo definitive; final; **en definitiva** in short
deformado deformed
dehesa *f.* pasture ground
deidad *f.* deity
dejar to leave; **dejar de** + *inf.* to stop + *ger.*
del (*contr. of* **de** + **el**) of the; from the
delantal *m.* apron; maid's uniform
delante (de) in front (of)
delectación *f.* delectation, pleasure, delight
delegado/a *m. & f.* delegate
deleitar to delight, please
delgadito (*dim. of* **delgado**) thin
delgado thin
delicadeza *f.* delicacy
delicado delicate
delicia *f.* delight
delicioso delicious
delictivo criminal, delinquent
delirante delirious
demanda *f.* demand; claim
demás other; rest (of the); **lo demás** the rest
demasiado too; too much; too hard; **demasiados** too many
demográfico demographic, of population; **explosión demográfica** population explosion
demonio *m.* devil, demon
demora *f.* delay
demorar to delay
demostrar (ue) to demonstrate, show
demostrativo demonstrative
denominar to name, call, designate
densidad *f.* density
denso dense
dentífrico of teeth; **pasta dentífrica** toothpaste
dentista *m. & f.* dentist
dentro (de) within; inside
denunciar to denounce
departamento *m.* compartment; apartment
depender (de) to depend (on)
deporte *m.* sport
deportista *m. & f.* sportsman, sportswoman
deportivo athletic, sport
deprimente depressing
deprimido depressed
derecha *f.* right; right-wing, conservative groups; **a derechas** correctly, in the right manner
derechismo *m.* ultra conservatism, right-wing beliefs
derechista *m. & f.* right-winger; (politically) conservative
derecho *m.* right; law (as a career or course of study); straight ahead
derivado derived
derramar to pour out
derribar to knock down, overthrow
derrocar (qu) to overthrow, bring down
derrochar to squander
derrotado/a *m. & f.* defeated one
derrotar to defeat
derruido ruined
derrumbamiento *m.* collapse; downfall
derrumbarse to cave in, to collapse
desabrochar to unbutton
desacuerdo *m.* disagreement
desafiar to challenge
desafío *m.* challenge
desaforado unbridled, terrible
desagradable disagreeable
desagradecido ungrateful
desahogarse to expose one's grief; to express one's feelings

desahogo *m.* disclosing one's troubles or grief
desalentar (ie) to discourage
desamparo *m.* abandonment; helplessness
desanimarse to get discouraged
desaparecer (zc) to disappear
desaparición *f.* disappearance
desarmado dismantled, taken apart
desarme *m.* disarmament
desarrollado developed
desarrollar to develop
desarrollo *m.* development; **países en (vías de) desarrollo** developing countries
desarticulado disjointed
desastre *m.* disaster
desastroso disastrous
desatar to untie
desatender (ie) to pay no attention to
desatino *m.* foolish act
desayuno *m.* breakfast
desbaratado upset, confused
descalabro *m.* calamity; setback
descalzo barefoot
descansado rested
descansar to rest
descanso *m.* rest
descarado impudent
descartar to discard, throw away
descendiente *m. & f.* descendant, offspring
descomponerse *(irreg.)* to decompose, rot
desconcertado disconcerted
desconcertar (ie) to confuse; to disconcert
desconcertarse to become upset or annoyed
desconfianza *f.* mistrust, lack of confidence
descongestión *f.* lessening of congestion
desconocido unknown
descontento *m.* displeasure
descontinuar to discontinue
describir to describe
descripción *f.* description
descrito (*ptp. of* **describir**) described
descubierto (*ptp. of* **descubrir**) discovered; uncovered
descubrimiento *m.* discovery
descubrir to discover
descuido *m.* neglect
desde since; from; **desde chicos** since (our, their) childhood; **desde luego** of course; **desde que** since
desdén *m.* disdain
desdichado wretched, unlucky, unfortunate
deseable desireable
deseado desired
desear to desire, wish
desechar to throw away
desecho *m.* waste, debris, refuse
desembuchar to disclose; *(coll.)* to spill the beans
desempeñar to recover; to fulfill; **desempeñar un papel** to play a role
desempeño *m.* performance, carrying out (of duties)
desempleo *m.* unemployment
desencajar to dislocate
desencantar to disenchant, to disillusion
desencanto *m.* disenchantment
desenfadado carefree; uninhibited
desenfado *m.* relaxation, ease
desenfrenado unchecked, unbridled
desengaño *m.* disillusionment; realization of the truth
desenmascarar to unmask; *(fig.)* to reveal, to expose
desenredar untangle (hair or an idea)
desentenderse (ie) to ignore, pay no attention (to)
desenvolverse (ue) to unwrap, unroll; to develop, expand, evolve
deseo *m.* wish, desire
desequilibrado (mentally) unbalanced
desequilibrio *m.* lack of equilibrium; disorder
desesperación *f.* desperation
desesperado *m.* desperate person
desesperarse to despair
desfilar to parade, march
desfile *m.* parade
desgano *m.* unwillingness
desgarrador heartbreaking, heartrending
desgracia *f.* misfortune; disgrace; **por desgracia** unfortunately
desgraciadamente unfortunately
desgraciado unfortunate
deshacer to undo
deshacerse *(irreg.)* to come apart; to undo
deshonesto dishonest, untruthful
desierto deserted; *m.* desert
designar to designate
desigualdad *f.* inequality
desilusión *f.* disillusionment, disappointment
desistir to desist, to leave off
deslizarse (c) to slip, slide
deslumbrante dazzling
deslumbrar to dazzle
desmayarse to faint
desmentir (ie, i) to prove false, disprove
desnudo naked
desnutrición *f.* malnutrition
desnutrido malnourished
desocupación *f.* unemployment

desodorante *m.* deodorant
desolado desolate
desorden *m.* disorder
desordenado disorderly
desorientado disoriented
desparpajo ease *(coll.),* confidence; impudence
desparramar to spread out
despecho *m.* spite; despair
despedazar (c) to break into pieces
despedida *f.* leave-taking; parting
despedir (i, i) to fire; **despedirse (de)** to take leave (of); to say good-bye (to)
despenalización *f.* depenalization; taking away of legal penalty
despenalizar to depenalize, to make legal something that has become illegal
desperdicio *m.* waste, squandering; **desperdicios** *m. pl.* garbage, trash
despertar (ie) to awaken; **despertarse** to wake up
despierto awake
desplante *m.* rudeness
desplazarse to move around
desplomar to collapse, tumble down
despoblado unpopulated
despojado despoiled, deprived
despreciable contemptible
despreciar to despise, scorn, look down upon
desprecio *m.* contempt
desprenderse to issue (from)
desprestigio *m.* loss of reputation or popularity
desprovisto without, lacking in
después after; later; **después de** after; **después de todo** after all
destacado distinguished
destacarse (qu) to stand out, be distinguished
destaparse to reveal oneself
desteñido faded, worn out
desterrarse (ie) to go into exile
destinado destined
destino *m.* destiny, destination
destreza *f.* skill
destrozar (c) to break to pieces
destrucción *f.* destruction
destructor destructive; *m.* destroyer
destrozo *m.* ruin, destruction
destruir (y) to destroy
desvelo *m.* sleeplessness
desventaja *f.* disadvantage
desvestirse to undress
desviar to divert
desvincular to separate
detalle *m.* detail
detectar to detect
detener *(irreg.)* to hold
detener(se) *(irreg.)* to stop
detenidamente carefully
deteriorarse to become damaged, to deteriorate
deterioro *m.* deterioration
determinación *f.* determination
determinado certain
determinar to determine
detrás (de) behind, (in) back (of)
deuda *f.* debt
devastar to devastate
devolver (ue) to return (something)
devorar to devour; to eat up
día *m.* day; **al día siguiente, al otro día** the next day; **en días pasados** in the past; **hoy día** nowadays; **todos los días** every day
diablo *m.* devil
diámetro *m.* diameter
diaporama *m.* slide show; graphic presentation
diariamente daily, every day
diario daily; *m.* daily newspaper
diarrea *f.* diarrhea
dibujante *m. & f.* cartoonist
dibujar to draw
dibujo *m.* drawing, sketch
diccionario *m.* dictionary
dicha *f.* happiness, bliss
dicho said, aforementioned; *m.* saying; (*ptp. of* **decir**) said; **lo dicho** what has been said
dichoso fortunate; blessed
dictablanda *f. (neologism)* mild dictatorship (*play on* **dictadura**)
dictado pronounced, dictated
dictadura *f.* dictatorship
diecinueve nineteen
diecisiete seventeen
diente *m.* tooth; **decir entre dientes** to mumble, grumble
dieta *f.* diet
diferencia *f.* difference
diferenciar to differentiate
diferir (ie, i) to be different, differ
difícil difficult
dificilísimo (*sup. of* **difícil**) very difficult
dificultad *f.* difficulty
difundir to disseminate; to make known
difunto *m.* deceased person
difusión *f.* diffusion, spreading
dignidad *f.* dignity
digno worth; appropriate
diligencia *f.* stagecoach; diligence, industriousness
diminutivo diminutive
dinámico dynamic
dinastía *f.* dynasty
dinero *m.* money
Dios *m.* God; god

diplomático/a *m. & f.* diplomat
diputado *m.* congressman; **diputada** *f.* congresswoman
dirá: el qué dirá public opinion (the "what will they say?")
dirección *f.* direction; address
dirigente *m. & f.* leader
dirigido directed
dirigir to direct, steer; **dirigirse a** to address oneself to, face toward
discapacidad *f.* disability
disco *m.* (phonograph) record
discoteca *f.* discotheque
discretamente discreetly, tactfully
discreto discreet, prudent
discriminación *f.* discrimination
discriminatorio discriminatory
discuplar to forgive, excuse
discurso *m.* speech
discusión *f.* discussion; argument
discutir to discuss; to argue
diseminado disseminated, spread
diseñar to design
diseño *m.* design; drawing, sketch
disfrazado disguised
disfrazarse (c) to disguise oneself
disfrutar to enjoy
disgustar to displease
disgusto *m.* annoyance, vexation
disimular to pretend; to conceal
disipar to dissipate
disminución *f.* diminution, decrease
disminuir to diminish
disparar to fire, to shoot; **disparar un tiro** to fire a shot
disponer to dispose, make use
disponerse to prepare (oneself)
disponible available
disposición *f.* disposal, disposition; **a su disposición** at your (or his, her) service
dispuesto ready; disposed; **estar dispuesto a** + *inf.* to be prepared to + *inf.*
disquete *m.* (computer) diskette
distancia *f.* distance
distinción *f.* distinction
distinguido distinguished; elegant, refined
distinguirse to distinguish oneself, excel
distinto distinct, different; *(pl.)* several, various
distorsionar to distort
distraer to distract
distraídamente distractedly
distribución *f.* distribution
distribuir to distribute
distrito *m.* district
diversidad *f.* diversity
diversión *f.* pastime; amusement
diverso diverse, different; *(pl.)* various
divertido funny, amusing; amused
divertir (ie, i) to amuse, entertain; **divertirse** to have a good time, enjoy oneself
dividir to divide; **dividirse** to be divided
divisar to make out, discern, distinguish
división *f.* division
divorciado divorced
divorciarse to get divorced
divorcio *m.* divorce
doblar to double; to fold; to bend; to turn, turn around
doble *m.* double
docena *f.* dozen
docencia *f.* education *(teaching)*
docente teaching; **cuerpo docente** teaching body, faculty
doctorado *m.* doctorate
documento *m.* document
dólar *m.* dollar
dolencia *f.* illness
doler (ue) to ache; to hurt, feel pain
dolor *m.* pain
dolorido painful, sore
doloroso painful
domar to tame
doméstico domestic; **quehaceres domésticos, trabajos domésticos** household jobs
dominante dominant, predominant; **clase dominante** ruling class; **personalidad dominante** domineering, masterful personality
dominicano/a *m. & f.* Dominican, person from the Dominican Republic
dominio *m.* dominion, power
don *m.* courtesy title similar to *Mr.*, used before the Christian name of a man; gift, talent; **don de gente** a talent for interacting with other people
donante *m. & f.* donor
doncella *f.* maiden
donde where; in which; **¿dónde?** where?
doña *m.* title of respect used before the Christian name of a woman
doquier all around
dorado golden; gilded; gold plated
dorar to gild
dormir (ue, u) to sleep; **dormirse** to fall asleep
doscientos two hundred
dosis *f.* dose (of medicine), amount
dotado endowed, gifted; **dotado de** endowed or complete with

dote *f.* dowry, marriage money
draconiano Draconian, extremely cruel
dramático dramatic; **pieza dramática** serious play
dramaturgo/a *m. & f.* dramatist
droga *f.* drug; drugs; medicine
drogadicto/a *m. & f.* drug addict
drogado doped
drogata *f.* drug addict *(slang)*
ducha *f.* shower
duda *f.* doubt; **no cabe duda (de)** there is no doubt
dudar to doubt
dudoso doubtful
duelo *m.* grief
dueña (de casa) *f.* housewife; hostess
dueño/a *m. & f.* owner
dulce sweet; *m. pl.* candy
dulcísimo (*sup. of* **dulce**) very sweet
dulzura *f.* sweetness
duna *f.* dune
duplicar (qu) to duplicate; to double (a quantity or number)
duración *f.* duration
durante during, for (a period of time)
durar to last, go on (for)
durmiente sleeping
duro hard, difficult, harsh; **a duras penas** with great difficulties; **durísimo** (*sup. of* **duro**) very hard

E

e and (*used instead of* **y** *before a word beginning with* **i** or **y**)
ebrio drunk
echado lying down
echar to pour, throw out, back out; to deal (with cards); **echar de menos** to miss (someone); **echar flores** to give a flattering compliment; **echarse a** + *inf.* to start to + *inf.*
eco *m.* echo
ecología *f.* ecology
económico economic(al)
ecoturismo *m.* ecological tourism
edad *f.* age; **avanzada edad** advanced age; **de edad madura** mature
edición *m.* edition
edificio *m.* building
editorial *f.* publishing house
educación *f.* education; manners, politeness; **buena (mala) educación** good (bad) manners or upbringing
educado educated; polite; well mannered; **mal educado** ill mannered
educar (qu) to train; to bring up
educativo educational
EE.UU. *m. pl.* (*abbr. of* **Estados Unidos**) United States
efectivamente really, actually
efectivo effective; **en efectivo** in cash
efecto *m.* effect; **en efecto** in fact, really
efectuar to carry out; **efectuarse** to be carried out; to take place
eficaz effective
efusión *f.* effusion, shedding
egoísmo *m.* selfishness
egoísta selfish; *m. & f.* selfish person
eje *m.* axis, axle; crux, main point
ejecutar to execute, carry out
ejecutivo/a *m. & f.* executive
ejemplar exemplary
ejemplificar (qu) to exemplify
ejemplo *m.* example
ejercer to practice (a profession); to exercise
ejercicio *m.* exercise, drill
ejército *m.* army
elección *f.* election; choice
elector *m.* voter
elegido elected, chosen
elegir (i) (j) to elect; to choose; to select
elevado high, lofty; sublime
elevarse to rise, raise oneself up
eliminación *f.* elimination, removal, disposal
eliminar to eliminate, remove
ella she
ello it
ellos they; them *(after preposition)*
elocuencia *f.* eloquence
elogiar to laud; to praise
elogio *m.* compliment, praise
eludir *m.* to elude, get away from
embarazada pregnant
embarcarse (qu) to embark, to go on board
embargo: sin embargo however, nevertheless
embellecerse to beautify oneself
emblema *m.* emblem
embobado fascinated; held in suspense
emborracharse to get drunk
embotelladora *f.* bottling plant
embriagar (gu) to make drunk; **embriagarse** to become drunk
embromona slow (in intelligence)
embudo *m.* funnel
emergencia *f.* emergency
emergente *m.* emergence; manifestation
emérito emeritus, retired but in an honorary position
emigrar to emigrate; to migrate
emisor broadcasting
emoción *f.* emotion; excitement, thrill

emocionado moved; excited
emocional emotional
emocionante moving, exciting, thrilling
emotivo emotional; sensitive to emotion
emparentado related by family
empeñarse (en) to insist (on); to persist
empeoramiento *m.* worsening
empeorar to make worse; **empeorarse** to become worse
empezar (ie) (c) to begin, start
empleado/a *m. & f.* clerk, employee; servant
emplear to employ, use
empleo *m.* use; job; employment
emprender to undertake, set about
empresa *f.* enterprise, company, firm; **administración de empresas** company management
empresario *m.* businessman
empujar to push, shove
empuje *m.* push; thrust
en in; at; on; into
enajenación *f.* alienation
enamorado/a in love; lovesick; *m. & f.* sweetheart
enamorar to inspire love in, win the love of; **enamorarse de** to fall in love with
enardecido excited; inflamed
encadenado chained
encaminado (a) on the way (to), directed (toward)
encantado satisfied, delighted, enchanted
encantamiento, encanto *m.* enchantment, charm
encantar to enchant, to delight
encargado commissioned, in charge
encargarse (de) to take charge (of); to make oneself responsible for
encargo *m.* task, assignment
encarnizado cruel; hard fought; pitiless
encender (ie) to light; to turn on
encendido alight, on fire
encerrar (ie) to shut in; to lock up; to confine
enchufe *m.* connection; influence
encierro *m.* driving of bulls to the bull pen (before a bullfight)
encima above, over, overhead; **encima de** on, upon; **por encima de** above, over
encinta pregnant
enclenque weak, feeble, sickly
encogerse (j) to shrink, contract; **encogerse de hombros** to shrug one's shoulders
encontrar (ue) to find; to meet; **encontrarse** to find oneself
encorvado with bent back
encuentro *m.* meeting, encounter
encuesta *f.* survey, poll
enderezarse (zc) to straighten up; to stand up
endulzado sweetened
enemigo/a enemy, hostile; *m. & f.* enemy, foe
energía *f.* energy
enérgico energetic
enfadado angry
enfadarse to get angry, get annoyed
enfadoso annoying, irritating
énfasis *f.* emphasis
enfatizar (c) to emphasize
enfermarse to become ill, become sick
enfermedad *f.* sickness, disease
enfermero/a *m. & f.* nurse
enfermizo sickly
enfermo/a sick, ill; *m. & f.* sick person
enfilado arranged in a line or row
enfocar to focus
enfoque *m.* focus
enfrentar to confront
enfrentarse to face, to face up to
enfrente, de enfrente opposite; in front
enfriarse to become cold, to cool down
engañado cheated; deceived
engañar to fool; to deceive; to cheat
engaño *m.* trick, hoax, fraud
engañoso deceitful, deceptive
engendrado created, engendered
engordar to gain weight
engullir to eat very quickly
enigmático enigmatic, mysterious
enloquecido driven crazy; mad
enojado angry
enojar to anger
enojarse to get angry
enorme enormous
enredado involved, intricate
Enrique Henry
enriquecer (zc) to enrich
enriquecerse to get rich
enrojecer (zc) to blush
enrolarse to be enrolled; to be included
ensalada *f.* salad
ensalmo curing by incantation and herbal medicines; **por ensalmo** very quickly
ensayar to try out; to rehearse; to practice
ensayista *m. & f.* essayist; writer of essays
ensayo *m.* essay; rehearsal
enseñanza *f.* instruction, teaching

enseñar to teach; to train; **enseñar (a)** to teach (to)
ensillar to saddle
ensimismado deep in thought
ensueño *m.* dream, daydream
entender (ie) to understand
entendido: bien entendido naturally, of course
enterarse to find out; to get informed
enterito *dim. of* **entero**
entero complete, whole, entire
enterrado buried
enterrar (ie) to bury
entidad *f.* entity
entierro *m.* burial
entintar to ink
entonces then; and so; **de entonces** of those times; **por entonces** in those days
entornar to half-close; to turn
entorno *m.* environment
entrada *f.* entrance, admission; **pedir la entrada** to request permission to enter
entrañar to contain; to involve
entrar to go in; to come in, enter
entre between, among
entre semana on weekdays, during the week
entreabierto half-open; ajar
entregar (gu) to deliver; to hand in; to betray
entrelazar (c) to interlace; to interweave
entrenamiento *m.* training
entrenar to train
entretanto meanwhile; meantime
entretener (*irreg.*) to amuse, to entertain; **entretenerse** to amuse oneself
entretenimiento *m.* entertainment
entrevista *f.* interview
entrevistar to interview
entumecido numb
entusiasmar to enthuse
entusiasmo *f.* enthusiasm
entusiasta enthusiastic
envasar to package, to put in a container
envase *m.* container, bottle, can
envejecer (cz) to grow old
envenenamiento *m.* poisoning
envenenar to poison
enviar to send
enviciado addicted
enviciamiento *m.* addiction
enviciar to corrupt; to cause someone to become addicted; **enviciarse con** to become addicted to
envidia *f.* envy
envilecido vilified, debased
envolver (ue) to wrap
envolverse (ue) to surround oneself
epidemia *f.* epidemic
epígrafe *m.* epigraph; inscription at the beginning of a literary work
epigrama *m.* epigram; short poem with a witty or satirical point
época *f.* age, period of time
equilibrio *m.* balance, equilibrium
equipaje *m.* luggage
equipo *m.* team; **trabajar en equipo** to work as a team member
equitación *f.* horseback riding
equitativo just, equitable, fair
equivalente equivalent
equivocación *f.* mistake, error, blunder
equivocado mistaken
equivocarse (qu) to make a mistake or error
erigido erected, set up
erizarse (c) to bristle; to stand on end *(hair)*
erizo (de mar) *m.* sea urchin
erótico erotic
erradicación *f.* eradication, extermination, wiping out
errante wandering, nomadic
esa, ésa that, that one
escala *f.* scale; **a escala menor** on a lower scale
escaleras *f. pl.* stairs
escandalizar (c) to shock, scandalize
escándalo *m.* scandal
escandaloso scandalous
escapar to escape, flee
escape: a escape at full speed
escarcha *f.* frost
escarlata scarlet
escarmiento *m.* lesson or warning gained from punishment
escarpín *m.* baby's booties
escasear to run short, to lack, to be scarce
escasez *f.* scarcity, lack
escaso scarce
escena *f.* scene
escenario *m.* stage
esclavitud *f.* slavery
esclavo/a *m. & f.* slave
Escocia Scotland
escoger (j) to choose, select
escolar scholastic
escoltar to accompany; to escort
esconder(se) to hide, conceal (oneself)
escondida: a escondidas on the sly, secretly
escopeta *f.* gun, shotgun
escribir to write
escrito (*ptp. of* **escribir**) written
escritor/a *m. & f.* writer, author
escritorio *m.* writing desk; office, study

escritura *f.* writing
escuchar to listen (to); to hear
escuela *f.* school
escueto unadorned, brief
escultura *f.* sculpture
escurridizo slippery
escurrirse to slip away
ese, ése that, that one
esencial essential
esfera *f.* sphere
esfuerzo *m.* effort
esmero *m.* great care, meticulousness
eso that, all that; **a eso de** around or about; **por eso** for that reason
esos, ésos those, those ones
espacial *(adj.)* space
espacio *m.* space
espacioso spacious; slow; deliberate
espada *f.* sword
espalda *f.* back; **a nuestras espaldas** in back of us; **de espaldas a** with one's back to; **por la espalda** in the back
espantajo *m.* scarecrow; *(coll.)* obnoxious person
espantar to scare
espanto *m.* terror
espantoso frightful, hideous
España Spain
español/a *m. & f.* Spaniard, Spanish
especialidad *f.* specialty
especialización *f.* specialization; major study
especializado specialized; **no especializado** unskilled
especializarse (c) to specialize
especie *f.* kind, sort; species
específico specific
espectacular spectacular
espectáculo *m.* show; sight; spectacle
espectador/a *m. & f.* spectator
especulación *f.* speculation
espejismo *m.* mirage
espejo *m.* mirror
espeluznante hair-raising; horrifying
espera *f.* wait; **sala de espera** waiting room
esperanza *f.* hope
esperar to hope; to expect, to wait for
esperpento *m.* grotesque satire
espeso dense
espinudo thorny
espíritu *m.* spirit
espléndido splendid
esplendor *m.* splendor
esponja *f.* sponge
espontaneidad *f.* spontaneity
espontáneo spontaneous
esposo *f.* husband, spouse; **esposa** *m.* wife, spouse; **esposos** *m. pl.* husband & wife, spouses
espumoso foamy, frothy
esquela *f.* note, short message
esqueleto *m.* skeleton
esquema *m.* outline, diagram, plan
esquematizar to outline, make a diagram of
esquí *m.* skiing
esquina *f.* corner, angle
estabilidad *f.* stability
estable stable
establecer (zc) to establish
establecimiento *m.* establishment
establecimiento rural *m.* farming business
estación *f.* station; season
estacionaria fixed, stable
estadía *f.* stay, sojourn
estadio *m.* stadium
estadista *m. & f.* person favoring the idea of Puerto Rico becoming a state of the United States *(Puerto Rico)*
estadística *f.* statistic
estado *m.* state; condition
Estados Unidos *m.* the United States
estadounidense American; *m. & f.* American, person from the United States
estallar to explode
estampa *f.* appearance; *f.* holy card, picture of a saint
estampilla *f.* postage stamp
estancamiento *f.* stagnation
estancia *f.* cattle ranch *(Argentina);* stay, sojourn; *f.* large room
estanque *m.* pond
estaño *m.* tin
estar *(irreg.)* to be; **estar frito** to be in trouble; **estar orgulloso** to be proud; **estar equivocado** to be mistaken
estatal of the state
estatización *f.* state ownership
estatua *f.* statue
estatura *f.* stature, height (of a person)
este *m.* east; *(pronoun)* this
estela *f.* wake (of a ship or boat), tail (of a comet)
estéreo *m.* stereo
estereotípico stereotypical
estereotipo *m.* stereotype
estéril barren, sterile
estero *m.* stream
estética: cirugía estética *f.* plastic surgery
estilística stylistic
estilo *m.* style
estimar to esteem; to estimate; to believe
estimulante stimulating; *n.* stimulant
estimular to stimulate

estímulo *m.* stimulus
estirar to stretch out
estival pertaining to summer
esto this, all this
estómago *m.* stomach
estornudar to sneeze
estrafalario outlandish, extravagant
estrangular to strangle
estrategia *f.* strategy
estratificación *f.* stratification
estrechar: estrechar la mano to shake hands
estrechez *f.* tightness, narrowness
estrecho close; narrow
estrella *f.* star
estremecer (zc) to shake, make tremble
estrépito *m.* clamor, din
estrés *m.* stress
estriba to be based (on); to depend (on)
estribación *f.* spur (of a mountain range)
estricto severe, strict
estridente strident, shrill
estructura *f.* structure
estruendosamente deafeningly, noisily
estudiante *m. & f.* student
estudiantil pertaining to a student
estudiar to study
estudio *m.* study
estudioso studious, (people) involved in studies
estufa *f.* stove
estupendo stupendous, super, great
estúpido stupid
etapa *f.* stage, period of time
eterno eternal
etíope Ethiopian; *m. & f.* Ethiopian person
etiqueta *f.* etiquette; label
étnico ethnic
eufemismo *m.* euphemism
Europa *f.* Europe
europeo/a European; *m. & f.* European
evasión *f.* escape, evasion
evento *m.* event, happening
evidente evident
evitar to avoid; to prevent
evocar (qu) to evoke; to call forth; to describe
exactitud *f.* exactness, accuracy
exagerado exaggerated
exagerar to exaggerate
examen *m.* examination
exceder to exceed
exceso *m.* excess, abuse
exclamar to exclaim
excluido excluding
excluir (y) to exclude
exhausto exhausted
exigencia *f.* demand, requirement
exigente demanding
exigir (j) to demand, require
exiliado *m.* exile, expatriate, refugee
exilio *m.* exile; expatriation
existir to exist; to be
éxito *m.* success; **tener éxito** to be successful
expectativa *f.* expectation, hope
expediente *m.* dossier, records, file
experimentar to experience; to experiment
explicación *f.* explanation
explicar (qu) to explain
explorador/a *m. & f.* explorer
explotar to explode; to exploit
exponente *m. & f.* exponent, expounder
exponerse (*irreg.*) to expose oneself
exportar to export
expresividad *f.* expressiveness
expuesto risky
expulsar to expell
exquisito exquisite
extender (ie) to extend; to spread out
extenso extensive; **familia extensa** extended family
extenuado exhausted
exterior external; foreign; **en el exterior** abroad, outside the country
exterminar to exterminate
externo external; **política externa** foreign policy
extinguido extinct
extraer to extract
extranjero/a *m. & f.* foreign; foreigner
extrañar to miss (someone)
extrañarse to be surprised; to wonder
extraño/a *m. & f.* strange; outsider
extraterrestre/a *m. & f.* alien (from outer space)
extremado extreme
extrovertido extroverted
exuberante exuberant

F

fábrica *f.* factory
fabricado manufactured
fabricante *m.* manufacturer
fabricar (qu) to process; to manufacture
fábula *f.* fable
fabuloso fabulous
fachada *f.* facade; exterior part of a building
fácil easy
facilidad *f.* ease; facility; *f. pl.* conveniences, means

facilitar to facilitate; to supply, furnish
factible feasible, workable
facultad *f.* ability; faculty; school of a university
faja *f.* girdle
falda *f.* skirt
fallar to fail, miss
fallo *m.* error, fault, mistake
falsedad *f.* falsity; falsehood, lie
falta *f.* lack, absence; **hacer falta** to be necessary; to need
faltar to be lacking
familiar familiar; of or belonging to a family or families
fantasía *f.* fantasy
fantasma *m.* ghost
farisea/o hypocritical, deceptive
farmacia *f.* pharmacy
farmacopea *f.* pharmacopoeia, book of drugs and prescriptions
farol *m.* lamp, lantern
fascinar to fascinate
fase *f.* phase
fastidiar to annoy; **fastidiarse** to get annoyed
fastuosa lavish, luxurious
fatalidad *f.* fatality
fatiga *f.* fatigue; hard breathing
favor *m.* favor; **a favor de** in favor of; **por favor** please
favorecer (zc) to favor
favorito favorite
faz *f.* face; surface
fe *f.* faith
fealdad *f.* uglyness, homeliness
fecha *f.* date
felicidad *f.* happiness
felicitar to congratulate
feliz happy, fortunate
femenino feminine, female
feminismo *m.* feminism
feminista *m. & f.* feminist
fenómeno *m.* phenomenon
feo ugly
feria *f.* market; fair
feriado *m.* holiday, fair
feroz cruel, savage, wild
ferretería *f.* foundry; hardware store
ferrocarril *m.* railroad
ferviente fervent, passionate
festejar to feast; to celebrate
festejo *m.* feast; entertainment
festivo festive, joyful
fiarse (de) to confide (in), trust
ficha *f.* filing card; entry
ficticio fictitious
fidelidad *f.* faithfulness
fiebre *f.* fever
fiel faithful
fiera *f.* wild beast
fiesta *f.* party; social gathering; celebration
fiestero party loving
figurar to figure, appear
figurarse to imagine
fijado fixed
fijamente fixedly
fijarse (en) to notice
fijo fixed; sure; agreed upon
fila *f.* row; **en la fila** in the line
filiación *f.* filiation; **por filiación masculina** through the paternal side
filólogo/a *m. & f.* philologist
filosofía *f.* philosophy
filosófico philosophic
filósofo/a *m. & f.* philosopher
fin *m.* end; purpose; **a fin de que** in order that; **a fines de** at the end of; **al fin** at last; **en fin** in short; **fin de semana** weekend; **por fin** finally
final *m.* end, finish
financiar to finance
finanzas *f. pl.* finances
finca *f.* property, piece of property; farm
fingido feigned; false
fino fine, excellent; polite, refined; good quality
firma *f.* firm, business
firmar to sign
firme firm; **de tierra firme** on the mainland
firmeza *f.* firmness
físico physical
flaco thin; skinny
flagelo *m.* scourge
flamenco Andalusian gypsy *(music, dance, etc.)*
flan *m.* custard
flauta *f.* flute
flecha *f.* arrow
flechazo *m.* arrow shot or wound; sudden love, infatuation
flojear to be weak
flor *f.* flower
florecer (cz) to flower, to flourish
florecimiento *m.* flowering; bloom
florido flowery
fluctuar to fluctuate
fluidez *f.* fluidity, fluency
fogata *f.* bonfire
folklórico folkloric, folk (music, art, etc.)
folleto *m.* pamphlet
fonda *f.* inn; restaurant
fondo *m.* bottom; back, rear; backstage; background; **esquí de fondo** cross-country skiing; **fondos** *m. pl.* funds
footing *m. (angl.)* jogging
foráneo foreign
forastero/a *m. & f.* alien, strange; stranger
forcejear to struggle
forjar to forge; to build
forma *f.* form, type, sort
formalidad *f.* formality

formalizar to formalize; to settle, confirm
formulario *m.* form, application
fortalecer (zc) to fortify
fortaleza *f.* fortitude; fortress
forzosamente inevitably, necessarily
forzoso compulsory, forced
fosa *f.* grave, pit
foto *f.* snapshot; photo
fotografía *f.* photograph
fotógrafo/a *m.* & *f.* photographer
frac *m.* tails, swallow-tailed coat
fracasar to fail
fracaso *m.* failure, downfall, ruin
fragor *m.* uproar, din
francés/a French; **francés** *m.* Frenchman; **francesa** *f.* Frenchwoman
Francia *f.* France
franco frank, open; generous
franquear to cross, pass through
franqueza frankness, openness
frasco *m.* flask; jar
frase *f.* phrase; sentence
fraudulento fraudulent, deceitful
frecuentar to frequent
frenar to restrain; to brake, slow down
frenesí *m.* frenzy; **con frenesí** passionately
frente front; **por frente** in front; **frente a** in front of; *f.* forehead
fresco fresh, cool; **fresco** *m.* coolness
frescura *f.* freshness, coolness
frialdad *f.* indifference, coolness
frijol *m.* bean
frío cold; *m.* cold; **a sangre fría** in cold blood; **hacer frío** to be cold (in a room, outside)
frito fried
frívolo frivolous
frondoso leafy
frontera *f.* border; limit
frustrado frustrated
frustrarse to become frustrated
fruta *f.* (edible) fruit
fruto *m.* fruit (as a part of a plant)
fuego *m.* fire; **fuegos de artificio** fireworks
fuente *f.* source; spring (of water); fountain
fuera outside
fuerte strong, vigorous; strongly
fuerza *f.* strength; power; **a fuerza de** by dint of; **a fuerza viva** by brute force; **fuerzas armadas** armed forces; **hacer fuerza** to force
fuga *f.* flight, escape
fugarse (gu) to escape, flee; to run away
fugaz fleeting
fulano *m.* chap, bloke, fellow; **fulana** *f.* woman, girl, gal
fulgor *m.* glow
fumador/a *m.* & *f.* smoker
fumar to smoke
función *f.* function
funcionar to work, function
funcionario/a *m.* & *f.* government official, functionary
fundación *f.* foundation; founding
fundador/a *m.* & *f.* founder
fundar to found; to establish
fundirse to melt
fundo *m.* estate
fúnebre funereal, gloomy
funesto fatal, unfortunate
furia *f.* rage, fury, anger
furor *m.* frenzy
fusil *m.* rifle, gun
fútbol *m.* soccer; **fútbol americano** football
futbolista *m.* & *f.* soccer player

G

gaita *f.* bagpipe
galardón *m.* reward, recompense
galas *f. pl.* clothes
galeón *m.* galleon; sailing ship
galería *f.* gallery
Galicia Galicia (region in northwestern Spain)
gallego/a *m.* & *f.* Galician, person from Galicia
gallina *f.* hen
gallito *m.* (*dim. of* **gallo**) little rooster
gallo *m.* rooster
galope *m.* gallop
gana *f.* desire; wish; appetite; **tener ganas de** + *inf.* to feel like + *ger.*; **de mala gana** unwillingly
ganado *m.* livestock, cattle
ganador/a winning; *m.* & *f.* winner
ganancia *f.* profit, gain
ganar to earn; to gain; to win
gandul *m.* lazybones
ganga *f.* bargain
garaje *m.* garage
garantía *f.* guarantee, pledge
garantizar (c) to guarantee
garganta *f.* throat
gasa *f.* chiffon
gasolina *f.* gasoline
gastar to spend; to wear out (clothes)
gasto *m.* expense; cost
gastronomía *f.* gastronomy
gato/a *m.* & *f.* cat
gemelo/a *m.* & *f.* twin; **gemelos** binoculars
gemido *m.* groan, moan, wail
gemir (i) to moan
gen *m.* gene *(biology)*
genealógico genealogical

generación *f.* generation
general: por lo general in general
generalísimo *m.* commander in chief
generalización *f.* generalization
generar to generate, produce
género *m.* gender; kind; genre; cloth, fabric
generosidad *f.* generosity
genética genetics
genial brilliant
genio *m.* genius
gente *f.* people; crowd
gerente *m. & f.* manager
gerundio *m.* gerund
gesto *m.* gesture; facial expression
gigantesco gigantic
gira *f.* tour; excursion
giratorio revolving
gitano/a gypsy; *m. & f.* gypsy
globo *m.* balloon
glorificar (qu) to glorify
glorioso glorious
glotonería *f.* gluttony; greed
gobernado governed
gobernador/a *m. & f.* governor
gobernar (ie) to govern; to regulate; to direct
gobierno *m.* government
gol *m. (angl.)* goal (in soccer)
golosina *f.* sweet, tidbit
golpe *m.* blow, stroke, hit; **de golpe** suddenly; **golpe militar** coup d'état
golpear to beat; knock; to tap
golpista *m. & f.* person involved in a coup d'état
goma *f.* rubber; glue
gongo *m.* gong
gordo fat, plump
gorguera *f.* ruff; gorget, neck guard (of armor)
gorra *f.* cap
gorrión *m.* sparrow
gota *f.* drop
goteo *m.* dripping
gozar (c) to enjoy
gozo *m.* joy, pleasure, delight
grabado recorded (on tape)
grabadora *f.* tape recorder
grabar to record (on tape); to engrave
gracia *f.* grace; favor; wit; point of a joke; **hacer gracia** to amuse; **tener gracia** to be amusing, funny
gracias *f. pl.* thanks; **dar las gracias** to thank
gracioso funny, pleasing, graceful
grado *m.* degree; **a tal grado** to such a degree
graduarse to graduate
gramillas *f. pl.* herbs *(Uruguay)*
gran *(contr. of* **grande;** *in front of a m. s. noun)* great
grande great; large; big
grandeza *f.* greatness; magnificence
grandilocuente grandiloquent, pompous
grandísimo very big
grandote *(coll.)* huge
granito *m.* (*dim. of* **grano**) little grain
granja *f.* farm
grano *m.* grain, seed
grasa *f.* grease; fat
gratis free, without cost
gratuito free; gratuitous
grávido gravid, heavy, full *(poetic)*
gremio *m.* trade union; corporation
griego/a *m. & f.* Greek
grieto *m.* crack
grillo *m.* cricket
gringo/a *m. & f.* foreigner *(said especially of Americans or British)*
gripe *f.* influenza, flu *(medical)*
gris gray
gritar to shout, scream
grito *m.* scream, shout
grosería *f.* coarseness, ill-breeding
grosero rude, vulgar, coarse
grotesco grotesque
grueso bulky; thick; heavy
grupal of a group
guacamaya *f.* macaw
guapo attractive, good-looking; brave, fearless *(Cuba)*
guardar to keep
guarida *f.* den or lair of a wild beast
guayaba *f.* guava apple
guerra *f.* war
guerrero martial, warlike
guerrilla *f.* band of guerrillas or partisans
guerrillero/a *m. & f.* guerrilla fighter
gueto *m.* ghetto
guía *f.* guidebook; *m. & f.* guide
guiar to guide
guineo *m.* a kind of banana
guiñar to wink
guionista *m. & f.* screenwriter, scriptwriter
gustar to taste; to try; to please, be pleasing
gusto *m.* taste; pleasure; **tanto (mucho) gusto** glad to meet you; **de buen gusto** in good taste

H

Habana Havana (capital city of Cuba)
haber *(irreg.)* to have *(aux.)*; there is **(hay); haber de** + *inf.* to be (have) to; **hay que** + *inf.* it is necessary to

habilidad *f.* ability; skill; cleverness
habitación *f.* room
habitante *m. & f.* dweller; inhabitant
habitar to inhabit; to live in
hábito *m.* habit, custom
habituar to habituate, accustom
habla *f.* talk, way of talking
hablador/a talkative
hablar to speak, talk
hacer *(irreg.)* to make; to do; **hacer caso** to pay attention; **hacer compras** to go shopping; **hacer falta** to be necessary; **hacer gracia** to seem funny, amusing; **hacer mutis** to leave the scene (in a play); **hacer** + *time expression* ago (**hace 100 años** 100 years ago); **hacer un alto** to come to a halt; **hacer un viaje** to take a trip; **hacerse** to become
hacia toward; **hacia atrás** backward
hacienda *f.* farm, ranch; property, estate
hada *f.* fairy
halagar (gu) to flatter, praise
hálito *m.* breath
hallar to find; to meet with; to discover
hallazgo *m.* discovery
hambre *f.* hunger; famine; eagerness; **dar hambre** to make hungry
hambriento hungry
hampa *f.* underworld, criminal world
harto fed up; very
hasta till, until; even; up to, as far as; **hasta ahora** until now; **hasta luego** see you later; **hasta que** until
hastío *m.* tedium, boredom
hechizo *m.* enchantment, spell
hecho *m.* fact; incident; (*ptp. of* **hacer**) made, done
hechura *f.* form, shape; fashion
hectárea *f.* hectare, unit or metric measure for land equivalent to 10,000 square meters, or approximately two and a half acres
hedonismo *m.* hedonism; philosophy that puts pleasure as the highest goal of human life
helada *f.* frost
helado *m.* ice cream
helicóptero *m.* helicopter
hemisferio *m.* hemisphere
hemofílico/a *m. & f.* hemophiliac
hendedura *f.* (also **hendidura**) cleft, slit
heredar to inherit
herencia *f.* inheritance, heritage
herida *f.* wound
herido/a *m. & f.* wounded person
herir (ie, i) to hurt or wound
hermanastro *m.* stepbrother; **hermanastra** *f.* stepsister
hermano *m.* sibling; brother; **hermana** *f.* sister
hermético hermetic; impenetrable
hermoso beautiful, handsome
hermosura *f.* beauty
herrar (ie) to shoe (horses)
herrero *m.* blacksmith
hervir (ie, i) to boil
híbrido hybrid
hidalgo *m.* nobleman
hielo *m.* ice
hierro *m.* iron; **caballo de hierro** iron horse, i.e., railroad
hijito (*dim. of* **hijo**) little son
hijo *m.* child; son; **hija** *f.* daughter; **hijos** *m. pl.* children
hilera *f.* row
hilo *m.* wire; thread (of a plot)
himno *m.* hymn, anthem; **himno nacional** national anthem
hincapié *m.* digging one's feet in, standing firm; **hacer hincapié en** to stress or emphasize
hinchable inflatable
hinchado inflated, swollen
hipar to hiccup, hiccup
hipersensible hypersensitive
hipnosis *f.* hypnosis
hipocresía *f.* hypocrisy, falseness
hipódromo racetrack
hipotético hypothetical
hiriente wounding, cutting
hisopo *m.* paintbrush
hispano/a Hispanic; *m. & f.* Hispanic, person of Spanish or Latin American origin; **hispanoamericano** Spanish American, Latin American
hispanohablante *m. & f.* Spanish-speaking person
hispanoparlante Spanish-speaking
historia *f.* history; story
historiador/a *m. & f.* historian
histórico historic
historieta *f.* anecdote, small story; comic strip
hogar *m.* home; residence; **hogar para ancianos** old-age home
hogaza *f.* country bread
hoguera *f.* bonfire
hoja *f.* leaf; sheet of paper
hojear to page through (a book)
hola hello
Holanda *f.* Holland
hombre *m.* man; human being; **hombre de negocios** businessman

hombro *m.* shoulder
honesto honest, decent, upright
honrado honorable
honrar to honor
hora *f.* hour; time; **hora de acostarse** bedtime; **hora del desayuno** breakfast time
horario *m.* schedule; **huso horario** *m.* time zone
horchata *f.* white beverage made from the chufa plant and served in Spain as a soft drink in hot weather; white beverage made from barley and almonds, served in some countries
horda *f.* horde
horizonte *m.* horizon
hormiga *f.* ant
horneado baked
horriblemente horribly
hospitalizado hospitalized
hostil hostile
hostilidad *f.* hostility
hoy today, this day; **de hoy en adelante** henceforth, from now on; **hoy (en) día** nowadays
hoyo *m.* hole
hueco *m.* hole
huelga *f.* workers' strike
huellas *f. pl.* footprints
huérfano/a *m. & f.* orphan
huerta *f.* vegetable garden
hueso *m.* bone
huésped/a *m. & f.* guest, lodger
huevada *f.* stupid thing *(vulgar expression)*
huevo *m.* egg
huidizo fugitive; fleeting
huir (y) to flee, escape
humanidad *f.* humanity
humeante smoking, steaming
humedecerse (zc) to become wet
húmedo humid; damp, moist, wet
humilde humble, meek
humillación *f.* humiliation
humo *m.* smoke
humorístico humorous
hundirse to sink
huracán *m.* hurricane
hurtadillas: a hurtadillas furtively, on the sly
hurtar to steal, rob
huso horario *m.* time zone

I

ibérico Iberian
ibero/a *m. & f.* Iberian
idéntico identical
identidad *f.* identity
identificación *f.* identification
identificar (qu) to identify; to recognize
idioma *m.* language
idiota *m. & f.* idiot
idiotez *f.* idiocy
ido (*ptp. of* **ir**) gone; **ido de la cabeza** to be wild or crazy
idóneo suitable, apt, proper
iglesia *f.* church
ignorante *m. & f.* ignoramus; uncouth person
ignorar not to know, to be ignorant of
igual equal; the same; **cuentan por igual** are equally important; **de igual modo** in the same way; **igual que** the same as
igualdad *f.* equality
igualitario egalitarian
igualmente equally; also
ilegítimo illegitimate
iluminar to illuminate
ilusion *f.* hope; illusion
imagen *f.* image; picture; statue
imaginar(se) to imagine
imaginario imaginary
impacientarse to become impatient
impasible impassive, unfeeling
impedir (i) to prevent; **impedir** + *inf.*, **impedir que** + *subj.* to prevent from + *ger.*
imperfecto *m.* imperfect tense (of verbs)
imperio *m.* empire
imperioso imperious; imperative
impermeable *m.* raincoat
impertérrito impassive
implacable relentless, implacable
implicar (qu) to imply
implícito implicit
imponer (*irreg.*) to impose
importancia *f.* importance; significance; magnitude
importar to be important; to matter; to import
imposibilidad *f.* impossibility
imprescindible indispensable, imperative
impresionante impressive
impresionar to impress
imprevisto unexpected
improvisado improvised
impuesto *m.* tax; (*ptp. of* **imponer,** to impose) imposed
impulsar to impel, drive
impune unpunished
inagotable inexhaustible
inalcanzable unobtainable, unattainable
inapropiado inappropriate
inaugurar to inaugurate, open
incaico Incan, of the Incas (group of Peruvian Indians)
incansable tireless
incapaz incapable
incendio *m.* fire, conflagration; **incendio forestal** forest fire
incentivación *f.* the creation of incentives
incertidumbre *f.* uncertainty

incidente *m.* incident
incierto uncertain
inclinación *f.* inclination, preference
inclinado inclined; **estar (muy) inclinado a** + *inf.* to be (very) inclined to + *inf.*
incluir (y) to include
inclusive even, inclusive
incluso even; including
incógnita *f.* mystery
incomodar to inconvenience, bother
incómodo uncomfortable; inconvenient; embarrassing
incomprensión *f.* lack of understanding
inconfundible unmistakable
inconmovible unmovable
incontable countless
inconveniente inconvenient; *m.* difficulty; disadvantage
incorporar to take in; to incorporate; **incorporarse** to get up (from a reclining or sitting position)
incrédula incredulous, unbelieving
increíble incredible
incrementar to increase
incremento *m.* increase
inculto uneducated
indecisión *f.* indecision, indecisiveness
indeciso indecisive, hesitating
independencia *f.* independence
independiente independent
independista *m. & f.* advocate of independence
independizarse to become independent
indescifrable indecipherable
indicación *f.* indication; suggestion; **indicaciones** *f. pl.* directions
indicar (qu) to indicate, show; to point out
índice *m.* index; ratio
indicio *m.* indication, sign; clue
indígena indigenous; *m. & f.* native person
indignación *f.* indignation
indignado indignant
indignarse to become indignant, angry
indigno shameful, disgraceful
indio/a Indian; *m. & f.* Indian (of India, of West Indies, of America)
indiscutible indisputable, unquestionable
indiscutiblemente indisputably
individualización *f.* individualization
individuo *m.* individual
indocumentado/a *m. & f.* person without legal papers; illegal immigrant
indolente indolent, lazy
indudable doubtless, certain
indudablemente undoubtedly, without doubt
inédito unprecedented
inercia *f.* inertia
inesperado unexpected
inestabilidad *f.* instability
inestable unstable
inevitablemente inevitably
inexactitud *f.* mistake, inaccuracy
inexpugnable impregnable
infeliz unhappy; unfortunate
inferencia *f.* inference, conclusion
infierno *m.* hell
ínfimo very small or mean
inflación *f.* inflation
influenciar to influence
influido influenced
influir (y) to influence
influjo *m.* influence
información *f.* information
informal unreliable; **traje informal** casual dress
informar to inform; **informarse (de)** to become informed (about)
informática *f.* computer science
informe shapeless; *m.* report
infortunado unfortunate
infortunio *m.* misfortune, misery
infrarrojo infrared
infrecuente infrequent
ingeniería *f.* engineering
ingeniero/a *m. & f.* engineer
ingenio *m.* wit, cleverness; sugar mill
ingenuo naive
inglés English; *m.* English language; Englishman; **inglesa** *f.* Englishwoman
ingresar to commit (to an asylum or institution); to enter, become a member of
ingreso *m.* income; admission
iniciado/a *m. & f.* initiated person
iniciar to begin, initiate
inicio *m.* beginning
injuriar to insult
injustamente unjustly
inmediatamente immediately
inmediato immediate
inmenso immense
inmigrante *m. & f.* immigrant
inminente imminent, menacing
inmovilidad *f.* immobility; lack of movement; stillness
inmovilizar to immobilize
inmueble *m.* real estate; building
inmunodeficiencia *f.* immunodeficiency
inmunológico immunological
inocencia *f.* innocence
inocuo innocuous, harmless

inoportuno inopportune, badly timed
inquietarse to get upset, worry
inquieto restless, anxious, disturbed
inquietud *f.* uneasiness, concern
inquilino/a *m. & f.* tenant, renter
insaciable insatiable
insecto *m.* insect
inseguridad *f.* insecurity
inseguro insecure; unsafe
insensatez *f.* foolishness, irrationality
insensato senseless, foolish
insinuar to insinuate; to suggest; **insinuarse** to wheedle or work one's way, insinuate oneself
insistencia *f.* insistence, persistence
insistir (en) to insist (on)
insolación *f.* sunstroke
insolentarse to become insolent
insólito unusual
insomne *m. & f.* insomniac
insomnio *m.* insomnia, sleeplessness
insoportable unbearable
inspectivamente *(neol.)* in the manner of one who inspects
inspiración *f.* inspiration
inspirar to inspire
instalaciones *f. pl.* installations; facilities
instante *m.* instant
instigar to instigate, incite
instintivamente instinctively
instrucción *f.* education; instruction; **instrucciones** *f. pl.* instructions, orders, directions
instruido well educated
instrumento *m.* instrument
insultar to insult
insuperable incapable of being overcome, insuperable, invincible
intachable exemplary; beyond reproach
integración *f.* integration; assimilation; joining
integrado integrated; **integrado de** made up of
integral definitive
inteligente intelligent
intención *f.* intention
intensidad *f.* intensity
intenso intense
intentar to attempt, try
intento *m.* attempt, purpose
intercalar to insert
intercambiar to exchange, interchange
intercambio *m.* exchange, interchange
interés *m.* interest
interesante interesting
interesar to interest
interferencia *f.* interference
interior interior, inner; *m.* interior; inside; mind, soul
intermedio intermediate, halfway
internacional international
internado placed in a hospital, mental institution, or other institution
internamiento *m.* internment, confinement
internar to commit (to an institution)
interpretación *f.* interpretation
interpretar to interpret
intérprete *m. & f.* interpreter, actor, performer
interrogar (gu) to question, ask; interrogate
interrogatorio *m.* interrogation, questioning
interrumpir to interrupt
intervención *f.* intervention; interference; participation
intervenir (*irreg.*) to intervene; to take part
intimidad *f.* privacy, intimacy
íntimo intimate; **amigo íntimo** close friend; **en lo más íntimo** in one's innermost thoughts
intoxicado (de) poisoned (by)
intrepidez *f.* intrepidness
intriga *f.* intrigue; entanglement; plot of a play
intrincado intricate
introducción *f.* introduction
intromisión *f.* insertion; interference, meddling
intruso/a *m. & f.* intruder
intuitivo intuitive
inundación *f.* flood
inútil useless; vain
inutilidad *f.* futility, uselessness
inválido/a *m. & f.* invalid
invasión *f.* invasion, violation
invención *f.* invention
inventar to invent, think up, imagine
invento *m.* invention
inversión *f.* investment; inversion; reversal
invertir (ie, i) to invert, turn upside down; to invest
investigación *f.* investigation; research
investigador/a *m. & f.* investigator; researcher
investigar (gu) to investigate; to inquire into
invierno *m.* winter
invitado/a *m. & f.* guest
invitador/a inviting, seductive
inyección *f.* injection, shot
ir *(irreg.)* to go; **hora de ir** time to go; **ir de compras** to go shopping; **irse** to go away, leave
ira *f.* anger

iracundo angry, irate
Irlanda *f.* Ireland
irlandés *m.* Irishman; **irlandesa** *f.* Irishwoman
ironía *f.* irony; **con ironía** ironically
irrazonable unreasonable
irremisiblemente irremissibly; unpardonably
irresponsable irresponsible
irritar to irritate
isla *f.* island
italiano/a *m. & f.* Italian
izquierda left; *f.* (political) left wing
izquierdista leftist, left-wing; *m. & f.* leftist, left-winger

J

¡ja! ha! *(imitation of laughter)*
jactarse (de) to brag (about)
jadear to pant
jai alai *m.* jai alai, pelota, a Basque ball game
Jaime James
jalapeño *m.* jalapeño, a very hot Mexican pepper
jamás never, ever
jamón *m.* ham
japonés/a Japanese; *m. & f.* Japanese person
Jaque river in Venezuela
jardín *m.* garden, flower garden
jardinero/a *m. & f.* gardener
jarro *m.* jug; pitcher
jaula *f.* cage
jazmín *m.* jasmine
jefe/a *m. & f.* chief, boss, leader; **jefe de familia** head of the family
jerarquía *f.* hierarchy
jerga *f.* jargon
jerigonza *f.* secret language; jargon
Jesucristo Jesus Christ
Jimonea river in Venezuela
jira *f.* tour, trip
joder *(coll.; vulgar)* to ruin, to mess up
jolgorio revelry, partying
Jorge George
jornada *f.* journey, trip
jornal *m.* daily wage
joven young; *m. & f.* young person; **jóvenes** *m. pl.* young people
jovencito/a *m. & f.* (*dim. of* **joven**) young person
joyas *f. pl.* jewelry
joyería *f.* jewelry
judío/a Jewish; *m. & f.* Jewish person
juego *m.* game
juerga *f. (coll.)* spree
jueves *m.* Thursday
juez *m. & f.* judge (*pl.* **jueces**)
jugador/a *m. & f.* player
jugar (ue, u) to play; to gamble; **jugar a los naipes** to play cards
jugo *m.* juice
jugoso juicy, succulent
juguete *m.* toy
juguetear to play, romp, sport
juguetería *f.* toy shop
juicio *m.* judgment, trial
junco *m.* bulrush, cane, stick *(botany)*
juntarse to gather together
junto joined; **junto a** next to; **junto con** along with
juntos together
justamente exactly, right
justificar to justify
justo just, fair, right
juvenil youthful, juvenile
juventud *f.* youth
juzgar (gu) to judge

K

kilate *m.* (*also spelled* **quilate**) karat
kilómetro *m.* kilometer

L

laberinto *m.* labyrinth; maze
labio *m.* lip
laboratorio *m.* laboratory
lacio straight (hair)
lacito *dim. of* **lazo**
lacónico brief, concise, laconic
ladear to move to one side
ladera *f.* mountainside
lado *m.* side, direction; **al lado** near, next; **al lado de** on the side of, beside; **ir de un lado al (para) otro** to go to and fro; **por (de) un lado** on the one hand; **por otro lado** on the other hand; **por todos lados** on all sides
ladrido *m.* bark (of a dog)
ladrillo *m.* brick
ladrón/a *m. & f.* thief
lago *m.* lake
lágrima *f.* tear
lamentar to mourn
lamento *m.* lament, wail
laminar to laminate
lámpara *f.* lamp
lamparilla *f.* (*dim. of* **lámpara**) little lamp
lance *m.* incident; affair
langosta *f.* locust
lanza *f.* spear, lance
lanzar (c) to throw, hurl; **lanzarse** to throw oneself, fling oneself
largar to release, give, let go
largavista *m.* spyglass
largo long; **a lo largo de** along, throughout

laringe *f.* larynx
lascivo/a lustful, lascivious
lástima *f.* pity; **lástima de** poor (thing)
lastimar (se) to hurt; to get hurt
lata *f.* tin can; **dar la lata** *(coll.)* to annoy, irritate
latifundio *m.* large estate
látigo *m.* whip, lash
latín *m.* Latin (language)
latino Latin
Latinoamérica *f.* Latin America
latinoamericano/a Latin American; *m. & f.* Latin American
latir to pulsate, to beat
lavadero *m.* laundry, washing place
lavar(se) to wash (oneself)
laxitud *f.* laxness, slackness
lazo *m.* bow
leal loyal
lealtad *f.* loyalty
lección *f.* lesson; *(fig.)* warning, example
lecho *m.* bed
lechuga *f.* lettuce
lector/a *m.* reader
lectura *f.* reading
leer (y) to read; **leer la mano** to read palms
legar (gu) to bequeath, leave (in one's will)
legítimo legitimate
lejano distant
lejos far away
lema *m.* slogan
lengua *f.* tongue; language
lenguaje *m.* language; idiom
lentamente slowly
lentes *m. pl.* glasses; **lentes de contacto** contact lenses
lentitud *f.* slowness
lento slow
leproso/a *m. & f.* leper
letal lethal
letra *f.* letter; lyrics, words of a song; **al pie de la letra** exactly, to the letter; **estudiantes de letras** arts students
letrero *m.* sign; inscription
levantar to raise, lift; **levantarse** to get up
leve light, slight
levemente gently, lightly
levísimo very lightly
ley *f.* law
leyenda *f.* legend
liberación *f.* liberation
liberalizar to liberalize
liberar to liberate, free
libertino loose-living, rakish
librar to save, deliver, rescue
libre free; **al aire libre** in the open air; **dejar libre (a)** to give freedom (to); **tiempo libre** free time, spare time
librería *f.* bookstore
libreta *f.* notebook
libro *m.* book
licencia *f.* leave, permit; license; licentiousness, excess
liceo *m.* high school
lícito licit, legal; just, rightful
líder *m.* leader, chief; *pl.* **líderes**
lidiar to fight; to face up
lienzo *m.* canvas
ligado connected
ligereza *f.* lightness, agility
ligero light; quick, rapid
limitarse (a) to limit or confine oneself (to)
límite: fecha límite deadline
limón *m.* lemon
limosna *f.* alms, money given to a beggar
limpia *f.* cleansing
limpiar to clean
límpido limpid, pure, clear *(poetic)*
limpieza *f.* cleanliness, cleaning
limpio clean; neat, tidy; **en limpio** in final form
linaje *m.* lineage
lindo pretty, nice, lively; **ser de lindo** *(excl. fam.)* to be so pretty
línea *f.* line
lingua tongue *(Latin)*
lino *m.* linen
linterna *f.* lantern; **linterna eléctrica** flashlight
lío *m.* bundle; *(coll.)* mess, problem
lista *f.* list
listo ready, prepared; clever, smart, sharp
llamar to call; to name; **llamarse** to be called
llanto *m.* crying, flood of tears
llanura *f.* plain
llave *f.* key
llegada *f.* arrival
llegar (gu) to arrive, come; to reach; **llegar a ser** become
llenar to fill
lleno full, filled
llevar to carry; to take; to convey; to wear (clothes); **llevar puesto** to wear; **llevarse bien** to get along well
llorar to weep, to cry
llover (ue) to rain
lluvia *f.* rain
lo him, it, you (*relating to* **usted**); **dar lo mismo** to be the same; **lo** + *adj.* the . . . *or* the . . . thing *or* the area of the . . . (*e.g.*: **lo misterioso** the mysterious; **lo político** the area of the political; **lo triste** the sad thing); **lo cual** that which; **lo demás** the rest; **lo**

mismo the same thing; **lo mismo que** the same as; **lo que** what, that which; **por lo común** generally; **por lo demás** as to the rest; **por lo menos** at least; **por lo tanto** so, therefore; **por lo uno o por lo otro** for this or that
lobo/a *m. & f.* wolf
localidad *f.* place, locality
loco/a mad; crazy; *m. & f.* mad person; **volverse loco** to become crazy, go mad
locura *f.* madness, insanity
lodo *m.* mud
lógico logical
lograr to achieve; to manage (to)
loma *f.* hill
lomo *m.* back (of an animal)
lona *f.* canvas
lonche *m.* (*angl.*) lunch
Londres *m.* London
lote *m.* parcel, lot
lotería *f.* lottery
lozanía *f.* exuberance, vigor
lucecita *f.* (*dim. of* **luz**)
lucha *f.* fight, struggle
luchador quarrelsome
luchar to fight, struggle
lucidez *f.* lucidity, clarity
luciente shining
lucir (zc) to display, show off (something); to appear
lucrativo lucrative, profitable
Lucrecia Lucretia
luego then; later; soon; **desde luego** naturally, of course; **luego de** immediately after
lugar *m.* place; **en lugar de** instead of; **en primer lugar** in the first place; **tener lugar** to take place
lugarejo *m. (pej.)* place, spot
lujo *m.* luxury; lavishness
lujoso luxurious
lujuria *f.* lechery, lust
luminosidad *f.* brightness, light, luminosity
luminoso luminous
luna *f.* moon; **luna de miel** honeymoon
lunes *m.* Monday
lustro *m.* lustrum, period of five years
luz *f.* light

M

machacar to crush, to pound
machete *m.* machete
machista *m. & f.* male chauvinist
madera *f.* wood, timber
madrastra *f. (pej.)* stepmother
madre *f.* mother
madrileño/a from Madrid, *m. & f.* person from Madrid
madrugada *f.* dawn; early morning
madurez *f.* maturity
maduro mature; ripe; **de edad madura** middle aged
maestro/a *m. & f.* schoolteacher
magia *f.* magic
mágico magic, magical
magistratura *f.* magistracy, judgeship
magnífico magnificent
mago/a *m. & f.* magician
maguey *m.* maguey, American Agave cactus
maíz *m.* corn
majaderías *f. pl.* nonsense
majestuoso majestic
mal badly, poorly, wrongly; *m.* evil; illness
mala: de mala gana unwillingly
malanga *f.* taro (edible root)
maldecir to curse; slander
maldición *f.* curse
maldito cursed
malecón *m.* a seaside wall
malentendido *(gall.)* misunderstanding
malestar *m.* uneasiness
maleta *f.* suitcase
maletín *m.* (*dim. of* **maleta**)
malhumorado bad tempered; peeved
malicia *f.* malice; maliciousness; guile
malicioso malicious, sly, evil
malinterpretar to misinterpret
malo bad, ill; wicked; **a la mala** by force
malograr to ruin, spoil
maltratado damaged, harmed
malvado wicked, very perverse
manada *f.* herd
manceba *m.* concubine, mistress
mancha *f.* stain
mandado sent
mandar to command; to order; to send
mandarina *m.* mandarin orange
mandato *m.* command
mando *m.* command; **altos mandos** high commands
manejar to manage; to handle
manera *f.* manner; fashion; way; **de esta manera** in this way; **de manera...** in a . . . way; **de ninguna manera** not at all
maní *m.* peanuts
manía *f.* mania, habit
manifestación *f.* manifestation; show; demonstration; mass meeting
manifestar (ie) to show
manifesto *m.* statement; manifesto
maniobra *f.* operation
manivela *f.* crank
manjar *m.* delicious food

mano *f.* hand; **a mano** by hand; at hand; **leer la mano** to read palms; **mano de obra** labor force; **tomarse de la mano** to hold (each other's) hands
manosear to handle
manta *f.* blanket
manteca *f.* lard, grease
mantener (*irreg.*) to maintain; to keep; to hold; to support
mantenimiento *m.* maintenance
mantequilla *f.* butter
manto *m.* cloak
manualmente manually, with one's hands
manuscrito *m.* manuscript
manzana *f.* apple; a city block *(in Spain and México)*
maña *f.* cunning, craftiness; trick
mañana *f.* morning; *m.* tomorrow
mañanero (of the) morning
mañanitas *f. pl.* little morning songs
mapa *m.* map
maquiladora *f.* foreign assembly plant, especially those on the border between Mexico and the United States
maquillaje *m.* makeup
maquina *f.* machine
maquinaria *f.* machinery
mar *m. & f.* sea, ocean
maravilla *f.* marvel
maravillado amazed, astounded
maravilloso wonderful
marca *f.* brand
marcado marked, pronounced
marcar (qu) to mark; to indicate; to score (a goal in soccer)
marcha *f.* march; **marcha del tiempo** passing of time
marchar to leave, to depart
marcharse to leave
marchito faded, withered
marchoso full of excitement and activity *(slang)*
marco *m. (fig.)* setting, background; frame (of a picture)
margen *m.* margin; *f.* bank (of a river)
marginado left out
mariachi *m.* popular Mexican street band
marido *m.* husband
marinero *m.* sailor
marino marine, of the sea
mariposa *f.* butterfly
marisco *m.* shellfish
marmita *f.* kettle, pot
mármol *m.* marble
martillo *m.* hammer
martirio *m.* martyrdom, torture
más more; most; **más bien** rather
masa *f.* mass; bulk
masacrado slaughtered
masaje *m.* massage
masas *f. pl.* masses, (common) people
máscara *f.* mask
masculino masculine, of or pertaining to men
masivo massive
masticar to chew
matar to kill; to murder
matemáticas *f. pl.* mathematics, math
matemático/a *m. & f.* mathematician
materia *f.* matter, material; subject (studied in school); theme, subject matter
maternidad *f.* maternity
materno maternal, of the mother
matiz (*pl.* **matices**) *m.* shade (in colors); nuance (in words)
matrícula *f.* registration (in a university); tuition; **derechos de matrícula** tuition fees
matricularse to enroll, register, matriculate
matrimonio *m.* marriage, matrimony; couple
máximo maximum
maya Mayan, of the Mayan Indians
mayor greater, main; major; larger; older; oldest; **la mayor parte** most, the majority; **mayores** *m. pl.* adults, old people
mayorcito *dim.* of **mayor**
mayoría *f.* majority
mecánico/a *m. & f.* mechanic
mecedor *m.* rocker
medalla *f.* medal
media *f.* stocking, half; **media hora** half hour
mediados: a mediados halfway through
mediano average; medium; middle
medianoche *f.* midnight
mediante by means; through; by
medias: a medias half, halfway
medicamento *m.* medicine
médico/a *m. & f.* physician, doctor
medida *f.* measure; **a la medida** tailor-made, made-to-measure; **hasta cierta medida** to a certain extent
medio middle; half; *m.* means, middle; **clase media** middle class; **medio ambiente** *m.* environment; **medios de comunicación** mass media; **término medio** average
mediocridad *f.* mediocrity
mediodía *m.* noon, midday
medir (i) to measure
medirse (i) to be measured
medrar to grow

mejicano/a spelling used in Spain for **mexicano**
mejilla *f.* cheek
mejor better, best; **lo mejor** the best
mejora *f.* improvement
mejorar to improve
melancolía *f.* melancholy, gloom, the blues
melódico melodious
melodioso melodious, musical
memoria *f.* memory; **hacer memoria** to try to recall
memorizar to memorize
mendigo/a *m. & f.* beggar
menguar to diminish, to lessen
menor younger; less, least; youngest; minor
menos less, least; except; **a menos que** unless; **por lo menos** at least; **no estar para menos** now wouldn't you know, not surprisingly
mensaje *m.* message
mensurable measurable; able to be measured
mentalidad *f.* mentality
mente *f.* mind, understanding
mentir (ie, i) to lie
mentira *f.* lie, falsehood; **parecer mentira** to seem impossible
mentiroso/a lying, deceitful; *m. & f.* liar
menudo: a menudo often
meollo *m.* marrow
mercado *m.* market; **mercado interno de consumo** home consumer market
mercancía *f.* merchandise
merecer (cz) to merit, deserve
merendar (ie) to snack; **a la merienda** at snack time
merengue *m.* a type of music and dance
meridiano meridian; dazzling
merienda *f.* snack
mes *m.* month
mesa *f.* table
mesero/a *m. & f.* waiter in a restaurant *(Mexico)*
mesita *dim. of* **mesa**
mestizaje *m.* crossbreeding; combining of races (especially White and indigenous)
mestizo/a of mixed race, especially of Native American and European backgrounds; *m. & f.* person of Native American and European ancestry
meta *f.* goal, aim
metálico metallic
meter to put; to place; **meter la pata** to put one's foot in it, make a faux pas; **meterse** to go in, enter
metido placed
método *m.* method
metodología *f.* methodology
metro *m.* meter; subway
mexicano/a Mexican; *m. & f.* Mexican person
mexicano-americano/a Mexican-American *m. & f.* Mexican-American person
mezcla *f.* mixture, blend
mezclar to mix; **mezclarse** to mingle
microbio *m.* germ, microbe
microclima *m.* microclimate
microcosmo *m.* microcosm
microcuento *m.* short short story
mide *from verb* **medir**
midiendo (*ptp. of* **medir**) measuring
miedo *m.* fear, dread; **tener miedo** to be afraid
miel *f.* honey
miembro/a *m. & f.* member
mientras while; meantime; **mientras que** whereas, while; **mientras tanto** meanwhile
migraña *f.* migraine (headache)
mil *m.* thousand
milagro *m.* miracle, wonder
milenario millenary; millenarian
milenio *m.* millennium
mili *f.* military service *(slang)*
militar military; *m.* army officer, soldier
millar *m.* thousand
mimado spoiled
mina *f.* mine
minar to undermine
mínimo *m.* minimum
ministro/a *m. & f.* minister
minoría *f.* minority
minoritario/a minority; **grupo minoritario** minority group
minucioso meticulous
minusvalía *f.* disability
minusválido disabled
mío, mía my, mine, of mine
mirada *f.* look; gaze; glance
mirar to watch; to look at
misa *f.* mass (Catholic ceremony)
miseria *f.* poverty; **villa miseria** slum
mísero wretched, unfortunate
misiva *f.* missive
mismo same; **al mismo tiempo** at the same time; **lo mismo** the same; *(used after a noun)* -self (himself, herself, itself, etc.)
misterio *m.* mystery
mistificación *f.* hoax, trick, fraud
mitad *f.* half; middle
mito *m.* myth
mitología *f.* mythology
mixto coeducation, mixed
mochila *f.* backpack, knapsack
mocos: sorberse los mocos to sniffle and snort loudly

moda *f.* fashion; **a la moda** in style; **de moda** in style; in fashion; **última moda** latest fashion
modales *m. pl.* manners
modelo *m. & f.* pattern; model
moderado moderate
moderador/a *m. & f.* moderator (of a program)
moderar to moderate, control
modernismo *m.* Modernism (literary movement of renovation in Spain and Latin America at the end of the 19th and beginning of the 20th century)
modernista Modernist, of or pertaining to the literary movement of Modernism
moderno modern, recent
modestia *f.* modesty
modesto modest, unassuming
modificación *f.* modification, change
modificar (qu) to modify
modismo *m.* idiom
modito (*dim. of* **modo**) little way, particular way
modo *m.* manner, way; **de modo que** so that; **de todos modos** anyway; at any rate; **modo de vivir** lifestyle
mojar to wet; to moisten; **mojarse** to get wet
moldear to mold, to form
molestar to bother, annoy
molestia *f.* bother
molesto upset
molleto *m.* fuzzy-head
momia *f.* mummy (embalmed corpse)
monarquía *f.* monarchy
monja *f.* nun
mono cute, pretty; *m.* monkey
monolingüe monolingual
monoparental one parent (family)
monótono monotonous
montaña *f.* mountain
montar to ride (horseback); to lift; to place
monte *m.* forest; woodland
montón many, a great deal
montuno of the mountains
moñito (*dim. of* **moño**) bun, chignon (of hair)
moral *f.* ethics; morality
moralidad *f.* morality
morboso morbid
mordaz scathing, sarcastic
mordedura *f.* bite
morder (ue) to bite
moreno dark, dark haired
moribundo moribund, dying
morir (ue, u) to die
moro/a Moorish; *m. & f.* Moor
moroso slow to pay
mortero *m.* mortar (bowl for pounding solids)
mortífero lethal, to the death
mortificar to mortify
mosca *f.* fly
mosquetero *m.* musketeer
mostrar (ue) to show; to point out
motivo *m.* motive; reason; motif
motor *m.* car *(slang)*
mover (se)(ue) to move
movida *f. (Spain slang)* activity, interaction
móvil *m.* motive
movimiento *m.* movement
mozo/a *m. & f.* young man, young woman; **buen mozo, buena moza** good-looking
mucamo/a *m. & f.* servant
muchachito *m.* (*dim. of* **muchacho**)
muchacho *m.* boy; **muchacha** *f.* girl; maid
muchedumbre *f.* crowd
muchísimo (*sup. of* **mucho**) very very much
mucho much, a lot, a great deal (of)
muchos many
mudanza *f.* move
mudarse to move (residence)
mudo silent
mueble *m.* piece of furniture
muerte *f.* death; **pena de muerte** death penalty
muerto (*ptp. of* **morir**) dead; **muerto de frío** freezing; **muerto de hambre** *m.* very poor person
muestra *f.* example; token
mujer *f.* woman; wife
mula *f.* female mule
mulato *m.* mulatto
multinacional multinational
multitud *f.* multitude, crowd
mundano worldly
mundial worldwide; of the whole world; **Mundial** *m.* world soccer championship
mundo *m.* world; **todo el mundo** everybody; **ver mundo** to travel
municipio *m.* township
muñequita *f.* (*dim. of* **muñeca**) little doll
muralla *f.* wall
murmullo *m.* murmur
murmurar to murmur
muro *m.* wall
músculo *m.* muscle
musculoso muscular
museo *m.* museum
música *f.* music
musicalidad *f.* musicality
músico/a *m. & f.* player, musician
mutilado mutilated
mutis *m.* exit (of actors in a play)

mutuamente mutually
muy very; greatly; highly

N

nacer (zc) to be born
nacido (*ptp. of* **nacer**) born
naciente rising; newly formed
nacimiento *m.* birth
nacionalidad *f.* nationality
nada nothing; (not) at all; **nada de** no; none of; **un/a nada** *m. & f. (pej.)* a nothing, a worthless person
nadar to swim
nadie no one, nobody, not anybody
nadita (*dim. of* **nada**) almost nothing
naftalina *f.* naphthalene (a preservative), mothball
naipe *m.* card
naranja *f.* orange
naranjo *m.* orange tree
narcotráfico *m.* drug trade, drug dealing
narigón/a *m. & f.* large nosed
nariz *f.* nose
narrador/a *m. & f.* narrator
narrar to narrate
natación *f.* swimming
natal native
natalidad *f.* birthrate; **control de la natalidad** birth control
natural natural; **hijo/a natural** illegitimate child
naturaleza *f.* nature
Navarra *f.* Navarre, region of NE Spain and SW France
navegante *m.* sailor, seaman
navegar (gu) to navigate
navidades *f. pl.* Christmastime
necesario necessary
necesidad *f.* necessity, need, want
necesitar to need
necio *f.* foolish
nefasto ominous, fateful, unlucky
negar (ie) to deny; to disown; to negate
negociante *m.* dealer, merchant
negociar to negotiate, dicker for
negocio *m.* business; transaction; **hombre (mujer) de negocios** businessman (-woman)
negrilla *f.* boldface type
negro/a black; *m. & f.* Black person
nena *f.* (*alt. form of* **niña**) little girl, baby
neoyorquino/a of or from New York; *m. & f.* New Yorker (*also spelled* **neoyorkino/a**)
nervio *m.* nerve
nerviosidad *f.* nervousness
nevada *f.* snowfall
nevar (ie) to snow
ni nor, neither, not ever; **ni... ni...** neither . . . nor; **ni siquiera** not even; **ni pensarlo** I wouldn't dream of it!; **ni uno** not even one
nicaragüense *m. & f.* Nicaraguan
nicho *m.* niche, tomb
nido *m.* nest
niebla *f.* fog
nieto/a *m. & f.* grandson, granddaughter, grandchild; **nietos** grandchildren
nieve *f.* snow; **Blanca Nieves** Snow White
ninguno no, (not) any; nobody, no one
ningún *apocopated form of* **ninguno** *used before m. s. nouns*
niñez *f.* childhood
niñito *dim.* of **niño**
niño/a child; **niños** children
nivel *m.* level
noche *f.* night; nighttime; **de noche** at night; **de la noche** p.m., of the night; **esta noche** tonight; **por la noche** at night, in the evening
nochebuena *f.* Christmas Eve
nocivo harmful, noxious
nocturno of the night, nocturnal; **club nocturno** nightclub
nombrar to name, nominate
nombre *n.* name
no-presencial long distance or home based (learning)
noquear to knock out (boxing)
noramala (*coll. alt. of* **enhoramala**); **mandar noramala** to send a person to the devil
nordeste *m.* northeast
norma *f.* norm; standard; rule
normalidad *f.* normality, normalcy
noroeste *m.* northwest
norte *m.* north
Norteamérica *f.* North America
norteamericano American; **norteamericano** *m.* man from U.S.A.; **norteamericana** *f.* woman from the U.S.A.
norteño northern; *m. & f.* northerner
nosotros we
nostalgia *f.* nostalgia, homesickness
nota *f.* note; score; mark (in school); note (short letter)
notar to notice
noticia *f.* news
notita *dim. of* **nota**
notorio well known; notorious
novata/o *m. & f.* novice
novedad *f.* piece of news; novelty

novedoso novel, new
novelista *m. & f.* novelist
novelón *m.* long, poorly written novel
noveno ninth
novio *m.* fiancé; groom; boyfriend; **novia** *f.* fiancée; bride; girlfriend; **novios** *m. pl.* engaged couple, bride and groom
nube *f.* cloud
nuca *f.* nape (of neck)
nuera *f.* daughter-in-law
nuestro/a our
nuevamente again, anew
nueve nine
nuevo new; **de nuevo** again, anew
nuez *f.* walnut (*pl.* **nueces**)
numerado numbered
número *m.* number
nunca never, ever
nutrir to nourish
nutritivo nutritious

O

o or; **o... o...** either . . . or . . .
obediencia *f.* obedience
objetivo *m.* objective, aim, goal
obligado obliged, obligated
obligar (gu) to oblige; to force
obra *f.* work; **mano de obra** labor; labor force; **obra de teatro** play (theatrical), drama
obrero/a *m. & f.* (manual) worker, laborer
obsequiar to give
obsequio *m.* gift
observador/a *m. & f.* observer
obsesionado obsessed
obstáculo *m.* obstacle
obstante: no obstante however, nevertheless
obstinado obstinate, stubborn
obtener *(irreg.)* to obtain
obtuso obtuse, dull
obvio obvious
ocasión *f.* occasion, opportunity, chance
ocasionar to occasion, cause
occidente *m.* west, occident
océano *m.* ocean
ocio *m.* leisure time
ocultar to hide
oculto hidden
ocupadísimo *sup. of* **ocupado**
ocupado busy
ocupar to occupy; **ocuparse** to be busy or occupied, to occupy oneself; **ocuparse de** to concern oneself with, to take charge of
ocurrente witty
ocurrir to happen; **se le ocurrió** it occurred to him (her)
oda *f.* ode
odiado despised
odiar to hate
odio *m.* hatred
odontología *f.* odontology
oeste *m.* west
ofensa *f.* offense, insult
ofensivo offensive
oferta *f.* offer
oficial official; *m. & f.* officer
oficina *f.* office
oficio *m.* trade, craft
ofrecer (zc) to offer
ofrenda *f.* offering
ofuscar (qu) to obscure
oído *m.* ear; (*ptp. of* **oír**) heard
oír *(irreg.)* to hear
ojalá may God grant that; I hope that
ojeada *f.* glance, glimpse
ojeras *f. pl.* circles under the eyes
ojito *m. dim. of* **ojo**
ojo *m.* eye
ola *f.* wave (of the sea); crowd, wave (of people)
oler (ue)(h) to smell
oligarquía *f.* oligarchy, government by a small elite group
olla *f.* cooking pot
olor *m.* smell
olvidar to forget; **olvidarse de** to forget
olvido *m.* forgetfulness; oblivion; loss of memory
omitir to omit, to leave out
once eleven
onda *f.* wave (on sea water)
ondular to undulate, wave
onomatopeya *f.* onomatopoeia
ONU *f.* United Nations **(Organización de Naciones Unidas)**
opción *f.* option; choice
operar to operate
opinar to pass judgment; to express an opinion
oponerse (a) *(irreg.)* to oppose; to be opposed to
oportunidad *f.* opportunity
oportunismo *m.* opportunism
oportunista opportunistic; *m. & f.* opportunist
optar (a) (por) to opt for; to decide in favor of
opuesto opposite, contrary; (*ptp. of* **oponer**) opposed
oración *f.* prayer; (grammatical) sentence
oráculo *m.* oracle
orden *m.* sequence, order; *f.* order, command; **a sus órdenes** at your service
ordenado tidy, arranged, in order
ordenador *m.* computer
ordenamiento *m.* arranging, ordering
ordenanaza *f.* ordinance, rule; **de ordenanza** usual

ordenar to order
ordeñar to milk (a cow, goat, etc.)
oreja *f.* ear
organizado organized
organizar to organize
orgullo *m.* pride
orgulloso proud
orientación *f.* orientation, direction
oriente *m.* east
originar(se) to originate
originario originating, native
orilla *f.* bank; shore
oro *m.* gold; **de oro** golden
orquesta *f.* orchestra
ortografía *f.* spelling
oscilar to oscillate, to swing
oscurecer to darken
oscuridad *f.* darkness
oscuro *m.* dark
oso *m.* bear
ostentar to make a show of, to brag
ostentosamente ostentatiously
otoño *m.* autumn, fall
otro other; another; another one; **otra vez** again; **por otra parte** on the other hand
oveja *f.* sheep
ovillo *m.* ball of yarn; **hecho un ovillo** curled up
oxigenado bleached (hair)
oxígeno *m.* oxygen
ozono *m.* ozone; **capa de ozono** ozone layer

P

p'a *contr. of* **para**
pabellón *m.* pavillion; ward
Pablo Paul
pacer (zc) to graze
paciencia *f.* patience
paciente patient
pacífico peaceful
paco *m.* policeman *(coll., Chile)*
pacto *m.* pact; commitment
padecer (cz) to suffer
padecimiento *m.* suffering
padrastro *m. (pej.)* stepfather
padre *m.* father; priest; *m. pl.* parents
paella *f.* Valencian rice dish
paga *f.* payment
pagar (gu) to pay (for)
página *f.* page
país *m.* country
paisaje *m.* landscape
pajaritos *m. pl.* little birds
pájaro *m.* bird
palabra *f.* word
palabrota *f.* swearword, obscenity
palacio *m.* palace
paladar *m.* palate, roof of the mouth
pálido pale
paliza *f.* beating
palma *f.* palm tree
palmear to pat
palmera palm tree
palmotear to pat
palo *m.* stick
paloma *f.* dove
palomita *dim. of* **paloma**
palpitante throbbing; burning (question)
palpitar *m.* palpitation, beating, throbbing
Pamplona city in Spain
pan *m.* bread, loaf
panal *m.* honeycomb
pandilla *f.* gang
panecillo *m.* (*dim. of* **pan**)
panfleto *m.* pamphlet
pantalla *f.* (cinema) screen; (lamp) shade
pantalón *m. or* **pantalones** *m. pl.* pants, trousers, slacks
panteón *m.* mausoleum, pantheon, grave
pañoleta *f.* bandana; scarf
pañuelo *m.* scarf, handkerchief
Papa *m.* Pope; **papa** *f.* potato
papel *m.* paper; role; **hacer el papel** to play the role
papelillo *m.* (*dim.* of **paper**) slip of paper or role; insignificant role
papi *m.* Daddy
paquete *m.* packet, package
par *m.* pair; **de par en par** wide open
para in order to; **estar para** to be in the mood for; to be about to; **para abajo** down below; **para que** so that
paracaídas *m. s.* parachute
paracaidista *m. & f.* parachutist
parada *f.* stop, halt
paradoja *f.* paradox
parador *m.* inn
paraguas *f.* umbrella
paraguayo/a Paraguayan; *m. & f.* person from Paraguay
paraíso *m.* paradise
paraje *m.* place, spot
paralelo parallel
paralítico *m. & f.* paralytic
paralizar to paralize
parámetro *m.* parameter
parar to stop, halt, cease
parcial partial
parecer (zc) to seem, to appear; **al parecer** apparently; **parecerse (a)** to resemble
parecido similar; *m.* resemblance
pared *f.* wall
pareja *f.* pair, team, partners
parentesco *m.* relationship, kinship
paréntesis *m.* parenthesis
pariente *m.* relative

parir to give birth to
parlamento *m.* parliament
paro *m.* unemployment
parodia *f.* parody
parque *m.* park
párrafo *m.* paragraph
parranda *f. (coll.)* partying
párroco *m.* parson; parish priest
parte *f.* part; side; **cualquier parte** anywhere; **en parte** partially; **en** *or* **por todas partes** everywhere; **gran parte** a large part, a great many; **la mayor parte** the majority; **por otra parte** on the other hand; **por parte de** on the side of, on behalf of
partida *f.* departure
partidario/a *m. & f.* supporter
partido *m.* match; (political) party
partir to part; to start off; **a partir de** beginning with
parvularia: educación parvularia education for preschool teachers, child development
pasado *m.* past *(referring to time)* gone by; **el año pasado** last year
pasaje *m.* number of passengers on an airplane; (airline or boat) ticket
pasajero/a *m. & f.* traveler, passenger
pasar to pass; to spend (time); to happen; **pasar el rato** relax; **pasar por alto** to disregard, to omit; **pasarlo bien** to have a good time; **¿Qué pasa?** What's happening?
pasatiempo *m.* pastime
pascua *f.* Easter; *(also used for Christmas, esp. in pl.)* **¡Felices Pascuas!** Merry Christmas!
pasear to take a walk, walk about
paseo *m.* walk, stroll, ride; **dar un paseo** to take a walk
pasillo *m.* hall; corridor; aisle
pasividad *f.* passiveness, passivity
pasmado stunned
paso *m.* step
pasta *f.* pasta noodles; **pasta dentífrica** tooth paste
pastar to graze
pastel *m.* cake
pastizal *m.* pasture ground for horses
pastor pastor, shepherd
pastorear to tend (animals)
pata *f.* foot or leg (of an animal); paw; **meter la pata** to make a mistake
patada *f.* kick
patata *f.* potato *(Spain)*
patatús *m.* fit, convulsion
paternidad *f.* paternity
patio *m.* court; yard
patita *f.* (*dim. of* **pata**)
patria *f.* native country, homeland
patriarca *m.* patriarch
patriarcado *m.* patriarchy; rule as patriarch
patriarcal patriarchal
patricio patrician, aristocratic
patrimonio *m.* patrimony
patrón *m.* boss; employer; patron saint; pattern
paulatinamente little by little
pauperizado impoverished, very poor
pavo *m.* turkey
payo/a *m. & f.* nongypsy
paz *f.* peace
peatón/a *m. & f.* pedestrian
pecado *m.* sin
pecar to sin
peces (*m. pl. of* **pez**) fish(es)
pecho *m.* chest
pedazo *m.* piece, bit
pedido requested, asked for
pedir (i, i) to ask (for); to ask (a favor); to beg; **pedir prestado** to borrow
pegar (gu) to beat; to glue; to hit
peinado *m.* hairstyle
pelado bald, hairless
pelea *f.* battle, fight, quarrel
peleador quarrelsome
pelear to fight, quarrel
película *f.* film, movie
peligro *m.* danger, risk, peril
peligroso dangerous
pelo *m.* hair; **tomar el pelo** to tease
pelota *f.* ball
peluca *f.* wig
peludo hairy
pena *f.* pain; **pena de muerte** death penalty; **valer la pena** to be worthwhile
penalización *f.* penalty, punishment
penalizar to penalize, punish
pendiente *m.* earring; **estar pendiente de** to be absorbed by; to be eagerly waiting for
péndulo *m.* pendulum
penetrante penetrating; clearsighted
penitente *m. & f.* person performing acts of penance
penosamente painfully
pensado (well) thought out
pensador/a *m. & f.* thinker
pensamiento *m.* thought
pensar (ie) to think, intend
pensión *f.* boarding house; pension, allowance
pensionista *m. & f.* boarder, inmate
penumbra *f.* semidarkness

peña *f.* musical social gathering
peor worse, worst
pepino *m.* cucumber
pequeño little, small
percatarse (de) to notice; to become aware (of)
percha *f.* hat or clothes rack; clothes hanger
percibir to perceive
perder (ie) to lose
pérdida *f.* loss
perdido lost
perdón *m.* pardon
perdonar to forgive
perdurar to last
peregrino wandering; foreign *(as in substances added)*
perenne perennial, perpetual
pereza *f.* laziness
perezoso lazy, idle
periódico *m.* newspaper
periodista *m. & f.* reporter
período *m.* period (of time)
perjudical harmful, detrimental
perjudicar to harm, to injure
perjuicio *m.* harm, damage
permanecer (zc) to stay, remain
permanencia *f.* stay; sojourn
permiso *m.* permission
permitir to allow
pernicioso pernicious, harmful
pero but, yet
perplejidad *f.* perplexity
perplejo perplexed
perra *f.* (female) dog
perrito *m.* (*dim. of* **perro**)
perro *m.* (male) dog
persecución *f.* persecution
perseguir (i, i) to pursue; to persecute
persona *f.* person
personaje *m.* character (in a play or story); (famous) personage
personal *m.* personnel, staff
perspicaz perceptive
pertenecer (zc) to belong to
pertenencias *f. pl.* belongings
perturbar to disturb
peruano Peruvian
perverso perverse, wicked
pesadilla *f.* nightmare
pesado heavy; tiresome
pesadumbre *f.* grief, pain, sorrow
pesar: a pesar de in spite of
pesas *f. pl.* weights (for weight lifting)
pesca *f.* fishing
peseta *f.* monetary unit of Spain
pesimista pessimistic
peso *m.* weight; importance; monetary unit of Mexico, Uruguay, and Argentina
pestaña *f.* eyelash
peste *f.* disease
petardista *m. & f.* deceiver, cheat
petrificado petrified
petróleo *m.* petroleum
pez *m.* fish (*pl.* **peces**)
picadillo *m.* dish made with ground beef and spices
picadura *f.* bite (of an insect or snake)
picante hot, highly seasoned; biting; sarcastic
picar (qu) to sting; to burn (the mouth)
picotear to poke, to peck
pie *m.* foot; **al pie de la letra** literally; **ponerse de pie** to stand up
piedad *f.* pity, mercy; piety
piedra *f.* stone
piel *f.* skin
pierna *f.* leg
pieza *f.* piece; literary work; room (of a house, hotel, etc.); **pieza dramática** play, drama
pila *f.* battery
píldora *f.* pill
pináculo *m.* pinnacle, summit
pincharse to inject (oneself); to shoot up (with drugs)
pinchazo *m.* puncture; bite
pincho *m.* pieces of food served on a small stick, as appetizers
pino *m.* pine tree
pinta *f.* appearance
pintado painted
pintar to paint
pintoresco picturesque
piojo *m.* louse
pirámide *f.* pyramid
Pirineos *m. pl.* the Pyrenee Mountains
pisar to step on, tread
piscina *f.* swimming pool
piso *m.* floor, story
pista *f.* (landing) field; clue; **pista de tenis** tennis court
pitar to whistle
pizarra *f.* blackboard
placa *f.* plaque, plate, small sign
placentero pleasant
placer *m.* pleasure, delight
placidez placidness, tranquilty
plácido placid, serene
plaga *f.* plague
planeta *m.* planet
planificación *f.* planning; **planificación familiar** family planning
plano *m.* plane; **plano secundario** secondary place (of importance); **primer plano** foregound
planta *f.* plant; floor (in a house or building); **planta baja** first floor
plantado: dejar plantado to leave in the lurch, jilt
plantar to plant
planteamiento *m.* exposition; way of stating

plantear to outline, set forth
plata *m.* silver; money
plataforma *f.* platform
plátano *m.* banana; plantain
plateado silvery
platería *f.* silversmithing
platero *m.* silversmith
plática *f.* chat, talk
plato *m.* dish; plate
playa *f.* beach
plaza *f.* square, place
plazo *m.* period, term, space (of time)
plebeyo/a *m. & f.* plebeian
plegar to fold
pleno full
pluma *f.* pen; feather
plumazo *m.* stroke of the pen
plumín *m.* nib (of a pen); *pl.* **plumines**
población *f.* population; town
poblado *m.* town, village
poblar (ue) to populate; to settle
pobre poor
pobreza *f.* poverty
pocho *m.* mixture of Spanish and English
pocilga *f.* pigpen; hovel
poco little, scanty; **hace poco** a short while ago; **poco a poco** little by little; **un poco (de)** a little (of)
pocos, pocas few
poder (ue, u) to be able, to be possible; *m.* power, authority, ability; **en poder de** in the hands of
poderoso powerful, mighty
poema *m.* poem
poesía *f.* poetry
poeta *m.* poet
poetisa *f.* poetess
polémica *f.* controversy; polemic
policía *f.* police force; *m. & f.* police officer
política *f.* politics, policy
político/a political; *m. & f.* politician
pollera *f.* skirt
pollo *m.* (young) chicken
pololo *m.* boyfriend *(Chile)*
polvo *m.* dust
pólvora *f.* gunpowder
pomo *m.* (small) bottle; vial
pomposo pompous
pómulo *m.* cheekbone
poner *(irreg.)* to put; to place; to give; **poner fin a** to put an end to; **ponerse** to wear, put on (clothing); to become; **ponerse a** to begin to
pontificar (qu) to pontificate, talk with authority
popular popular, well liked
popularidad *f.* popularity
poquísimo *sup.* of **poco**
por by, for, about, by means of; through; **por ciento** percent; **por ejemplo** for example; **por eso** for this reason, because of this; **por favor** please; **por igual** equally; **por lo general** generally; **por lo menos** at least; **por lo tanto** therefore; **por medio de** by means of; **por otra parte** on the other hand; **¿por qué?** why?; **por todas partes** everywhere
porcelana *f.* china; dishware
porcentaje *m.* percentage
pormenorizar to describe in detail
porque because; so that
portador/a *m. & f.* carrier
portaestandarte *m.* standard bearer
portátil portable
porte *m.* bearing, size
portento *m.* marvel, portent
portero *m.* concierge; doorman
Porto *m.* Port wine
portón *m.* large door, front door
porvenir *m.* future
poseedor/a *m. & f.* possessor
poseer (y) to possess, own
posguerra *f.* postwar period
posibilidad *f.* possibility; chance
posponer to postpone
posta *f.* emergency aid station
poste *m.* pole, post
posterior later, subsequent
postgrado (*shortened form of* **postgraduado**) postgraduate
postre *m.* dessert
postular to postulate
postura *f.* posture, position
pozo *m.* well, pit
práctica *f.* practice
prácticamente practically
practicante *m. & f.* practitioner
practicar (qu) to practice, exercise
práctico practical
pradera *f.* meadowland; prairie
prado *m.* meadow, field
precio *m.* price
precioso precious
precipitación *f.* haste
precipitadamente hastily, impetuously
precipitarse *(irreg.)* to rush headlong
preciso necessary; definite, precise, clear
precocidad *f.* precocity, precociousness
precolumbino pre-Columbian
preconcebido preconceived
precoz precocious, advanced
predecir *(irreg.)* to foretell, predict
predicamento *m.* predicament
predicción *f.* prediction
predilecto favorite
predisposición *f.* predisposition

predominar to predominate
predominio *m.* predominance
preferir (ie, i) to prefer
pregonar to publicize
pregunta *f.* question; **hacer una pregunta** to ask a question
preguntar to ask, question; **preguntarse** to wonder
prejuicio *m.* prejudice
preliminar preliminary
premio *m.* reward; prize
prendedor *m.* pin
prender to turn on (the lights, television)
prensa *f.* the press, newspapers
preocupación *f.* worry
preocuparse (de) to worry, be worried (about)
preparativos *pl.* preparation
prescindir (de) to do without
presenciar to witness; attend
presentar to present; to introduce; to submit
presente; tener presente to keep in mind
presentir (ie, i) to suspect, to have a premonition
preservativo *m.* contraceptive; condom
preso/a imprisoned; *m. & f.* prisoner; **meter (mandar) preso** to have imprisoned; **presa de pánico** victim (prey) of panic
préstamo *m.* loan
prestancia *f.* poise
prestar to lend, loan; **pedir prestado** to borrow; **prestar atención** to pay attention; **prestarse (a)** to lend oneself (to)
pretencioso vain, pretentious
pretender to attempt to; to try to
pretérito *m.* preterit
prevalecer (zc) to prevail
prevención *f.* prevention
previo former; previous
primaria *f.* elementary school
primario primary
primavera *f.* spring, springtime
primer *apocopated form of* **primero** *used before m. s. nouns*
primero first
primitivo primitive
primo/a *m. & f.* cousin
príncipe *m.* prince
principiar to commence, begin
principio *m.* beginning, principle; **a principios de** at the beginning of; **al principio** at the beginning
prioridad *f.* priority
prioritario having priority
prisa *f.* hurry; **a (con) prisa** hurriedly; **tener prisa** to be in a hurry
privación *f.* deprivation
privado private
privatización *f.* privatization; the selling off of state-owned business to the private sector
privilegiado *m.* privileged person
probabilidad *f.* probability
probar (ue) to try; to prove
problema *m.* problem
problemática *f.* problematical matter
problemático problematical
proceso *m.* trial; process
proclamado proclaimed
proclamar to proclaim
procurar to strive
producir (j) (zc) to produce
productor/a *m. & f.* producer
profesor/a *m. & f.* professor; teacher of a high school or university
profesorado *m.* faculty; teaching staff
profético prophetic
proficuo advantageous, fruitful
profundizar to go into deeper depth
profundo profound, deep
programa *m.* schedule, program
programación *f.* planning, programming
programador/a *m. & f.* programmer
programar to plan
progresivo progressive, advancing
prohibición *f.* prohibition, forbidding
prohibido forbidden
prohibir to prohibit, forbid, hinder
prójimo/a *m. & f.* fellow, creature, neighbor
prólogo *m.* prologue, preface
prolongado prolonged
prolongar to prolong
promedio *m.* average
promesa *f.* promise
prometer to promise
promiscuidad *f.* promiscuity
promiscuo promiscuous
promover (ue) to promote, further
promulgar (gu) to proclaim; to promulgate
pronombre *m.* pronoun
pronóstico prediction; prognosis
pronto soon; promptly; **de pronto** all of a sudden; **tan pronto como** as soon as
pronunciado pronounced
pronunciar to pronounce
propaganda *f.* advertising, publicity; propaganda
propagar (gu) to propagate, spread
propensión *f.* propensity, inclination, tendency

propenso prone, inclined
propicio favorable
propiedad *f.* property
propietario/a *m. & f.* owner
propina *f.* tip, gratuity
propio own
proponer *(irreg.)* to propose; to suggest
proporcionar to provide, furnish
proposición *f.* proposal, proposition
propósito *m.* purpose
propuesto (*ptp. of* **proponer**) proposed, suggested
propugnar to advocate
prosa *f.* prose, writing that is not poetry
proseguir (i) to continue on, proceed
prosperidad *f.* prosperity
próspero prosperous
prostitución *f.* prostitution
protección *f.* protection
proteger to protect
protegido protected
protestar to protest, to affirm
provecho *m.* benefit, good result
proveedor/a *m. & f.* provider; supplier
proveer (y) to provide
provenir (*irreg.*) to issue; to originate
providencia *f.* providence, foresight
provisto (*ptp. of* **proveer**) provided
provocar (qu) to provoke
provocativo tempting, provocative
próximo next; near, close
proyectar to play, design; project
proyecto *m.* project, plan
prudente prudent
prueba *f.* proof; test
psicología *f.* psychology
psicológico psychological
psicólogo/a *m. & f.* psychologist
psiquiatra *m. & f.* psychiatrist
publicación *f.* publication
publicar (qu) to publish
publicidad *f.* advertising, publicity
publicitario advertising
público *m.* audience; crowd; public
pudiente rich, opulent
pudrirse to rot, become rotten
pueblecito *m.* (*dim. of* **pueblo**) small town
pueblo *m.* town, village; people (of a nation); common people, populace
puente *m.* bridge
puerco *m.* pig, hog
puerta *f.* door, doorway, gateway
puerto *m.* port; harbor
puertorriqueño/a Puerto Rican; *m. & f.* Puerto Rican
pues as, then, therefore, since, of course
puesta (del sol) *f.* sunset
puesto *m.* job; place; **puesto que** since
pugnar to strive
pulcritud *f.* great care, meticulousness
pulido refined, polished
pulmón *m.* lung
pulmonía *f.* pneumonia
pulque *m.* pulque (Mexican cactus liquor)
punta *f.* point, tip
punto *m.* period; dot; point, end; **punto de vista** point of view
puntualidad *f.* punctuality, certainty
pupila *f.* pupil
pureza *f.* purity
purificado purified
purísimo *sup. of* **puro**
puro pure; sheer; *m.* cigar

Q

que which, that, who, whom; **el que** he who; **para que** so that
quebrar (ie) to break
quedar(se) to stay; to remain; to be left; to become; **quedarle bien (a alguien)** to fit (someone) well
quehacer *m.* task, chore
queja *f.* complaint
quejarse (de) to complain (about)
quema *f.* burning
quemado burnt; burnt out
quemar to burn; to wither *(plants);* **quemarse** to get burnt, burn oneself
querendón/a *m. & f.* favorite
querer (ie) to wish, desire; to love, want
querido/a *m. & f.* beloved dear; *f.* mistress
queso *m.* cheese
quien who; whom; he who; she who; **¿con quién?** with whom
quieto still, quiet
quimera *f.* chimera, illusion
química *f.* chemistry
químico/a chemical; *m. & f.* chemist
quince fifteen
quinientos five hundred
quinta *f.* country estate
quinto fifth
quiropráctica *f.* chiropractic
quiropráctico/a *m. & f.* chiropractor
quitar to take away; to leave; **quitarse** to take off (clothes)
quizá (quizás) perhaps, maybe

quo: status quo state of things as they are *(Latin)*

R

rabo *m.* tail (of an animal)
racimo *m.* bunch (of grapes)
racismo *m.* racism
radicar to take root; to be based, located
raíz *f.* (*pl.* **raíces**) root
ramo *m.* bunch of flowers; branch
ranchera *f.* popular Mexican style of song
rápidamente rapidly, fast, quickly
rapidez *f.* swiftness, rapidity, speed
rápido fast, quick
raptar to kidnap
raro uncommon, scarce; odd, strange
ras: a ras de level with
rasgo *m.* feature, trait
rastro *m.* track
rata *f.* rat
rato *m.* spell, while, period; **rato libre** free time, spare time
ratón *m.* mouse
raya *f.* line; boundary
rayo *m.* beam, ray, lightning
raza *f.* race
razón *f.* reason; **tener razón** to be right
reaccionar to react
real real; royal; **Calle Real** Royal Street; **la Real Academia** the Royal Academy
realidad *f.* reality
realismo *m.* realism
realista realistic
realizar (c) to carry out; to achieve; to put into effect
realmente really; in fact; actually
reaparición *f.* reappearance, return
rebaño *m.* herd
rebelarse (contra) to rebel, revolt (against)
rebuscar to search
recaída *f.* relapse
recámara *f.* bedroom *(Mexico)*
recapacitar to think over, reflect on
recato *m.* modesty; circumspection
recauchadora *f.* tire repair business *(Peru)*
recepción *f.* reception; social gathering, party
recepcionista receptionist *(America)*
receptor/a *m. & f.* viewer
receta *f.* recipe; prescription
recetar to prescribe
rechazar (c) to reject, refuse, turn down
rechazo *m.* rejection; refusal
recibir to receive; to greet, welcome
reciclaje *m.* recycling
recién newly, recently
reciente recent
recinto *m.* space, area; enclosure
recio strong
reclamación *f.* claim
reclamar to claim, demand
recobrar to recover, get back, retrieve
recoger (j) to pick up; to gather
recomendación *f.* recommendation, suggestion
recomendar (ie) to recommend; to suggest; to advise
reconfortante comforting
reconocer (zc) to recognize; to identify
reconocimiento *m.* recognition; acknowledgment
reconquista *f.* reconquest
reconstruir (y) to reconstruct
recordar (ue) to remember, recall
recorrer to go through or over; to traverse
recorrido *m.* space or distance traveled; journey, run
recreo *m.* recreation; recess
recuadro *m.* box
recuerdo *m.* memory, reminiscence; souvenir
recurrir a to turn to, appeal to
recurso *m.* recourse, resort, means; resource
red *f.* network; **la Red** Net, Internet
redactar to write, to edit
redondo round
reducción *f.* reduction, cutback
reducir (j) (zc) to reduce; to subdue
reducto *m.* refuge
reeleccion *f.* reelection
reelegido reelected
reemplazar (cz) (c) to replace
referencia *f.* reference; allusion
referir(se) (ie, i) to refer; to allude
refinado refined
reflejar to reflect
reflexión *f.* reflection
reflexionar to reflect on, think about
reflexivo reflexive
reforzar (ue) to strengthen, reinforce
refrán *m.* saying, proverb
refrescante refreshing
refresco *m.* soft drink
refugiado/a *m. & f.* refugee
refugiarse to take refuge, shelter
refugio *m.* refuge, shelter

refulgente radiant
regadío *m.* irrigated land
regalar to give as a gift
regalo *m.* gift, present
regañar to scold
regar (ie) to water
regatear to haggle over, bargain
regateo *m.* bargaining, negotiating a price
regidor *m.* councilman
régimen *m.* regime; diet
regir (j, i) to rule, guide, govern
registrar to register, to record
registro *m.* register
regla *f.* rule; ruler
reglamentaria pertaining to regulations, rules, or bylaws
reglamento *m.* rule, regulation; bylaw
regocijo *m.* rejoicing, happiness
regordeta chubby, plump
regresar to return, come back, go back
regreso *m.* return; homeward journey
reguero *m.* trail
regular to regulate
regularidad *f.* regularity
rehacerse (*irreg.*) to recover; to pull oneself together
rehusar to refuse
reina *f.* queen
reinar to reign, rule
reino *m.* kingdom; **el Reino Unido** the United Kingdom
reír (i, i) to laugh
reiterar to reiterate, repeat
reja *f.* grill, bar; grid
rejuvenecer (zc) to rejuvenate
relación *f.* relation; relationship; ratio
relacionado con related to
relacionar to relate; to connect
relajado relaxed
relajamiento *m.* relaxation
relajante relaxing
relajar to relax
relajarse to become relaxed
relamido affected
relámpago *m.* bolt of lightning
relatar to relate; to tell; to report
relativamente relatively
relato *m.* story
religioso religious
reloj *m.* watch; clock
reluciente shining, brilliant
relucir: salir a relucir to come to light, appear
rematar to finish off; to put the finishing touch to something; *(in sports)* to complete a play
remediar to remedy, help
remedio *m.* remedy; **sin remedio** inevitable, irremediable
remendar (ie) to mend
remiendo *m.* patch
reminiscente reminiscent
rencoroso resentful
rendija *f.* crack, crevice
rendimiento *m.* output, performance
rendir (i, i) to produce, yield; to surrender; to pay (tribute); **rendir culto** to worship
renombrado renowned, famous
renombre *m.* renown, fame
renovación *f.* renovation, renewal
renunciar to renounce; to give up
reo/a *m. & f.* criminal offender
reparar to notice, heed; to repair
reparo *m.* scruple, doubt
repartir to distribute; to divide up, share
repasar to revise; to check
repaso *m.* review
repente: de repente suddenly; all at once
repentino sudden
repetir (i, i) to repeat; to say (do) again
repicar to ring out
repiqueteo *m.* pealing of bells
replicar to reply
reposado relaxed
repositorio *m.* repository
reposo *m.* rest, repose
representante *m. & f.* representative
representar to represent; to stand for; to mean
represión *f.* repression
represivo repressive
reprimir to repress, hold back
reprobatorio reproving, disapproving
reproche *m.* reproach, rebuke
reproducir (j) (zc) to reproduce
reptil reptilian; *m.* reptile
repudiar repudiate
repugnar to revolt, nauseate; to hate, loathe
repujado embossed
repulsión *f.* rejection, repulsion
requisito *m.* requirement, requisite
resaltar *(transitive v.)* to be prominent or conspicuous
resentido resentful
resentimiento grudge, resentment
reseña *f.* outline, sketch, brief description
reserva *f.* reservation
reservación *f.* reservation (in a hotel)
reservado reserved, kept in reserve; discreet
resfriado sick with a head cold
residencia *f.* residence, dormitory; stay
residir to reside, dwell
residuo *m.* residue; remnant
resistir to resist; to bear, withstand; to stand up to

resolución *f.* resolution
resolver (ue) to solve, resolve
resonancia *f.* resonance; importance, renown
respaldar to endorse
respaldo *m.* back of a seat
respecto: al respecto about the matter; **con respecto a** with respect to, in regard to
respetable respectable
respetar to respect
respeto *m.* respect, consideration
respetuoso respectful, considerate
respiración *f.* breathing; **aguantar la respiración** to hold one's breath
respirar to breathe
respiro *m.* respite, breathing space; rest
resplandor *m.* gleam, glow
responsabilidad *f.* responsibility
responsable responsible; *m. & f.* responsible person
respuesta *f.* answer
restablecer (zc) to reestablish, restore; **restablecerse** to recover
restar to subtract *(math)*; to take away
restaurado restored
restituir (y) to restore
restricción *f.* restriction
resucitar to bring back to life, to resurrect
resuelto resolved; determined
resultado *m.* result; outcome, sequel, effect
resultar to be, to turn out (to be); **resulta que** it happens that
resumen *m.* summary; **en resumen** in short
resumir to sum up; to summarize
resurgir to reappear, spring up again
retener *(irreg.)* to retain; to keep back
retirar to retreat; to withdraw; to move back
retiro *m.* quiet place; seclusion; retreat
retomar to take again
retoque *m.* retouching, finishing touch
retozar (c) to romp, frolic
retrasado (mentally) disabled, retarded
retroceder to step back, back away
retrospectivo retrospective; **escena retrospectiva** flashback
reuma rheumatism
reumatismo rheumatism
reunión *f.* meeting, gathering; social gathering, party
reunir to reunite; to get together; to assemble
revelar to disclose, reveal
reventar (ie) to do serious harm; to burst, explode
reverencia *f.* reverence, curtsy
revés *m.* reverse; opposite side; **al revés** in the opposite way
revirir to relieve; to revive
revirtiendo (*pres. part. of* **revertir**) reversing, reverting
revista *f.* magazine; variety show
revolcarse to roll about, to wallow
revolotear to flutter around
revolución *f.* revolution
revolucionario/a *m. & f.* revolutionary
revuelta *f.* commotion; disturbance; riot
rey *m.* king
rezar (c) to pray
riachuelo *m.* brook
riada *f.* flood
ribera *f.* bank; beach; coast
rico rich; wealthy, tasty
ridiculizar (c) to ridicule
ridículo ridiculous, ludicrous; **poner en ridículo** to expose to ridicule
riego *m.* irrigation, watering
rienda: dar rienda suelta a to give free rein to
riendo laughing
riente laughing
riesgo *m.* risk, danger
rifle *m.* rifle, hunting gun
rígido rigid
rigor: de rigor prescribed by rules, obligatory
rigurosamente severely, harshly, strictly
rima *f.* rhyme; **rimas** short poems
rincón *m.* corner, nook; retreat
rinde: *see* **rendir**
riña *f.* quarrel, argument; fight
río *m.* river
riqueza *f.* wealth, richness
risa *f.* laugh; **risas** *f. pl.* laughter; **morirse de risa** to die laughing
rítmico rhythmic
ritmo *m.* rhythm
rito *m.* rite, ceremony
rivalidad *f.* rivalry
rizado curly
robaniños *m. & f.* kidnapper
robar to steal, rob
roble *m.* oak
robo *m.* robbery
roca *f.* rock, stone
roce *m.* light touch
rocoso rocky
rodante rolling
rodar to roll, drag; to move about
rodear to surround, encircle, enclose

rodilla *f.* knee
rogar (ue) to beg, ask for
rojizo reddish
rojo red
rol *m.* role, part
romano Roman
romanticismo *m.* romanticism
romántico romantic
romanticón *pej. of* **romántico**
romper to break, tear up, rip out
rompimiento *m.* breaking
roncar to snore
rondar to go the rounds; **rondar de** to come near to, to approximate
ropa *f.* clothes, clothing; dress
rosado pink
rosetas *f. pl.* small roses; **rosetas (de maíz)** popcorn
rosquilla *f.* sweet bread, ring-shaped biscuits
rostro *f.* face
rotación *f.* rotation, turn; revolution
roto *m. & f.* very poor person *(Chile)*
rotura *f.* break
rozar (c) to rub, touch lightly
rubio fair haired, blond
ruborizarse (c) to blush, flush
ruboroso blushing
rudo rude; simple; hard, tough
ruedo *m.* turn, rotation; arena, bullring
ruego *m.* plea, request
rugir (j) to roar; to rumble
ruido *m.* noise, sound
ruidoso noisy
ruinoso run-down, in poor condition
rumbo *m.* route, direction
rumor *m.* murmur, mutter, confused noise
Rusia *f.* Russia
ruso Russian

S

sábana *f.* bedsheet
saber *(irreg.)* to know
sabiduría *f.* wisdom, knowledge
sabio/a wise; *m. & f.* expert, learned person
sabor *m.* flavor, taste
sabroso delicious, tasty
sacar (qu) to take out, get out; to obtain; **sacar buenas notas** to get good marks
sacerdote *m.* priest
saciar to satisfy, glut
saco *m.* sack; jacket *(America)*
sacrificio *m.* sacrifice
sacudir to shake
sádico sadistic
sagrado sacred, holy
sajón Saxon
sala *f.* large room; drawing room; **sala de espera** waiting room
salario *m.* salary, wages, pay
saldo *m.* tally, balance
salida *f.* exit; going out; **callejón sin salida** dead-end street
salir (*irreg.*) to get out, go out, come out; to emerge, appear; to turn out, take after
salón *m.* parlor, living room
salsa *f.* sauce, gravy; a type of music and dance originating among Latinos in New York
saltar to jump, leap over; to skip (something)
salud *f.* health
saludable healthful
saludar to greet, bow, say hello
saludo *m.* greeting
salvadoreño/a Salvadorean; *m. & f.* person from El Salvador
salvaje wild, untamed; *m. & f.* savage
salvar to save, rescue
salvo except (for)
San *apocopated form of* **Santo**
sanar to cure, to heal
sanatorio *m.* sanatorium, hospital
sancocho *m.* boiled dinner *(America)*
sandalia *f.* sandal
sanfermines *m. pl.* festival of **San Fermín**
sangre *f.* blood; **a sangre fría** in cold blood
sangriento bloody
sano healthy, sound; **sano y salvo** safe and sound; *m. & f.* healthy person
santiamén: en un santiamén in a jiffy
santo/a holy; *m. & f.* saint
santuario *m.* sanctuary
saquear to ransack, loot
sastre *m.* tailor
sátira *f.* satire
satírico satiric(al); *m.* person who writes satires
satirizar (c) to satirize
satisfacción *f.* satisfaction
satisfactoriamente satisfactorily
satisfecho satisfied
sebo *m.* lard, fat
secar to dry
sección *f.* section
seco dry, dried; *(fig.)* broke, penniless
secretaria *f.* woman secretary
secreto secret, hidden; *m.* secret
sector sector, section
secuestrar to kidnap, abduct
secundaria *f.* high (school); middle school *(Mexico)*
secundario secondary; minor, of lesser importance
sed *f.* thirst, thirstiness
sedante *m.* sedative
sedar to sedate

sedentario sedentary
seducción *f.* seduction
seductor/a seductive, tempting
seguido followed; **en seguida (enseguida)** immediately
seguidor/a *m. & f.* follower
seguir (i, i) to follow, come after, come next; to pursue; to continue
según according to, in accordance with
segundo second; *m.* second
seguramente for sure; with certainty
seguridad *m.* safety, security; certainty
seguro sure, certain; for sure
seleccionar to select
sello *m.* stamp, seal; postage stamp
selva *f.* forest, woods, jungle
semana *f.* week; **entre semana** weekdays, during the week
Semana Santa *f.* Holy Week (week preceding Easter)
sembrar (ie) to sow
semejante similar; such, of that kind
semejanza *f.* resemblance
semejar to seem like, resemble
semestre *m.* semester
semicerrado half-closed
semilla *f.* seed
semisalvaje half-wild
senador/a *m. & f.* senator
sencillamente simply
sencillez *f.* simplicity
sencillo simple, plain; single
senda *f.* path, trail; way
sendero *m.* path, trail; way
senos *m. pl.* breasts
sensato rational, sensible
sensibilidad *f.* sensitivity
sensibilización *f.* therapy aimed at sensitizing people
sensible sensitive, impressionable
sensitivo sensitive; sentient
sensorial sensorial, relating to the delights of the five senses
sensualidad *f.* sensuality; sensuousness
sentado seated
sentar (ie) seat; **sentarse** to sit
sentenciado sentenced
sentido profound, heartfelt; *m.* sense; meaning; direction, way
sentimiento *m.* feeling, emotion, sentiment
sentir(se) (ie, i) to feel, perceive, sense
seña sign, indication
señal *f.* sign, indication
señalar to point out; to mark
señor *m.* man, gentleman; Mr.; landlord; **el Señor** the Lord; **señora** *f.* lady; Mrs., madame; **señores** *m. pl.* Mr. and Mrs.
señorial majestic, regal, stately
señorita *f.* young lady; Miss, Ms.
separar to separate, move away
separarse to separate (oneself), part company
séptimo seventh
sepulcro *m.* tomb, grave
sequedad *f.* aridness, dryness
sequía *f.* drought
ser (*irreg.*) to be; *m.* being
serenidad *f.* serenity; presence of mind, self-possession
sereno calm, peaceful; *m.* night watchman
seriamente seriously, in earnest
serie *f.* series; group of related numbers or things
seriedad *f.* seriousness, gravity
serio serious, grave; **en serio** seriously; really and truly
serpiente *f.* snake, serpent
servicial obliging, accommodating, keen to help
servicio *m.* service
servil servile, slavish
servir (i) to serve
sesenta sixty
setenta seventy; **los años setenta** the seventies
severamente severely, harshly
sevillana *f.* a rhythm of flamenco dancing
sexo *m.* sex
sexto sixth
si if, whether
sí yes; **sí mismo** himself; **sí misma** herself
sicología *f.* (*alt. spelling of* **psicología**) psychology
sicoterapia (psicoterapia) *f.* psychotherapy
sido (*ptp. of* **ser**) been
siempre always; all the time; ever; **casi siempre** most of the time; **como siempre** as usual; **para siempre** forever; **siempre y cuando** provided that
sien(es) *f.* temples
siendo (*from the verb* **ser**) being
siesta *f.* siesta, nap
siete seven
sigilosamente discreetly, secretly
siglo *m.* century
significado *m.* meaning
significar (qu) to mean, signify
significativo significant, meaningful
siguiente following
silbido *m.* whistle, hiss
silencio *m.* silence
silencioso silent
sílfide *f.* sylph
silla *f.* chair; **silla de ruedas** *f.* wheelchair
sillón *m.* armchair; public office
silueta *f.* silhouette, outline

simbolizar (c) to symbolize
símbolo *m.* symbol
simpatía *f.* congeniality, interest, empathy
simpático nice, congenial, likeable
simplemente simply, merely
sin without; **sin embargo** but, nevertheless
sincerarse to speak frankly
sinceridad *f.* sincerity
siniestro sinister, evil, wicked
sino but *(used after a negative statement)*; but rather
sinónimo *m.* synonymous; synonym
sintético synthetic
síntoma *m.* symptom
sinúmero *m.* great number, large number
siquiera at least, even; **ni siquiera** not even
sirena *f.* siren; warning
sirio/a *m. & f.* Syrian, person from Syria
sirviente *m.* servant; **sirvienta** *f.* maid
sistema *m.* system, method
sistemático systematic
sitiado besieged, surrounded
sitio *m.* place; spot; site
situar to place, situate
smoking *m.* dinner jacket, tuxedo
soberbio superb; proud
sobrar to be left over; exceed; **de sobra** superfluous; more than enough
sobre about; on; upon; over; on top; *m.* envelope; **sobre todo** above all, especially
sobrecogedor overpowering
sobredosis *f.* overdose
sobrepasar to exceed, surpass
sobresalir to stand out, distinguish oneself; to excel
sobresaltado frightened
sobresaltar to startle, to surprise
sobrevivir to survive
sobrino *m.* nephew; **sobrina** *f.* niece
sociabilidad *f.* sociability
socialismo *m.* socialism
socialista *m. & f.* socialist
socializarse to socialize; to nationalize (industries, banks, etc.); to establish state control over
sociedad *f.* society
socio/a *m. & f.* member, partner; business associate
sociólogo *m.* sociologist
sofisticación *f.* sophistication
sofisticado sophisticated
sofocar (qu) to suffocate
sol *m.* sun, sunlight, sunshine
solamente only, solely, just
soldadillo *dim. of* **soldado**
soldadito *dim. of* **soldado**
soldado *m.* soldier
soleado sunny
soledad *f.* solitude, loneliness
solemne solemn
soler (ue) to be accustomed to
solicitar to request, ask for
solidificar to solidify
sólido solid, hard
solitario lonely, solitary
solo single, sole; only one, unique; by oneself, alone; **por sí solo** by itself
sólo only
soltar (ue) to let go, release
soltero single, unmarried
solución *f.* solution
solucionar to solve; to resolve
solventar to settle; to solve
sombra *f.* shadow, shade
sombrerero *m.* hatter, hatmaker
sombrero *m.* hat
sombrío gloomy, dark and dismal
someter to submit, put forward
sometido subjected to, caused to undergo (a medical exam, etc.)
somnolencia *f.* somnolence, drowsiness
sonámbulo/a sleepwalking; *m. & f.* sleepwalker
sonar (ue) to ring (a bell); to sound, make a noise; to blow (a trumpet)
soneto *m.* sonnet
sonido *m.* sound, noise
sonoro sonorous; loud
sonreído smiling, with a smile *(Puerto Rico)*
sonreír (i, i) to smile
sonriente smiling
sonrisa *f.* smile
sonrojarse to blush
soñador/a *m. & f.* dreamer
soñar (ue) to dream
sopetón *m.* punch; **de sopetón** suddenly
soplar to blow, to exhale
soplo *m.* blow, puff, gust
soportar to bear, stand, endure
sorberse: sorberse los mocos to sniffle and snort loudly
sórdido dirty, squalid, mean, sordid
sordo deaf; muffled
sorprendente surprising; amazing; startling
sorprender to surprise, amaze, startle
sorprendido surprised, amazed
sorpresa *f.* surprise
sorpresivo surprising, sudden, unexpected
sos (*localism for* **eres**) you are *(Argentina)*
sosera *f.* insipidity, dullness, inanity

sospechar to suspect
sostener *(irreg.)* to support
sótano *m.* basement
soviético Soviet
status status quo (*see* **quo**)
suave gentle, sweet
suavemente smoothly, softly
suavidad *f.* smoothness, softness; gentleness
subalterno/a *m. & f.* subordinate
subdesarrollado underdeveloped
subdesarrollo *m.* underdevelopment
súbdito/a *m. & f.* subject; citizen (of a monarchial regime)
subempleo *m.* underemployment
subida *f.* promotion; ascent, climbing
subir to climb, mount, ascend
súbitamente suddenly, unexpectedly
súbito sudden, unexpected
subjuntivo *m.* subjunctive
submarino underwater
subrayar to underline
subtítulo *m.* subtitle
subversión *f.* subversion
subyugar (gu) to subjugate; to subdue
succionar to suck
suceder to happen
sucesivamente successively
suceso *m.* event; incident
suciedad *f.* filth, dirt
sucio dirty, filthy, soiled
sucumbir to succumb
sudamericano South American
sudar to sweat
sudor *m.* sweat
Suecia *f.* Sweden
sueco/a *m. & f.* Swede
suegro *m.* father-in-law; **suegra** *f.* mother-in-law
suela *f.* sole (of a shoe)
sueldo *m.* salary, wages, pay
suelo *m.* soil, ground, land
suelto loose, undone
sueño *m.* dream; sleep
suerte *f.* destiny, chance, luck, fate; sort, kind; **buena suerte** good luck
sufrido patient, enduring
sufrimiento *m.* suffering, misery
sufrir to suffer
sugerencia *f.* suggestion
sugerir (ie, i) to suggest
suicidarse to commit suicide
suicidio *m.* suicide
suizo Swiss, from Switzerland
sujetar to hold down, keep down; to hold tight
sujeto *m.* (*ptp. of* **sujetar**) subject
suma *f.* adding, addition; sum
sumar to add; **sumarse (a)** to join
suministrar to provide, supply, furnish
sumirse to sink, to become submerged
sumo: a lo sumo at the most
suntuosidad *f.* lavishness, sumptuousness
suntuoso sumptuous
superar to surpass; to overcome; to exceed
superficie *f.* surface
superioridad *f.* superiority
superpoblado overpopulated
supervivencia *f.* survival
suplementario supplementary
súplica *f.* supplication, request, plea
suplicar to implore, to plea
suponer *(irreg.)* to suppose, assume
supremo supreme
supuestamente supposedly
supuesto (*ptp. of* **suponer**) supposed, assumed, believed; **por supuesto** of course
sur *m.* south
surgimiento *m.* arising, appearance
surgir (j) to arise, emerge, spring up
suroeste *m.* southwest
suspendido suspended, interrupted; hanging
suspirar to sigh
suspiro *m.* sigh
sustancia *f.* matter
sustantivo *m.* noun
sustento *m.* sustenance, food
sustituir (y) to substitute
sustituto *m.* substitute
susto *m.* fright
susurrar to whisper
susurro *m.* whisper
sutil subtle, delicate
suyo, suya his, hers, theirs

T

tabaco *m.* tobacco
taberna *f.* tavern
tabla *f.* plank, board; table (of figures), chart; **Tablas de la Ley** Tablets of the Law
tacto *m.* tact; touch; feeling
taita *m. (fam.)* dad, daddy, uncle, grandfather
tal such; **con tal de que** provided that; **el tal hombre** this man; **tal como** such as; **tal vez** perhaps, maybe; **un tal Amado** a man called Amado
talar to cut down, to fell (trees); to lay waste, devastate
talasoterapia *f.* term used for a recent health therapy used in some parts of Spain, in which the patient is placed in sea

water, mud, seaweed, and other substances
talento *m.* talent, ability, gift
talla *f.* size
tallar to carve, engrave, or cut (stone)
tamal *m.* tamale, dish made from corn meal, chicken or meat, and chili, wrapped in banana leaves or corn husks *(Mexico & Central America)*
tamaño *m.* size
tambaleante staggering, reeling
también also, as well, too
tambor *m.* drum
tampoco neither, not . . . either
tan so, as; **tan sólo** only, just
tanque *m.* tank
tanto so much, as much; **A tanto como B** A as well as B; **mientras tanto** meanwhile; **por lo tanto** therefore; **tanto gusto** it is a pleasure; **un tanto** a little bit
tapa *f.* snack served with drinks *(Spain)*
tardanza *f.* delay, tardiness, slowness
tardar to take a long time, be long; to be late
tarde late; **más tarde** later; *f.* afternoon, early evening
tarea *f.* task; homework assignment
tarjeta *f.* card; **tarjeta de crédito** credit card
tasa *f.* rate
teatro *m.* theater
techo *m.* roof
techumbre *f.* roof
técnica *f.* technique
técnico/a technical; *m. & f.* expert
tecnología *f.* technology
tejer to knot, weave
tejido *m.* textile, fabric; woven material
tela *f.* cloth, fabric
telaraña *f.* spider's web, cobweb
tele *f.* T.V. (*abbr. for* **televisión**)
telefonear to telephone
telefonema *m.* telephone call, telephone message
teléfono *m.* telephone
telenovela *f.* soap opera
televisor *m.* television set
telón *m.* curtain of a theater
tema *m.* theme, subject, topic
temario *m.* program, agenda
temático thematic
temblar (ie) to tremble, shake
temblor *m.* trembling, shaking
tembloroso trembling, shaking
temer to fear, be afraid of
temible fearsome, dread, frightful
temido feared, dreaded
temor *m.* fear
templo *m.* temple
temporada *f.* season; period, spell
temporal temporary
temprano early; **por la mañana temprano** early in the morning
tenacidad *f.* tenacity, firmness, persistence
tenaz (*pl.* **tenaces**) tenacious, firm
tendencia *f.* tendency; trend, inclination
tender a to tend to
tenderete *m.* booth
tender(se) (ie) to lie down, stretch out
tendido lying down, flat
tener *(irreg.)* to have, possess; **no tiene ni pies ni cabeza** it does not make any sense; **tener... años** to be . . . years old; **tener calor** to be hot; **tener celos** to be jealous; **tener cuidado** to be careful; **tener envidia** to envy; **tener ganas de** + *inf.* to feel like + *ger.*; **tener hambre** to be hungry; **tener interés** to be interested; **tener la culpa** to be to blame, be guilty; **tener listo** to have ready; **tener miedo** to be afraid; **tener prisa** to be in a hurry; **tener puesto** *(with clothes)* to be wearing; **tener que** + *inf.* to have to, must; **tener razón** to be right; **tener reparos** to hesitate; to have misgivings about
tenida *f.* suit, dress, uniform *(Argentina & Chile)*
tenis *m.* tennis
tensión *f.* tension; strain, stress
tentador tempting, enticing
teoría *f.* theory
terapéutico therapeutic
tercer third; **tercera edad** retirement years
terco stubborn
terminación *f.* ending, termination
terminar to end; to conclude; to finish, complete
término *m.* term
ternura *f.* tenderness, affection
terraza *f.* terrace, balcony
terremoto *m.* earthquake
terreno *m.* field; ground
terrestre terrestrial
territorio *m.* territory
terror *m.* terror
terrorismo *m.* terrorism
terrorista *m. & f.* terrorist
tertulia *f.* social gathering
tesis *f.* thesis; theory

tesorito *m. (fam., dim. of* **tesoro**) sweetheart, honey, etc.
tesoro *m.* treasure, hoard
testigo *m.* witness
testimonio *m.* testimony; proof
tez *f.* skin
ti *(fam., used after a prep.)* you
tibio lukewarm, mild
tiempo *m.* time, period; weather; **a tiempo** in (on) time; **al mismo tiempo** at the same time; **al tiempo que** while, meanwhile; **aquellos tiempos** those days; **¿cuánto tiempo hace?** how long ago?; **durante un tiempo** for a while; **en tiempo de** in the time of; **hace buen tiempo** it is good weather; **hace mucho (poco) tiempo** a long (short) time ago; **la marcha del tiempo** the passing of time
tienda *f.* store, shop; tent
tierno tender, soft
tierra *f.* earth, world; ground, soil; *f. pl.* lands, estates; **la Tierra** the Earth; **nuestra tierra** our country (land); **tierra de Darío** Nicaragua, reference to famous Nicaraguan poet Ruben Darío (1867–1916)
timbre *m.* bell, ringing, tone, timbre
timidamente timidly, shyly
tintero *m.* ink pot
tinto: vino tinto red wine; *m. (Columbia)* cup of coffee
tío *m.* uncle; **tía** *f.* aunt
típicamente typically
típico typical, characteristic
tipo type, sort, kind; *m.* guy
tira: tira cómica *f.* cartoon
tirano/a *m. & f.* tyrant
tirar to throw, fling; to shoot
tiritar to shiver
tiro *m.* shot (from a gun)
titi *f.* Auntie *(Puerto Rico)*
titubear to hesitate
titulado *m.* holder of an academic degree
título *m.* title; degree
TLC acryonym for Tratado de Libre Comercio, NAFTA (in English)
toalla *f.* towel; terrycloth
tobillo *m.* ankle
tocadiscos *m.* phonograph, record player
tocar (qu) to touch; to play music; **en lo tocante a** in reference to; **por lo que toca** regarding, concerning; **tocarle a uno** to fall to someone; to be one's turn; **tocarse** to touch one another
todavía still yet; **todavía no** not yet
todo all; whole; entire; every; entirely, completely; everything; **a toda costa** in spite of all inconveniences; **a toda prisa** in all haste; **a todas horas** at any time; **ante todo** first of all, above all; **de todos modos** anyway, in any case; **del todo** wholely, completely; **después de todo** after all; **en toda Europa** throughout Europe; **en todo caso** in any case; **en todo momento** at all times; **sobre todo** especially, most of all; **toda clase** any kind; **todas las semanas** every week; **todas partes** everywhere; **todo el mundo** everybody; **todo tipo** all kinds
todopoderoso all-powerful, almighty
tolerancia *f.* tolerance
tolerante tolerant
tomar to take; to accept; to get; to drink
tomar prestado/a to borrow; **tomar precauciones** to take precautions
tomo *m.* volume, tome
tonelada *f.* ton
tono *m.* tone
tontería *f.* silliness, foolishness
tonto silly, foolish, stupid
toque *m.* touch
torcido twisted, bent
torito *m.* (*dim. of* **torito**) little bull
tormenta *f.* storm
tormento *m.* torment; torture
tornar to turn, to become
tornasol *m.* changeable color
torno: en torno a around
toro *m.* bull
torpe awkward, clumsy
torre *f.* tower
tortilla *f.* omelet; tortilla *(Mexico)*
tórtola *f.* turtledove
tortura *f.* torture
torturado tortured
torturar to torture
tos *f.* cough
tosco coarse, crude, unpolished
tostado suntanned
tostadora de pan *f.* toaster
tostarse to suntan
totalidad *f.* totality
totalitario totalitarian
totalmente totally, wholely, completely
traba *f.* bond, tie; obstacle
trabajador/a hard working, industrious; *m. & f.* worker, laborer
trabajar to work
trabajo *m.* work; job, task

tradición *f.* tradition
tradicional traditional
traducción *f.* translation
traducir (j) (zc) to translate
traer *(irreg.)* to bring, get, fetch; to carry, take
tráfico *m.* traffic; trade, commerce
tragar(se) to swallow
tragedia *f.* tragedy
trágico tragic
trago *m.* drink
traguito *m.* small drink
traicionar to betray
traje *m.* costume, dress, suit; **traje de baile** evening gown; **traje de baño** bathing suit
trajín *m.* chore, work, hectic activity
trama *f.* plot
trámites *m. pl.* transactions, procedures, formalities
trampa *f.* trap, trick; cheating; **hacer trampas** to cheat
trampolín *m.* springboard, diving board
tranquilidad *f.* calmness, tranquility
tranquilizador soothing, calming; reassuring
tranquilizante *m.* tranquilizer
tranquilizar (c) to calm, quiet down
tranquilo still, calm, tranquil
transcendente transcendent, of great importance
transcurrir to transpire
transición *f.* transition
transmisible transmittable, transmissible
transmitir to transmit; to pass on
transparencia *f.* transparency; clarity
transportar to transport, carry
transporte *m.* transport, transportation
tranvía *m.* tram, streetcar
trapo *m.* rag
traquetear to shake; to rattle, jolt
tras behind; after
¡tras! ¡tras! tap! tap!; bam, bam!
trasladar to move; to remove; to transfer
traspasar to cross the boundaries of
traste *m.* bottom, backside
trastornado afflicted; unbalanced, mad
tratado *m.* treaty, pact
tratamiento *m.* treatment
tratar to treat, handle; to deal with, be about; **tratar de** + *inf.* to try to + *inf.*
trato *m.* treatment; way of behaving or dealing
través: a través de through, by means of
travestismo *m.* transvestism, practice of dressing in clothing of the opposite sex
trayecto *m.* distance, stretch (traveled)
trazar to design; to lay out; to outline
trece thirteen
tregua *f.* truce, respite; **sin tregua** without respite
treinta thirty
tremedal *m.* bog
tremendo terrible, tremendous, dreadful; **a la tremenda** to extremes
tren *m.* train
trepar to climb
tribu *f.* tribe
trigo *m.* wheat
trigueño corn colored, dark blond (hair)
trimestre *m.* trimester
tripulación *f.* crew
triste sad; gloomy; sorrowful
tristeza *f.* sadness, gloom
triunfador/a *m. & f.* winner
triunfante triumphant
triunfar to triumph; to win
triunfo *m.* triumph, success, victory
trofeo *m.* trophy
trompeta *f.* trumpet, bugle
tronar to thunder, thundering
tronco *m.* tree trunk
tropezar (ie) (con) to bump (into)
trópico *m.* tropic
trozo *m.* piece; fragment
truco *m.* trick
truenos *m. pl.* thunder
tubo *m.* tube; pipe; **hacer buceo con tubo** to snorkle; **tubo de respiración** snorkle tube
tumba *f.* tomb, grave
tumbar to knock down
tumultuoso tumultuous
túnel *m.* tunnel
turbación *f.* upset, confusion, embarrassment
turbado disturbed
turbar to disturb, to upset
turbarse to become disturbed or upset
turbulento turbulent
turismo *m.* tourism
turista *m. & f.* tourist
turístico touristic
turno *m.* turn, shift; **alternar turnos** to take turns
turoperador/a *m. & f. (coll.)* tour operator
Turquía *f.* Turkey
tutear to address someone as **tú**
tuyo, tuya yours

U

u or (*used instead of* **o** *before* **o** *or* **ho**)
ubicarse to situate oneself
ugandés/a Ugandan
último last; latest, most recent; **a la última moda** in the latest style; **el último grito** the latest fad, the "in" thing *(slang)*; **en último caso** as a last resort; **por último** lastly, finally
ungüento *m.* ointment
únicamente only, simply
único only *(used in front of a noun)*; unique; **hijo/a único/a** only child
unido united; **Estados Unidos** United States; **Naciones Unidas** United Nations; **Reino Unido** United Kingdom
unir(se) to unite, join
universidad *f.* university
universitario (pertaining to the) university
unos, unas several, a few, some
uña *f.* fingernail
urbanidad *f.* politeness, urbanity, courtesy
urbanizar (c) to develop, urbanize
urbano urban
urbe *f.* large city, metropolis
urgencia *f.* urgency
urgente urgent, pressing; imperative
Uruguay *m.* Uruguay
uruguayo/a Uruguayan; *m. & f.* Uruguayan
usado used
usar to use, make use of; to wear (clothing)
uso *m.* use
usted, ustedes *(formal)* you
usuario/a *m. & f.* user
útil useful; usable, serviceable
utilidad *f.* usefulness
utilizar (c) to use, make use of; to utilize

V

vaca *f.* cow; **carne de vaca** beef
vacaciones *f. pl.* vacation, holiday
vacilante unsteady; wobbly; hesitant; flickering
vacilar to hesitate, vacilate
vacío empty; vacant, unoccupied; *m.* emptiness, void
vagamente vaguely
vagancia *f.* negligence; loafing
vago vague
valentía *f.* courage, bravery
valer to be worth; to cost, be priced at; **no vale gran cosa** it is worthless; **no vale la pena** it is not worthwhile; **valerse de** to make use of; to take advantage of
validez *f.* validity
valiente brave, valiant
valija *f.* suitcase
valioso worthwhile; valuable
valle *m.* valley
valor *m.* value, worth; courage
valoración *f.* valuation, appraisal
valorar to value; to price; to appraise
valorizar to value; to evaluate
vals *m.* waltz
vanamente in vain, futilely
vanidad *f.* vanity
vano vain
vaquero *m.* cowboy
vaquita *f.* (*dim. of* **vaca**)
variado varied; mixed; assorted
variar to vary
variedad *f.* variety, diversity
varios some, several, various, a number of
varón male (human being); *m.* male; man, boy
varonil manly
vasallo *m.* vassal, subject
vascuence *m.* Basque (language)
vasito *m.* (*dim. of* **vaso**) little glass
vaso *m.* glass
vasto vast, huge
vate *m.* bard, poet
vaya *pres. subj. of* **ir**
Vd. *variant of* **Ud.**
Véase Please see . . .
veces *f. pl.* (*pl. of* **vez**) occasions, times; **a veces, algunas veces** sometimes; **muchas veces** many times
vecindad *f.* neighborhood
vecino/a neighboring, near; *m. & f.* neighbor
vedado forbidden, prohibited
vega *f.* fertile lowland
vegetal *m.* vegetable
vegetariano vegetarian
vehemente vehement, impassioned
vejez *f.* old age
vela *f.* sail; candle
velada *f.* evening, evening party
velo *m.* veil
velocidad *f.* speed
velorio *m.* wake, vigil (preceding burial)
veloz swift, fast
vena *f.* vein, blood vessel
vencedor victorious
vencer (z) to conquer, vanquish, beat

vendedor/a *m. & f.* salesperson
vender to sell
veneno *m.* poison
venerar to venerate, worship
venezolano/a Venezuelan *m. & f.* Venezuelan person
venganza *f.* vengeance, revenge
venir (*irreg.*) to come; to arrive
venta *f.* sale
ventaja *f.* advantage
ventana *f.* window
ventanilla *f.* small window
ventanita *f.* small window; peephole
ventrudo bulky, bulging
ventura *f.* luck, fortune
ver (*irreg.*) to see, look, watch (television); **a ver** let's see; **tener que ver (con)** to have to do with; **ver mundo** to travel
veranear to pass the summer season; to vacation
veraniego summer *(as an adj.)*; of summer
verano *m.* summer
veras: de veras truly, really
veraz truthful
verboso wordy
verdad *f.* truth; **verdad o mentira** true or false
verdadero true
verde green
verdugo *m.* hangman; executioner
verduras *f.* vegetables
vergüenza *f.* shame; **tener vergüenza** to be ashamed; to be embarrassed
verídico true
verificar (qu) to verify
verso *m.* verse; line of poetry
vértice *m.* vertex, apex
veste *f.* (poet) garment
vestido (*ptp. of* **vestir**) dressed; *m.* dress, suit of clothes
vestir (i, i) to dress; **vestirse** to get dressed
vestuario *m.* apparel, clothes
veta *f.* vein (minerals)
veterinario/a *m. & f.* veterinarian
vez *f.* time; **a la vez** at the same time; **a veces** sometimes; **cada vez** each time; **de vez en cuando (de vez en vez)** once in a while; **en vez de** instead of; **muchas veces** many times; **otra vez** again; **raras veces** seldom; **tal vez** perhaps; **una vez** once; one time
vía *f.* way, means
viajar to travel
viaje *m.* journey; trip; **hacer un viaje** to take a trip
viajero/a *m. & f.* traveler
víbora *f.* viper, snake
vicio *m.* vice
vicioso vicious, bad
víctima *f.* victim
vida *f.* life; **llevar una vida...** to lead a . . . life; **modo de vida** lifestyle; **nivel de vida** standard of living
vidrio *m.* glass
viejo/a old; ancient; *m. & f.* elderly man or woman
viento *m.* wind
vientre *m.* belly
viernes *m.* Friday
vigente in force
vigilar to keep guard over
vigilia *f.* vigil; wakefulness
vil despicable, vile
villa *f.* village; **villa miseria** slum
villano rude, impolite; *m.* villain, evildoer
villita *f.* (*dim. of* **villa**) little village
vinchuca *f.* a species of bedbug
vínculo *m.* chain, connection
vinillo *m.* light or weak wine
vino *m.* wine
violación *f.* violation; rape
violar to violate
violencia *f.* violence
violento violent, impulsive
virginiano from Virginia
viril virile, male
virtud *f.* virtue
viruela *f.* smallpox
visa *f.* visado; *m.* visa
visigodo Visigoth
visita *f.* visit
visitante *m. & f.* visitor
visitar to visit
vislumbrar to see vaguely, catch a glimpse of; to conjecture, imagine
víspera *f.* evening before; day before
vista *f.* view; sight; glance; vision; **a primera vista** at first glance; **bien visto** on second thought; **punto de vista** point of view
visto *ptp. of* **ver**
vitrina *f.* window
viudo *m.* widower; **viuda** *f.* widow
¡viva! hurrah!; hail!
viveza *f.* liveliness
vívido vivid
vivienda *f.* housing
viviente alive, live
vivir to live
vivo living; alive; lively, bright; **hacer el vivo** to play the con artist
vocabulario *m.* vocabulary; dictionary

vocear to shout
volador flying
volar (ue) to fly
volátil volatile
volcán *m.* volcano
volcar to turn over, to tilt
vólibol *m.* volleyball
volumen *m.* volume
voluntario/a *m. & f.* volunteer
voluptuosa voluptuous
volver (ue) to return; **volver a** + *inf.* to . . . again; **volver en sí** to recover consciousness, to come to; **volverse** to become
vos you (*fam. used in Argentina and certain other regions in place of* **tú**)
votante *m. & f.* voter, one who votes or casts a ballot
votar to vote
voz *f.* voice
vuelo *m.* flight
vuelta *f.* turn; return; walk, stroll; **dar vueltas** to make turns
vuelto *ptp. of* **volver**

Y

y and
ya already, presently; **ya no (no ya)** no longer; **ya que** since
yacer to lie, be stretched out
Yaquis indigenous group of Mexico
yerba (*var. of* **hierba**) herb
yuca *f.* yucca, cassava
yugoslavo/a *m. & f.* Yugoslav
yunque *m.* anvil

Z

zafarse to escape, to get away
zafio *m.* crude, coarse
zaga: ir a la zaga *f.* to go behind, to follow
zagal/a *m. & f.* boy, girl
zanahoria *f.* carrot
zapatero *n.* shoemaker
zapatilla *f.* slipper
zapato *m.* shoe
zarzuela *f.* Spanish musical comedy or operetta
zona *f.* zone, area, part
zonzo *m.* simpleton
zorro *m.* fox
zozobra *f.* worry, anxiety
zumbido *m.* humming, buzzing
zumo *m.* juice
zurrón *m.* leather knapsack